한국문학과 섹슈얼리티

Korean Literature and Sexuality

저자 심진경은 1968년 인천에서 태어나 서강대학교 영문학과를 졸업하고 동 대학원에서 박사학위를 받았다. 1999년『실천문학』에「여성성, 육체, 여성적 시 쓰기」를 발표하면서 평론 활동을 시작했다.
저서로는 평론집『여성, 문학을 가로지르다』(문학과지성사, 2005)와 번역서『근대성과 페미니즘』(공역, 거름, 1999)이 있다.

한국문학과 섹슈얼리티

1판 1쇄 인쇄 2006년 8월 1일
1판 1쇄 발행 2006년 8월 10일

지은이 / 심진경
펴낸이 / 박성모
펴낸곳 / 소명출판
출판고문 / 김호영
등록 / 제13-522호
주소 / 137-878 서울시 서초구 서초동 1621-18 (란빌딩 1층)
대표전화 / (02) 585-7840
팩시밀리 / (02) 585-7848
somyong@korea.com / www.somyong.com

ⓒ 2006, 심진경

값 19,000원

ISBN 89-5626-218-7 93810

한국문학과 섹슈얼리티

Korean Literature and Sexuality

심진경

소명출판

이 책에서 다루는 주제는 섹슈얼리티, 정체성, 타자, 젠더 정치, 여성 등이다. 그렇다고 해서 이 책이 이들 테마에 관한 일반론적이고 포괄적인 접근을 시도하는 것은 아니다. 이 책에서는 다만 식민지시대 한국문학이 놓인 사회적·역사적·문화적 맥락 속에서 여성의 섹슈얼리티가 규정되고 '활용'되는 정황들을 포착하고 분석해보려고 했다. 알다시피 섹슈얼리티는 단지 고정된 성적 정체성의 문제만으로 설명할 수 있는 것이 아니다. 푸코(M. Foucault)는 언뜻 비성적(非性的)인 것으로 보이는 것조차 사실은 성 정치와 성적 전략의 연장선상에 있는 것이며 그런 측면에서 섹슈얼리티는 우리 시대 진리의 결절점이라고까지 생각했다. 섹슈얼리티가 그 자체로 고정되지 않고 늘 유동적으로 변화해왔다고 볼 수 있는 근거도 바로 거기에 있다. 바로 이러한 유동성과 고정 불가능성, 다양성으로 인해 섹슈얼리티는 서로 다른 해석과 추측의 대상이 되어왔다. 정치적으로 완전히 다른 입장에 있는 사람들이 섹슈얼리티라는 토픽을 각기 자신의 관점에서 아무런 모순과 갈등 없이 전유할 수 있는 근본 원인 또한 거기에 있다. 내가 앞에서 '활용'이라는 말을 쓴 것은 섹슈얼리티의 모순적이고 이질적이며 예측 불가능한 이런 성격을 염두에 두었기 때문이다.

이 책의 관심은 식민지시대 한국문학에서 주로 여성의 섹슈얼리티가 남성주체의 실추된 정체성을 회복하기 위해 어떻게 정치적으로, 무의식적으로 활용되었는가에 초점이 맞추어져 있다. 그 결과 한국문학에서 젠더의 역학 관계가 어떻게 위계화되었으며 그것이 갖는 의미와 맥락은 무엇인가에 대한 성찰도 이 책이 담고 있는 내용이다. 이 책에서 나는 여성 섹슈얼리티를 타자화하는 남성적 주체의 문학적·정치적 전략을 비판적으로 재구성해보고자 했다. 이때 여성 섹슈얼리티는 일방적인 옹호나 비난의 대상으로 한정되지 않는다. 대체로 성적으로 과잉된 호색녀가 남성주체가 실패한 정치적 문제를 떠안는 희생양 역할을 맡았던 것은 사실이지만, 언제나 그랬던 것은 아니다. 그것은 다른 방식이긴 하지만 남성의 섹슈얼리티도 마찬가지다. 성에 대해서는 언제나 절대적 긍정이나 절대적 부정이란 있을 수 없다. 섹슈얼리티는 체제 순응적인 유순함에 가깝다가도 어느 순간 체제 전복적인 과격함을 드러내기도 한다. 그리고 그것은 대개는 사적인 것이라고 생각하지만 많은 경우 공적인 장에서 스스로를 실현하는 것이기도 하다. 나는 이렇듯 상호 충돌하는 섹슈얼리티의 모순적인 지점들을 드러내려고 했다. 그러나 그러한 의도가 성공했다고는 장담 못 하겠다. 읽는 이의 혜안에 기대해볼밖에.

어쩌면 지금 '섹슈얼리티'라는 말은 이미, 너무 낡았다는 인상을 줄지도 모르겠다. 그것은 한때 욕망·육체 등의 개념과 어울리면서 거의 모든 분야에서 무차별적으로 활용되었다. 그러나 경박한 유행담론으로 떠돌던 모든 이론적 개념의 운명이 그러하듯, 섹슈얼리티 또한 끝까지 탐구되지는 못한 것 같다. 마치 페미니즘이라는 용어가 1990년대 초반 영화 〈애마부인〉 시리즈의 선전구호로까지 사용되다가 완전히 내동댕이

쳐진 것처럼, 어쩌면 섹슈얼리티 또한 그런 운명에서 크게 벗어나지 못할 것 같다. 아니 어쩌면 섹슈얼리티는 그 말이 가진 성적 뉘앙스 때문에 더 심한 상황으로까지 내몰릴지도 모르겠다. 그럼에도 불구하고 내가 여전히 섹슈얼리티에, 페미니즘에 관심을 갖고 있을 뿐만 아니라 그 문제항을 나의 학문적 이력의 주요 항목으로 올려놓고 싶은 것은, 그 주제가 문학과 사회를 통합적으로 조망하게 해줄 뿐만 아니라 새로운 삶의 가능성을 제시하고 성찰할 수 있게 해줄 것을 믿기 때문이다. 따라서 이 책은 페미니즘과 섹슈얼리티에 대한 내 문제의식의 한 단면일 뿐이다. 이야기는 계속될 것이다.

한 가지 주제에만 집중하는 연구자들에는 두 종류가 있다. 하나는 '한우물형'이라고 한다면 다른 하나는 '단순무식형'이다. 나는 석사과정에 들어가면서부터 지금까지 줄곧 '여성'이라는 테마를 연구해왔다. 속 모르는 사람들은 나를 한 우물만 파는 우직하고 성실한 연구자라고 생각할지도 모르지만, 솔직히 고백하면 사실 나는 하나밖에 모르는 좀 무식한 인간이다. 그러나 그 하나로 페미니즘문학 연구를 선택했다는 것에 후회는 없다. 어차피 주어진 능력 안에서 내 학문적 이력을 쌓아야 한다면, 나는 지금까지 그랬던 것처럼 기꺼이 이 길을 갈 것이다. '길'이라고 말하려니 좀 쑥스럽지만, 페미니즘문학 연구가 나의 길이라는 사실은 부정할 수 없는 사실이 될 것 같다.

이 책이 나오기까지 수고해주신 많은 분들에게 고개 숙여 감사드리고 싶다. 어려운 출판 사정에도 불구하고 인문학 연구자들의 연구서에 많은 관심을 가져주시는 소명출판 박성모 사장님과 직원 여러분께 감사드린다. 그리고 언제나 그랬듯이 내 연구에 조언을 아끼지 않았던 김영찬에게도 고맙다는 말을 하고 싶다. 특히 나에게 직간접적으로 도움을 주신 모든 선후배와 동학들에게도 감사한다.

2006년 6월
심진경

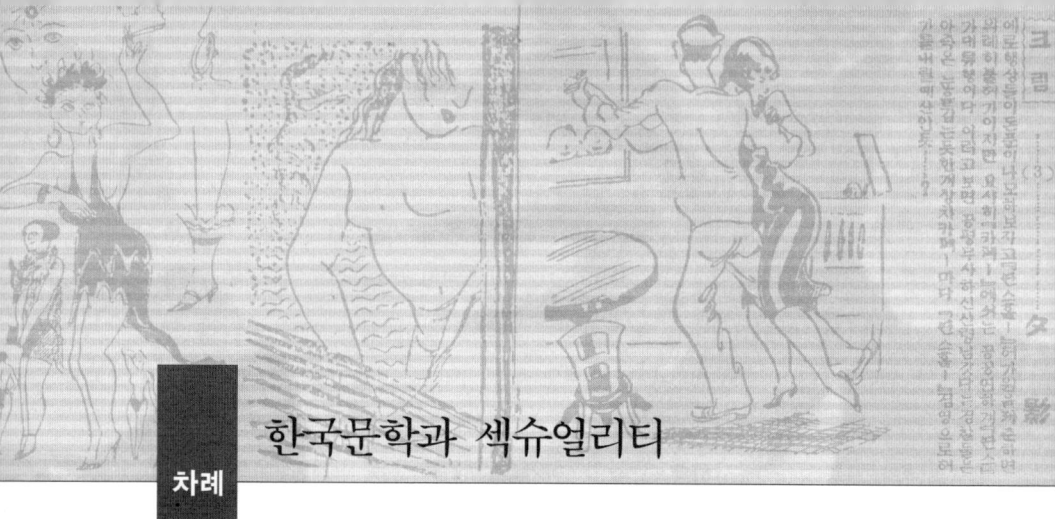

한국문학과 섹슈얼리티

차례

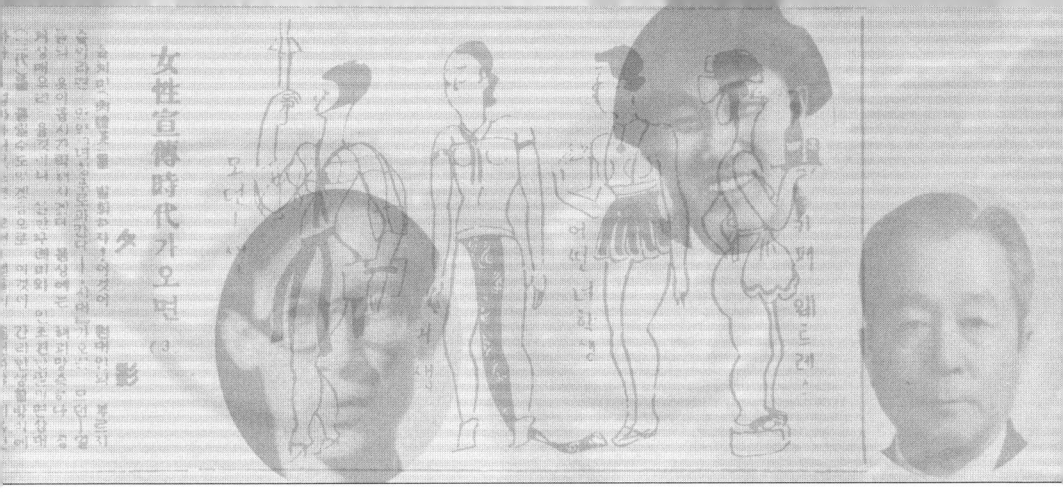

1부

1930년대 성 담론과 여성 섹슈얼리티

제1장

여성 욕망의 젠더 정치학

1. 한국문학과 성

이 연구는 1930년대 후반의 장편소설을 중심으로, 여성의 성(sexuality)[1] 과 관련된 담론을 매개로 이루어지는 식민지시대 남성주체의 구성 메커 니즘을 밝히고 그것을 통해 궁극적으로 식민지시대 한국문학의 성격을 규명하는 것을 목적으로 한다.

---

1) 본고에서 사용하는 '성(性)'의 내포와 외연에 가장 가까운 것은 '섹슈얼리티(sexuality)' 라는 개념이다. 성은 섹스(sex)·젠더(gender)·섹슈얼리티 등으로 그 의미가 다양하게 분화되어 있지만, 기실 이들 개념은 서로 긴밀하게 연관된다. 본고에서는 일차적으로 섹슈얼리티 개념을 중심으로 '성'의 의미를 한정하되, 논의 전개상 '성'을 섹스, 젠더의 뜻을 모두 포괄하는 개념으로 폭넓게 규정하고자 한다. 실제로 최근의 섹슈얼리티에 관한 연구 논문들에서는 섹슈얼리티를 성 전반을 포괄하는 매우 폭넓은 개념으로 사용하고 있다. 섹스·젠더·섹슈얼리티 개념에 대해서는 다음 장에서 상세히 설명할 것이다.

이안 와트(Ian Watt)가 『소설의 발생』에서 지적하듯이, 근대소설 형성에서 중요한 물적 토대가 되는 것은 사생활과 사적 경험이다.[2] 성과 사랑은 그 사적 경험을 구성하는 가장 중요한 요소이며, 근대적 주체의 내면 풍경을 형성하는 일차적 동인으로 작용하고 있다. 근대문학 연구에서 성이 가장 기본적이면서도 핵심적인 테마가 되어야 하는 것은 그 때문이다. 그러나 아직까지 우리 문학 연구에서 성에 대한 본격적인 논의는 드물다. 물론 최근 들어 성에 대한 관심의 증대로 성과 사랑, 욕망에 대한 논의들이 증대된 것은 사실이다. 특히 『성의 역사』를 통해 권력—지식과 '성'의 상관 관계를 밝혀낸 푸코(M. Foucault)와 이를 계승·발전시킨 서구 페미니스트들의 이론적 영향에 힘입어 성, 특히 여성의 성적 욕망과 육체에 대한 관심은 영화·연극·문학 등의 여러 장르를 넘나들면서 다각도로 확대되고 있다. 그러나 문제를 문학의 영역에 국한하여 보더라도 이러한 논의들은 대개 성에 대해 부분적으로만 다루거나 최근의 텍스트들이 주된 관심의 대상이 되고 있어, 성이 한국 근대문학의 전개 과정에서 중요한 결절점을 이룬다[3]는 문학사적 인식을 바탕으로 폭넓고 심도 있는 논의를 펼치는 데는 미치지 못하고 있다. 그런 점에서 1930년대 후반의 소설에 나타나는 성 담론을 재구성하고 그것을 우리 근대문학의 성격과 연관짓는 논의는 그 자체로 한국문학 연구에서 소외된 영역을 개척한다는 의의가 있을 뿐만 아니라 근대문학의 모습을 온전히 포착하는 한 방법이 될 수 있을 것이다.

서구의 경우 성 자체에 대한 논의는 고대부터 끊이지 않았지만, 성 담론(sexual discourse)이라고 할 수 있는 것이 형성되기 시작한 것은 근대 이후부터이다. 서구 근대사회에서 성적 욕망은 점차 정체성의 근본적인 지표이자 자아 진리의 핵심으로 등장하기 시작했다.[4] 성을 근대 문화의

---

2) 이안 와트, 전철민 역, 『소설의 발생』, 열린책들, 1988, 223~265면 참조.
3) 박헌호, 「나도향과 욕망의 문제」, 『1920년대 동인지 문학과 근대성 연구』(상허학회 편), 깊은샘, 2000, 300면 참조.

근본적이고도 본질적인 범주로 설정하고 있는 푸코(M. Foucault)의 논의는 그 점을 포착하고 있는 것이다. 푸코에 따르면, 섹슈얼리티는 근대에 들어와서 공공연하게 알려지면서 개인의 행동, 인격, 자기 정체성을 분류하는 기준이 되었다. 즉 '남성 / 여성' 혹은 '이성애 / 동성애'와 같은 성적 주체성의 문제는 이제 인간의 모든 경험의 핵심이자 진리체계의 근원을 이루는 것으로 받아들여졌다. 따라서 푸코의 입장에 따르면 성 혹은 성적 욕망은 근대적 개인으로서의 정체성 확립과 직접적으로 관련되어 있다. 그렇게 볼 때, 근대사회에서 성은 자아의 지형학을 새롭게 구축하는 데 요구되는 중요한 요소 중 하나이며, 더불어 성적 욕망 및 그것과 필연적으로 결부되어 있는 제반 사회·심리적 조건은 근대적 주체의 내면을 형성하는 불가결한 요소로 간주되어야 한다.

이처럼 성적 욕망을 근대적 주체의 성립에 있어서 중요한 요소로 간주하는 입장은 기실 많은 부분, 개인의 주체성 형성을 억압된 성적 욕망과의 관계를 통해 밝히고 있는 정신분석학적 시각에 힙입은 것이다. 특히 프로이트는 성(sexuality)과 자기 정체성의 연관 관계가 전혀 분명하지 않았을 때 그러한 연관을 밝혀냈고 또한 동시에 이 관계가 문제가 있는 것임을 보여주었다.[5] 프로이트는 「성욕에 관한 세 편의 에세이」를 비롯한 여러 글들에서, 인간 주체가 자신의 정체성을 확립하기 위해서는 다양한 성적 충동을 억압해야 하며, 무의식은 바로 그러한 억압된 성적 충동이 잠자고 있는 불안정한 영역이라고 주장한다. 즉 개인의 주체성은 바로 성적 정체성에 다름 아니며, 이는 대개 성적 충동의 억압을 통해 이루어진다는 것이다.[6] 특히 프로이트는 어린아이가 자신의 성

---

4) 리타 펠스키, 김영찬·심진경 역, 『근대성과 페미니즘』, 거름, 1999, 271면.
5) 앤소니 기든스, 배은경·황정미 역, 『현대사회의 성·사랑·에로티시즘』, 새물결, 1995, 70면.
6) 섹슈얼리티, 주체성, 그리고 성적 환상과 이의 억압 간의 관련성에 대한 좀더 상세한 논의는 Jean Laplanche & Jean-Bertrand Pontalis, "The origins of sexual fantasy", Victor Burgin & James Donald & Cora Kaplan eds., *Formations of Fantasy*, Methuen, 1986, pp.5~34

적 정체성을 획득하기 위해 반드시 통과해야 하는 동일시 과정으로 거세 콤플렉스와 오이디푸스 콤플렉스라는 두 가지 시나리오를 제시하고 그것의 구조에 대해 이론화한다.[7] 이러한 두 가지 콤플렉스 구조의 형성 과정을 통해서 알 수 있는 것은 개인의 성 정체성이 '정상적으로' 이루어지기 위해서는 성적 충동의 억압을 거쳐야만 하며, 그러한 억압의 과정이 대체로 사회화 과정과 일치한다는 점이다.[8] 이러한 주장은 유혹 환상이나 거세 환상과 같은 원초적 장면이 개인의 기원이 된다는 개체 발생적이면서 계통발생적인 진화에 대한 『토템과 타부』에서의 설명과도 관련된다. 주로 프로이트의 후기 저서에 집중되어 있는 문명사에 대한 이러한 사유가 성적 기원의 문제와 겹쳐지는 것은 우연이 아니다. 즉 성은 더 이상 개인의 운명으로서가 아니라 우리의 삶을 지배하는 문화와 역사의 문제로 받아들여지게 된 것이다.[9] 이처럼 정신분석학적 관점에서 성적 욕망은 그것이 억압을 통해 사회화 과정을 거치든 아니면 유아기의 자기애에 고착됨으로써 분열되든지 간에, 개인은 물론 인류 전체의 정체성 확립 문제와 매우 긴밀한 관련을 맺는다. 따라서 그에 따르면 주체 성립 과정은 바로 성적인 존재로서의 자기 확인 과정에 다름 아니다.

　성이 근대적 주체의 확립 과정에서 매우 중요한 요인으로 작용했다는 사실은 푸코의 『성의 역사』를 페미니즘적 관점에서 새롭게 재해석하고 있는 낸시 암스트롱(Nancy Armstrong)의 『욕망과 가정소설(Desire and the Domestic Novel)』에서도 적절하게 설명되고 있다. 이 책에서 영국 여성작가들의 '가

를 참조할 것.
7) 조셉 브리스토우, 이연정·공선희 역, 『섹슈얼리티』, 한나래, 2000, 100~101면 참조.
8) 이러한 성 정체성의 확립 시나리오는 다시 말해서 개인의 성 정체성이 사회에서 용납될 수 있기 위해서는 사회적 질서에 부합될 수 있는 과정을 겪어야 한다는 것을 의미한다. 따라서 프로이트의 정신분석학적 관점에서도, 결과적으로 섹슈얼리티는 사회적 제도나 관습들과 매우 긴밀한 상관 관계를 갖는 것으로 볼 수 있다.
9) 서동진, 『누가 성정치학을 두려워하랴』, 문예마당, 1996, 28면.

정소설'은 근대문학사 기술에서 매우 중요한 지표로 제시되고 있는데, 낸시 암스트롱은 그 이유를 다음과 같이 세 가지로 제시하고 있다. 첫째는 성이 문화적 구조이며 역사를 가지고 있다는 점, 둘째는 자아에 관한 표현들은 근대적 개인을 경제적이고 심리학적인 실체가 되도록 한다는 점, 셋째는 근대적 개인은 바로 여성이었다는 점이다.[10] 이 세 가지 전제조건에서 알 수 있듯이, 낸시 암스트롱이 가정소설을 근대소설사의 출발점으로 중요하게 다루는 이유는 바로 '가정'이라는 사적이고 내밀한 영역이 근대적 개인을 형성하는 데에 중요한 거점으로 작용했다고 보기 때문이다. 따라서 낸시 암스트롱이 '여성'을 근대적 개인으로 상정하는 이유는 단순히 새로운 여성상의 확대나 여성 지위의 상승과 같은 당시의 사회정치적 변화에 편승하거나, 문학사 기술에서 제외된 여성작가를 복권시키려는 의도 때문만은 아니다. 그녀에 따르면 19세기 소설에서 가장 주목할 만한 변화는 남성이 더 이상 정치적 논리의 주창자가 아니라 오히려 욕망에 이끌리는 가정 내적 존재로 나타난다는 사실이다. 즉 남성 인물도 이제 여성적 자질로 간주되었던 감정적 본성이나 주관주의에 의해 규정되며, 이러한 자질에 기반하여 주체성을 획득하게 된다는 것이다. 그리고 이러한 감정적 본성이나 주관주의는 바로 성적 욕망의 발견이라는 테마로 요약된다. 따라서 낸시 암스트롱이 근대적 개인으로 상정한 '여성'이란, 생물학적 성(sex)에 근거한 존재라기보다는 사적이고 은밀하게 감춰진 내밀한 성적 욕망의 메타포에 다름 아니다. 그 점을 감안한다면 근대문학 연구에서 성, 특히 여성의 성은 근대문학의 성격을 온전히 규명하기 위해서는 빠뜨리고 넘어갈 수 없는 중요한 특성이라고 할 수 있다.

1920년대에 동인지를 중심으로 전개된 한국 근대소설의 대부분이 성, 사랑, 연애의 문제에 집중되어 있으며[11] 이러한 항목들이 모두 개인의

---

10) Nancy Armstrong, *Desire and Domestic Novel : a political history of the novel*, New York : Oxford University Press, 1987, pp.4~5 참조.

정체성 확립의 문제와 관련된다는 사실은, 근대 서구사회와 마찬가지로 '성'이 우리 문학의 근대성을 해명하는 중요한 실마리가 될 수 있음을 반증한다. 특히 1920년대 초반 한국 근대문학에 나타난 근대적 개인의 추구는 연애를 통해 전통적 삶의 질서와 관습에 반항하고 성적 욕망의 실현과 좌절을 겪는 내면의 고뇌와 고투 속에서 이루어졌다고 할 수 있을 것이다. 이 점과 관련하여 1920년대 문학을 중심으로 근대성과 근대적 주체의 성립 메커니즘을 성 혹은 성적 욕망을 중심으로 살펴보고 있는 최근의 연구 성과[12]는 근대문학 성립 시기에 나타난 성 담론의 양상을 살펴보는 데 중요한 참고자료가 될 수 있을 것이다. 그러나 이들은 공통적으로 근대문학의 성립 과정에서 성이 미치는 파장 및 성적 욕망과 근대적 자아의 확립 사이의 관계에만 초점을 두면서 논의를 1920년대 초반에만 한정짓고 있을 뿐만 아니라, 이러한 근대적 주체가 결국 남성적 주체에만 한정된다는 사실의 문제성과 그 근본적인 원인에 대해서는 눈길을 돌리지 않고 있다. 게다가 자본주의의 심화와 성의 상품화 등으로 인해 성 담론이 폭증하고 성적 표현의 수위가 상대적으로 높아진 1930년대의 소설에 대해서는 그런 방식의 구체적인 접근이 아직 이루어지지 않고 있다.

1930년대 후반은 거대 담론의 산실이었던 카프 해산 이후에 문학이 통속화, 대중화되는 현상과 맞물리면서 성 담론이 폭증하던 시기였다. 즉 이 시기에 이르러 그 인식 세계가 경직된 목적 의식의 영향력에 의해서 비교적 한정되어 있던 소설이 관심의 원근법을 비로소 확산하기 시작한 것이다.[13] 게다가 1920년대에 다분히 강박적으로 나타난 연애

---

11) 이혜령, 「1920년대 동인지 문학의 성격과 여성인식의 관련성」, 『1920년대 동인지 문학과 근대성 연구』(상허학회 편), 깊은샘, 2000, 113~115면 참조.
12) 이러한 주제와 관련된 최근의 논의에는 다음의 글이 있다. 박현수, 「1920년대 초기 소설의 근대성 연구」, 성균관대 박사논문, 1999; 이혜령, 「성적 욕망의 서사와 그 명암」, 『반교어문연구』 10집, 1999; 박헌호, 「나도향과 욕망의 문제」, 『1920년대 동인지 문학과 근대성 연구』(상허학회 편), 깊은샘, 2000.

감정에 대한 표현이 성이라는 문제에 이르러서는 추상적이고 관념적인 진술에만 국한되었던 반면, 1930년대에는 성애 장면을 직접적으로 묘사할 정도로 성에 대한 인식이 확산되고 성적 욕망에 대한 표현이 구체화되는 모습이 보인다. 따라서 우리 근대소설에 나타나는 성에 대한 재현 양상을 본격적으로 살펴보기 위해서는 1930년대 후반의 소설들에 주목하지 않을 수 없다.

그러나 지금까지 우리 근대소설사는 주로 리얼리즘과 모더니즘 혹은 프로문학과 민족주의 문학의 대립 구도로 파악되었기 때문에,[14] 이러한 거대한 틀에 포섭되지 못하는 작품들은 소설사의 구도에서 생략되거나 폐기될 수밖에 없었다. 특히 성에 대한 묘사나 성 담론이 전면에 부각되어 있는 소설들은 대부분 통속소설로 분류되어 이러한 소설사적 구도에서 배제될 수밖에 없었다.

문제는 거기에서 그치지 않는다. 특히 우리 문학의 근대성과 관련하여 1930년대 문학을 논할 경우에도 주로 구인회의 작가들과 카프 계열의 작가들을 중심으로 기술되었는데, 이러한 접근 방식은 근대성을 남성주체의 능동적이고 자기 규정적인 방식으로 이해하는 것과 밀접한 관계가 있다. 왜냐하면 카프와 구인회의 작가들이 기본적으로 모두 남성 작가들이고 또 그들의 작품 속에 드러나는 근대성의 논리가 남성 중심적인 욕망이나 규범에서 크게 벗어난 것이 아닌 한, 이들을 중심으로 근대성에 대해 논의할 경우 주변부적인 존재로서의 여성과 이들의 성적 욕망의 서사는 필연적으로 배제될 수밖에 없기 때문이다. 다시 말해 근대성에 대해 진보와 계몽의 이상을 척도로 규정하거나 규율화된 남성적 질서의 관점에서만 접근할 경우, 근대성의 숨겨진 영역이나 배제된 타자성의 영역은 억압된 채 쉽게 그 모습을 드러내지 못한다. 예컨대 근

---

13) 이재선, 『한국소설사—근·현대편』 I, 민음사, 2000, 351면.
14) 1930년대 소설을 이러한 리얼리즘과 모더니즘의 이분법적 도식으로 접근하는 대표적인 논의로는 김윤식·정호웅, 『한국소설사』(개정증보판), 문학동네, 2000.

대성의 규범적인 거대 담론에 포섭되지 않는 여성작가들의 작품이나 카프 해산 이후 급속하게 통속화된 소설들에서 제기되는 다양한 성의 문제는 이러한 양극화된 논리의 틀로는 적절하게 설명하기 어렵다.

이는 근대성을 남성 중심적인 시각에서 재구성함으로써 여성을 근대의 주변부에 위치짓는 방식과 일맥상통하는데, 특히 여성의 성에 대한 규제와 통치는 '근대성=남성성'이라는 성별화된 시각을 확립하는 역할을 해 왔다. 그런 시각에서 보면, 근대성은 비성적(非性的)인 남성성의 관점에서만 규정되어 왔다고 해야 할 것이다. 그러나 근대성은 기실 그와는 달리 남성과 여성, 성적인 것과 비성적인 것 사이의 복잡하고도 다층적인 결합 양상들을 통해 드러난다. 그때 중요하게 부각되는 것이 바로 '성'이라는 테마다. 성은 그 자체로 근대성의 규범적 논리에서 배제되어온 개인의 내밀한 심리적 충동이 표현되고 발현되는 장(場)이기 때문이다. 나아가 성은 근대의 양가적인 모습이 교차하는 지점이기 때문에, 이성과 합리성이라는 근대성의 발전 논리가 오히려 모순적이고 서로 상충하는 충동들과 긴밀하게 결합되고 있음을 드러내주는 지점이 될 수 있는 것이다.[15] 따라서 근대소설에 나타나는 성과 성적 욕망에 대한 세밀한 탐색은 근대성의 숨겨진 영역들을 들추어냄으로써 근대성의 지형도를 전체적으로 그려 보일 수 있는 통로가 될 것이다.

본고에서 1930년대 후반 장편소설에 나타난 여성 섹슈얼리티를 중심으로 논의를 전개하려는 것은, 앞서 살펴보았듯이 지금까지 근대성의 주변부적 테마였던 여성과 성을 중심으로 근대성에 접근해야만 근대성에 대한 풍부하고 다층적인 논의가 가능하기 때문이다. 또한 한국문학사에서 근대적 남성주체의 성립이 어떻게 여성의 섹슈얼리티를 타자화

---

15) 판매자이면서 상품이기도 한 창녀의 육체에 대한 서로 이질적이고 다양한 해석은 바로 이러한 근대의 양가성을 잘 드러내주고 있다. 서구의 많은 비평가들이 창녀를 경제와 성욕, 합리적인 것과 비합리적인 것, 도구적인 것과 미적인 것 간의 모호한 경계를 교란시키는 대표적인 예로 분석하는 경우가 그렇다. 리타 펠스키, 김영찬·심진경 역, 앞의 책, 47면 참조

하면서 이루어지며 그것을 통해 구성되는 남성주체성이 어떤 성격을 지니게 되는가에 관해서도 기존과는 또 다른 관점에서 밝힐 수 있기 때문이다. 따라서 본고의 논의는 여성 섹슈얼리티가 타자화되는 방식을 중심으로 전개될 것이다. 이를 위해 이 글에서는 의도적으로 남성작가의 작품만을 연구 대상으로 선정하였다. 이는 여성작가의 작품보다는 오히려 남성작가의 작품을 통해서 근대적 남성주체가 여성 섹슈얼리티를 타자화하고 배제함으로써 구성되는 과정이 잘 드러날 수 있다고 보기 때문이다.

물론 이러한 논의 방식이 최근의 성 담론이나 이론적 경향에 비추어볼 때는 다소 시대착오적이라는 인상을 줄 수도 있다. 특히 여성 섹슈얼리티의 유동성과 모호성을 남근중심주의(phallocentrism)나 이성중심주의(logocentrism)에 의해 형성된 지배적인 중심을 해체하고 전복하는 전략적 힘으로까지 추앙하고 여성적 열락(jouissance)을 중심 권력을 해체하는 여성적 글쓰기(écriture féminine)와 연계시키는 최근의 페미니즘적 논의들을 고려해 본다면, 여성 섹슈얼리티가 타자화된다는 본고의 주장은 여성 섹슈얼리티가 가진 잠재적인 힘을 과소평가하는 논의로 생각될 수도 있을 것이다. 또한 처음부터 남성을 주체로, 여성을 객체 / 타자로 보고 논의를 전개하는 이러한 논의 방식은 일견 여성을 무기력하고 수동적인 존재로 재현하는 기존의 방식과 별반 다르지 않은 것으로 비춰질 수도 있을 것이다. 그러나 일단 1930년대에만 국한해서 본다면 사정은 달라진다. 물론 이 시기 여성작가의 소설 중에서 성에 대한 과감한 묘사나 성적 일탈의 매혹에 대해 서술하고 있는 작품이 없는 것은 아니다. 그렇지만 그 경우에도 대체로 사회적으로 부과된 성적 관념이나 관습이 내면화된 여성 화자에 의해 여성 섹슈얼리티의 능동적이고 적극적인 측면이 축소되거나 소거되는 경향이 강하다는 점이 먼저 지적될 필요가 있다. 그런 점에서 적어도 1930년대 후반 소설의 경우, 여성 섹슈얼리티는 오히려 수동적이고 소극적인 것으로 나타난다고 보는 것이 보다 실상에 가깝다. 따라서 1930년대 후반의 장편소설에 나타나지도 않는 자율적 여성상의 환상을 좇는 것보다는 오히려 그 시대에 여성이 처한 현실과 여성 섹슈얼리티의 재현 양상을 구체적으로 이해하는 작업이 선결되어야 한다. 그러한 작업은 아직까지도 수많은 남성작가의 작품 속에서 반복적으로 나타나고 있는 여성 섹슈얼리티의 타자화가 어떠한 심리적·제도적 메커니즘 속에서 이루어지는가를 밝히는 데도 중요한 참고가 될 수 있을 것이다. 더불어 그 과정에서 식민지시대 근대문학에서 이러한 여성 섹슈얼리티의 타자화를 통해서 형성되고 또 회복되는 남성 주체성의 본질에 대해서도 좀더 다층적인 이해와 통찰에 이르게 될 것이다.

2. 근대문학의 성

성(sexuality)이라는 화두가 의미 있는 문학적 주제로 대두된 지 얼마 되지 않았기 때문에, 한국문학 연구에서 성은 미개척 영역이라고 할 수 있다. 그러나 '성'을 전면에 내세우지 않으면서도 부분적으로 성의 문제를 다룬 앞선 연구 성과들을 찾아볼 수 있다. 이들 논의는 대개 성과 밀접하게 관련된 연애·결혼·사랑 등의 문제에 초점을 맞추어 근대문학의 형성 및 성격을 밝히고 있다. 이러한 논의를 포함하여 한국문학 연구 과정에서 그 동안 이루어진 성에 관한 연구는 크게 세 가지로 나누어 볼 수 있다. 우선 첫 번째는 '문학에 있어서 성이란 무엇인가?'라는 문제제기[16]를 통해 한국문학과 성적 욕망의 문제를 포괄적으로 다루고

---

16) 전영태, 「문학·연애·성욕─문학에서 성이란 무엇인가」, 『동서문학』, 1992년 3월. 이 글은 고전과 현대, 서양과 동양을 넘나들면서 성욕에 대한 다양한 표현 방식들을 문제삼고 있지만, 너무 피상적이고 단편적이어서 성과 문학에 대한 본격적인 논의로 보기는 어렵다.

있는 논의를 들 수 있다. 두 번째는 근대성의 형성 과정을 살피는 과정에서 성적 욕망이 근대성의 한 징표이자 근대적 주체의 성립 기반이라는 점을 밝히는 작업을 들 수 있다. 세 번째는 페미니즘적 관점에서 여성작가의 작품을 대상으로 여성성과 근대성의 상관 관계를 밝히고, 이를 통해 여성의 성적 욕망이 어떻게 전개되는 동시에 배제되고 있는지를 살펴보는 논의가 있다.

우선 첫 번째 경향의 연구로는 정종진[17]의 논의를 들 수 있는데, 그는 한국문학 전반을 대상으로 하여 소설과 시에 나타나는 다양한 성 표현 기법에 대해 처음으로 진지하게 다루었다. 정종진의 연구는 그 동안 문학 연구에서 소외된 성의 문제를 과감하게 다루고 있다는 점에서는 선구적이라고 할 수 있다. 그러나 성의 표현 방식에만 논의를 한정하고 있고 그 내용 또한 너무 일면적이고 상투적이어서 새로운 논의라고 보기 어렵다. 특히 저자는 식민지시대의 문학을 다루면서 소극적이고 암시적인 성 묘사에 대해서는 부정적으로 평가하는 반면, 적극적이고 대담한 성 묘사에 대해서는 긍정적으로 평가하면서 성적 욕망에 대한 적극적인 표현이 마치 일제의 억압에 대한 저항의 방식인 것처럼 논의한다. 그러나 이러한 주장은 성 해방을 일면적으로 민족 해방의 한 방식으로만 해석할 여지가 있고, 또한 성이 사회·문화적 맥락과 관계맺는 방식이나 성별에 따라 다르게 구성되는 측면을 배제했다는 점에서 문제가 될 수 있다. 김형자[18] 또한 성을 금기와 위반이라는 두 가지 잣대를 중심으로 해석한 뒤, 이를 바탕으로 한국문학 전반에 나타난 성에 대해 포괄적으로 살펴보고 있다. 그러나 논자는 사회·역사적 맥락에 따라 끊임없이 재해석될 수 있는 성적 욕망을 단지 금기와 위반이라는 단순한 이분법적 논리로 감싸버림으로써 오히려 성에 대한 소박한 이해에만 머무르고 있다. 특히 성이 금기를 위반함으로써 쾌락과 도취를 느끼게

---

17) 정종진, 『한국 현대문학의 성 표현 방법』, 태학사, 1997.
18) 김형자, 「한국문학과 성」, 『한국문학논총』 19집, 1996, 12면.

하지만, 위반이 다시 금기로 회귀함으로써 금기의 세계를 더욱 확고하게 한다는 주장은 이를 뒷받침할 만한 적절한 논리적 근거가 빈약해서 막연하고 추상적이라는 인상을 준다. 결국 정종진과 김형자의 연구는 성을 하나의 문학적 주제로 삼아 일관되게 분석하고 있다는 점에서는 평가할 만하지만, 연구 대상이 너무 포괄적이고 그 내용 또한 구체적이지 않기 때문에 오히려 문학 연구에서 성적 주제를 다루는 일의 어려움만 토로하는 결과가 되었다.

　오히려 최근에 성 혹은 성적 욕망과 관련하여 주목할 만한 연구는 1920년대 문학과 관련하여 성적 주체의 성립 메카니즘을 한국문학의 근대성이라는 측면에서 살펴보고 있는 일련의 글들이다. 박헌호·이혜령·박현수의 논의가 바로 그것인데, 이들이 공통적으로 문제삼고 있는 작가는 바로 나도향이다. 초기작에서부터 남녀 사이의 성적 욕망을 집중적으로 탐구해 왔으며 그것을 근대적 자아의 각성과 관련지어 생각했던[19] 나도향을 이들 연구자들이 연구 대상으로 삼은 것은 어쩌면 너무나 당연한 일인지도 모른다. 이 중 근대를 성적 욕망과 낭만적 사랑이라는 대립항들이 혼재되는 공간으로 설정하고 있는 박헌호는 근대소설의 중요한 지표 중의 하나인 '내면'의 문제가 실은 성욕을 매개로 한 자아 성찰에 의해 탄생되었다고 본다.[20] 그러나 이러한 개인의 성적 욕망은 민족적 현실이라는 당위로 말미암아 그 모습을 드러내자마자 다시 억눌리는 운명을 겪기 때문에, 한국문학에서 욕망은 한 번도 적극적으로 긍정된 적이 없다고 주장한다. 나도향의 『환희』에 나타난 성욕의 문제를 근대적 개인의 정체성 확립이라는 문제와 관련짓고 있는 이혜령의 논의[21]는 근대적

---

19) 박헌호, 「삶에 부딪쳐 파열한 근대적 욕망─나도향, 그리고 그의 '어머니'」, 『민족문학사연구』 12호, 1998, 246면.
20) 박헌호, 「나도향과 욕망의 문제」, 『1920년대 동인지 문학과 근대성 연구』(상허학회 편), 깊은샘, 2000, 311면 참조.
21) 이혜령, 「성적 욕망의 서사와 그 명암」, 『반교어문연구』 10집, 1999. 이는 "『환희』는 성적 욕망의 문제를 근대적 개인의 발견과 확립에 있어서 가장 핵심적인 문제로 삼았다

주체의 성립 메커니즘을 성적 욕망과 관련지어 설명하는 박헌호의 논리의 연장선상에 있다. 이혜령 또한 『환희』에서의 성적 욕망이 자아 실현의 열망과 관련됨에도 불구하고 이러한 사랑이 '환희(幻戲)'에 그칠 수밖에 없었던 이유를 파행적인 식민지 현실에서 찾고 있다.[22]

박현수 또한 나도향의 소설이 지향한 사랑이 자기 완성이나 자아 실현을 위한 매개이자 도구라는 점을 지적하고 있다.[23] 그러나 그는 이처럼 자기 완성의 매개로 설정된 사랑이 식민지 현실 속에서 그 실현 가능성을 차단당했기 때문에, 결국 구체적인 형상을 얻는데 실패했다고 본다. 그리고 바로 이러한 실패로 인해 드러나게 된 사랑의 부정적 측면이 '정욕'이나 '육욕'으로 나타난다고 주장한다. 즉 정욕이나 육욕은 실현 가능성이 상실되거나 억압된 리비도가 지향하는 지점[24]이라는 것이다. 앞서 박헌호와 이혜령이 나도향 소설에 나타난 성적 욕망을 근대적 자아의 성립을 가능하게 하는 밑받침으로 보았던 것과는 달리, 박현수는 이를 근대적 사랑의 지향이 파멸됨으로써 나타난 욕망의 부정태로 보고 있다. 이처럼 1920년대 소설에 나타난 성적 욕망은 연구자에 따라 근대적 자아 확립의 원동력이자 근대성의 중요한 지표로, 아니면 참사람으로서의 자기 완성이 좌절되면서 이에 대한 반향으로 분출된 파멸의 증후로 상반되게 해석되고 있다. 그러나 이러한 해석의 차이에도 불구하고 이들 세 연구의 공통점은 1920년대 초기 소설들에서 성적 욕망이 근대적 주체 확립의 문제와 긴밀하게 관련되었다는 사실에 주목하고 있다는 점이다. 이처럼 위의 연구들은 성적 욕망이나 사랑의 문제를 근대적 주체의 자의식의 확립과 관련지어 설명하면서 성의 의미를 근대성의 확립 문제와 연결시켜 살펴보았다는 점에서 이후의 성과 문학에 관한

는 데 그 문학사적 의의가 있다"와 같은 진술을 통해서도 확인할 수 있다(281면 참조).
22) 위의 글, 290면.
23) 박현수, 「1920년대 초기 소설의 근대성 연구」, 성균관대 박사논문, 1999, 115면.
24) 위의 글, 135면.

논의에 중요한 시사점을 던져주고 있다고 본다.

　그러나 이들 연구는 성과 사랑을 긍정적이든 부정적이든 간에 근대적 주체의 성립 과정에서 중요하게 작용했던 동인임을 지적하면서도 성과 관련되어 나도향에만 논의를 집중시킴으로써, 성적 욕망의 문제를 좀더 포괄적으로 다루지 못하는 한계를 드러내고 있다. 반면 김동식은 「낭만적 사랑의 의미론」[25]에서 신소설부터 1930년대 소설까지를 아우르면서 연애·사랑·성욕을 중심으로 펼쳐지는 낭만적 사랑의 의미를 밝히고 있어서, 1920년대에만 한정된 논의의 한계를 넘어서 성의 문제를 좀더 폭넓게 다루고 있다. 이 글에서는 신소설, 이광수의 『무정』, 나도향의 『환희』와 현진건의 『적도』, 그 다음에 이광수의 『사랑』과 방인근의 『방랑의 가인』 등을 중심으로, 낭만적 사랑의 형성, 전개, 변모의 과정을 결혼·연애·사랑·성 등의 문제를 통해 살펴보고 있다. 김동식은 신소설이 가문의 논리에 따라 생물학적 재생산을 목적으로 하는 봉건적인 부부 관계가 아닌 사회적 의무에 의해 결합된 새로운 부부와 가정의 탄생을 제시하고 있지만, 이는 근대적 국가와 각성한 개인이라는 계몽의 기획에 의해 생산된 것이므로 진정한 의미의 낭만적 사랑이라고 보지는 않는다. 오히려 그는 이광수의 『무정』에서 비로소 '낭만적 연애─결혼─가정'이라는 새로운 삶의 방식이 본격적으로 제시됨으로써, 섹슈얼리티의 문제가 낭만적 연애와 결혼이라는 형식 속에 통합되고 있다고 본다. 반면에 나도향의 『환희』와 같은 소설에서 낭만적 사랑에 대한 기대는 성적 욕망과의 갈등을 통해 문제적인 것으로 제시되고 있으며, 이는 1930년대에 이르면 일부일처제와 섹슈얼리티의 대립으로 나타나게 된다고 본다. 이처럼 김동식은 '낭만적 사랑'이라는 개념을 중심으로 신소설부터 1930년대까지의 소설을 대상으로 하여, '명령에 의한 결혼 / 자유연애에 의한 결혼'이라는 근대 초기의 자유연애의 양상이 1930년대에

---

25) 김동식, 「낭만적 사랑의 의미론」, 『문학과사회』, 2000년 겨울, 130~166면 참조.

이르면 '안정된 가정 / 관능적인 사랑'이라는 도식으로 변모되고 있음을 지적하고 있다. 그리고 이러한 대립의 중심에 놓여져 있는 항목이 바로 '섹슈얼리티'라는 사실을 강조한다. 김동식의 이러한 주장은 본고의 논의 전개에 있어서 중요한 시사점을 던져준다. 비록 '안정된 가정 / 관능적인 사랑'이라는 도식이 1930년대 모든 사랑과 연애의 관계를 대표하는 것이라고 보기는 어렵지만, 그럼에도 불구하고 섹슈얼리티를 1930년대 소설에 있어서 문제적인 항목으로 설정하고 있다는 점은 주목할 만하다.

마지막으로 페미니즘에 대한 본격적인 논의가 진행되는 과정에서 이루어진 여성의 성에 대한 다양한 연구는 타자화되고 배제된 여성의 성적 욕망에 관해 주목할 만한 시사점을 던져주고 있다. 대표적인 논의로는 최혜실과 이태숙, 김영민의 작업[26]을 들 수 있다. 사실 이들이 다루는 여성작가들은 이미 많은 여성 연구자들에 의해 페미니즘적 시각에서 다루어진 바 있다. 그러나 기존 논의가 성차별적 이데올로기에 의해 한국문학사에서 소외된 여성작가들을 문학사적으로 새롭게 조명하는 데 의의를 두었던 반면, 최혜실과 이태숙은 주로 여성의 성에 초점을 맞춰서 논의를 전개함으로써 여성 성욕에 대한 새로운 시각을 견지하고 있다. 이 중 최혜실은 신소설부터 1920년대 여성작가의 소설까지를 대상으로 삼아, 근대성과 성의 길항 관계를 밝히고 있다. 김동식이 '낭만적 사랑'을 중심 개념으로 삼아 논의를 전개한 것과 마찬가지로, 최혜실 또한 자유연애의 등장 및 결혼 이데올로기의 등장을 이론적 배경으로 제

---

26) 최혜실,『신여성들은 무엇을 꿈꾸었는가』, 생각의나무, 2000; 이태숙,「여성성의 근대적 경험양상—1920~1930년대 문학을 중심으로」, 고려대 박사논문, 2000; 이태숙,「근대성과 여성적 정체성의 정립」,『여성문학연구』제3호, 한국여성문학학회, 태학사, 2000; 김영민,「한국 근대소설과 성(gender)」,『소설과사상』, 2000년 가을.
　　이 중 김영민의 글은 비록 여성작가의 작품을 대상으로 하고 있지는 않지만, 근대소설의 전개 과정에서 여성의 욕망이 남성작가에 의해 거세되는 비극적 삶의 양상을 다루고 있으므로 페미니즘적 시각을 전제로 하고 있다고 볼 수 있다. 다만 작품에 대한 해석이나 평가가 심도 있게 전개되지 못한 점이 아쉽다.

시한 뒤 본격적으로 1920년대에 주로 활동한 나혜석·김일엽·김명순을 대상으로 여성의 성과 사랑에 대한 고백의 양식이 남성작가와 달리 이중으로 식민화된 여성의 현실을 은유적으로 드러내고 있음을 밝히고 있다. 그러나 이러한 최혜실의 주장은 텍스트에 대한 치밀한 분석보다는 주로 여성작가의 삶에 초점을 맞추고 있어서, 논리적 근거가 불충분하다는 인상을 준다. 반면에 이태숙은 여성성을 근대성의 타자로 규정하는 이러한 논리에 반박하면서 이러한 주장이 여성성을 반근대성으로 고착시킬 위험성을 지적한다. 그리고 이러한 여성성과 더불어 성욕의 문제가 다루어져야만 근대성에 대한 다양한 시각의 편차를 살펴볼 수 있다고 주장한다. 그러나 여성을 근대의 타자로 규정해서는 안 된다는 이태숙은 주장은, "여성의 성욕은 남성 성욕과 달리 철저하게 존재 자체가 거부되어 왔기 때문에" 더욱 의미가 있다는 상반된 진술에 의해 논리적인 모순에 빠지게 된다. 그러나 최혜실과 이태숙의 논의는 여성의 성이 근대성의 본질에 대한 새로운 시각을 제시하고 있다는 점을 밝히고 있다는 점에서, 본고의 논의에 중요한 시사점을 던져주고 있다.

이 같은 기존 논의를 통해서 추론할 수 있는 사실은 우선 성적 욕망이 근대성의 형성과 매우 긴밀한 상관 관계에 있다는 점, 그리고 그러한 성적 욕망은 특히 1930년대 소설에서 그 의미가 더욱 분명해진다는 점이다. 아울러 페미니즘적 시각에서 여성의 성적 욕망을 다룬 논의에서 주목할 점은 바로 이러한 근대적 자아 성립의 메커니즘에서 주요한 대상이 바로 여성이며, 여성을 향한 성적 욕망이나 사랑은 당대 문학작품의 주요한 제재였다는 점이다.[27] 즉 '참자기'를 구현하고자 노력했던 근대적 주체란 다름 아닌 남성적 주체였으며, 그 과정에서 여성은 자연스럽게 타자화될 수밖에 없었다는 것이다. 그리하여 남성에게 있어서 성적 욕망이 자기 발견의 한 통로가 되는 반면, 여성의 성적 욕망은 부

---

27) 이혜령, 앞의 글, 114면.

자연스럽고 위험한 것으로 치부되었다. 여성의 성욕에 대한 부정적인 태도는 비록 명시적으로 드러나고 있지는 않지만, 김동식이 1930년대를 대표하는 연애의 도식으로 설정한 '안정된 가정 / 관능적인 사랑'에서도 발견할 수 있다. 왜냐하면 '안정된 가정'을 붕괴시키는 '관능적인 사랑'의 주체는 다름 아닌 여성이며, 이때의 여성 성욕은 남성 중심적인 기성 질서를 파괴할 수도 있는 부정적인 것으로 기호화될 것이기 때문이다. 여성 성욕에 대한 이러한 관습화된 시각은 지금까지도 지속되고 있는 실정이다.

위계화된 성별 구조는 현재까지도 지속적으로 남성과 여성의 섹슈얼리티를 각기 다르게 구성해 왔다. 성 담론을 형성하는 가장 근본적이면서도 뿌리깊은 이러한 성별 위계 구조는 일견 성에 대한 논의가 확산되고 개방되는 듯이 보였던 1930년대 후반에도 여전히 견고하게 유지되었다. 따라서 이 시기에 새롭게 구성된 성적 주체(sexual subject) 또한 성별에 따라 다르게 나타날 수밖에 없다. 다른 한편, 1930년대 후반으로 갈수록 식민지적 모순이 심화되고 민족주의적 의식이 점점 더 강화되기 시작하면서 성은 당면한 민족적 위기의 원인으로 지목되기도 했다. 그리하여 성을 둘러싼 담론은 끊임없이 생산되었지만, 다른 한편으로 성은 민족의 위기라는 거대 담론에 의해 배제되고 통제되기도 하였다. 예컨대 1930년대 후반에 지배적이었던 모성 담론은 그것이 이태준의 『성모』처럼 민족 담론에 근거하건, 채만식의 『여인전기』의 경우처럼 제국주의 식민 담론의 산물이건 간에, 거대 담론을 위해 여성의 성적 욕망을 희생시키는 형식을 취하고 있다. 혹은 현진건의 『적도』에서처럼, 민족 담론에 의해 남성의 성적 욕망은 순화되기도 한다. 이처럼 성 담론은 가부장제, 민족주의, 식민주의 담론들과 경합하거나 이들 담론을 매개하면서 나타나기 때문에, 그 시대를 총체적으로 드러내 줄 수 있는 중요한 결절지점이 될 수 있다.

이는 당시 활발하게 쓰여진 장편소설에서 이러한 성 담론이 다양한 지층을 형성하면서 뚜렷하게 나타나는 것에서도 알 수 있다. 그리고 이러한 성 담론은 소설의 주제는 물론 당대 지식인들의 내면과도 밀접한 연관을 갖는다. 특히 1920년대의 성 담론이 식민지 조선이라는 현실항을 거세하고 근대적 주체의 내면 풍경 및 예술이라는 자율적 세계의 경계 안에 한정될 수밖에 없었다면, 1930년대는 근대적 의식의 일상화로 인해 성에 대한 해석의 지평은 부득이 확대되었다. 따라서 이 글은 자본주의와 상품화 등에 의해 '모던'으로 일컬어지는 근대적 의식이 일상생활 속에서 재기발랄하게 펼쳐지는 한편 외부 정세의 변화에 의해 식민지 조선의 모순이 더욱 첨예해질 수밖에 없었던 1930년대 후반 장편소설에 나타난 성 담론의 전개 양상을 여성 섹슈얼리티를 중심으로 살펴보고자 한다.

그것을 위해 이 글에서는 '성'을 에로스나 에로티시즘의 하위 개념으로 일면적으로 규정하거나[28] 이성으로 통제되기 어려운 인간 본성의 하나로 보기보다는, 다양한 사회문화적 맥락 속에서 성별·계급·연령·규범·제도 등과 관계맺는 양상을 통해 규정되는 다층적 개념으로 접근하고자 한다. 특히 이 글에서 중점적으로 다루고자 하는 여성 섹슈얼리티는 바로 이러한 다양한 사회·문화적 층위들과 긴밀하게 결합되는 지점이라는 점에서 다층적 개념으로서의 성의 모습을 잘 드러내줄 수 있다고 본다. 이를 위해 본고에서는 채만식의 『탁류』, 이태준의 『성모』,

---

[28] 전미정, 「한국 현대시의 에로티시즘 연구」, 서강대 박사논문, 1998, 1~11면 참조 이 논문에서 저자는 에로스와 에로티시즘을 섹스와 섹슈얼리티를 포함하는 좀더 폭넓은 상위개념으로 규정한다. 즉 저자는 섹스나 섹슈얼리티는 성 행위 및 생식 등과 관련된 생물학적 개념에만 한정짓는 반면, 에로스나 에로티시즘은 "성 행위에서 인간의 내적 정신을 고찰하여", "양적이고 질적"으로 승화시킨 것으로 보고 있다. 본고에서는 이처럼 성을 정신적 차원의 문제로 고양시키는 이와 같은 논의와는 다른 맥락에서 성에 접근하고자 한다. 일차적으로 본고에서는 인물들간의 구체적인 성적 관계가 전제된 소설을 대상으로 하기 때문에, 오히려 성 행위 및 생식과 관련된 섹스와 섹슈얼리티 개념을 채택하려고 한다. 아울러 본고는 성적 행위를 단순히 개별적 차원의 문제로만 보지 않고, 이러한 성 관계가 표출되는 방식의 차이를 통해 성에 대한 사회역사적 접근을 시도할 것이다.

유진오의 『수난의 기록』, 이효석의 『화분』을 대상으로 하여, 1930년대 후반에 다른 담론들과 다양하고 복합적인 관계를 맺으면서 드러나는 여성 섹슈얼리티와 성 담론의 구체적인 양상에 대해 살펴보고자 한다.

　사실 이 글의 연구 대상을 선정하는 일은 매우 어렵다. 왜냐하면 앞서 지적한 것처럼 성은 그 자체로만 존재하기보다는 사랑·연애·결혼·가족 등과 같이 성과 긴밀하게 연관되는 코드들과 결합되어 나타나거나, 더 나아가 사회적 관습이나 규범, 제도를 통해 드러나기도 하기 때문이다. 따라서 성은 모든 소설에서 나타난다고 말할 수도 있으므로, 어쩌면 모든 소설을 연구 대상으로 삼아야 할지도 모른다. 그러나 필자의 역량과 본고의 논의 방향에 맞추어 본고는 위의 네 작품을 중심으로 선정하였다. 본고에서 1930년대 후반 장편소설만을 논의 대상으로 삼은 이유는 당시의 장편소설이 대개 신문연재의 형식으로 창작되었다는 점에서 1930년대라는 동시대성을 가장 잘 드러낼 수 있을 뿐만 아니라, 신문이라는 매체의 속성상 소설에서 대중의 주요 관심사를 다룰 수밖에 없었을 것이라고 보기 때문이다. 특히 이 네 작품은 성적 표현의 정도와 수위가 비교적 높고, 중심 인물의 행위와 그 결과가 성적인 의미항을 형성하고 있어서 중요하게 다룰 만하다고 본다.

　이들 소설에서 공통적으로 나타나는 특징은 여성의 성적 욕망이 어떤 방식으로든지 서사 전개 과정에서 매우 중요한 계기로 작용하지만 본격적으로 발현되자마자 억압되는 운명을 겪게 된다는 점이다. 다시 말해, 이들 소설에서는 일견 일탈적이고 파격적으로 보이는 여성의 성적 욕망도 결국에는 근대적 남성주체의 확립을 위한 도구로 타자화되는 과정을 겪게 된다. 그 점에서 이들 장편소설은 카프가 해산되고 민족 담론이 방향을 잃던 시기에 남성주체가 상실된 주체성을 회복하려고 하는 시도가 주로 여성 섹슈얼리티의 억압과 통제에 기반하고 있음을 잘 보여준다.

　따라서 본고는 성이 현실의 한 축도가 될 수 있다는 전제하에 1930년대라는 시대적 조건과 식민지 조선이라는 역사적·사회적 조건 속에서 여성 존재의 성적 욕망이 어떻게 타자화되는지에 초점을 맞추어 논의를 전개하고자 한다. 본론의 내용 전개 방식을 정리해 보면 다음과 같다. 우선 이 글에서는 육체가 성적 욕망의 원천이자 성적 욕망의 표출 지점이라는 점에 착안하여, 여성 육체가 표현되는 방식에 주목하면서, 이러한 성적 기호로서의 여성 육체가 어떻게 비성화(非性化) 내지는 탈성화(脫性化)의 과정을 겪게 되는가를 서사 구조를 중심으로 살펴보고자 한다. 그리고 다음 절에서는 이러한 여성의 성적 욕망과 육체가 남성의 욕망 투사 작용을 거치면서 어떻게 재의미화되는가를 살펴볼 것이다. 특히 이들 소설에서 나타나는 손상된 정체성이나 불안정한 주체성이 여성의 육체와 성에 대한 통제와 제약을 통해 구성된다는 점에서, 여성 섹슈얼리티는 남성적인 규율권력에 의해 통치되고 규정되는 여성 정체성의 모습을 잘 드러내줄 수 있을 것이다. 마지막으로 각각의 작품마다 여성 섹슈얼리티를 타자화하는 네 가지 방식(식민화·모성화·이분화·미학화)을 밝히고, 이러한 타자화를 통해 위기에 처한 남성이 어떻게 자기 정체성을 재확립하게 되는가에 관해 살펴보고자 한다.

　그리하여 본고에서는 성적 욕망을 개인의 심리 발달 과정에서 중요한 항목으로 간주하는 정신분석학적 관점을 참고하되, 성욕이 자연적으로 주어진 본능이 아니라 사회역사적으로 구성된 것이라는 푸코의 견해를 바탕으로, 이러한 성 담론의 다양한 스펙트럼을 펼쳐 보이고자 한다. 특히 여전히 (민족주의적 경향이 강한) 가부장제적이고 남성 중심적인 사회체제로 인해 여성의 성적·사회적 지위가 보장되지 못했던 1930년대에 생산된 텍스트에 나타나는 여성 섹슈얼리티를 분석하기 위해서는 여전히 성별 정치학(gender politics)의 관점이 필요하다. 왜냐하면 여성의 성 정체성은 단순히 문화적으로 구성될 뿐만 아니라 섹슈얼리티가 억압을 통해서 물질화되는 과정과 분리할 수 없는 것이기 때문이다. 아울러 당시에 이러한 과정을 거쳐서 구성된 여성주체란 다름 아닌 남성주체의 타자에 불과했다는 점에 유의하여, 여성의 성 정체성이 어떻게 거대 담론과 남성적 시각의 동일시의 대상이 되는가도 살펴볼 것이다.

3. 성 담론의 스펙트럼

흔히 성은 식욕과 더불어 인간의 본성으로서 인간에게 내재된 고유한 것으로 인식되었다. 성에 대한 이러한 기본적인 원칙을 성적 본질주의(sexual essentialism)라고 하는데,[29] 이에 따르면 성은 영원히 변화하지 않고, 비사회적이며, 초역사적이다. 그리하여 이들은 성이 사회적 삶과는 무관하게 존재하는 것이기 때문에 어떠한 역사도 없으며 어떠한 의미 있는 사회적 결정요소도 될 수 없다고 주장한다. 그러나 최근의 '동성애' 논의만 하더라도 어느 누구도 이를 본질적이고 내적인 차원에서만 접근하지는 못한다. 오히려 동성애 담론은 보통 사람들의 성에 대한 일상적 태도뿐만 아니라, 사회·정치적 태도까지도 알 수 있게 하는 현대 제도의 복합체로 간주되어야만 한다. 따라서 성은 사회와 역사 속에서 구성되는 것이지 단순히 생물학적으로 결정되는 것은 아니다. 이는 생물학적 능력이 인간의 성을 구성하는 전제 조건이 아니라는 뜻이 아니라, 다만 인간의 성이 순수하게 생물학적인 개념으로만 이해될 수 없다는 것을 의미한다. 게다가 섹스·젠더·섹슈얼리티·에로스·에로티시즘처럼 성을 지칭하는 용어들이 다양하다는 사실은 성이 인간의 본성이나 생물학적 특성으로만 일면적으로 이해되기 어려운 복합적인 개념임을 암시한다.

---

29) Gayle Rubin, "Thinking sex : Notes for a Radical Theory of the Politics of Sexuality", Carole S. Vance ed., *Pleasure and Danger : Exploring Female Sexuality*, Routledge & Kegan Paul, 1984, p.275.

라캉에 의하면, 정신분석학에서도 성은 단순한 성 행위와 동일시될 수 없으며, 생물학적 충동의 표현과도 동일시될 수 없다고 본다. 특히 정신분석학에서 성은 심리적 차원에서 이해되어야 하는 것으로, 모든 육체적인 필요의 만족을 초월하는 쾌락에 대한 의식적 · 무의식적 환상 체계로 이해된다.30)

이처럼 성은 단순히 생물학적으로 한정되거나 생식 등의 성적 관계만을 가리키지는 않는다. 성은 남성 / 여성의 성별에 따라 다르게 구성되며, 제도 및 관습과도 긴밀한 관련을 갖는다. 즉 성은 역사적으로 한 번도 고정불변의 중립적인 개념으로 사용된 적이 없는 것이다. 흔히 단일하게 번역되는 '성'이라는 개념에는 기실 여러 가지 의미가 중복되어 있다. 앞에서 지적한 것처럼 에로스와 에로티시즘을 제외하면 다음 세 가지 개념으로 크게 나누어 볼 수 있다. 우선 섹스(sex)란 생물학적 성을 의미하는 것으로 본질론적 관점에서 보는 성을 말한다. 이러한 입장에서 성적 욕망이란 자연적으로 내재된 본능을 말하며 성의 개념은 남녀의 성기 결합과 같은 신체적 의미에 한정된다. 혹은 일상 용어에서는 성 행위를 뜻하기도 한다. 성별(gender)은 사회적으로 구성되는 남녀의 정체성을 의미하는데, 이 개념은 생물학적 결정 요소가 전적으로 남성과 여성의 성 정체성을 결정하지 않는다는 점을 강조하기 위해 페미니즘 진영에서 의도적으로 만든 조어(造語)이다. 이들에 따르면 '남성성 / 여성성'의 성별은 생물학적 차이에 따라 결정되는 것이 아니라 남성 중심 사회에서 권력을 가진 남성들이 여성들에게 사회적으로 부과한 것일 뿐이라고 본다. 이러한 젠더적 관점에서의 성 연구는 성이라는 영역이 여성 억압의 중요한 영역이며 남성의 권력이 작용하는 정치학의 영역임을 드러내는 데 커다란 기여를 하였다. 하지만 성적 억압의 문제를 남성과 여성이라는 고정되고 이분화된 범주로만 분석하기 때문에 성별 이외의

---

30) 마단 사럽, 김해수 역, 『알기 쉬운 자끄 라캉』, 백의, 1994, 37면 참조.

다른 조건들, 예컨대 인종, 계급, 성적 지향, 성적인 경험 등을 고려하지 않는다는 점이 한계로 지적될 수 있다. 게다가 이러한 입장에서는 '남성성 / 여성성'이라는 대립적인 범주만을 강조한 결과 이러한 성별 또한 섹스와 마찬가지로 본질적이고 위계적인 것으로 이해되는 경향이 있다. 최근에는 반본질주의자인 주디스 버틀러(Judith Butler)가 생물학적 섹스와 사회적인 젠더라는 구분 자체가 불필요한 것이라는 주장을 제기하면서 젠더 논의는 새로운 국면으로 접어들고 있다.31)

마지막으로 본고의 분석에서 핵심적인 개념으로 사용하고자 하는 섹슈얼리티(sexuality)가 있다. 푸코(M. Foucault)에 따르면 섹슈얼리티는 근대사회가 고안한 독자적인 역사적 구성물로서, 성을 하나의 본질로, 혹은 어떤 고정된 범위의 현상으로 못박는 시각을 전복하려는 시도에 의해 만들어진 개념이다. 섹슈얼리티는 성적인 욕망들, 성적인 정체성 및 성적 실천을 의미하는 것으로, 성적인 감정과 성적으로 맺게 되는 관계들을 모두 포괄하는 개념이다. 다시 말해, 섹슈얼리티는 엄밀하게 볼 때 성을 다양한 사회·문화적 맥락 내에서 다른 사회 관계와의 상호작용을 통해 구성되는 것으로 보는 입장이 전제되어 있는 개념이다. 그에 따르면, 섹슈얼리티는 성별뿐만 아니라 계급, 인종, 연령, 성적 선호, 규범, 제도들에 따라 다양하게 구성된다는 점에서 유동적이고 다원적인 것이다. 그런 관점에서 보면 성적 욕망이나 성적 정체성은 주체의 맥락적 위치에 따라 구성되는 일련의 '과정'이므로 남성 / 여성, 이성애 / 동성애, 게이 / 레즈비언과 같은 성적 범주의 경계는 유동적일 수밖에 없다. 그러므로 섹슈얼리티의 관점에서 성을 문제시한다는 것은 성을 사회적으로 좋은 성 / 나쁜 성, 정상적인 성 / 비정상적인 성, 자연적인 성 / 일탈적인 성으로 위계화하는 데 도전하는 것을 말한다. 사회마다 조금씩 다르기는 해도 일련의 성적 위계 구조를 가지는데, 이러한 구도 속에서 사회가 인

---

31) 이에 대해서는 조현순, 「주디스 버틀러의 환상적 젠더 정체성과 안젤라 카터의 「서커스의 밤」 연구」, 경희대 박사논문, 2001, 74~77면을 참조할 것.

정하는 성은 정상적이고 규범적인 성이 되는 반면, 그렇지 않은 성은 일탈적이고 비정상적인 것으로 주변화된다. 따라서 섹슈얼리티를 다룬 다는 것은 단순히 성적 욕망이나 성 행위 혹은 이의 표현 방식을 살펴 보는 데서 그치는 것이 아니라, 이를 둘러싼 다양한 사회·경제·문화 적 맥락을 중층적으로 파악하는 것이다.[32]

이처럼 성이 단순한 자연적 현상이 아니라 사회역사적 구성물이라는 시각을 처음으로 견지한 이론가는 푸코이다. 푸코에게 성은 여러 요소 들의 관계였고, 관습들과 행위들에 부여하는 일련의 의미들이었으며, 나름의 역사를 지닌 사회적 장치였다.[33] 푸코 자신은 성 혹은 성적 욕 망(sexuality)을 판독되어야 할 의미작용의 장, 특수한 기제들에 의해 숨겨 진 과정들의 현장, 한없는 인과 관계의 발원지, 은폐물 밖으로 내몰고 동시에 귀를 기울여야 하는 모호한 언설로 정의하였다.[34] 따라서 푸코 에게 성 혹은 성적 욕망은 선행하는 생물학적 전제가 아니라 역사적으 로 특별한 사회적 실천 과정 속에서 끊임없이 구성되는 생산물이다. 성 에 대한 이러한 구성주의적 시각은 성이 사회와 맺는 관계와 역사적으 로 구성되는 방식에 뿐만 아니라, 자아 또는 주체성과 관계 맺는 방식 에 대해서도 새롭게 접근할 수 있게 한다. 즉 근대 이후 주체는 성을 통 해 자신을 실재하는 인간으로 체험할 뿐만 아니라 정체성과 자아의식을 부여받기 때문에, 푸코의 말처럼 성은 이제 '우리 존재의 진리'가 된 것 이다. 성이 개인의 자기 의식을 가능하게 하는 하나의 진리체계가 된다 는 것은 다시 말하면, 개인이 성을 중심으로 펼쳐지는 사회적 압력을 내면화함으로써 자신의 주체성을 구성하게 된다는 것을 의미한다.

푸코는 『감시와 처벌』에서 감금된 자들의 신체에 복잡하고 정교한

---

32) 조영미, 「한국 페미니즘 성연구의 현황과 전망」, 『섹슈얼리티 강의』(한국성폭력연구 소 편), 동녘, 1998, 22~27면 참조
33) 제프리 윅스, 서동진·채규형 역, 『섹슈얼리티-성의 정치』, 현실문화연구, 1994, 31면.
34) 미셸 푸코, 이규현 역, 『성의 역사-앎의 의지』, 나남, 1990, 86면.

장치들을 작용시킴으로써 그들 스스로 규율을 따르도록 하는 '감시와 처벌'의 메커니즘에 대해 자세히 논의한 바 있다.[35] 이러한 규율 모델은 단지 외적 통제와 복종이 두드러지는 '감옥'에만 국한된 것은 아니다. 푸코는 오히려 학교와 공장, 병원과 병영 등과 같이 인간의 내면세계에서 일상적인 방식으로 '인간', 혹은 '주체'를 생산해내는 장치들이 끊임없이 작동되고 있다고 주장한다. 그리고 각 개인의 내면을 감시하고 통제할 수 있는 대표적인 예로 지적한 것이 바로 '고백의 장치'이다. 그 고백의 내용이 주로 성적인 것이었음은 말할 필요도 없을 것이다. 이와 같은 푸코의 논의에 따르면, 이제 권력의 핵심적인 관심 대상은 바로 성이며 각 개인은 자신의 성적 욕망과 행위에 스스로 규칙과 질서를 부여하고 사회질서에 적합한 관념과 행동을 선택함으로써 '주체화'된다. 한마디로 '주체화'란 권력 장치들을 통해 주어진 인간의 형상에 대한 동일시(identification)이며 내면화다.[36] 따라서 이때의 주체는 데카르트적 의미의 자아(self 혹은 I)나 개인(individual) 개념과는 다르다. 즉 주체는 개인이 태어나면서 자연스럽게 주어지는 고정된 어떤 존재성이 아니라 사회 문화와의 접촉을 통해서 형성되는 일종의 사회적 개념을 가리킨다.[37] 특히 "섹슈얼리티는 신체와 자기 정체성, 그리고 사회규범이 일차적으로 연결되는"[38] 결절점이기 때문에, 섹슈얼리티의 문제는 주체와 주체를 구성하는 담론의 양상들을 살펴볼 수 있는 중요한 지점이 될 수 있다.

푸코는 각 개인이 현실과 맺는 관계를 조직하는 것이 관념·개념·믿

---

35) 미셸 푸코, 오생근 역, 『감시와 처벌』, 나남, 1994.

36) 박태호, 「근대적 주체와 합리성-베버에서 푸코로?」, 『경제와사회』, 1994년 겨울, 109면.

37) Kaja Silverman, *The Subject of Semiotics*, Oxford : Oxford University Press, 1983, pp.126~130 참조 카자 실버만(Kaja Silverman)에 따르면, 주체란 역사적·문화적 상황에 좌우되지 않는 인간 본질 내지는 일관성을 유지하는 담론 밖의 '나'가 아니라, 욕망조차도 문화적으로 부여받는, 즉 문화적 상징체계에 예속되는 개념이자, 의식과 무의식이라는 소통 불가능한 두 가지 심리 체계로 인해 탈중심화되고 모순적인 개념이다.

38) 앤소니 기든스, 배은경·황정미 역, 앞의 책, 49면.

음의 총체인 담론에 의한 것이라는 자신의 이론적 입장을 근거로, 성에 대한 담론에 대해서 논의한다.[39] 그에게 성에 대한 담론의 증가는 성이 지식의 영역에 들어온 것을 의미하며, 이는 권력이 성을 통제의 목표로 삼게 되었음을 의미한다. 푸코는 권력이란 그 대상에 대한 앎 없이는 발휘될 수 없으며, 권력의 움직임이란 끊임없이 지식을 생산하고 반대로 지식은 바로 그러한 권력의 효과를 유도한다고 본다. 푸코가 『성의 역사』에서 논하고 있는 19세기는 인간의 육체를 대상과 목표로 하는 권력이 등장한 시기이며, 생산적 노동력인 인구에 대한 체계적 통제와 사회 통합을 위한 규율의 내면화가 이루어지던 시기였다. 푸코가 보기에 이러한 사회 통제와 규율의 내면화 속에서 결정적 지점으로 작용한 것이 바로 성이다. 따라서 그의 관점에 따르면 성은 철저하게 담론의 효과로서, 권력이 이러한 효과를 산출하기 위해 조작했던 가장 유효하고 결정적인 기제였던 것이다. 성이 권력 효과를 산출하게 하는 중요한 기제라는 사실은, 최근의 페미니즘이나 성 해방 이론이 그 내용의 급진성에도 불구하고 자본주의의 성 상품화 논리에 의해 도구화됨으로써 오히려 자본주의 권력과 친화력을 갖게 된 점을 통해서도 알 수 있다.

이런 관점에서 볼 때, 성은 권력 전개의 생산물이다. 즉 성은 "특별히 조밀한 권력 관계의 전이 지점"[40]이며, 권력과 융합함으로써 사회 통제의 핵심으로 이용될 수도 있다. 따라서 근대로 접어들어 성에 관한 담론들이 증가했다고 해서, 이를 곧바로 성 해방의 증거로 받아들여서는 안 된다. 오히려 근대 권력은 기본적으로 성에 대한 억압이 아니라 성적 자극의 기제를 통해 작동한다. 성이야말로 가장 조작하기 쉬운 것이기 때문에[41] 권력이 특정 효과를 산출할 수 있는 가장 유효하고 결정적

---

39) 미셸 푸코의 담론 이론에 대한 좀더 상세한 논의는 사라 밀즈, 김부용 역, 『담론』, 인간사랑, 2001, 33~41면을 참조할 것.

40) 앤소니 기든스, 배은경·황정미 역, 앞의 책, 56면.

41) "섹슈얼리티는 권력 관계에서 가장 다루기 어려운 요소가 아니라, 가장 많은 술책에 이용될 수 있고 가장 다양한 전략들을 위한 거점 또는 연결점의 구실을 할 수 있기 때

인 기제라고 할 수 있다. 따라서 "성적 다원성에 관한 이야기가 아무리 중립적이고 객관적인 것처럼 보여도, 그것은 결국 권력에 관한 담론이 될 수밖에 없다."[42] 그리하여 쾌락과 권력은 서로 긴밀하게 관련된다. 이 둘은 서로를 추구하고 중첩되며, 강화한다. 이들은 흥분과 자극의 복잡한 메카니즘에 의해 서로 연결된다. 이런 까닭에 사적이고 내밀한 것으로 여겨지던 개인의 성은 기실 권력－지식과의 교묘한 관계맺음을 통해 한편으로는 여전히 비공식적이고 은폐된 것으로 간주되면서도 다른 한편으로는 공식적인 가치체계 속에서 공론화되기도 한다. 그렇기 때문에 소설에서 성이 개인의 내밀한 경험 영역으로 그려지거나 사회적 압력으로부터 도피할 수 있는 유일한 성소처럼 그려질 경우라도, 이를 사적인 체험 차원에만 국한시키기보다는 좀더 폭넓은 사회적 맥락 속에서 해석해야만 그 의미가 명확해질 수 있다.

그러나 푸코는 성－권력 체계가 성적 차이에 따라 비대칭으로 작동한다는 점을 고려하지 않았다. 페미니스트들은 이 점에 대해 푸코를 비판하는데, 이들에 따르면 성적 관습이나 성 담론은 성차에 따라 차별적으로 구성되며, 이러한 차별화 속에서 '여성적 쾌락'에 관한 담론은 부재하게 된다고 본다. 이렇게 차별화된 성 담론은 기본적으로 가부장제적 질서 속에서 여성에게 지속적으로 가해진 종속의 징후이자 이러한 종속을 가능하게 하는 도구가 될 수 있으므로, 이러한 성적 불평등에 대한 지적[43]은 반드시 필요하다.

성과 권력에 관한 푸코의 논의에 의지하여 소설사에 새롭게 접근하고 있는 낸시 암스트롱 또한 푸코가 성차별의 내용을 거의 다루지 않았

문에 오히려 수단으로 이용될 가능성이 가장 큰 요소 가운데 하나이다." 미셸 푸코, 이규현 역, 『성의 역사－앎의 의지』, 나남, 1990, 38면.

42) Plummer K., "Sexual Diversity : A Sociological Perspective", Howells K. ed., *Sexual Diversity*, Blackwell : Oxford, 1984, p.219.

43) Linda Singer, "True Confession", Jeffner Allen & Iris Marion Young eds., *The thinking Muse*, Indiana University Press, 1989, p.147 참조.

다는 점을 지적하면서 "푸코의 가설을 수정"해야 한다고 주장한다. 그녀는 푸코가 무시했던 성별(gender)이 사실은 소설사 기술에서 매우 중요한 역할을 한다는 점을 강조한다. 암스트롱에 따르면 남성을 경제적·정치적 관계로 이해하는 반면 여성을 감성적 특질과 관련짓는 성별화된 (gendered) 사고 방식은 특히 교육 분야에서 잘 드러나며, 그것이 여성에 대한 지배적인 태도를 결정짓게 되었다는 것이다. 그녀는 영국에서 가정교육과 학교교육을 통해 확립된 성별화된 정체성은 지배적인 사회적 실체가 되었기 때문에, 성의 역사에서 성별은 매우 중요한 역할을 한다는 점을 강조한다. 따라서 암스트롱은 섹슈얼리티와 성별이라는 성에 관한 두 가지 개념축을 중심으로 사회에서 커다란 위협으로 자리잡기 시작한 성 혹은 성적 욕망이 어떻게 가정화됨으로써 무화되었는지, 그리고 이런 과정에서 성립된 가정소설이 어떻게 여성적 가치를 수용할 수 있었는지를 다루었다.[44)]

씨수(Hélène Cixous) 또한 푸코와 마찬가지로 성을 정치적 형성 과정과 관련된 것으로 이해하면서도, 성이 생산되는 방식 내지는 그것이 역사적으로 구성된 결과에 대해서는 다른 입장을 취한다. 그녀에 따르면 푸코의 논의처럼 만약 권력의 전개가 항상 국부적이고 다양하며 불안정하다면, 계급이나 성별처럼 집단 사이의 대립적 논리라는 견지에서는 더 이상 정치적 분석을 할 수 없다. 이처럼 푸코는 권력 전개의 다양성과 유동성을 지나치게 강조하다보니 권력을 어느 하나의 절대적 권위의 모습으로 재현하는 방식에 대해서는 거부한다. 그러나 여성적 글쓰기를 옹호하는 씨수의 관점에서 볼 때, 푸코의 이러한 논리는 성과 결합되는 권력의 특이한 작동 방식 —유동적이고 다양한 거점을 활용하는— 을 밝히는 데에는 유용할 수 있지만, 여성의 성을 억압하고 배제함으로써 남성적 특권을 강화하는 데 기여하는 남성 중심적 메커니즘의 작동원리

---

44) Nancy Armstrong, op. cit., p.10.

는 해명할 수 없다. 따라서 씨수는 쾌락과 욕망의 여성 중심적 체제를 새롭게 구축할 것을 주장하는 데까지 논의를 전개시키고 있다.[45]

앞에서 살펴본 것처럼, 푸코의 성 담론은 성을 타고난 본성이나 사적 체험의 차원에서만 일면적으로 해석하던 방식에서 좀더 나아가 성을 다양한 코드로 접근할 수 있는 가능성을 열어주었다는 점에서 의의가 있다. 아울러 이러한 해석 방식은 '성'을 둘러싼 다양한 권력의 양태와 작동의 메커니즘을 드러냄으로써 권력이 자리잡고 있는 물질적·이데올로기적 전제를 드러낼 수 있게 한다. 그러나 이러한 논의는 성 담론이 남성과 여성의 위계적인 성별 체계에 따라 다르게 구성되었음을 전제하는 한에서만 가능할 것이다. 물론 남성 중심적인 질서 속에서 여성적 쾌락(feminine jouissance)과 여성성을 옹호하면서 여성적 글쓰기를 하나의 대안으로 제시하는 씨수의 주장은 우리의 1930년대 후반 장편소설에 직접 적용되기는 어렵다. 그러나 민족 모순, 계급 모순과 더불어 식민지 조선의 여성 현실을 왜곡시켰던 성 모순 또한 당대에 간과할 수 없는 중요한 사회적 조건이었기 때문에, 씨수가 강조하는 성에 대한 성별화된(gendered) 인식 또한 반드시 필요하다고 본다. 아울러 한국 근대문학에서 여성의 성적 욕망이 남성주체에 의해 타자화되고 대상화될 뿐 이에 대한 적극적인 옹호나 이러한 성적 욕망을 통해 성적 주체로 확립된 여성 인물을 발견할 수 없다는 사실은 성별화된 인식의 필요성을 더욱 절감하게 한다. 그리고 리타 펠스키(Rita Felski)의 지적처럼, 이러한 성별 정치학(gender politics)의 도입은 권력의 구도를 균열시키고 재구성함으로써[46] 서로 복잡하고 다양하게 얽혀 있는 근대성과 성의 복합적인 관계를 해명할 수 있게 할 것이다.

특히 근대 초기 소설에서 남성주체의 성이 예술가로서의 자기 발견으로 이어지는 반면 여성주체의 성은 타락의 징후로 비난받았다는 사실은, 성적 욕망이 성별화된 위계 구조에 의해 다르게 받아들여진다는 점

---

45) 씨수의 논의에 대해서는 Linda Singer, op. cit, pp.136~155 참조.
46) 리타 펠스키, 김영찬·심진경 역, 『근대성과 페미니즘』, 거름, 1999, 58면.

을 확인해주고 있다. 특히 그 동안 남성이 욕망하는 주체로서, 그 자체로 모든 것의 기준이 된다는 사실 때문에 탐구의 주체로서만 존재할 뿐 결코 탐구의 대상이 되지 않았다는 사실[47]도 그 점과 관련이 있다. 여성의 성과 육체만이 관능적인 응시의 대상이 되고 의미가 각인되는 장소로 비유되어왔던 것은 그 때문이다. 이러한 성적 욕망의 성별화는 여성을 순결한 성녀 혹은 성적으로 타락한 악녀로 나누는 이분법적 도식과도 관련된다. 여성의 성적 욕망을 타자화함으로써 이루어지는 남성주체의 성립은 필연적으로 여성의 역사성과 사회성을 소거하게 되고, 그 결과 백지화된 여성(의 육체)는 남성주체의 형편에 따라 자신을 구원하는 존재로도 혹은 자신을 타락시키는 악마의 화신으로도 해석될 수 있게 되는 것이다. 기실 남성에 의해 허구적으로 재구성되는 여성성은 대개가 이러한 이분법적 도식을 근거로 하고 있다. 한국문학에서 섹슈얼리티의 문제를 살펴보고자 할 때 이러한 위계화된 성별 논리에 대한 고려가 전제되어야 올바르게 접근할 수 있다고 본다.

성이 1930년대뿐만 아니라 지금까지도 우리의 삶과 문학을 압도하는 요소라는 사실은 부정할 수 없을 것이다. 그러나 알렌 분(Joseph Allen Boone)의 말처럼 "성은 사물들 사이에 존재하며, 정신과 사회, 문화와 자연, 의식과 무의식, 자아와 타자의 경계를 이루고, 그것의 다양성은 성을 매우 모호하게 만"[48]들기 때문에 쉽게 그것의 성격을 단정짓기 어렵다. 그런데다가 바흐친이 '진행중인 장르'라고 말한 이종주석적 소설 속에서 이처럼 다층적인 성 담론이 전개될 경우, 성은 그 자체로 유동적인 충동이

---

47) 피터 브룩스, 이봉지 · 한애경 역, 『육체와 예술』, 문학과지성사, 2000, 49면 참조. 특히 저자는 남성 나체와 여성 나체를 다루는 방식의 차이를 통해 이러한 주장을 설득력 있게 제시하고 있다. 즉 남성 나체가 영웅시되어 세계의 기준으로 제시되는 반면, 여성 나체는 남성의 에로틱한 시선에 의해 관음증적 대상으로만 그려지고 있는데, 이는 성과 육체가 차별적인 젠더의 관점에서 다루어지는 한 예라고 할 수 있다.

48) Joseph Allen Boone, *Libidinal Currents : Sexuality and the Shaping of Modernism*, The University of Chicago Press(Chicago and London), 1998, pp.3~4.

되어 불완전성·불안정성·동시대성을 드러내기에 적합한 영역이 될 것이다. 이는 앞에서도 살펴본 것처럼, 특히 여성 섹슈얼리티의 경우에 더욱 두드러지게 나타난다. 최근에 여성 섹슈얼리티와 젠더의 관점에서 식민 담론에 접근하는 논의들에서도 알 수 있듯이, 여성의 성과 육체가 민족, 계급, 인종의 문제를 포괄하는 사회·문화적 담론 속에서 쉽게 전유되고 있는 경우를 발견할 수 있다.[49] 따라서 여성 섹슈얼리티는 남성주체의 무의식적 욕망과 전체 사회에 부과된 압력 및 불안의식을 반영하는 매개물 역할을 한다고 볼 수 있다.

1930년대 소설에 나타나는 성 담론 또한 그 자체만으로 존재하기보다는 여타의 다른 담론 형식들과 관계를 맺으면서 존재하고 있다. 따라서 그것은 의미론적으로는 다의적인 해석에 열려 있고, 구조적으로는 단일하고 통일된 전체라기보다는 서로 다른 층위들의 만남과 엇갈림, 이접과 균열로 가득 찬 '모순적이고 갈등하는 과정' 속에 놓여 있다. 다시 말해서 성 담론은 그 시대의 외부 현실과 절합(articulation)[50]된 관계를 맺기 때문에, 비록 소설에서 그려지는 성의 구체적인 상황이 외부 현실의 구체적 상황과 동일하지는 않더라도 성에 대한 형상화는 외부 현실의 규정을 받아 의미를 획득하게 된다고 볼 수 있다.

이 글은 그러한 관점에서 1930년대라는 시대적 조건과 일제의 자본주의에 지배되는 식민지 조선이라는 역사적·사회적 조건 속에서 여성 존재의 성적 욕망이 어떻게 타자화되는지에 초점을 맞춰서 논의를 전개하고자 한다. 이를 위해 이 글에서는 여성 인물과 그 인물에 대한 남성 인물들의 태도를 논의의 중심에 놓을 것이다. 이때 그 여성 인물은 남

---

49) 이에 대해서는 E. Barlow ed., *Gender Politics in Modern China : Writing and Feminism*(Duke University Press, 1993)과 Elaine H. Kim & Chungmoo choi eds., *Dangerous Women-Gender and Korean Nationalism*(Routledge : New York and London, 1998)을 참조할 것.

50) '절합'은 알튀세르의 개념으로써, 언어모델의 '접합'과는 달리 접점이 있으면서 또한 분리되어 있다는 것을 강조하는 개념이다. 강내희, 『문화론의 문제설정』, 문화과학사, 1996, 117~118면 참조.

성 인물과의 상호작용에 내재된 구조의 구성에 따라 유형화될 수 있다.51) 본고에서 다루고 있는 네 편의 장편소설에서는 공통적으로 남성 인물의 욕망(경제적·민족주의적·탈이념적·예술적)이 원인이 되어, 그 결과 여성 섹슈얼리티가 왜곡되는 양상이 드러나고 있다. 본고는 남성 인물과 여성 인물 사이의 상호작용에 내재된 이러한 인과론적 관계의 양상을 살펴봄으로써 여성 인물의 섹슈얼리티가 구성되는 방식을 밝혀낼 것이다.

우선 본고에서는 '여성 육체'가 네 편의 텍스트에 반복적으로 나타나는 모티프52)라는 점에 주목하여, 여성 육체의 모티프를 중심으로 한 인물 형상화 방법을 살펴볼 것이다. 그것을 위해 일차적으로는 성적인 측면에서의 육체에 먼저 주목할 것이다. 그러나 이때 성적인 육체라고 해서 그것이 단순히 생물학적인 함의만을 갖는 것으로 한정되는 것은 아니다. 피터 브룩스(Peter Brooks)에 따르면, 육체는 생물학적 개체, 정신적·성적 구성물, 문화적 산물 등의 여러 의미를 포함한다.53) 육체는 이 모든 것들의 총체를 의미하기도 하며, 때로는 부분적으로 어느 한 특성만을 지칭하기도 한다. 롤랑 바르트(Roland Barthes)는 서사물에 관한 실험적 연구서인 『S / Z』의 마지막 부분에서, "상징적 장은 오직 하나의 물체로 채워져 있다. 그리고 이 물체가 상징적 장에 통일성을 부여한다. (…중략…) 이 물체는 다름 아닌 인간의 육체다"라고 쓰고 있다. 여기서 바르

---

51) Horst S. Daemmrich & Ingrid G. Daemmrich, *Spirals and Circles : A Key to Thematic Patterns in Classicism and Realism*, Peter Lang, 1994, p.24 참조. 댐리치는 유형학적 특징은 인물화를 결정짓는 일련의 극적 상황에 초점을 맞추거나 가능한 특정 행동 반경을 설정하는 행동 -반응 시퀀스들을 강조함으로써 이루어질 수 있다고 본다. 본고에서는 인물 개념이 주제와 모티프 기능을 지배하는 원리와 일치한다는 이 책의 논의를 바탕으로 이러한 모티프의 원리와 양립할 수 있는 인물 분석에 초점을 맞추고자 한다.

52) 모티프는 상징적 의미를 가질 수 있는 이미지들로 변형됨으로써 주제를 뒷받침해주는 일종의 아이디어라고 할 수 있다. 모티프는 어떤 작품을 구체화하는 데 있어서 주제를 움직이고 조직하는, 즉 주제의 객관적 재현이라는 점에서 주제와 매우 밀접한 관련을 갖는다. Horst S. Daemmrich & Ingrid G. Daemmrich, op. cit., p.10.

53) 피터 브룩스, 이봉지·한애경 역, 앞의 책, xiv면.

트가 말하는 상징적 장이란 상징적 약호가 지시하는 장소를 뜻한다.[54] 피터 브룩스는 바르트가 서사물의 구조와 의미를 지배하는 것으로 설정하고 있는 다섯 가지 약호들이 텍스트 속에서 어떻게 구조화되는가에 대해 언급하면서, 결국 바르트의 이러한 논의들이 서술적 텍스트와 육체 사이의 밀접한 관계에 대해 많은 시사점을 던져준다고 주장한다. 이처럼 육체는 단순한 소재 차원을 넘어서 텍스트 그 자체를 구조화하고 의미를 부여하는 상징적 존재로 보아야 한다. 따라서 본고에서 여성 섹슈얼리티에 접근하는 일차적인 방법은 바로 여성의 육체가 각각의 텍스트 내에서 갖는 상징성에 주목하는 것이다.

특히 여성의 육체는 여성을 둘러싼 지배적인 사회문화적 이데올로기가 작용하는 토대가 되어 왔다. 그리고 그것은 살과 피로 이루어진 실체라기보다는 개념화된 남성 욕망의 대상으로 받아들여졌다. 그리하여 여성의 육체는 당대의 모순적인 가치들이 수렴되는 지점이 된다.[55] 물론 여성의 육체는 단순히 '타자 / 객체'로 규정되는 통제 대상으로만 볼 수는 없다. 최근의 논의에 따르면, 여성은 개인적으로 느끼는 각성과 행동, 쾌락과 고통을 통해 사회라는 더 큰 틀 속에서 재현된 여성의 몸에 저항하기도 한다.[56] 그러나 실제로 이러한 여성의 저항이 성공을 거둔 예는 극히 드물다. 본고의 분석 대상인 1930년대 후반 장편소설의 경우만 보더라도, 여성의 육체는 오로지 식민화된 사회역사적 현실 속에서 남성의 열패감과 타락한 의식이 투영되어 일그러지는 실제적이면서 비유적인 공간으로 사용되었다는 것을 알 수 있다.

그렇다고는 해도, 이때의 여성의 육체를 단순히 남성 중심적인 해석

---

54) Roland Barthes, Richard Miller trans., *S / Z*, New York : Hill & Wang, 1974, p.220. 피터 브룩스, 이봉지·한애경 역, 위의 책, 31면에서 재인용.
55) Tonglin Lu, "Red Sorghum : Limits of Transgression", Liu Kang & Xiaobing Tang eds., *Politics, Ideology, and Literary Discourse in Modern China*, Duke University Press, 1993, pp.195~196 참조.
56) 케티 콘보이·나디아 메디나·사라 스탠베리 편, 고경하 외 편역, 『여성의 몸, 어떻게 읽을 것인가』, 한울, 2001, 11면.

적 통제와 일방적인 훈육 대상으로만 보는 것도 일면적인 시각이다. 오히려 여성의 육체는 통제와 저항이 교차하는 갈등의 장(場)으로 이해되어야 한다. 즉 여성의 육체는 여성 자신의 구체적인 체험이 구현되는 곳인 동시에 외부에서 주입된 이데올로기 및 외적 폭력과 억압이 각인되는 곳이기도 하기 때문에, 늘 상반되는 두 가지 가치들이 갈등하는 영역이다. 따라서 여성의 육체를 통해 징후적으로 드러나는 갈등의 내용을 밝혀내는 것이 중요하다.

리몬 케넌(Rimmon-Kenan)에 따르면, 여성 육체와 같은 외양에 대한 묘사는 간접적인 인물 형상화 방법에 해당한다.[57] 그러나 본고에서는 여성 육체에 대한 묘사가 단순히 여성 인물을 구체적으로 형상화하는 방법에 그치는 것이 아니라 인물의 운명의 변화까지도 공공연하게 표명할 수 있는 중요한 주제 표현의 한 방법으로 기능하고 있다고 보았다. 그리고 이러한 여성 육체의 운명은 사건의 전개에 따라 결정된다는 점에서 플롯과 매우 긴밀한 관련을 갖는다. 따라서 각 텍스트 분석의 첫 번째 절은 여성 육체가 형상화되는 방식 및 그것이 주제와 관련되는 양상을 살펴본 뒤, 이러한 여성 육체가 사건의 전개 과정에서 어떠한 변화를 겪게 되는지를 플롯을 중심으로 살펴볼 것이다. 육체가 본시 성적 욕망의 원천이자 성적 욕망의 표출 지점이라는 점에 착안한다면, 본고가 분석 대상으로 삼은 1930년대 장편소설에서 여성의 육체는 일단 그러한 본래의 성격이 플롯의 진전에 따라 변화하면서 주로 탈성화(desexualization) 내지는 비성화(asexualization)의 과정을 겪을 것이라는 점을 짐작할 수 있을 것이다.[58]

---

57) 리몬 케넌은 인물 형상화를 직접 한정과 간접 제시의 두 유형으로 나눈다. 직접 한정은 작중 인물의 특성을 직접적으로 지목하는 방식이며, 간접 제시는 행동, 담화, 외양, 환경 등을 통해 인물의 성격이나 특성을 간접적으로 구성하는 방식이다. 리몬 케넌, 최상규 역, 『소설의 시학』, 문학과지성사, 1996, 92~108면 참조.
58) 원래 여성에게 육체는 주체성을 주조하고 억압의 체험을 각인하고 곳일 뿐만 아니라, 여성성의 역할을 선택함으로써 욕망을 현시하며 감성을 내장하는 곳이어서 주체

이렇게 첫 번째 절이 여성 육체의 모티프를 중심으로 구성된다면, 두 번째 절에서는 첫 번째 절의 내용을 토대로 여성 인물의 성이 어떻게 명명되는가를 살펴봄으로써 그러한 여성 인물을 성격화하고자 한다. 본고에서 분석하고자 하는 각각의 텍스트에서는 여성 인물을 그 성적 경향에 따라 각기 다르게 명명하고 있는데, 이러한 명명법[59]은 인물의 특성을 나타내줄 뿐만 아니라 여성 인물의 섹슈얼리티가 사회문화적으로 구성되는 방식에 대해서도 알 수 있게 한다. 원래 소설에 등장하는 어떤 인물의 성격이 제일 먼저 드러나는 것은 바로 그 인물의 이름 내지는 별명이라고 할 수 있다. 왜냐하면 "성격창조의 가장 간단한 형식은 이름을 붙이는 것"[60]이기 때문이다. 따라서 본고가 분석 대상으로 삼은 소설들에서 나타나는 '모듬쇠 어미'(『탁류』), '성모'(『성모』), '여류작가 / 댄서'(『수난의 기록』), '비너스'(『화분』) 등의 여성에 대한 명명은 이들 여성 인물이 처한 현실과 그로 인해 구성된 이들의 정체성의 내용을 잘 드러내고 있다. 특히 이러한 명명 방식을 통해서 짐작할 수 있는 것은, 이들 소설에서 나타나고 있는 여성의 손상된 정체성이나 불안정한 주체성이

의 근본적인 물질성을 나타낸다. 이런 육체는 또한 젠더, 인종, 계급, 세대 등의 다중적 코드들이 각인되는 장으로서 주체의 물질성을 담보한다(태혜숙, 「성적 주체와 제3세계 여성문제」, 『여 / 성이론』 제1호, 여이연, 1998, 99~100면 참조). 따라서 본고에서 육체는 성과 마찬가지로 고정된 본질이나 자연적 소여가 아니라 다중적 코드들이 횡단하는, 따라서 운동성을 가질 수 있는 영역으로 설정하고자 한다. 특히 1930년대 후반 소설에서 여성의 육체는 성적인 의미가 팽배한 육체로써, 여성 개인의 욕망과 쾌락이 표출되는 공간이자 동시에 전체 사회의 갈망・불안・모순이 실현되는 장소 역할을 한다. 그런 점에서 여성의 육체는 사적・공적 관심과 이해가 교차하는 곳으로, 다양한 사회적・정치적・경제적 욕망이 서로 뒤얽히는 지점이라고 할 수 있다.

59) 도처티는 인물의 이름의 기능을 다음 세 가지 범주로 나누었다. 첫째, 이름은 어떤 종류의 권위나 혹은 일종의 존재론적 권위를 가리킨다. 이러한 권위 안에서 이름은 실제 역사적인 이름과 함께 사용된다. 둘째, 이름은 인물화가 실제로 이루어지는 장소이다. 셋째, 이름은 전체 소설에 대한 시점을 독자에게 전격으로 제공한다. 즉 독자에게 거주할 위치와 소설의 세계와 다른 인물들을 보는 위치를 제공한다. Thomas Docherty, Reading(Absent) Character, Clarendon Press, Oxford, 1983, p.74 참조.

60) 르네 웰렉・오스틴 워렌, 김승철 역, 『문학의 이론』, 을유문화사, 1982, 35면.

그들의 육체와 성에 대한 통제와 제약을 통해 형성되고 있으며 남성적인 규율권력에 의해 통치되고 규정된다는 점이다.

마지막 절에서는 앞서 여성 육체의 모티프와 여성 인물의 명명법을 통해 구성된 여성 인물을 통해 드러내고자 한 작가의 서사전략[61]을 살펴보고자 한다. 이는 작품의 주제와도 밀접하게 연관된다. 댐리치(Daemmrich)에 따르면, 인물의 특징은 주제 양식과 긴밀한 상관 관계를 갖는다.[62] 이는 인물론에 대한 연구가 단순히 텍스트 내적 차원에만 국한되는 문제가 아니라 각각의 인물을 둘러싼 사회역사적 맥락의 관계를 재확립하는 시도[63]로 확대될 수 있음을 시사한다. 그런 관점에서 이 절에서는 사회문

---

61) 서사전략(narrative strategy)이란 이야기를 보고할 즈음에 지키는 일련의 수속, 혹은 어떤 특정한 목적을 달성하기 위해서 사용되는 이야기의 일련의 궁리라고 정의할 수 있다(제럴드 프린스, 이기우 역, 『서사론사전』, 민지사, 1992, 175면 참조). 작가는 이러한 서사전략을 채택함으로써 텍스트의 균열과 불일치가 서사의 형식적인 장치들을 어떻게 메우는가를 확인한다. 예컨대 텍스트 표층에는 숨겨져 있던 인물의 욕망이 서사의 균열과 불일치를 통해서 드러나는 과정은 바로 서술자의 전략적 행위의 산물이라고 할 수 있다. 이에 관한 좀더 자세한 논의는 김병구, 「1930년대 리얼리즘 장편소설의 식민성 연구」, 서강대 박사논문, 2000, 28~29면을 참조할 것.

62) Daemmrich, op. cit., p.25 참조 이 글에서 댐리치는 인물 — 주제 — 모티프의 관계에 주목하고 있는데, 본고에서 각각의 절 구분은 바로 이러한 '모티프 — 인물 — 주제'의 순서로 이루어지고 있다고 해도 좋을 것이다. 즉 여성 육체 모티프와 명명법에 의한 인물 구성, 그리고 작가가 의도하는 서사 전략은 이러한 댐리치의 틀을 그대로 따르는 것이다.

63) Peter Messent, *New Readings of the American Novel*, Macmillan, 1990, p.89. 피터 메슨트는 이 책의 서론에서 서사론에 대한 연구와 사회문화적 맥락과의 접점 찾기를 제시한다. 다음 구절은 이러한 메슨트의 주장이 잘 드러나는 부분이다. "몇몇 구조주의 비평가들은 문학적 체계를 구성하는 법칙에 대한 엄격한 분석 속에서 최종적으로 문학 텍스트의 완전한 의미를 부여해 주는 문화적 배경과 사회적이고 역사적인 조건들을 사상해 버린다. 테리 이글턴은 '텍스트의 의미는 단지 내재적 문제만이 아니라 보다 넓은 의미 체계와의 관련성, 즉 다른 텍스트들, 코드들, 그리고 문학적이고 사회적인 관습들과의 관계에 결부되어 있다. 그 의미는 또한 독자의 기대지평과의 관계이기도 하다'고 쓰면서 보다 넓은 접근법을 주장한다. 그래서 첫 장은 단지 어떻게 텍스트의 의미가 텍스트 체계 내에서 내재적으로 텍스트의 의미를 생산하게 되는가 하는 것뿐만 아니라, 어떻게 그런 의미가 텍스트 바깥에 있는 보다 넓은 의미 집합들과 관계지어지고 겹쳐지는지 보여줄 것이다."(p.3) 그리고 메슨트는 구체적인 분석 과정에서 주로 리몬 — 케넌의 방법론을 따르면서도 이를 좀더 폭넓은 사회문화적 의미 체계와의 관계 속에 위치짓는 것을 시도한다.

화적 규범과 제도의 압력 속에서 여성 인물의 섹슈얼리티가 어떻게 해석되고 어떤 과정을 거쳐서 재구성되는가를 살펴보고자 한다. 이는 구체적으로 여성 섹슈얼리티를 타자화하는 네 가지 방식(식민화·모성화·이분화·심미화)과 관련될 것이다. 아울러 이러한 여성 섹슈얼리티의 타자화를 통해 식민지 현실 속에서 대타자(the Other)인 '일본'에 의해 타자화된 남성 주체가 어떻게 자기 정체성을 확립하게 되는가도 살펴볼 것이다.

본고에서는 섹슈얼리티를 개인의 심리 발달 과정에서 중요한 항목으로 간주하는 정신분석학적 관점을 참고하되, 섹슈얼리티가 자연적으로 주어진 본능이 아니라 사회역사적으로 구성된 것이라는 푸코의 견해를 바탕으로 이러한 성 담론의 다양한 스펙트럼을 펼쳐보이고자 한다. 특히 여전히 가부장제적 — 그것도 민족주의적 가부장제 — 이고 남성 중심적인 사회체제로 인해 여성의 성적·사회적 지위가 보장되지 못했던 1930년대에 생산된 텍스트를 분석하기 위해서는 여전히 성별 정치학(gender politics)의 관점이 필요하다. 본고는 그런 관점에서 여성이 '여성성으로 성별화된(gendered) 육체'를 갖고 산다는 것이, 성 정체성이 문화적으로 구성되는 과정뿐만 아니라 섹슈얼리티가 억압을 통해서 물질화되는 과정 — 육체가 실제적이고 비유적인 여성 억압의 메타포가 되는 경우를 그 예로 들 수 있다 — 과 긴밀하게 관련된다는 것에 주목할 것이다.

1930년대 성 담론의 특성과 여성 섹슈얼리티의 구성 방식

1930년대는 성적인 기호, 특히 여성의 성에 대한 기호가 넘쳐흐르던 시기였다. 잡지마다 사랑·성·결혼·임신 등의 문제를 특집으로 다루었고, 성을 둘러싼 논의들이 다양하게 전개되었다.[1] 물론 1920년대에도 여성 해방을 중심으로 자유로운 성과 사랑에 대해 활발한 논의가 이루어졌지만, 성에 대한 자유주의적·급진주의적 이념은 식민지 시기 후기

---

[1] 「연애, 결혼, 이혼 문제 좌담회」, 『신동아』, 1935년 5월; 「연애와 결혼 문제 좌담회」, 『여성』, 1938년 8월; 「결혼과 임신 좌담회」, 『조광』, 1939년 11월. 이밖에도 당시에는 연애, 결혼, 임신 등 성과 관련된 좌담회가 많았다. 주로 의학박사, 문사, 가정부인, 음악가 등의 참석으로 이루어진 이들 좌담회는 대체로 '의학상 관점'을 전면에 내세우면서 성에 관한 다양한 내용들을 전개한다. 그러나 좌담회에서 '과학적임'을 자처하는 내용들을 보면, 대체로 의학상 관점이 불필요하거나, 오히려 의학적 지식이라고 보기 어려운 경우가 많다. 게다가 향락적인 연애의 폐단을 지적하거나 신여성을 비난하는 등, 좌담회에서 이루어지는 성에 관한 과학적·의학적 접근은 과학의 외피만 걸쳤을 뿐, 실제로는 성에 대한 사회적 통념이나 관습을 그럴 듯하게 훈계하는 새로운 방식의 성교육에 그치고 있다.

로 갈수록 만연된 빈곤과 대량 실업, 그리고 군국주의의 고양 앞에서 무력화되었으며, 강한 향락적 자극을 순간적으로 추구하려는 퇴폐적 쾌락주의가 이를 대신하였다. 그리하여 1930년대 후반에 이르러서는 근거 없는 추정과 단정으로 타락한 성에 대한 비판과 고발이 끊이지 않을 정도로, 성에 대한 관심과 논의가 폭발적으로 증가하게 된다. 일견 성의 해방이라고 할 수 있을 정도의 이러한 변화는 기본적으로는 산업화, 도시화로 인한 사회 구조의 변화 및 이로 인한 생활 방식의 변화에서 촉발되었지만, 직접적으로는 미국을 비롯한[2] 서구의 관능적 여성상이 영화 등[3]을 통해 소개되고 성이 자본의 논리에 의해 상품화되면서 더욱 확산되었다.

이처럼 1930년대에는 '모던' 문화가 일상화되면서, 그에 따라 성에 관한 관심이 보편적인 것이 되었다. 물론 그러한 관심은 성적 방종과 타락에 대한 비난이나 성에 대한 금기로 표현되기도 했지만, 그럼에도 불구하고 성에 대한 논의 자체는 점차 활발하게 표면화되었다. 분명 당시 잡지에서 대중의 흥미를 유발할 수 있는 가장 중요한 소재는 성이었다. 따라서 잡지나 신문 등의 대중매체는 물론 문학작품에서도 성적 기호는 흘러넘치고 성적 담론은 폭발적으로 증가하였다. 심지어 동성애에 대한 관심 또한 노골적으로 드러나기도 했다.[4]

---

2) 당시에 아메리카니즘은 곧 성적 방종을 의미했다. "아메리카의 일부 남성들은 자기 처가 딴 사내를 사괴는 것을 마치 안해가 저 혼자만 술을 한잔 더 먹거나 활동사진 구경을 하로 저녁 더 나가 하엿거니 하는 정도밧게 더 중대하게 취급하지 안는다하는 터인데 이것은 너무 극단일는지 모르나 ……"(윤성상, 「신정조가치와 신도덕」, 『삼천리』, 1930년 5월, 313면)와 같은 표현에서도 알 수 있듯이, 미국은 성적 방종이 극단적으로 드러나는 나라의 전형으로 제시되곤 했다.
3) 특히 이때 수입되었던 서구 영화의 거의 대부분, 약 95% 정도는 미국영화였다. 유선영, 「육체의 근대화―할리우드 모더니티의 각인」, 『문화과학』 24호, 2000년 겨울, 240면 참조.
4) 물론 이 시기에 동성애가 본격적으로 논의되었다고 보기는 어렵다. 대체로 동성애는 결혼이나 임신, 연애 등의 문제를 토론하는 과정에서 잠깐 언급되거나, 여학생들 사이의 지나친 친근함을 조롱하기 위해 얘기되는 정도였다. 그러나 그렇다고 하더라도, 과

1930년대가 되면서 근대적 의식은 성에 대한 인식과 더불어 일상 속에서 자유롭고 재기발랄하게 펼쳐진다. 이제 "많은 사람들은 주의와 주장으로서의 현대(근대)가 아닌 일상의 현실로서 현대를 말하기 시작했으며, 비로소 현대적 삶을 바라보고 거기에 자신을 밀착시키"5)기 시작했다. 이 시기에 이르러 '모던-걸', '모던-보이'도 등장하게 된다. 이들은 전시대의 계몽주의자와 같은 진지함이나 엄숙함 대신 다소 천박하고 성적으로 문란한 모습을 띠게 된다. 그러나 식민지적 모순이 점점 뿌리 깊게 자리잡아 가고 그에 비례하여 민족주의적 의식이 강해지면서, 이러한 '모던'한 현상에 대해 강한 반발심 또한 나타나게 된다. 그 결과 '모던'이라는 용어는 한편으로는 새롭고 진기한 것들을 가리키기도 했지만, 다른 한편으로는 경박하고 천박한 현상을 지칭하기도 하였다. 이러한 '모던'에 대한 이중적 태도가 분명하게 드러나는 영역이 바로 성(性)이었다.

조선의 서울도 요즈음 와서 어지간히 **모던** 외입쟁이가 되어간다. 다른 것도 그렇지만, 교통 기관의 발달되어가는 것만 보아도, 물론 누구들의 손으로 누구

학과 의학을 바탕으로 동성애라는 다소 일탈적이고 파격적인 성을 다루는 논의들은 그 당시의 성에 대한 인식 수준과 태도를 이해할 수 있는 중요한 근거가 될 수 있다. 특히 전 시대(1920년대)와 비교해보면, 동성애를 다루는 태도는 많이 변했다는 것을 알 수 있다. 예컨대 현루영의 「여학생과 동성애 연애 문제-동성애에서 이성애로 진전할 때의 위험」(『신여성』, 1932년 12월)에서는 비록 동성애를 사랑의 열등한 형태로 간주하기는 했지만, 동성애를 병적인 것으로 매도하지는 않고 있다. 또한 『신여성』(1926년 3월)의 「여성평론」에서는 "여학생의 동성애하는 습관이 자라서 결국에는 이성애, 즉 남자와 연애를 하게 된다"고 하면서, 동성애를 여학생들 사이에서 흔히 있을 수 있는 우정 정도로 평가하기도 한다. 반면에, 1930년대에 들어와서 동성애는 대체로 "일종의 병적 상태"로서 "생리적으로 보면 좋지 않은 현상"(윤치왕 외, 「결혼과 임신 좌담회」, 『조광』, 1930년 11월)으로 진단되거나, "일종의 기태적 내지 병적 현상"(이석훈, 「동성애 만담 I」, 『동아일보』, 1932년 3월 17일)으로 분류되기도 했다. 이처럼 동성애에 대한 논의는 일견 성에 대한 과학적이고 객관적인 태도를 견지하는 것처럼 보이지만, 객관적인 근거를 바탕으로 이를 병리화(病理化)함으로써 오히려 정상적인 성을 '주관적으로' 옹호하는 수단이 되고 만다.
5) 김진송, 『서울에 딴스홀을 許하라-현대성의 형성』, 현실문화연구, 1999, 43면.

들의 편의를 위하여 그러하다는 것은 여기서는 문제 외로 취할 수밖에 없다. (『중앙일보』, 1931.12.15)

이곳저곳에 뛰어난 근대적 '데빠트멘트'의 출현은 1931년도의 대경성의 주름 잡힌 얼굴 위에 가장하고 나타난 '근대'의 '메이크업'이 아니고 무엇일까. (김기림, 「도시풍경 1·2」, 1931)

1930년대 초반의 근대 풍경을 '모던 외입쟁이'나 '근대의 메이크업'으로 빗대서 표현한 위의 구절들에서 드러나듯이, 근대는 성적인 메타포를 통해 규정되고 있다. 그런데 그러한 성적인 것의 내용은 긍정적이기보다는 다분히 부정적이다. 즉 근대의 성은 '성적으로 문란한 남성'(외입쟁이) 혹은 '허영심 많은 여성'(메이크업)으로 기호화됨으로써 비판의 대상이 되는 것이다. 이처럼 성은 모더니즘 혹은 근대 문화를 바라보는 중요한 잣대의 하나이자 매혹적인 문화적 코드로 떠오르지만, 곧바로 "변태성욕자"[6]나 "마소치즘"[7] 등으로 병리화되거나 비난받는 운명을 겪게 된다. '과도기적 조선 현실의 혼란한 성적 난무'라는 표현은 당시의 글에서 흔히 볼 수 있는 표현이었다.[8] 그 결과 근대의 성은 매혹과 비난의 양가적(兩價的) 대상으로 위치 지어지게 된다. 그리하여 한편에서는 성에 대한 담론들이 끊이지 않았지만, 다른 한편으로는 성적으로 문란

---

6) 임인생, 「모던이씀」, 『별건곤』, 1930년 1월. "모더니즘의 문화는 과도기의 것이다. 그 향락자들은 대체로 정신병자이며 변태성욕자인 문명병자들이다."

7) "…… 근대의 환락은 한 개의 마소치즘(변태, masochism)이다. 고통 속에서 도취를 구하고 있다. 그럼으로 벌써 근대인이 신문에서 구하려고 하는 것이 지식이 그의 기조가 되지 않는다. 아모리 새로운 지식이라고 할망정 그 속에 무엇이든지 신경을 강렬히 충동받는 참혹한 불안을 얻지 못하면 그 신문을 좋은 것이라 하지 않는다."(정혁아, 「신문활자의 광태」, 『사해공론』, 1935년 7월) 이 글은 "현대인과 신문으로 표상되는 미디어의 관계에 관해 쓴 글"이지만, 고통스러울 정도로 강렬하고 자극적인 기사에서 쾌락을 추구하는 근대인의 태도를 지적함으로써, 근대를 성적인 것으로 병리화하고 있다. 이처럼 근대 혹은 근대인은 성적으로 왜곡되거나 일탈적인 것으로 간주되었다. 김진송, 앞의 책, 130면 참조.

8) 김진송, 위의 책, 295면.

한 현실을 개탄하고 전통적 의식으로 회귀할 것을 종용했다. 그러한 와중에서 개인의 성적 욕망은 발현되자마자 천박하고 더러운 것으로 매도되고 전통적인 규범으로 신속히 대체되었다. 이처럼 1930년대에는 성적인 문란함이나 퇴폐, 향락 문화에 대한 비판적 논의가 무성했지만, 이를 통해 점차 성이 공론화(公論化)되는 경향을 보인다. 당시 잡지에서 성은 대중의 흥미를 끄는 중요한 소재였고 그 과정에서 다소 파격적이고 해방적인 내용이 제시되기도 했지만, 결국에는 도덕적이고 관습적인 시각에서 성에 대한 논의로 마무리되는 경우가 대부분이었다.[9] 그리하여 성에 대한 금기는 조금씩 풀려나는 동시에, 격렬한 도덕적 비난의 대상이기도 했다.

성에 대한 이러한 양가적 시선은 신여성에 대한 이중적 시각으로 이어진다. 왜냐하면 "신여성과 성의 양자는 모두 근대성의 중요한 표현 양식들로, 각각은 서로에 대한 밀접한 연상 작용을 불러일으켰"기 때문이다. 원래 신여성은 1920년대 중반까지 "새 시대의 유일한 선구자, 창작자"로 숭배되고 찬미되었다. 특히 초기 신여성들은 의상이나 머리 모양, 화장과 같은 유행을 통해 자신의 개성을 당당히 표현한다는 주체적이고 건강한 의식을 가지고 있었다. 그러나 1930년대 이후 식민지체제의 상대적 안정화를 배경으로 퇴폐적이고 향락적인 분위기가 점차 도시를 중심으로 확산되면서 이제 신여성의 행태는 낭비와 사치와 허영의 상징으로 비판받았다.[10] 예컨대 까페나 빠 등에서 일하던 직업 여성들

---

9) 문사들의 연애관을 특집으로 다룬 글을 보면(『삼천리』, 1940년 5월), 작가와 지식인들 사이에서도 성과 사랑이 중요한 테마였다는 사실을 알 수 있다. 그러나 함대훈을 제외하고는 대부분 성에 대해 부정적이거나 설혹 긍정적이라고 하더라도 결혼을 전제로 한 관계만을 인정하고 있다. 특히 박태원과 모윤숙의 경우는 '정신적 사랑↔육체적 사랑'이라는 오래된 주제를 반복하고 있으며, 채만식과 백철은 연애와 결혼을 구분하는 낡은 관습에 자신의 주장을 맞추고 있다. 이처럼 식민지 후기로 갈수록 성에 대한 다양한 논의는 사라지고, 결혼을 중심으로 한 성에 대해서만 논의하는 경향이 짙어진다.
10) 김경일, 「한국 근대사회의 형성에서 전통과 근대─가족과 여성 관념을 중심으로」, 『사회와 역사』 54집, 한국사회학회, 1998, 33면.

은 그들의 세련된 패션 때문에 선망의 대상이 되기도 했지만, 공공연하게 '에로서비스'를 제공했다는 점에서 비난의 대상이 되기도 했다.[11]

그리고 이러한 신여성의 성적 타락에 대한 비난은 전근대의 병폐로까지 매도되었던 구여성에 대한 선호로 이어진다. 1930년대 후반에 신여성 대신에 사용되던 '현대여성'이라는 용어는 신·구여성에 대한 평가가 전 시대(1920년대)와 어떻게 달라지게 되었는가를 잘 드러내준다. '현대여성'은 신여성의 세련되고 지적인 현대적 모습과 구여성의 성실하고 자애로운 전통적 모습이 결합된 개념이다.[12] 즉 기존의 신여성의 이미지에서 '성적인' 측면을 삭제한 뒤, 구여성의 모성적인 모습을 덧붙인 개념이 바로 '현대여성'인 것이다. 언뜻 보면 이러한 현대여성은 신여성과 구여성의 장점을 두루 갖춘 완벽한 여성상인 듯하지만, 기실 여성의 주체적인 성적 욕망이 철저하게 거세된 존재에 불과한 것이었다. 그리고 이러한 탈성화(脫性化)된 여성상은 다가올 전시동원체제하에서 국가에게 충성할 2세를 양육해야 할 모성적 존재로 다시 한번 탈바꿈하게 된다.

1930년대 후반에 들어와서는 여성잡지를 중심으로 여성의 모성적 특성에 대해 강조하거나 어머니로서의 역할에는 어떠한 것이 있는지 등에 대한 논의가 부쩍 증가하였다. 예컨대 이 시기에 허영순이라는 논자는 「여성과 모성애─여성의 가장 큰 자랑은 굳센 모성애에만 있다」(『여성』, 1938년 9월)라는 글에서 여성이 남성보다 더 강한 능력을 발휘할 수 있는 영역이 바로 자녀 양육임을 강조한다. 그러면서 그녀는 당시 세간을 떠들썩하게 했던 두 가지 사건을 예로 들면서 어머니의 역할의 중요성에 대해 강조하고 있다. 그런데 그 두 가지 사건에서 기실 문제의 원인은 남성임에도 불구하고, 필자는 계모가 전처소생들을 구박하고 학대했기 때문이라고 주장한다. 나아가 필자는 "부랑아동 중의 대부분은 다

---

11) 김진송, 앞의 책, 163면.
12) 김경일, 앞의 글, 39면 참조.

계모의 학대를 받고 자라는 아이라는 것을 보아도 어머니된 여성의 힘이 얼마나 크다는 것을 짐작할 수가 있다"라고 주장하기까지 한다. 즉 모든 가정 문제의 원인은 '어머니된 자'가 제대로 어머니의 역할을 하지 않았기 때문이라는 것이다. 이때 친어머니보다 계모를 문제삼는 이유는 모성이라는 것이 여성에게 본래적인 것, 선천적인 것이라는 생각이 전제되어 있기 때문이다. 이처럼 근대적인 모성관은 어머니의 자식에 대한 사랑, 즉 모성애는 본능적인 것이고 여성의 최대의 미덕이라는 인식에 기반하였다.[13]

그런데 이러한 모성애가 올바른 자녀 교육으로 발현되기 위해서는 근대적인 여성 교육을 필요로 하였다. 당시 여성잡지들은 단순히 본능적인 모성애를 강조하는 데서 더 나아가, 분별력 있는 자녀 교육 방법을 제시하는 데 치중하였다. 이러한 자녀 교육의 방법은 당시에 잡지의 특집란을 메울 정도로 자주 다루어지던 주제였다. 이때 제시된 자녀 교육의 방법은 앞서 언급한 '현대여성'이라는 개념에서 드러나듯이, 자식에 대한 애정은 전근대적으로, 자식을 기르는 방법은 근대적으로 할 것을 여성에게 요청하는 것을 주된 내용으로 하고 있었다. 자녀 교육은 이제 "교육받은 신여성의 의무"[14]가 되었다. 이는 신여성이 지나친 향락과 방종으로 사회를 망치는 잘못을 범하고 있다는 비난을 면하기 위해서는 모성의 의무를 충실하게 해야 한다는 것을 의미하기도 했다.

이러한 여성의 모성화(母性化)는 민족 해방을 위해서도 요구되는 일이었다. 민족주의자들에게 민족 해방은 여성 해방보다 우선적으로 해결해야 할 시급한 과제였기 때문에, 그들은 여성이 아내로서 민족 해방을 위해 남편을 내조하고 어머니로서 장차 민족 해방을 위해 일할 자녀들

---

13) 조은·윤택림, 「일제하 '신여성'과 가부장제—근대성과 여성성에 대한 식민담론의 재조명」, 『광복50주년 기념논문집』(8. 여성), 광복50주년기념사업위원회·한국학술진흥재단, 1996, 169면.
14) 함대훈, 「조선신여성론」, 『여성』, 1937년 2월, 18면.

을 키워내는 일의 중요성을 강조했다.[15] 그런데 이처럼 여성주체를 모성 이데올로기 안에 가두어둠으로써 다시 가부장제적 질서로 회귀하게 하려는 시도는 불행하게도 일제의 식민 담론이라는 지배 이데올로기와도 공모하게 된다. 특히 대동아 공영이라는 환상을 '영원한 가치'로 유지하려는 목적으로 가부장제적 질서를 강화하기 위해 노력한 일본에게 이러한 모성 이데올로기의 강조는 반드시 요구되는 것이었다. 이 시기에 친일적 관점에서 모성을 신성시한 글들이 많았다는 사실은 이를 증명한다. 여기서 확인할 수 있는 사실은, 바로 여성의 성이 지배 담론—그것이 민족 담론이건 식민 담론이건 간에—의 권력화를 위해 우선적으로 식민화되는 영토이며, 그 과정에서 여성이 자율적인 성적 주체라면 응당 가질 법한 자발적인 성적 욕망을 거세당할 수밖에 없었다는 것이다. 따라서 1930년대 후반 식민지 조선에서 광범위하게 전개되었던 성적으로 타락한 '모던'에 대한 비판은 결국 성적 자유를 주장하던 신여성의 욕망을 거세하는 방향으로 이어졌으며, 그 과정에서 타자화된 여성은 다시 탈성화 과정을 거쳐 모성적 주체로 거듭나게 된 것이다.

지금까지 살펴본 1930년대 식민지 조선의 성 담론에서 주목할 점은 바로 근대적 양상들을 드러내기 위해 신여성으로 표상되는 성적인 기호가 이용되고 있었다는 것이다. 따라서 성과 관련된 논의들은 그것이 매혹의 응시이건 비난의 논조이건 간에 주로 여성을 중심으로 전개되었으며, 특히 여성의 성적 욕망은 근대화 프로젝트를 실행하는 과정에서 생긴 부정적이고 어두운 심연으로 치부되는 경우가 많았다. 반면에 남성의 성에 대한 논의는 잘 드러나지 않는다. 물론 성에 관한 일반적인 논의 과정에서 남성의 성욕에 관해 언급하는 부분들은 있지만, 그 내용을 살펴보면 대개 "남자는 능동적이고 정조관념이 여자와 다르다"[16]는 식의 성에 대한 기존의 통념을 반복하는 경우가 많다. 그리고 향락적인

---

15) 조은 · 윤택림, 앞의 글, 196~197면 참조.
16) 「연애, 결혼, 이혼 문제 좌담회」, 『신동아』, 1935년 5월, 44면.

연애로 인한 폐단을 지적할 때에도 신여성에 대한 비난과 정조의 중요성에 대한 강조에만 머물 뿐,[17] 남성의 성욕을 문제삼거나 비난하는 경우는 거의 발견되지 않는다. 원래 근대사회에서 성은 합리성과 대립된 개념으로 받아들여지고 노동과 공식 조직으로부터 엄격히 분리되어 극히 개인적이고 사적인 영역으로 귀착된다. 자본주의 사회에서는 이러한 성·사랑·에로티즘 등의 감성의 세계를 여성의 영역으로, 합리성이 지배하는 일과 사회는 남성의 영역으로 이원화함으로써 공／사 영역을 성별화하는데, 그 결과 직업 모델은 남성의 것으로, 성 모델은 여성의 것으로 고착된다.[18] 1930년대 식민지 조선에서도 역시 사회활동의 주체는 남성이고 여성은 가정에 거주한다는 이러한 이분법적 논리는 지배적인 논리로 자리잡고 있었다. 이 시기의 성 담론이 주로 남성의 성이 아닌 여성의 성을 중심으로 논의되었던 것은 그 때문이다. 이렇게 여성의 성은 식민지 조선의 근대적 풍경을 매혹적으로 드러내는 메타포이자, 동시에 근대가 안고 있는 모순의 상징적 표현으로 이용된다.

여기서 확인할 수 있는 사실은 바로 남성의 성은 불변하는 고정된 것으로 받아들여지는 반면, 여성의 성은 일련의 근대적 변화와 동일시되거나 혹은 경쟁하면서 남성 중심적 지배 이데올로기에 의해 도구화되는 유동적인 것으로 간주된다는 것이다. 근대적 발전과 더불어 일견 자유롭게 발현되는 것처럼 보였던 여성의 성적 욕망이 역설적이게도 전근대적 표상의 전형이라고 할 수 있는 모성성으로의 전환을 계기로 거세된 것은 이러한 유동적인 여성의 성적 특성을 잘 보여주는 예이다. 근대화

---

17) "첫재 정조관념을 알필요가 있습니다. 그 정조 여하로해서 이상이 생김니다. 처녀의 피를 뽑아보고 비처녀의 피를 뽑아보면 그것이 확실히 구별됩니다. 그러니까 정조관념에 충분한 생각을 갖어야 할겜니다."(「연애와 결혼 문제 좌담회」, 『여성』, 1938년 8월, 23면). 이처럼 정조관념의 중요성을 강조할 때 의례 여성의 성을 얘기하는 경우는 매우 흔한 일이었다. 그밖에 신여성의 연애 결혼으로 인한 폐해와 정조관념의 중요성을 논한 글에는 김영보, 「연애결혼폐해론」(『여성』, 1938년 8월)이 있다.

18) 이영자, 「자본주의와 성」, 『여성연구』 제9권 2호, 한국여성개발원, 1991년 여름, 94면 참조.

된 도시 공간에서 근대성의 기표이자 이미지로 대변되었던 여성의 성적 욕망은 이제 근대성의 영역 밖으로 추방됨으로써 근대적인 남성주체에 의해 근대의 부정성으로 기호화된 것이다. 1930년대 성 담론 속에서 여성이 한편으로는 '남성 / 지식인'에 의해 성적 타자로, 다른 한편으로는 민족 / 식민 담론에 의해 모성적 주체로 호명되었던[19] 사실의 이면에는 그러한 맥락이 자리잡고 있다.

다른 한편으로 이 시기의 논자들 중에는 식민지 현실 속에서는 성이 억압되고 왜곡된 형태로 발현될 수밖에 없다는 논지의 주장을 펼치는 논자도 있었다. 1930년대 후반에 이르러 전시동원을 위한 위로부터의 억압이 심화되면서 파행적인 식민 현실의 모순이 더욱 극단적으로 드러나기 시작하는데, 그 가운데서 개인은 자신의 사적 영역으로 허용될 수 있는 최소한의 공간에서 은밀한 방식으로 성을 추구하게 된다. 즉 일종의 도피적 수단으로 성에 탐닉하게 되는 것이다. 성욕에 몰두하는 사회적 분위기가 조성된 이유를 신여성의 성적 타락에서 찾는 대신 사회적 모순의 심화에서 찾는 이러한 주장은 윤규섭에 의해 제기되었다. 그는 「성애론」에서 "이상에의 기대가 너무도 비참히 짓밟피어 민중은 생활의 방편을 일코 허무적으로 되면 될수록 여러 가지 아편적인 방면으로 도피행을 하게 되는 것은 자연의 코-스이다. 에로티시즘의 분류도 그러한 하나의 현상에 지나지 안는 것이다. 연애는 일면적인 '에로'가 아니요, 보다 고도적인 것이라고 할지 모른다. 그러나 그것이 성욕에 근거를 두고 도취적인 요소를 가진 점에 잇서서 하나의 도피장임에 틀림업는 것이다"[20]라고 주장한다. 따라서 그는 연애와 결혼의 분리는 "모순의 심화에 따른 시대적 반영"이며, "그 연애가 극히 향락적이며 육

<hr>

19) 김양선, 「식민주의 담론과 여성주체의 구성」, 『여성문학연구』 제3호, 한국여성문학학회, 2000, 277면 참조. 이 논문은 1930년대 중·후반에 발간된 『여성』지를 대상으로 그 당시 거대 담론에 의해 여성주체가 어떻게 구성되고 있는가를 정밀하게 살펴봄으로써, 식민지 근대의 여성성에 대해 고찰할 필요성을 제기하고 있다.
20) 윤규섭, 「성애론」, 『비판』, 1938년 4월, 67면.

체적인 색채를 띠우게 된 것은 주목할 현상"(68면)이라고 주장한다. 그는 여기에서 기본적으로는 사회주의적 관점을 견지하고 있으면서도 콜론타이의 연애론[21]을 유일한 대안으로 앞세우지 않고 성적 탐닉을 현실 도피의 수단으로 유도하는 당대의 사회적 모순을 지적한다는 점에서 사회주의적 연애관의 피력에만 머물지 않고 있다. 특히 이 글에서는 인텔리들이 사회적 관심을 잃는 대신 내면에 눈을 돌림으로써 성욕에 근거를 둔 연애가 전면에 나서게 되었다고 보는데, 이러한 내용은 1930년대 후반 지식인 남성주체와 관련된 성 담론의 양상을 살펴보는 데 중요한 지침이 될 수 있을 것이다. 그리고 이에 더하여 식민화된 국가로서의 특수 상황으로 인해 남성주체가 일차적으로 '민족주의'의 차원에 묶일 수밖에 없었다는 사실은 현실적 좌절감으로 인한 지식인의 성적 도피가 좀더 복잡한 양상으로 드러나게 될 것임을 짐작할 수 있다.

지금까지 살펴본 것처럼, 1930년대 성 담론을 통해서 확인할 수 있는 것은 바로 남성 섹슈얼리티가 중심적인 논의 대상으로 부각된 적이 거의 없는 반면 여성 섹슈얼리티는 근대의 매혹적인 측면과 부정적인 측면 둘 다를 드러내는 통로로 늘 성 담론의 중심에 자리잡고 있다는 점이다. 이는 앞에서도 지적했듯이 1930년대 성 담론에서 남성 섹슈얼리티가 은연중에 고정적이고 단일하며 불변하는 것으로 제시되는 반면에, 여성 섹슈얼리티는 끊임없이 사회문화적인 외적 세계와 심리적이고 주관적인 내적 세계가 불안정하게 교차하면서 재구성되는 하나의 과정으로 나타나는 것과 관련된다.

그러나 1930년대 식민지 조선에서 나타났던 이러한 여성 섹슈얼리티의 비고정적인 성격을 포스트 구조주의적 페미니스트들의 주장처럼 그 자체로 해방적이고 체제전복적인 힘으로 해석해서는 안 될 것이다. 1930년대

---

21) 콜론타이는 사회주의적 관점에서 연애를 투쟁의 무기로 보자고 주장하면서, 연애지상주의, 연애를 위한 연애를 비판한다. 이에 관한 좀더 상세한 논의는 이석훈, 「신연애론」(『신동아』, 1932년 12월)을 참조할 것.

후반 식민지 조선의 사회·문화적 구도 속에서 여성 섹슈얼리티는 그것의 다의적(多意的)이고 다중적인 특성 때문에 오히려 다양한 방식으로 억압되고 착취되는 경우가 빈번했다는 점에서 그러한 해석은 현실과 다소 동떨어진 것으로 볼 수 있다. 오히려 여전히 가부장제적이고 남성 중심적인 사회체제로 인해 여성의 성적·사회적 지위가 보장되지 못했던 1930년대에 생산된 텍스트를 분석할 때는 여성에게 가해지는 억압과 통제의 변수를 파악하기 위해서라도 여성 섹슈얼리티에 가해지는 성별 위계질서의 압도적인 중압을 고려하는 해석의 관점이 요구된다 할 것이다.

제3장 여성 섹슈얼리티가 타자화되는 네 가지 방식

1. 남성주체의 경제적 욕망과 식민화된 여성—『탁류』

1) 여성 육체의 물화와 전락의 구조

채만식의 『탁류』는 1937년 10월 21일부터 1938년 5월 17일까지 『조선일보』에 연재되고, 1939년 박문서관에서 단행본으로 출간된 그의 대표적인 장편소설이다. 이 소설은 군산과 서울을 배경으로 몰락한 양반의 자손인 정주사의 맏딸 초봉이 남성의 성적 노리개로 전락하게 되는 과정을 당시의 '세태'를 중심으로 상세하게 그려내고 있다. 즉 『탁류』에는 초봉이라는 순결한 여인이 가족을 위해 자기 한 몸을 희생한다는 멜로드라마적 요소와 미두와 수형 할인으로 상징되는 일제 식민지 자본주의의 파행적 타락상이 결합되어 나타나고 있는 것이다.

이처럼 『탁류』에는 통속적 요소와 사회역사적 비판의식이라는 서로 이질적인 측면이 뒤엉켜 있기 때문에 이에 대한 기존 논의 또한 이 두 가지 이질적 요소들의 결합을 어떻게 이해해야 할 것인가에 대한 문제로 모아지고 있다. 이때 '미두' 같은 투기로 인해 조선인이 어떻게 궁핍해지는가를 사실주의적으로 다루고 있는 전반부를 강조할 경우에는 『탁류』가 식민지 현실에 대한 인식을 가장 문제적으로 보여준 작품으로 평가되는 반면, 초봉의 인생 역정을 강조하는 경우에는 단순한 세태소설 혹은 통속소설의 수준을 벗어나지 못하는 것으로 평가절하되곤 한다. 예컨대 백철은 『탁류』를 "시정생활을 작품세계로 취하되 근대의 자본사회의 기구가 특징적으로 첨예하게 나타난 취인소라는 근대의 경험사회의 과류 가운데 인간들이 휩쓸려 들어가는…… 현대적인 인간의 희비극을 더듬은 것"[1]으로 고평하는 반면, 임화나 김남천은 이러한 주장에는 일면적으로 동의하면서도 작품의 한계로 지나친 통속성의 가미를 지적하고 있다.[2] 특히 임화는 세태소설의 특성을 "세부묘사, 전형적 성격의 결여, '플롯'의 미약"으로 규정한 뒤, 『탁류』를 이러한 세태소설의 하나로 지적하고 있다. 김남천은 임화와는 달리 『탁류』가 '승재'와 '계봉'이를 통해 고도의 '모랄'을 창조하려고 노력했으며 어느 정도는 이론적 모랄을 풍속과 결합시키려고 시도했다는 사실을 높이 평가하면서도, 소설 후반부에서 "예술성이 점차로 감퇴된 것은…… 글자 그대로 탁류가 범람한 탓이라고" 본다. 이처럼 『탁류』에 대한 평가는 발표 당시부터 어떤 측면에서는 조선의 현실을 리얼하게 그려낸 수작으로, 다른 측면에서는 한갓 통속의 세계에 빠져든 세태 소설로 양분되어 나타났다.

이러한 양분화된 평가는 홍이섭과 김윤식·최혜실에 의해서도 반복적으로 이루어진다.[3] 우선 홍이섭은 주로 정주사의 몰락 과정과 더불어

---

1) 백철, 「채만식의 『탁류』를 읽고」, 『매일신보』, 1939년 12월 28일.
2) 임화, 「세태소설론」, 『문학의 논리』, 학예사, 1940; 김남천, 「세태풍속묘사·기타」, 『비판』, 1938년 5월.

미두로 인해 조선인이 타락하는 과정을 상세하게 다룸으로써『탁류』가 조선인의 몰락을 전형적으로 보여주고 있다고 보고, 바로 이러한 점에서『탁류』가 당대 현실을 사실적으로 그려낸 수작이라고 주장한다. 그러나 이러한 긍정적 해석은『탁류』의 전반부만을 다루었기 때문에 가능한 것이다. 실제로 이 글의 필자는 소설의 중·후반부터 시작되는 초봉의 성적 타락과 몰락을 생략한 채, 논의의 초점을 채만식의 역사의식과 그것의 형상화에만 두고 있다. 김윤식과 최혜실은 홍이섭과는 달리『탁류』의 후반부를 중심으로 논의를 전개하면서,『탁류』가 "당시의 다른 어느 작품보다도 소설다운 것임엔 틀림없지만, 이 전제를 승인하고 난 자리에서라면, 이 작품은 한갓된 세태소설 혹은 통속소설에서 크게 벗어나지 않는다는 비판을 모면키 어렵다"고 본다. 특히 최혜실은『탁류』가 당대 현실을 탁월하게 드러낸 리얼리즘 소설인지, 아니면 불투명한 현실인식을 문체와 재미로 임시변통한 통속소설인가에 대한 규명에 논의를 집중한 결과,『탁류』가 비극적 결말을 통해 독자에게 사이비 전망을 제시하기 때문에 통속소설로 보아야 한다는 결론에 이른다. 이 소설에 대한 이러한 상반된 논의들은 언뜻 긍정적 / 부정적인 것으로 나누어지는 듯하지만, 사실『탁류』에 대해 총체적으로 접근하지 못했다는 점에서, 비슷한 한계를 떠안고 있다고 본다.

따라서『탁류』를 총체적으로 이해하기 위해서는 무엇보다도 먼저 초봉의 성과 육체를 둘러싸고 전개되는 통속적인 이야기가 당시의 '세태'와 관계맺는 양상에 주목해야 할 것이다. 그런데 여기서 당시의 '세태'란 주로 미두와 수형 할인으로 대표되는 왜곡된 경제적 상황을 의미한다. 이렇게 볼 때, 여성의 성이 거래되는 상황과 투기와 같은 부정적 방식으로 자본이 교환되는 상황 사이에는 무언가 긴밀한 상관 관계가 설

---

3) 홍이섭, 「채만식의『탁류』-근대사의 한 과제로서의 식민지의 궁핍화」,『창작과비평』, 1973년 봄; 김윤식, 「채만식의 문학 세계」,『채만식』, 문학과지성사, 1984; 최혜실, 「통속성과 사실성의 사이-채만식『탁류』」,『문학사상』, 1993년 1월.

정될 수 있을 것이다. 이는 소설 초반에 조감시점[4]으로 제시되고 있는 금강과 군산에 대한 묘사를 통해서도 어느 정도는 확인할 수 있다.

여기까지가 백마강이라고, 이를테면 금강의 색동이다. 여자로 치면 흐린 세태에 찌들지 않은 처녀 적이라고 하겠다.

백마강은 공주 곰나루에서부터 시작하여 백제 흥망의 꿈자취를 더듬어 흐른다. 풍월도 좋거니와 물도 맑다.

그러나 그것도 부여 전후가 한창이지, 강경에 다다르면 장꾼들의 흥정하는 소리와 생선 비린내에 고요하던 수면의 꿈은 깨어진다. 물은 탁하다. (…중략…)

이렇게 에두르고 휘돌아 멀리 흘러온 물이, 마침내 황해 바다에다가 깨어진 꿈이고 무엇이고 탁류에 얼러 좌르르 쏟아져버리면서 강은 다하고, 강이 다하는 남쪽 언덕으로 대처 하나가 올라앉았다.

이것이 군산이라는 항구요, 이야기는 예서부터 실마리가 풀린다.

그러나 항구라서 하룻밤 맺은 정을 떼치고 간다는 마도로스의 정담이나, 정든 사람을 태우고 멀리 떠나는 배 꽁무니에 물결만 남은 바다를 바라보면서 갈매기로 더불어 운다는 여인네의 그런 슬퍼도 달코롬한 이야기는 못된다.[5]

여기서 눈에 띄는 것은 '맑은 물/탁한 물', '흐린 세태에 찌들지 않은 처녀적/장꾼들의 흥정하는 소리와 생선 비린내' 등의 대립항이다. 이는

---

4) 하나의 특정한 대상을 포괄적으로 묘사하려고 할 때, 이동하는 서술자를 발견하는 것이 아니라 어떤 단일한 매우 일반적인 하나의 시점으로부터 행해지는 그 장면에 대한 총괄적인 묘사를 발견하는데, 그러한 공간적 위치는 일반적으로 폭넓은 지평을 상정하는 까닭에 조감시점이라 한다. 전체 장면을 내려다보는 광대한 범위에 걸치는 시점을 상정하기 위해서는 관찰자는 그 행위보다 훨씬 위에 있는 지점에 자리를 잡아야 한다. 여기서 관찰자가 추상적이지 않고 구체적인 특정한 위치를 상정하고 있다는 것이 특징적이며, 조감시점은 특정한 장면의 첫 부분이나 끝 부분, 또는 전체 텍스트의 처음이나 끝에 매우 빈번하게 사용된다. 즉 먼저 전체 장면에 대한 전망이 조감시점으로 제시되고 난 다음에야 비로소 인물들의 묘사로 들어가는 것이다. 그럼으로써 처음의 관점은 보다 작은 시각적 영역들로 분산되어 들어간다. 이러한 조감시점은 특정 장면이나 작품 전체를 위한 일종의 '틀'로써 기능한다. 보리스 우스펜스키, 『소설구성의 시학』, 현대미학사, 1997, 112~114면 참조.

5) 채만식, 『탁류』, 창작과비평사, 1987, 8면. 이후 『탁류』의 인용은 본문에 이 책의 면수를 표기하는 것으로 각주를 대신하겠다.

"자연적 질서와 상업적 질서(자본주의적 질서) 사이의 대립"[6]을 암시하는 동시에, '맑은 물'로 상징되는 '세태에 찌들지 않은 처녀'가 장꾼들의 거래와 비린내나는 세태로 인해 결국에는 '탁한 물', 즉 '세태에 찌든 여인네'로 전락하게 될 것임을 강하게 암시한다. 따라서 군산을 중심으로 펼쳐지는 이야기는 결코 '슬퍼도 달코롬한' 낭만적 이야기가 아니라, 비참한 현실을 적나라하게 드러내는 이야기라는 점을 짐작하게 한다. 그런 점에서 위의 구절은 『탁류』가 앞으로 식민지 현실의 혼탁한 모습을 전락한 여성 육체에 빗대어서 표현할 것이라는 점을 확인하는 단서가 된다.[7] 이처럼 소설 초반부터 텍스트 내의 사회역사적 현실은 여성의 몸과 매우 긴밀한 상관 관계를 갖는다.[8] 즉 초봉의 육체는 초봉의 개인

---

6) 우찬제, 「현대장편소설의 욕망시학적 연구」, 서강대 박사논문, 1992, 113면.

7) 이는 다음과 같은 연재 당시의 작가의 말을 통해서도 확인할 수 있다. "우리가 우리의 주위에서 흔히 볼 수 잇는 지극히 선량한 녀자 하나이 처음 인생을 스타―트하자, 세상이 탁함으로써 억울하게도 가추가추 격는 기구한 '생활'을 중심으로 시방 세태의 이수적을 몃 귀탱이를 그린 게 이 소설이다." 우한용, 「시대의 희생제의를 읽어 내는 방법」, 『채만식 탁류』, 서울대 출판부, 1997, 3면에서 재인용.

8) 이경훈, 「이중의 탁류―채만식의 『탁류』에 대해」, 『연세어문학』 22집, 1990; 김경수, 「한국세태소설연구―개화기에서 해방전까지」, 서강대 박사논문, 1992; 공임순, 「'탁류', 그 성적 타락의 기표와 식민지적 불구성」, 『문학사상』, 1999.3.

이들은 공통적으로 초봉의 육체와 식민지 현실 간의 비유적 관계에 관심을 갖고 논의를 전개하고 있다. 이경훈은 『탁류』가 여성의 전락 과정을 그림으로써 사회적·역사적 주제의식을 획득하고 식민지 사회를 총체적인 시각에서 접근하고 있다는 점을 지적하고 있고, 김경수는 초봉의 삶의 전 과정을 "성을 매개로 한 경제적 교환의 논리"로 보면서, 이처럼 "성적 교환과 경제적 교환의 병행성과 그 과정에서의 필연적인 물화 과정이야말로 이 작품이 드러내는 기본적인 패러다임"이라고 주장한다. 공임순 또한 초봉의 육체가 타락과 오염의 장소로 도상화되는 과정에서 오히려 1930년대 식민지적 근대성에 대한 작가의 비판적 관점을 읽을 수 있다는 점에서 『탁류』를 문제적인 작품으로 평가하고 있다. 이처럼 이들은 주로 초봉을 중심으로 서사가 전개되는 방식이 오히려 작가의 사회역사적 안목을 드러내는 데 더없이 적절하다는 점에 동의하면서, 특히 초봉을 기호화하는 '성'의 문제가 식민지 현실의 타락상을 드러내는 데 적합한 방식이라고 주장한다. 일차적으로 이들의 논의는 그 동안 도외시되었던 초봉의 성적 타락의 문제에 초점을 맞추고 있다는 점에서, 『탁류』 해석에 새로운 시사점을 던져주었다. 『탁류』에 대한 본고의 논의 또한 이를 출발점으로 삼아 진행될 것이다. 그러나 위의 논의들은 초봉의 '성'이 파행적 자본주의의 실상과 깊은 상관 관계에 있다는 점은 어느 정도 인정하고 그것을 작가의 현실 문제 인식과 관련지어 설명하고 있기

적 체험이 이루어지는 공간이라는 의미를 넘어서, 억압적이고 모순적인 식민지 현실이 은유적으로 재현되는 공간이 된다. 초봉의 육체가 현실의 비유적 공간이 된다는 말은 다시 말해서, 그녀의 육체가 자신의 능동적이고 적극적인 욕망을 실현시키는 장소로는 더 이상 작동되지 않는다는 것을 뜻한다. 초봉의 육체가 아버지 정주사에 의해 고태수에게 넘겨지고, 다시 박제호, 장형보에게 넘어가면서 점점 전락하는 과정은 그녀의 성과 육체가 자신의 뜻과 의지를 상실한 채 자본주의 사회의 물적 자원으로 전락하는 과정과 맞물린다. 그런 점에서 『탁류』에서 초봉의 섹슈얼리티가 갖는 의미는 그녀의 육체가 남성들의 경제적·성적 욕망에 의해 어떻게 자본화되고 타자화되는가를 밝혀야만 분명해질 것이다. 그런 다음에야 비로소 『탁류』가 제시하는 사회역사적 의미를 정확하게 이해할 수 있을 것이다.

소설에서 맨 처음 초봉의 모습은 "끝이 힘없이 스러지는 연삽한 말소리"과 작은 귀, "티끌 없이 해맑은 바탕에 오똑 날이 선 코", "눈초리가 째지다가 남은 것이 있어 길어 보이고, 거기에 무엇인지 비밀이 잠긴 것 같은" 눈 등으로 인해 연약하고 청초한 "들국화"로 그려진다. 이러한 초봉의 모습은 일차적으로는 소설 도입부에서 그려진 '세태에 찌들지 않은 처녀적'의 백마강과 유비적 관계에 놓이면서, 이후 초봉의 순결하고 청초한 육체가 '비린내나는' 혼탁한 세태에 의해 찌들게 될 것임을 연상하게 한다. 그리고 초봉의 이러한 얼굴 생김새와 자태에서 느껴지는 청초함과 연약함이라는 여성적 자질은 고귀하고 아름답다기보다는 오히려 불순한 것에 노출되고 오염될지도 모른다는 불안감이 들게 한다. 이러한 생각은 "그래서 보는 사람으로 하여금 웬일인지 위태위태하여 부지중 안타까운 마음이 나게 했던 것이다"(28면)와 같은 서술자의 진술에 가서는 거의 분명한 확신으로 굳어지게 된다.

는 하지만, 작가가 일제 식민 자본주의의 파행적인 양상을 비판적으로 사고하는 데 있어서 왜 여성의 성과 육체를 문제시하였는가를 설명하는 데는 이르지 못하고 있다.

그런데 초봉의 여성적인, 그래서 위험한 육체는 동생 계봉의 "남성적이고 호탕한" 모습과 대비됨으로써 부정적인 의미까지도 갖게 된다. 계봉은 언니 초봉과 달리 "몸집이고 얼굴이고 늘품이 있"고, "아무데고 살이 있어서 북실북실하니 탐스"러우면서도, "처진 볼때기에는 심술이 들"어 있는 모습으로 묘사되지만, 이처럼 일견 못생긴 듯한 계봉의 외모는 서술자에 의해 오히려 "개방적, 남성적"이면서 "믿음직하다"는 평가를 받는다. 이처럼 강하고 남성적인 계봉의 몸집과 웃음이 '믿음직하다'는 것은, 역으로 연약하고 청초한 초봉의 여성적 육체가 그리 믿음직하지 못하다는 점을 암시한다. 그리고 초봉과 계봉의 이러한 상반된 외모는 전혀 다른 삶의 길을 가게 되는 이후의 초봉과 계봉의 운명까지도 암시한다. 즉 초봉이 오히려 남성의 시선을 끄는 여성적인 육체 때문에 여러 남성들에 의해 "인생을 잡쳤"다면, 계봉은 남성적이고 호탕한 성격으로 인해 자신의 일과 사랑을 적극적으로 개척하게 된다. 이처럼 소설 후반에 그려지는 초봉과 계봉의 육체는 그들의 상반된 운명을 상징적으로 보여주고 있는 것이다.

소설 초반에 "들국화처럼 초초"한 것으로 그려지던 초봉의 육체는 마치 실컷 쓰다가 버려지는 물건처럼 "아주 볼썽이 없이" 망가진 반면, 계봉의 경우는 어려서 처졌던 볼때기 살의 "군살은 다 가시고 전체로 균형"잡힌 건강한 육체의 소유자가 된다. 앞에서 지적한 것처럼, 이러한 초봉과 계봉의 육체에 대한 상반된 표현이 각기 다른 그들의 성격과 운명을 효과적으로 드러내는 데 매우 유용한 것은 사실이다. 그러나 다른 한편으로 연약함과 청초함이라는 초봉의 여성적 자질은 운명에 쉽게 굴복하는 나약함을 상징하는 반면, 활달함과 건강함이라는 계봉의 남성적 자질은 자신의 운명을 개척해 나가는 강인함으로 의미화된다. 그리고 이야기가 전개될수록 이러한 '여성성 / 남성성'은 그들 육체의 운명을 통해 각각 '부정적 가치 / 긍정적 가치'를 대변하게 된다. 이처럼 『탁류』에서 계봉의 '남성적' 육체와 대비되는 초봉의 '여성적' 육체는 여성성을 상징하며, 이때의 여성성은 쉽게 타락하고 오염되는 부정적인 것으로 기호화된다. 따라서 이 소설에서 여성적인 자질은 상실과 훼손의 의미를 갖는다.

여성성을 대표하는 초봉의 육체가 오염의 공간으로 전락하는 순간은 바로 고태수와의 결혼 이후이다. 이는 고태수가 "천하에 고약하고 더러운 ××"(164면)를 앓는 성병환자라는 사실에서 분명해진다. 성병은 당시에 '화류병'이라고 하여, 주로 풍기문란한 당대 사회를 상징적으로 드러내는 기표였다. 고태수가 이미 기생인 행화나 한참봉 부인인 김씨와 불륜의 관계를 맺고 있다는 점에서 그의 성은 풍기문란하고 오염된 현실을 상징하기에 충분하다. 따라서 초봉이 그러한 고태수와 결혼한다는 것은 그 자체로 초봉의 처녀가 오염된 현실에 '짓밟히'는 것을 뜻하지만, 다른 한편으로는 새롭게 경제적 가치를 갖게 되는 것을 뜻한다. 즉 초봉의 처녀성이 상실되는 순간부터 초봉은 성적으로 타락하기는 하지만, 다른 한편으로는 거래 가능한 매물이 되어 자기 집안의 모자라는 물질적 재산의 대체물 역할을 하게 되는 것이다. 따라서 초봉의 처녀성 상실은 단순히 정조를 잃는 문제에 국한되지 않는다.

> 만일 태수와 파혼이 되고 보면, '이 계집애'는 **도로 처녀**로 제 부모한테 매여 있을 테요, 장차 어느 딴 놈의 것이 될지언정 형보 제가 손을 대기는 제 처지로든지, 연줄로든지 어느 모로든지 지난한 일이나, 그러나 태수와 그대로 결혼을 하고 보면, 얼마든지 기회도 있고, 조화도 부릴 수가 있으리라 했던 것이다. (155면, 강조는 인용자)

> 물론 안면 있는 친구의 자녀라는 것이며, 나이 갑절이나 층이 져서 자식뻘밖에 안된다는 것이며, 안해의 감시며, 그리고 **무엇보다도 초봉이가 미혼 처녀**라는 것 때문에, 그의 욕망은 행동으로 발전을 하지는 못한다. 사실상, 일반으로 중년에 들어선 기혼 남자는, 그가 패를 차고 다니는 호색한이 아니면, 미혼 처녀에게 대해서 강렬한 호기심을 갖기는 가지면서도 한편으로는 그러나, 그 미

혼 처녀라는 것이 무엇인지 모르게 겁이 나고 조심이 되어, 좀처럼 그들의 욕망을 행동화하지 못하도록 견제를 하는 수가 많다. (49면, 강조는 인용자)

위의 강조된 부분에서 확인할 수 있는 것처럼, 초봉의 처녀성은 오히려 남성 인물들에게 부담감을 안겨준다. '미혼 처녀' 초봉은 사회적으로 교환 가능한 육체가 되기에는 부적합한 것이다. 즉 소설에서 처녀성이란 접근불가능성 그 자체이다. 그런 점에서 고태수와의 결혼은 초봉의 성과 육체를 본격적으로 투자, 보존, 지출이 가능한 욕망의 경제 회로 속에 가두는 계기가 된다. 이제 초봉의 육체는 초봉 개인만의 육체가 아닌, 남성들간에 교환 가능한 상품이라는 사회적 의미를 지니는 육체가 된 것이다. 이러한 사회적 육체는 자본주의 경제질서에 있어 제1차적 교환가치, 즉 돈과 욕망의 교환을 가능하게 해주는 연결고리가 된다.[9] 이는 소설 도입부에서 경제적·성적 욕망이 강력하게 지배하는 대처(大處, 군산)가 깨어진 꿈이 휩쓸리는 탁류를 배경으로 하고 있다는 점에서도 확인될 수 있다. 초봉의 육체가 군산이라는 타락한 도시의 기표이자 식민화된 조선의 현실에 대한 비유적 표현이라는 점에서, 초봉의 처녀성 상실은 이러한 타락과 식민화의 기표가 되기 위해서는 필연적으로 거쳐야 하는 과정이 된다. 따라서 초봉은 처녀성을 상실한 이후에야 비로소 남성의 성적 지배력에 이끌리는 삶에 빠져들게 되며, 이때부터 초봉의 육체는 경제적 교환가치를 갖는 '자본'으로 변모하게 된다.

육체의 자본화는 고태수의 죽음 이후에 박제호·장형보와의 성과 경제의 교환 관계를 통해서 더욱 분명해진다. 초봉이 고태수와 결혼을 결심하게 된 동기가 아버지 정주사의 장사 밑천이었다는 점은 물론이려니와, 고태수가 죽은 이후에 초봉은 좀더 분명하게 자신의 경제적 가치를 인식하게 된다. 비록 초봉은 고태수와의 결혼 조건으로 아버지의 장사 밑천을 염두에 둔 것은 사실이지만, 그때까지는 남편에게 "그러한 조건"

---

9) 피터 브룩스, 이봉지·한애경 역, 『육체와 예술』, 문학과지성사, 2000, 177면.

에 대해서 "콩이야 팥이야 하는" 것을 "제 몸뚱아리를 놓고서 흥정을 하는 것같이나 불쾌"(208면)하게 생각한다. 그러나 고태수가 죽고 장형보에게 겁탈을 당한 뒤, 서울 가는 기차역에서 우연히 만나게 된 박제호와 새로 살림을 차리게 되면서 초봉은 제호와의 교섭을 통해 받게 된 생활비의 일부를 친정에 보내겠다는 "약삭빠른 셈"(272면)을 할 수 있을 정도로 계산적이게 된다. 그리고 이처럼 자신의 육체를 담보로 은연중에 이루어졌던 계산적인 거래는 장형보와의 관계에 이르러서는 노골적으로 드러나게 된다. 초봉은 이러한 거래를 "차라리 썩은 몸뚱아리를 가지고 보람있게 우려먹으니 더 좋은 일"(340면)이라고 생각한다. 그리하여 장형보에게 딸 송희와 자기 앞으로 생명보험 하나씩, 매달 생활비, 집안 식구를 위한 장사 밑천, 동생들 학비 등을 요구하게 된다. 이렇게 볼 때, 초봉은 자신의 육체를 물질적 가치를 갖는 '자본'으로 분명히 인식하고 있는 것이다.

그러나 이러한 경제적 교환가치로서의 육체는 단순히 '서로간에 보탬이 되는 교환논리'[10]에 의해서 운용되는 것은 아니다. 게다가 금전적 층위에서의 교환가치는 은유적으로 소설 전반에 걸친 초봉의 감정적 소진과 관련됨으로써, 초봉의 정신적 황폐함을 초래하게 한다. 초봉이 자신의 육체를 담보로 남성 인물들에게 경제적 보조를 받는 것은 사실이지만, 그러한 경제적 보조가 초봉 자신의 육체적 쇠락과 정신적 고통을 전제로 한다는 점에서 과연 이것이 "서로간에" 만족할 만한 교환인지는 확신하기 어렵다. 고태수와의 결혼을 시작으로 박제호·장형보와의 일련의 성적 관계를 통해 초봉이 "기생 여대칠" 정도의 계산력과 경제력을 갖게 된 것은 사실이다. 그러나 육체를 담보로 한 재화 생산 능력은 가족 부양을 위해 요구된 것이었을 뿐, 초봉 개인에게 그러한 능력은

---

10) 김경수, 앞의 글, 150면. 이 글에서 김경수는 초봉과 남성 인물들 간의 성적 교섭의 관계를 사회계약적 사고의 일환으로 보고, 이러한 양상을 낸시 암스트롱의 말을 인용하면서 "서로간에 보탬이 되는 교환의 실행"이라고 본다.

사실상 불필요한 것이다. 따라서 초봉과 남성 인물들 간의 성적 육체를 담보로 한 경제적 교환체계는 "서로에게 보탬이 되도록" 평등하게 이루어졌다고 보기는 어렵다. 오히려 이러한 성과 돈의 교환논리에 의해 초봉은 육체적·정신적 파탄을 겪게 된다. 즉 초봉의 육체가 자본화되는 과정은 철저하게 초봉의 육체적·정신적 전락의 과정과 맞물려 있는 것이다.

> 흉포스런 완력다짐 끝에 따르는 계집의 굴복, 그것에서 형보는 차차로 한 개의 독립한 흥분을 즐겼고, 그것이 쌓여서 미구에는 일종의 새디즘이 되어버렸던 것이다.
> 아무튼 그래서, 초봉이는 절망이 마음을 잡쳐놓듯이 건강도 또한 말할 수 없이 쇠해졌다.
> 병 주고 약 주더란 푼수로, 형보는 간유 등속에 강장제하며, 한약으로도 좋다는 보제는 골고루 지어다가 제 손수 달여서 먹이고 하기는 해도 종시 초봉이의 피로와 쇠약을 막아내지는 못했다. (399면)

이처럼 초봉의 성적 지출은 명백하게 또는 계속적으로, 에너지의 상실, 그리고 더 나아가 삶 자체의 상실을 의미하게 되는데,[11] 이는 장형보가 그칠 줄 모르는 호색한이기 때문에 그렇기도 하지만, 초봉이 형보에게 요구한 상당한 경제적 지출에 대응하는 것이기도 하다. 초봉의 육체는 쓰면 쓰는 만큼 닳아 없어지는 물건처럼 점점 그 소용가치를 상실함으로써 전락하게 된다. 즉 초봉의 육체는 자본의 교환논리에 따라 '물화(物貨)'와 화폐가 되어 "물화와 돈과 사람과, 이 세 가지가 한데 뭉쳐 생명 있이 움직이는 조고마한 거인"(344면)인 군산과 같은 도시를 움직이는 동력(motor)으로 작용하지만, 결국 그러한 자본의 작동논리에 의해 폐품화된다. 그런 점에서 초봉의 육체는 이제 막 자본주의 경제체제를 도입한 식민지 조선이, 결국 그러한 자본의 논리에 의해 파멸되는 양상을

---

11) 피터 브룩스, 이봉지·한애경 역, 앞의 책, 144면.

의미심장하게 비유하는 지점이 된다. 따라서 초봉의 육체는 타락한 남성들에 의해 짓밟히는 성적 대상인 동시에, 일제의 식민지 자본에 의해 점점 타락하고 피폐해지는 당대 현실에 대한 메타포이기도 한 것이다. 초봉의 육체가 자본화되는 과정이 필연적으로 그녀의 정신적·육체적 전락의 구조를 취할 수밖에 없는 이유가 바로 여기에 있는 것이다.[12]

2) 타락한 욕망의 투사 대상—'모듬쇠 어미'

앞에서 살펴본 것처럼, 『탁류』에서 초봉의 육체는 성과 자본이 결집하는 지점이자, 그 자체로 하나의 물적 자본이 되어 자본주의 교환체제를 작동시키는 동인이 되고 있다. 즉 초봉의 성과 육체는 그녀와 성적·경제적 거래를 하게 되는 고태수·박제호·장형보의 성적 경제적 욕망이 이합집산되는 장소라는 점에서 이들의 왜곡된 욕망이 투영되는 대상이라고 할 수 있다. 『탁류』에서 남성 인물들은 경제활동의 중심에 서지만, 이들의 경제활동이란 대개 자본주의의 부정적 측면을 드러내는 방식으로 이루어져 있다. 예컨대 초봉의 아버지 정주사의 미두 투기, 고태수의 소절수 위조, 장형보의 수형 할인 등 소설에서 그려지는 남성 인물들의 경제활동은 대개 사기·횡령·투기 등의 불건전한 방식을 통해 이루어진다. 예외적으로 박제호의 양약국이나 제약회사는 일견 성실하고 건강한 돈벌이인 것처럼 보이지만, 그 자신의 말처럼 몇 푼 안 되는 약값을 부풀려서 스무 배가 넘는 이득을 챙긴다는 점에서 그것 역시 탐욕스러운 자본주의의 일면을 드러내고 있는 것은 마찬가지다. 이러한

---

12) 최시한은 초봉의 서사가 비극적 구조를 형성할 수밖에 없는 이유를 세계의 타락상으로 인해 그녀가 수난당하기 때문이라고 본다. 즉 이러한 비극적 구조를 통해서야 비로소 세계의 폭력성을 폭로할 수 있다는 것이다. 최시한, 「가련한 여인 이야기 연구 시론」, 『한국소설연구—현대소설 인물의 시학』 3집, 한국소설학회, 2000, 61면 참조.

남성 인물들의 파행적인 자본주의적 경제활동은 초봉의 성을 매매하는 방식과 매우 흡사하며, 이들의 타락한 경제적 욕망은 이러한 성 매매 과정을 통해 더욱 적나라하게 드러나게 된다. 다시 말해서 초봉과 성적인 관계를 맺는 고태수·박제호·장형보의 경제적 욕망은 초봉을 통해 구체적인 성적 표지를 띠고 나타나는 것이다. 따라서 우선 고태수·박제호·장형보의 그릇된 욕망의 내용을 밝히고, 이것이 초봉과의 성적인 관계를 통해 어떻게 드러나는지를 살펴보아야만 그 과정에서 초봉의 성과 육체가 어떻게 타자화·대상화되며 그것의 의미는 무엇인지가 밝혀질 것이다.

고태수는 어렵게 은행원이 된 성실한 사람이었지만, 군산에서 그 동안 억눌렸던 자신의 욕망을 마음껏 발산하기 시작하면서 타락의 길을 걷게 된다. 그러나 주색에 탐닉하다가 경제적 파탄에 이르게 되자 고태수는 소절수 위조라는 '사기'와 '횡령'을 하게 되는데, 그 액수가 점점 커져서 삼천삼백 원에 이르자 그는 "약차하거던 죽어버리면 고만"(82면)이라는 자포자기의 "막가는 마음"을 먹게 된다. 이러한 경제적 좌절과 실패는 표면적으로는 그의 "유흥과 계집"에 대한 탐닉에서 비롯된 것이지만, 좀더 근본적인 배경으로는 군산이라는 도시의 방탕하고 타락한 분위기가 자리잡고 있다.

태수도 서울 본점에 있을 동안은 탈잡을 데 없는 모범행원이었었다. 사무에는 능숙하고, 사람 됨이 영리하고, 젊은 사람답지 않게 주색을 삼가고

그러나 주색을 삼간 것은 그가 급사로 지내던 타성으로 조심이 되어 그런 것이지, 삼가고 싶어 그런 것은 아니다. 그랬길래 그가 이 군산지점으로 내려와서 기를 탁 펴고 지내게 되자, 지금까지는 금해졌던 흥미의 대상인 유흥과 계집이 상해(上海)와 같이 개방되어 있는 그 속으로 맨먼저 끌려들어간 것이다. 그는 마치 아이들이 못 보던 사탕을 손에 닿는 대로 쥐어먹듯이 방탕의 행락을 거듭거듭 집어먹었다. (84면)

"탈잡을 데 없는 모범행원"이던 태수가 술, 미두, 여자에 빠져들게 된 이유는 바로 "상해와 같이 개방되어 있는" 군산이라는 도시의 유혹적인 분위기 때문이며, "그는 마치 아이들이 못 보던 사탕을 손에 닿는 대로 쥐어먹듯이 방탕"한 생활에 이끌리게 된 것이다. 즉 고태수에게 군산은 퇴폐적인 욕망을 충동질하는 공간인 것이다. 이렇게 타락한 공간에 위치해 있다는 이유만으로 쉽게 타락하는 고태수를 볼 때, 가난한 집안의 외아들로 간신히 은행원의 지위에 오른 식민지 남성의 주체성이 타락한 자본주의적 유혹에 얼마나 허약한 것인지를 확인할 수 있다.

> 제일 큰 소원이던 초봉이한테 여학생 장가를 들어 마지막 원을 푼 다음에야 단 하루라도 좋고 이생에 아무 미련도 없다. 그리고 (그래서 장차 어느 날일지는 몰라도 그날에 임하여 종용자약하게 죽음을 자취할 테나) 그러나 그날의 그 최후의 일순간까지라도 이 세상을 깊이 있고 폭넓게, 단연코 즐거운 생활을 해야만 한다.
> 그리하자면 첫째 초봉이로 더불어 맺는 꿈을 최대한도로 호화롭게 꾸며야 한다. 그러나 그러면서도 한편으로는 많이 많이 뚱땅거리고 술을 마시면서 놀아야 한다. 계집도 할 수 있는껏 여럿을 두고 지내야 한다. 하니까 행와도 그대로 데리고 지낼 테다.
> 돈은 도적질도 좋고 빚도 좋고 사기 횡령 다 좋다. 재주껏 끌어대면 고만이다. (188~189면)

쾌락은 죽음이라는 대가를 요구하고 에로스는 곧 죽음에의 본능이다. 고태수의 비틀어진 쾌락(성적 욕망과 경제적 권력)의 끝이 바로 초봉과의 정사라는 것은 이런 점에서 의미심장하다. 소절수 위조가 발각될 위기에 처하자 고태수가 선택한 마지막 대안은 바로 아름다운 초봉과의 죽음과도 같은 격렬한 정사이다. 기하급수적으로 팽창하던 고태수의 성적·경제적 충동은 그것이 합법적인 사회경제적 질서 내에서 충족될 수 없다는 점에서 파국을 향해 치달을 수밖에 없다. 따라서 뻔히 보이는 비극적 결말 앞에서 오히려 "많이 많이 뚱땅거리고 술을 마시면서 놀"고, "계집도 할 수 있는껏 여럿을 두고 지내"려는 고태수의 심정은 고통과 결핍으로부터의 무의식적인 도피라고 할 수 있다. 이러한 죽음으로의 하강욕구는 바로 '죽음충동'에 다름 아닐 터인데,13) 이는 그의 성적 욕망과 결합되면서 '제일 큰 소원이던' 초봉와의 정사'를 꿈꾸는 것으로 나타나게 된 것이다. 고태수가 불륜의 관계를 맺어오던 김씨와의 정사 직후에 한참봉의 몽둥이에 맞아 참혹하게 죽는 장면은 고태수의 성적 욕망이 죽음충동과 매우 긴밀하게 관련된다는 것을 암시한다. 이처럼 고태수에게 욕망은 죽음에 의해서만 완성되고 충족될 수 있는 모순적이고 도착적(倒錯的)인 것이다.14)

고태수의 극단적이고 소모적인 욕망은 이처럼 자기 파괴적인 것에 그치는 것이 아니라, 초봉의 욕망을 철저히 배제시킨다는 점에서 문제적이다. 즉 고태수의 결핍감은 돈과 성에 대한 과잉된 욕망으로서 결코 충족될 수 없는 영원한 결여이며, 초봉은 바로 이러한 고태수의 결핍을 '일시적으로' 충족시키기 위해 요구되는 성적 대상에 불과한 것이다. 다시 말해서 초봉에 대한 고태수의 강렬한 성적 욕망은 기실 현실적 욕구의 좌절로 인한 패배감의 또 다른 표현이라는 점에서, 초봉은 고태수의 좌절한 욕망이 부정적으로 투사되는 대상이 된다. 따라서 이 과정에서 초봉 자신의 주체적 욕망이 부정될 수밖에 없는 것은 당연하다. 초봉이 남승재에 대한 마음을 접고 아버지 정주사의 뜻에 따라 고태수를 선택한 것은 바로 그녀가 스스로의 욕망을 부정했기에 가능한 것이다. 물론

---

13) 마르쿠제, 김인환 역, 『에로스와 문명』, 나남, 1996, 46면.
14) 고태수의 성적 행위는 여기에서 사디즘적이고 마조히즘적인 것으로 그려진다. 그것은 단지 김씨와의 유별한 성 행위에 대한 묘사에만 그치는 것이 아니라, 고태수의 자기 파괴적이고 폭력적인 성의 단면을 잘 드러내고 있는 것이기도 하다. "처음 시초는, 소리를 내서 티격태격하기가 조심이 되니까, 소리 안 나는 싸움을 하느라고 물고 물리고 했던 것인데, 시방 와서는 그것이 둘 사이에 없지 못할 애무가 되고 말았다. 무는 김씨는 말할 것도 없거니와 물리는 태수도 아프기야 아프지만, 그놈 살이 떨어질 듯이 아픈 맛이란, 약간 안마 못지 않게 시원하다."(98면)

고태수가 "마치 색채 강렬한 꽃이나 진한 향수처럼 초봉의 신경을 자극"하고, 결국 초봉은 "끝끝내 큰 운명인 것처럼"(148면) 고태수의 유혹에 굴복한 것도 사실이다. 그러나 이는 아버지 정주사의 욕망과 질서에 투항함으로써[15] 자신의 자유의지마저 상실하게 된 결과이지, 결코 초봉 자신의 자발적 선택에 의한 것은 아니다. 따라서 고태수와의 결혼을 계기로 초봉은 자신의 자발적인 욕구를 거부당한 채 남성들의 결핍감을 보상하는 성적 대상으로 전락하게 된다.

초봉은 고태수가 죽은 뒤, 자신을 노리는 장형보를 피해 군산을 떠나던 중에 우연히 박제호를 만나게 된다. 초봉은 내심 서울에 가서 박제호에게 약제사 일을 배우겠다는 생각에서 그와의 만남을 반가워하지만, 박제호는 초봉의 결혼생활이 불행하게 끝났다는 사실을 알고 초봉을 자신의 첩으로 삼기로 작정한다. 초봉이 '이미 헌 계집', '그리고 임자 없는 계집'이라는 사실 때문에 박제호는 이제 "미혼 처녀에 대한 중년 남자다운 조심성과 압박으로부터"(253면) 벗어나게 된다. 즉 초봉이 더 이상 처녀가 아니라는 사실은, 이제 그녀가 누구든지 맘만 먹으면 "재치 있게 주워" 가질 수 있는 "공문서(空文書)짜리 땅"(254면) 같은 '만만한' 존재가 되었음을 알리는 표지가 된 것이다.[16] 초봉에 대한 박제호의 이러한 약삭빠른 태도는 그의 장사 수완과도 매우 긴밀하게 관련된다. '열 곱 스무 곱' 남는 제약 회사를 인수하면서 초봉에게 약값의 실체를 설명하는 다음 구절은 박제호의 타산적이고 이기적인 자본가적 속성을 잘 드러내주고 있다.

---

15) 우찬제, 앞의 글, 117~120면 참조. 우찬제는 이러한 초봉의 개인적 욕망의 좌절을 마성적 성격을 띠는 아버지의 상징적 질서에서 비롯된 것으로 보고 있다. 따라서 초봉이 고태수와 결혼을 결정한 것은 결국 아버지의 질서에 자신의 육체, 의식, 욕망까지도 투항한 결과라고 본다.

16) 초봉이 박제호와 만나 새살림을 차리는 내용을 다룬 12장의 제목이 '만만한 자의 성명은……'이라는 것은 결혼을 잘못해서 '인생을 잡친' 초봉이 이제는 누구든지 쉽게 얻을 수 있는 '만만한' 상품 같은 존재가 되었음을 암시한다.

그럴 듯하지? 거봐요. 그래서 이번에 그걸 하기루 돈 낼 사람이 나섰단 말야. 그자가 사만 원 내놓고, 내가 이만 원 내놓구, 주식회사 무슨 제약회사라구 쓱, 응? …… 자본금은 삼십만 원이구, 사장에 아무개요, 지배인에 박제호요, 허허허허, 제기할 것. 그러느라구 이것두 판 거야. 팔아두 슷지게 팔았지. 이천 원 딜여서 설비해놓구, 십 년 동안 전 만 원이나 모으구, 그리구 나서 오천 원을 받았으니, 허허허허, 제기할 것 …… 세상이 아직두 어수룩하단 말이야, 어수룩해. 이걸 오천 원에 사는 '가모'가 있지를 않나, 삼사십 전자리 약을 맨들어서 광고를 크게 내면, 저희가 광고 요금꺼정 약값에다가 껴서 내구 좋다구 사다 먹질 않나, 그러니 장사해 먹는 이놈이 손복할 지경이지. 생각하면 벼락을 맞일 일이야. 허허허허, 제기할 것. (48면)

군산에서 벌였던 약국에서 이미 몇 배의 이익을 올린 박제호는 그 자본을 바탕으로 서울에서 동업으로 제약회사를 차려 크게 이익을 보려고 한다. 박제호는 이러한 장사가 "생각하면 벼락을 맞일 일"이라고 생각할 정도로 터무니없는 '사기'라는 점을 잘 알고 있다. 그러나 박제호는 자신의 부도덕한 자본 축적에 대해 반성적인 태도를 보이기는커녕, 오히려 "어수룩한 세상"을 탓한다. 이처럼 약삭빠르고 계산적인 자본가 박제호에게 결혼에 한 번 실패한 초봉은 적은 돈(생활비 50원)으로 큰 이익(성적인 만족)을 안겨다줄 수 있는 존재가 된다. 즉 초봉은 이익의 유무에 따라 행동하는 자본가인 박제호에게 사용가치가 있는 '동산'으로 인식되는 것이다. 그런 점에서 초봉은 고태수에게 있어서는 좌절된 현실적 욕망의 배설장으로 받아들여졌다면, 박제호에게 있어서는 적당한 가격에 살 수 있는 물건으로만 인식된다. 그렇기 때문에 초봉이 딸 송희를 낳고 나서 더 이상 "사십 된 중년 남자의 무르익은 흥취를 만족시켜주기에 쓸모가 없는 계집"(296면)이 된 뒤로는, 이제 팔아 넘겨야 하는 "수하물"(320면)로 간주될 수밖에 없는 것이다. 이처럼 초봉은 박제호의 자본가적 욕망이 투사된 존재이기 때문에, 박제호에게 더 이상 아무 이익도 주지 못하게 되자 새롭게 등장한 장형보에게 넘겨지게 된다. 그리고 그 과정에서 초봉은 매물(賣物)로서의 자신의 처지를 분명하게 인식하게 된다.

> 그것은 마치 사내 둘이 대가리를 맞대고 앉아서, 자 그건 내 계집일다 인다구, 아 그러냐 그러면 옛다 나는 방금 염증이 나던 판인데 실없이 잘되었다 자 가져가거라, 이렇게 의논성 있이 한 놈이 한 놈한테 떠맡기고서 내빼는 놀음쯤 된 혐의가 없지 못했다. 거기서 제호는 연극이 필요했고, 그래서 그는 우정 초봉이더러 들으라고 이해라니 천만엣 소리라고 펄쩍 뛴 것이요, 그리고 나도 할 수 없이 너를 뺏기고 쫓겨나니 그 회포가 자못 처량쿠나, 그러니 너도 이러한 내 심정이나 헤아려다오, 이런 옹색스런 근천을 피우느라고 쫓겨가는 패군지졸이네 무어네 하면서 아쉰 세리프를 뇌어보았던 것이다. (330~331면)

초봉을 사이에 두고 "의논성 있이 한 놈이 한 놈한테 떠맡기고서 내빼는 놀음"과도 같은 박제호와 장형보 사이의 거래를 통해서 초봉의 육체와 성은 좀더 분명하게 상품화되고 자본화되는 양상을 보인다. 이러한 양상은 박제호가 장형보에게 초봉을 사용가치가 다한 물건처럼 넘기고 있다는 데서도 알 수 있지만, 이는 자신의 의사표현도 제대로 하지 못하는 초봉이 마치 물건처럼 침묵하고 있다는 사실에서 더욱 분명해진다. 즉 이들에게 초봉은 마치 생각도 없고 영혼도 없는 존재처럼 다루어지고 있는 것이다.[17] 장형보는 죽은 고태수와의 의리를 명분으로 초봉을 차지하려 하고 박제호는 마치 사랑에 실패하고 쫓겨가는 "패군지졸"(330면)이라는 이유로 초봉을 내주려는 말도 안 되는 상황에서도, 초봉은 자기 변명 한 마디 제대로 못한 채 결국 수요와 공급이 맞아떨어지는 시장 법칙에 의해 장형보에게 넘겨지게 된다.

장형보는 곱추라는 기형적이고 흉물스러운 외형의 소유자라는 점과

---

[17] 초봉을 사이에 두고 박제호와 장형보가 거래를 끝낼 때까지 바로 옆에 있던 초봉 한 마디 변명이나 자기 방어를 하지 못했다는 점에서 초봉의 매물로서의 특성은 더욱 분명하게 드러난다. 『탁류』, 315~331면 참조.

흉계를 꾸며 고태수를 맞아죽게 한 뒤 초봉을 겁탈하고 적절한 시기에 박제호로부터 초봉을 넘겨받는 사악한 성격의 소유자라는 점에서 다른 누구보다도 초봉을 불행에 빠뜨리는 데 가장 결정적인 계기를 제공하는 인물이다. 즉 장형보의 '인디안 토템' 같은 그로테스크한 외양은 그의 음흉하고 잔인한 성격을 그대로 반영하고 있는 것이다. 그런 점에서 장형보는 어려운 가정형편 때문에 결국 사기와 횡령이라는 왜곡된 경제적 욕망에 사로잡힌 고태수나 철저하게 계산적인 자본가의 이기적 욕망을 드러내는 박제호와는 달리, 그의 불구적 신체와 뒤틀린 성격으로 인해 정상적으로 삶에 대한 욕구를 충족시키지 못한 '결핍' 그 자체라고 볼 수 있다.

미상불 세상 사람들은 형보가 곱사요, 또 형용이 추하게 생겼대서, 속을 주기 전에 덮어놓고 멸시를 했고, 이 멸시 속에서 형보는 자라났고, 살아왔고, 지금도 살고 있다.

'곱사 ……'

'병신 ……'

'빌어먹게 생긴 얼굴 ……'

'무섭게 생긴 상판대기 ……'

특별히, 그리고 극히 드물게 우연한 기회로 친해지는 사람 — 가령 죽은 고태수같은 — 그런 사람 외에는 대개들 뒤꼭지에다 대고, 혹은 맞대놓고 그를 능멸을 하고 구박을 주고 했다.

어릴 적에 더욱이 그런 고까운 멸시를 많이 받고 자라났다. 노는 아이들 동무만 그런 게 아니라, 아무 이해도 없으면서 어른들도 그랬다.

연한 동심은 좋이 자라지를 못하고 속에서 갈고리같이 옥고, 뱀같이 서리서리 서렸다. 심술이 굳고 음험해졌다.

자란 뒤에 세상살이의 벼리에서도 남들은, 보기 흉허운 형보를 꺼려하고 돌려놓았다.

'오냐, 나는 곱사다.'

'오냐, 나는 병신이요, 얼굴이 빌어먹게 생겼다.'

'그렇지만, 그렇다고 죽으란 법 있더냐? 나도 살아야겠다.'

형보는 세상에 대해서 피가 나도록 꾑절한 앙심을 먹고, 마침내는 세상을 통으로 원수를 삼고서 넉자 다섯치의 박절한 일신을 부지했다.

그리하는 동안에 삼십여 년을 지내온 지금에는, 소년 적과 이십 안팎 때의 그렇듯 불타던 앙심은 달궈질 대로 달궈져서 그놈이 한 개의 천품으로 굳어져 버렸다. (316~317면)

형보는 이처럼 어려서부터 곱사요, 얼굴이 빌어먹게 생겼다는 이유로 사람들에게 경멸의 대상이 되었고, 이로 인해 "세상에 대해서 피가 나도록 꾑절한 앙심을 먹고, 마침내는 세상을 통으로 원수를 삼"게 된다. 그리고 이러한 그의 신체적·정신적 결함은 세상에 대한 왜곡된 욕망 추구로 발전하게 된다. 그리고 그의 비뚤어진 욕망은 고태수나 박제호와 마찬가지로 초봉에 대한 성적·경제적 욕망으로 표현되지만, 훨씬 더 비정상적인 방식으로 나타난다. "무슨 농간을 부리든지, 혹은 누구를 등골을 쳐서든지" 일단 얼마간의 돈을 마련하기만 하면, 그 돈을 갖고 도망가서 "금제품 밀수를 해먹든지", "계집장사나 술장사"(90면)를 하겠다는 "엉뚱한 계획"은 돈에 대한 그의 욕망이 사회 질서나 도덕 규범 등을 초월하는 일탈적이고 맹목적인 것임을 잘 드러내준다. 게다가 그는 후에 태수가 미두를 하다가 실패한 '끄트머리' 돈으로 운 좋게 돈 천원의 이익을 얻은 후에는 그 돈으로 합법적인 수단을 가장한 비정상적인 돈놀이인 수형할인업을 하게 된다. 이처럼 소설에서 형보는 무슨 수를 쓰더라도 돈만 벌면 그만이라는 논리하에 계집장사, 술장사, 고리대금업 등 비합법적인 방식으로 식민 자본주의에 기생해서 살아가는 "자본주의화 과정에서 배태된 독초"[18]로 표상된다. 자본에 대한 이러한 왜곡된 욕망은 초봉의 육체에 대한 맹목적인 집착과 겹쳐지면서, 그의 과잉된 욕망의 비정상성을 극대화시키고 있다.

---

18) 김윤식·정호웅, 『한국소설사』(개정증보판), 문학동네, 2000, 194면.

형보의 눈에 보인 대로 말하면, 초봉이는 청초하기 초생의 반달 같고, 연연하기 동풍에 세류 같았다. 시방 형보가 초봉이를 탐내는 폼은 태수가 초봉이한테 반한 것보다 훨씬 더했다.

"고걸, 고걸 거저, 손아구에다가 꼭 훑으려 쥐고서 아드득 비어 물었으면, 사뭇 비린내두 안 나겠다!"

형보는 정말로 침이 꿀꺽 삼켜졌다. (154면)

형보는 초봉을 처음 본 순간부터 그녀의 "청초하기 초생의 반달같고, 연연하기 동풍에 세류같"(154면)은 육체에 대한 탐욕스러운 욕망을 느낀다. 그리고 이러한 형보의 성욕은 "아드득 비어 물"거나 "오도독 깨물어 먹"(206면)고 싶은 식욕과 동일시되면서 거의 본능적이고 동물적인 욕구로까지 확대된다.[19] 그만큼 초봉에 대한 형보의 욕망은 정상적인 범주를 벗어난 일탈적인 것이다. 이는 초봉과의 도착적인 성 관계를 통해서도 확인된다.

그러나 만일 초봉이가, 드리없는 그의 '밤의 요구'에 단 한 번이라도 불응을 하고 보면, 단박 두 눈을 벌컥 뒤집어쓰고 성난 야수와 같이 날뛴다. 꼬집어뜯고 물어떼고 하는 건 예사요, 걸핏하면 옆에서 고이 자는 송희를 쥐어박지르고 잡아 내동댕이를 치곤 한다. 그래도 안 들으면 칼을 뽑아들고 송희게로 초봉이게로 겨누면서 헤번덕거린다.

필경 초봉이는 지고 말아, 이를 갈면서도 항복을 한다. (…중략…)

---

19) 프로이트에 따르면, '리비도'로 지칭되는 성적 충동은 자기 보존 충동인 영양 섭취 충동과 구별된다. 그러나 유아기 때는 이 두 가지 충동이 분리되지 못하는데, 예컨대 엄마의 젖을 포식한 유아의 모습에서 성적 만족감의 본보기를 발견할 수 있다는 점에서 그렇다. 그러다가 일정 정도 이러한 단계를 지나면 아이는 성적 만족감을 영양 섭취 욕구와 분리시키게 된다(프로이트, 김정일 역, 「성욕에 관한 세 편의 에세이」, 『성욕에 관한 세 편의 에세이』, 열린책들, 1996 참조). 그렇게 볼 때 장형보가 초봉에 대한 성욕을 식욕으로 빗대어 표현하는 것은 앞서 지적한 것처럼 그만큼 초봉에 대한 욕구가 본능적이고 강렬하다는 사실을 드러내는 것이기도 하지만, 다른 한편으로는 장형보가 정상적인 심리적 발달 과정을 거치지 못한 비정상적인 심리의 소유자임을 암시하는 것이기도 하다.

초봉이는 맨 처음 형보와 더불어 밤을 같이 할 때부터 승강을 하고 표독스럽게 굴고 했었고, 한데 그놈을 억지로 굴복시키자니 형보는 자연 '사나운 수캐'가 되지 않을 수가 없었다.

초봉이는 물론 징그럽고 싫기도 했지만, 일변 그것을 형보한테 대한 앙갚음이거니 하고 우정 그러기도 했던 것인데, 그러나 그 결과가 어떠했느냐 하면 필경 초봉이 제 자신만 더 큰 해를 보고 만 것이다.

흉포스런 완력다짐 끝에 따르는 계집의 굴복, 그것에서 형보는 차차로 한 개의 독립한 흥분을 즐겼고, 그것이 쌓여서 미구에는 일종의 새디즘이 되어버렸던 것이다. (398~399면)

"흉포스런 완력다짐 끝에 따르는 계집의 굴복"으로 성적 흥분을 느끼는 이러한 "새디즘"은 한편으로는 고태수와 김씨와의 사도-마조히즘적인 성 관계를 연상케 한다. 그러나 그들의 "물고 물리는"(98면) 고통스러운 성 관계는 "약간 안마 못지 않게 시원"함을 느끼게 하는 합의된 "애무"인 반면, 초봉과 형보 사이의 '피학-가학'의 도착적 성 관계는 형보의 일방적인 요구에 의해 성립된 폭력적이고 파괴적인 것으로 그려진다. 나아가 '사나운 수캐'와 같은 형보의 도착적인 정력은 광기로 표출되기도 한다. 초봉이 불과 반 년만에 '피로와 쇠약'으로 삶에 대한 희망을 잃고 생명력을 상실하게 된 직접적인 이유도 바로 "성난 야수"와 같은 형보의 매일밤의 요구에 지쳤기 때문이다. 이처럼 광기에 가까운 형보의 과잉된 성적 욕망은 단순히 초봉을 성적 노리개로 삼는 데에 그치는 것이 아니라 초봉의 생명력을 고갈시키는 직접적인 원인이 된다. 형보의 기형적인 성적·경제적 욕망은 초봉의 정신과 육체를 훼손시킴으로써만 충족될 수 있다는 점에서, 그의 욕망과 초봉의 욕망은 반비례 관계에 놓이는 것이다. 형보의 초봉에 대한 '밤의 요구'가 많아지는 데 비례하여 초봉의 삶은 점점 파괴되는 것이 그 예이다. 이는 소설 전체로 볼 때, 고태수·박제호·장형보가 차례로 그들의 파괴적이고 왜곡된 욕망을 초봉에게 투사할수록 초봉이 점점 계산적이고 타락한 삶에 빠져드는 상황과 비슷하다. 다만 장형보가 이러한 모든 불행의 가장 큰 원인이라는 점에서 그의 욕망은 훨씬 더 본능적이고 원시적인 것으로 과장되게 묘사되고 있을 뿐이다.

지금까지 살펴본 것처럼 초봉과 성적인 관계를 맺는 고태수·박제호·장형보는 각각 소설 속에서 식민지 자본주의의 취약한 경제 구조를 악용하여 그에 기생해서 살아가는 인물들로 등장한다. 즉 이들은 각기 식민지 자본주의가 낳은 기형적인 인물들인 것이다. 고태수의 성병이나 장형보의 굽은 등은 이러한 병리적인 자본의 욕망을 상징적으로 드러내주는 표지이다. 그리고 이들의 자본에 대한 비정상적인 욕망은 초봉에 대한 병리적이고 호색한적인 성욕으로 표출되면서 초봉은 성적 대상이자 매매의 대상으로 전락한다. 그 과정에서 초봉은 남성들의 이러한 타락한 욕망이 투영되는 성적 타자로만 한정될 뿐, 자신의 주체적인 욕망을 적극적으로 실현시킬 기회를 얻지 못한다. 그리하여 초봉은 남성 인물들이 기형적인 자본의 논리에 편승하여 자신의 욕망을 펼치는 반면, 부패한 남성들의 병리적 욕망에 수동적으로 자신의 삶을 의탁한다. 이런 점에서 남성들이 시대의 타락상을 상징하는 일차적 대상이라면, 초봉은 이러한 시대의 타락을 반복적으로 수행하는 남성 인물들의 타락한 욕망에 의해 오염된 존재라는 점에서 시대의 타락을 이중적으로 구현하는 이차적 존재가 된다. 즉 초봉은 식민지 자본에 의해 타락한 남성들에 의해 다시 타락됨으로써 식민지 모순과 성적 모순 둘 다를 체현하는 인물인 것이다.

초봉의 딸 '송희'는 바로 이러한 타락하고 오염된 시대적 욕망의 산물이라는 점에서 "성도 없고, 아비도 없는" 무정부적인 시대적 상황을 대변하고 있다. 초봉은 "고태수와 결혼을 하고, 장형보한테 열흘만에 겁탈을 당하고, 다시 보름만에 박제호를 만"(277면)났기 때문에, 소설에서 송희의 아버지가 누구인지는 분명하게 밝혀지지 않는다. 초봉이 이러한 '모듬쇠 자식'[20]의 어미로 자신의 성적 정체성을 구현한다는 사실은 대단히 의미심장하다. '모듬쇠 어미'는 말 그대로 한꺼번에 여러 남자와 성 관계를 맺는 여성을 가리키는데, 이를 문자 그대로 받아들일 경우에는 여성의 성적 방종이나 타락을 상징하는 표현이 될 수 있다. 그러나 소설에서 이 말은 초봉의 성적 타락보다는 오히려 남성들의 성적 타락을 함축하는 것으로 보아야 한다. 왜냐하면 초봉은 자신의 자발적인 의지에 따라 남성들과 성 관계를 맺은 것이 아니라 남성들의 타락한 욕망의 유혹과 강압적인 힘에 못 이겨 어쩔 수 없이 수동적으로 성을 착취당했기 때문이다. 따라서 소설에서 '모듬쇠 어미'라는 말은 남성들에 의해 유린되고 왜곡되는 성적 타자로서의 초봉의 운명을 단적으로 드러내 준다. 나아가 이는 식민지 남성의 욕망 충족이란 기껏 여성에 대한 성적 타자화를 통해서만 이루어질 수밖에 없었음을 암시하기도 한다.

그런데 초봉의 성을 타자화 혹은 대상화하는 주체는 단지 초봉의 성을 직접적으로 유린하는 남성 인물들에만 한정되지는 않는다. 예컨대 초봉의 성은 아버지 정주사나 구원자 남승재에 의해서도 왜곡되는 것은 마찬가지이다. 특히 아버지 정주사에게 초봉은 언제라도 환전가능한 밑천에 불과하다. 고태수가 초봉에게 "똑 떨어진 신랑감"(133면)인 이유는 그가 "정주사한테 장사 밑천을 대준다"고 약속했기 때문이며, 초봉이 계봉과는 달리 효녀가 될 수 있는 이유는 자신의 몸을 밑천으로 가족의 생계를 책임져 주기 때문이다. 따라서 초봉은 자신의 성을 매매함으로써 비로소 부모에게 "미더운 구석"(348면)이 있는 '효녀'로 그 지위가 격상된다. 이는 남승재가 초봉의 희생을 '미화'하는 방식과 일맥상통한다.

> 초봉이는 불쌍한 부모와 동기간을 위하여, 제 한몸이나 제 사랑을 희생시키는 것이라서, 그 혼이 거룩하고 그 심정이 감격했던 것이다. (…중략…)
> 그러나 명님이네의 일과 별반 다를 것이 없는 (따지고 보면 더 야박하다고

---

20) 여기서 '모듬쇠 자식'이란 여자가 이 사람 저 사람을 상대해서 아버지가 누군지 분간을 할 수 없는 자식을 의미한다.

할 수 있는) 이번의 초봉이의 혼인에 대해서는 그러한 반감 같은 것은 조금도 나지를 않았다. 않았다기보다도 실상은, 계봉이가 짐승의 새끼를 팔아먹는다는 그 비유를 하는 대목에서는, 승재는 벌써 정신을 놓고 다른 생각을 아무것도 하게 될 겨를이 없었던 게 사실이다.

종시 말이 없고 눈을 치떠 허공을 보는 승재의 얼굴은 차차로 황홀해간다. 그는 시방 눈앞에 자비스런 초봉이가 한가운데 천사의 차림으로 우렷이 나타나 있고, 그 좌우와 등 뒤로는 그의 가권들의 가엾은 얼굴들이 초봉이의 후광(後光)을 받아 겨우 희미하게 안식을 얻고 있는 그런 성화의 한폭이 보이던 것이다. (184면)

위의 구절은 초봉의 결혼이 가족의 생계를 위한다는 희생적인 이유 때문이라는 사실을 계봉에게 전해들은 뒤에 남승재가 보이는 반응이다. 남승재는 이성적으로는 초봉의 결혼이 딸을 색주가집에 팔아 넘기려는 "명님이네의 일과 별반 다를 것이 없"는 사실을 알면서도, 비록 한순간이나마 초봉의 매매혼을 가족을 위한 한 처녀의 성스러운 희생의식(儀式)으로 착각한다. 그 결과 초봉은 '천사의 차림'으로 '후광'까지 드리운 자비롭고 성스러운 존재로 미화된다. 그러나 이러한 초봉의 '성화'는 이후에 "그림의 전면에는 가족들의 살지고 만족한 여러 얼굴들이 옹기중기 훤하게 드러나고, 초봉은 저편 뒤로 보일락말락하게 불쌍하게 서 있는"(199면) "불쾌한 그림"으로 바뀐다. 더욱이 초봉의 결혼이 실패로 끝나고 박제호·장형보에게 차례로 정조를 유린당한 이후에 초봉은 남승재에게 공포의 대상으로만 간주된다. 이제 "뭇 남자의 손에 치어, 정조적으로 순결성을 잃어버린 여자"(426면)인 초봉에 대해 남승재는 한편으로는 동정을 느끼면서도 다른 한편으로는 강한 거부감과 혐오감을 드러낸다. 이는 초봉이 성병 앓던 고태수, 곱추 장형보 등 더럽고 기형적인 존재들과 성 관계를 맺었기 때문이다. 이러한 오염된 것에 대한 남승재의 두려움은 색주가에 가서도 매독균이 무서워 안주 한 조각 먹지 않는 그의 결벽스러운 태도에서 잘 드러난다. 따라서 남승재는 "자연과학의 힘을 믿"고, "가난한 사람들의 병을 낫게 해주어 성한 사람이 되게 하는 것을 재미있어" 하는 자연과학도일 뿐, 현실 사회의 문제를 총체적으로 파악할 수 있는 능력이 부족한 인물이다. 작가는 명님이를 구하려고 애 쓰는 남승재의 휴머니즘적 태도를 이러한 색주가 여인들에 대한 거부감 과 대비시키면서 남승재가 가진 한계를 매우 뚜렷하게 제시하고 있다. 그런 점에서 남승재는 "온건한 사회주의자"[21]에 머물 수밖에 없다. 그런 남승재에게 초봉은 처음에는 자기 희생적인 성녀로 미화되다가 정조 를 잃은 뒤에는 치료해야 할 더러운 환자로 그 지위가 격추되는 것이다.

이처럼 초봉은 주변인물들에 의해 자신의 성적 주체성의 실현을 배 제당한 채, 유린되고 왜곡되는 성적 타자로만 구성된다. 그리하여 초봉 의 섹슈얼리티는 효라는 전통 담론에 의해 부모에게는 효성스러움으로 명명되고, 그녀를 성적으로 착취하는 남성 인물들에 의해서는 욕망의 대상으로서의 생식기 그 자체로만 간주된다. 그리고 남승재와 같은 온 건한 이상주의자에 의해서는 가족을 위해 자기 한 몸을 희생하는 가련 한 여인에서부터 "더러운 농이 질질 흐르"는 세상에 오염된 병원체에 이르기까지 극단적으로 상반된 평가의 대상이 된다. 이렇듯 초봉은 그 녀를 둘러싼 남성 인물들의 욕망 투사에 의해 동화의 대상이 되기도, 배제의 대상이 되기도 한다. 즉 초봉의 성은 고정되지 않는 유동적인 것으로 필요에 따라 다양하게 해석될 수 있는 모호한 것으로 규정되는 것이다. 따라서 그 과정에서 초봉이 자신의 성적 주체성을 상실하는 것 은 너무 당연하다. 오히려 역설적이게도 이러한 주체성 상실의 과정을 거침으로써 '모듬쇠 어미'로서의 초봉은 시대의 타락상을 효과적으로 비판하기 위한 도구가 된다. 그 점에서 초봉은 단순히 세계의 폭력에 의해 수난당하는 가련한 희생자라기보다는, 오히려 성과 자본의 타락으 로 인해 오염된 조선의 현실에 대한 메타포가 되는 것이다.

---

21) 이재선, 『한국소설사—근·현대편』 I, 민음사, 2000, 364면.

3) 여성의 식민화(植民化) 전략

앞에서 살펴본 것처럼 『탁류』는 초봉이라는 한 여성의 성적 타락을 통해서 시대의 타락상을 보여주는 소설이다. 그런 점에서 이 소설은 국가(민족)의 운명을 여성(의 육체)에 비유하는 오래된 방식[22]을 전형적으로 보여주고 있다. 그것을 통해 작가는 기존의 전통적인 삶의 질서가 무너지고 모든 것이 돈의 논리로 환원되는 속악한 식민지 자본주의를 비판한다. 이러한 방식은 식민지 자본주의의 모순을 총체적으로 보여준다는 점에서 『탁류』의 리얼리즘적 성과로 높이 평가되기도 한다. 다시 말해서 『탁류』는 여성의 전락 과정을 그렸기 때문에 사회적·역사적 주제의식을 상실했다기보다는 오히려 여성의 전락 과정을 사회역사적 현실과 결합하여 그림으로써 사회역사적 주제의식을 구체적이고도 총체적으로 획득할 수 있었던 것이다.[23] 그러나 문제는 이러한 모순적 현실의 총체적 재현이 여성의 성과 육체를 식민화하는 방식을 통해서 이루어지고 있다는 점이다.

작가가 초봉이라는 성적 타자를 통해서 비판하고자 했던 것은 분명 속악한 자본주의적 회로 속에 갇혀서 결국에는 도덕성까지 상실하게 된 사회 현실이다. 초봉을 성적·경제적으로 지배하고 착취하는 남성 인물들이야말로 이러한 사회 현실을 대표적으로 보여주는 인물들이다. 그런데 이들은 대체로 사회 주변부로 밀려난 사회적 약자로서 불구적인 정체성[24]을 가진 타자임에도 불구하고, 유독 초봉에 대해서는 지배적인 힘을 발휘함으로써 주체적 지위를 점유하게 된다. 그로 인해 초봉은 식

---

22) Andrew Parker & Mary Russo & Poris Sommer & Patricia Yeager eds., *Nationalism and Sexualities*, Routledge, 1992, p.2.
23) 이경훈, 「이중의 탁류-채만식의 『탁류』에 대해」, 『연세어문학』 22집, 1990.
24) 예컨대 "입만 가졌지 손발이 없는" 무능력한 정주사나, 성병환자인 고태수, 곱추인 장형보는 생산적인 건강성과 분별력을 상실한 불구적이고 기형적인 인물들로 그려지고 있다. 공임순, 앞의 글, 78면 참조.

민지 자본주의의 왜곡된 경제질서 속에서 타자화된 남성들에 의해 성적으로 착취됨으로써 그들에 의해 다시 타자화되는 운명을 겪게 된다. 이러한 초봉의 성적 타자화 과정을 통해서 작가는 '식민'과 '자본'에 의해 이중으로 타락한 조선의 현실을 비판적으로 재현할 수 있게 된다. 그런 점에서 초봉의 섹슈얼리티는 가부장제적 질서 속에서 그 자체로 타자인 동시에, 식민지적 현실 속에서 소외된 남성들과의 성적·경제적 관계에 의해 또 다시 타자화되는 '이중 타자'라고 할 수 있다. 그리고 그 결과 초봉의 섹슈얼리티는 지배와 피지배의 관계가 중층적으로 아로새겨지고 식민주의와 가부장제라는 이질적이면서도 유사한 담론들이 충돌·결합하는 공간이 된다.

그런데 이러한 초봉의 이중적 타자화는 비단 남성 인물들에 의해서만 이루어지는 것은 아니다. 앞 절에서도 지적한 것처럼 초봉은 단순히 가련한 희생자로만 그려지지 않는데, 이는 상당 부분 초봉에 대한 서술자의 부정적이고 비판적인 서술에 기인한다. 서술자는 초봉의 성이 착취되고 훼손될 수밖에 없었던 혼탁한 현실을 비판하면서도, 다른 한편으로는 초봉의 성격적 결함 또한 문제의 원인으로 지적하고 있다. 이는 초봉과 마찬가지로 자신의 성을 매매하면서 생계를 꾸려 가는 기생 행화와 개명옥 여주인에 대한 서술자의 긍정적인 태도와 비교해볼 때 분명하게 드러난다. 행화는 비록 "천한 기생이지만 어린 몸으로 집안을 꾸려"(31면) 가면서도 자신이 기생인 것을 부끄러워하지 않고 오히려 당당하다. 오히려 행화는 자신이 처한 현실을 냉철하게 인식하는 인물이다. 그녀는 기생으로서 조강지처가 되기를 바라지 않는다고 말하거나[25] 고태수에 대해서도 "돈냥 있는 집 자식 같기는 해도, 그저 돈이나 있고

---

[25] "…… 기생이문 기생답기 돈이나 벌고 다나 그랄 끼지, 아이고 무얼 팔자 탄식을 하고, 첩이 싫다고 남의 조강지처나 바라고 하는 거 내는 그만에 구역이 나더라, 제에!"(189면)와 같은 구절을 보면, 행화는 기생으로서의 자신의 삶을 초봉이처럼 불행한 팔자 탓으로 돌리거나 가족을 위해 자기를 희생한다는 식의 자기 연민에 빠지지 않는 주관이 뚜렷한 인물인 것을 알 수 있다.

생긴 거나 매초롬하고 했지 그밖에는 별수 없는 사내"(197면)라는 말로 그의 본질을 정확하게 꿰뚫어보는 것이다. 개명옥의 여주인 또한 행화와 마찬가지로 척박한 조선의 현실에서 하층민 여성이 처한 현실을 분명하게 파악하고 있다. 남승재의 "조그마한 사업"의 첫 번째 환자이자 애정을 갖고 돌보던 명님이가 부모에 의해 기생으로 팔려가게 되자 남승재는 명님이를 색주가집에서 빼내오기 위해 개명옥 여주인에게 찾아가는데, 이때 그녀는 남승재에게 자식을 팔아서 생계를 유지할 수밖에 없는 식민지 조선의 현실을 지적한다.26)

> 계집으루 한 사내 섬긴다는 것, 꼭 고것 한가지, 그까짓 게 무슨 그리 큰 자랑이라구? …… 그까짓 게 무슨 그리 대단한 영화라구 그 노릇을 한단 말씀이요? 대체 춘향이는 이도령이 다아 잘나구 또 제 정두 있구 해서 절개를 지켰다지만, 시방 여니 계집들이야 그까짓 일부종사가 하상 그리 대단하다가 촌 농투산이한테 매달려서 그 고생을 할 게 무어란 말씀이요? 네? …… 당신님이 다아 귀여허구 그리신다니 저애만 하더라두 내가 시방 이얘기한 대루 촌에 가서 그 팔자가 된다믄 당신님 생각에 좋겠수? 네? …… 나 같으믄 그리느니 차라리 예다 두지요! (382면)

이처럼 개명옥 여주인은 여성의 매매춘이 현실적으로 요구될 뿐만 아니라 오히려 이러한 매매춘이 "못 얻어먹구 헐벗구 뼈가 휘게 일을 하구 그러구두 밤낮 방망이찜이나 받"는 "농투산이 아낙"의 삶보다 더 나을 수밖에 없는 역설적인 현실을 비판한다. 이처럼 『탁류』에 등장하는 기생들은 자신의 처지를 주체적으로 받아들이며 지식인인 남승재보다 하층민 여성의 현실을 정확하게 파악한다는 점에서 대단히 긍정적인

---

26) "나는 이런 장사를 여러 해 한 덕에 그 속으루는 뚫어지게 알구 있다우. 배고픈 호랭이가 원님을 알아보나요? 굶어죽기 아니면 도둑질인데 …… 아 참 여보시우, 그래 당신님 생각에는 이런 데 와 있으니 도둑질이 낫다구 생각하시오?"(380면)에서처럼, 개명옥 여주인은 여성의 성 매매가 보편적인 생활의 수단으로 자리잡을 수밖에 없는 현실을 꼬집고 있다.

인물로 평가된다. 반면 성 매매를 통해 가족의 생계를 책임진다는 점에서 이들과 비교될 수 있는 초봉은 자신이 처한 불행한 현실에 대한 소극적인 태도와 무지로 인해 서술자에 의해 부정적으로 평가된다. 그리고 이러한 초봉의 성격적 결함 때문에 초봉은 가련한 희생자로만 그려지지 않는다.

> 그리고 다시 그 끝은, 팔자를 한번 그르친 젊은 여인이란, 매춘의 구렁으로 굴러들기 아니면, 소첩 애첩의 이름 밑에 아무 때고 버림을 받아야 할 말이 없는 위험지대에다가 몸을 퍼뜨리고 성적 직업에나 종사하도록 연약하기만 하지, 여자이기보다 먼저 인간이라는 각오와, 다부지게 두 발로 대지를 밟고 일어서서 버팅길 능이 없이 치어났다는 죄, 그 죄로 복선의 끝은 면면히 뻗어 들어가서 있는 것이다.
> 만일 이 복선의 넌출을 마지막, 땅에 뿌리박은 곳까지 추어 들어가서 힘껏 뽑아낸다면 거기엔 두 덩이의 굵은 지하경이 살찐 고구마와 같이 디룽디룽 달려 올라오고 있을 것이다. 이것이 한 덩이는 세상 풍도요, 다른 한 덩이는 인간의 식욕이다.
> 기구한 생애가 시초를 잡고 뻗쳐나오는 운명의 요술주머니란 바로 이것인 것이다. (326면)

서술자는 박제호가 초봉을 곱추인 장형보에게 떠넘기는 상황에서, 이러한 비극적 운명이 어디에서 비롯되었는가를 알아내기 위해 "운명의 요술주머니"를 따라가서 그 시초를 발견한다. 이때 서술자는 이러한 "기구한 생애"의 근본 원인을 분명 "세상 풍도"와 인간의 탐욕임을 지적하면서도, 이러한 초봉의 운명에 연민을 갖기보다는 냉정하게 객관적인 거리를 유지한다. 그러면서 서술자는 초봉의 소극적이고 나약한 성격("여자이기보다 먼저 인간이라는 각오와 다부지게 두 발로 대지를 밟고 일어서서 버팅길 능이 없이 치어났다는 죄")을 또 다른 중요한 원인으로 지적하고 있다. 즉 작가는 초봉이 성적으로 착취되고 매매되는 과정의 묘사를 통해 속악한 식민지 자본주의의 현실을 비판하면서도, 다른 한편으로는 이러한 타락한 현실에 대한 책임을 초봉 자신의 무능력함에 돌리고 있다는 것이다. 그런데다가 초봉이 표면적으로는 경제적 관념이 없는 것처럼 보이지만 실은 계산적이고 약삭빠른 면이 있다는 사실을 반복적으로 서술하고 있다는 사실에 이르게 되면, 초봉의 성적 타락의 책임은 더욱 분명하게 초봉에게 지워지게 된다. 즉 초봉은 한편으로는 남성들의 왜곡된 욕망에 의해 성적으로 착취된다는 점에서는 연민의 대상이 되지만, 다른 한편으로는 자신의 성을 파는 데 능숙하다는 점에서는 비판의 대상이 되는 것이다. 그런 점에서 초봉을 "희생 / 손익관념, 통찰 / 계산, 직관 / 외적 근거, 무욕 / 사욕, 덕성 / 매춘, 외보살 / 내야차라는 긍정과 부정을 공유하고 있는"[27] 이중적 존재로 규정하는 견해는 일견 타당성이 있다.

초봉에 대한 작가의 이러한 이중적 태도는 결과적으로 한 여성의 구체적인 인생 역정과 그를 둘러싼 제반 환경 간의 상호 관계를 통해 식민지 조선의 사회역사적 현실을 비판적으로 폭로하려는 작가의 의도를 모호하게 만든다. 즉 작가의 이러한 시도는 초봉의 불행한 인생에 대한 책임을 초봉의 성격적 결함에 전가시키는 순간 희석되는 것이다. 이렇게 볼 때 『탁류』가 후반부로 갈수록 통속화되는 이유는 단지 독자의 흥미를 끄는 자극적인 요소들을 삽입했기 때문이 아니다. 그것은 오히려 타락한 현실의 책임을 초봉에게 전가함으로써 초봉의 성과 육체를 매개로 하여 전개되는 남성과 여성의 비대칭적인 성별 관계 및 식민화와 탈식민화의 정치 · 경제적 관계 등의 현실적인 문제가 무화되었기 때문이다. 이처럼 작가는 처음에는 초봉의 성과 육체가 착취되는 현실을 통해 식민지 조선의 제반 문제점을 폭로하고, 나중에는 그러한 식민지 조선의 타락의 책임을 초봉에게 덧씌움으로써 초봉을 이중적으로 타자화한

---

27) 황국명, 「『탁류』의 이데올로기적 한계 – 희생양과 격정극적 장치의 정치적 해석」, 『외국문학』, 1990년 가을, 125면.

다. 따라서 식민지 조선의 속류 자본주의에 대한 작가의 비판적 의식은 결국 초봉의 성과 육체에 대한 이중의 식민화에 의해 탈색되고 만다.

여성의 성과 육체가 단순히 여성의 사적인 체험의 영역으로만 국한되지 않으며 오히려 공적 영역의 그림자로서 남성 중심의 사회역사적 현실이 각인되는 상징적인 장으로 인식되었다는 점에서, 종종 여성의 성적 수난은 남성들의 치욕적인 경험을 비판적으로 드러내기 위해 서사화되었다. 따라서 고통받는 여성의 이야기를 통해 민족과 민중의 수난사를 서사화하는 방식은 한국 현대소설에서 이제는 매우 낯익은 문법이 되었다.[28] 그 동안 이러한 여성 수난의 이야기는 종종 남성작가가 자신이 처한 고통스러운 현실을 비판적으로 드러내는 하나의 적절한 방식으로 사용되었다. 그리고 이는 여성의 수난을 연민과 동정의 시선으로 포착한다는 점에서 또한 남성 자신의 피해자 의식을 드러낸 것으로 이해될 수도 있다.[29] 그러나 『탁류』처럼 아버지 부재로 상징되는 식민지 조선의 현실에서 남성작가가 여성의 수난을 연민의 시선으로 바라보는 소설일 경우에 문제는 그리 간단하지 않다. 왜냐하면 주권을 상실한 피지배자로서의 남성에게 더럽혀지고 침투당한 여성의 성과 육체는 단순히 민족사의 굴욕적 체험을 드러내는[30] 한 수단에만 국한되는 것이 아니라, 타락한 식민지 현실을 연민과 위안의 시선으로 바라볼 수 있을 만큼의 정신적 능력을 갖춘 주체의 지위를 획득할 수 있는 계기가 되기

---

28) 권명아, 「여성 수난사 이야기와 파시즘의 젠더 정치학」, 『문학 속의 파시즘』, 삼인, 2001, 298면.

29) 최원식, 「여성주의와 아버지 부재의 문학적 의미」, 『여성해방의 문학』(『또하나의문화』 제3호), 1987. 이 글에서 최원식은 송강 정철의 「사미인곡」과 「속미인곡」을 분석하면서 "여성들의 고통에 대한 시인의 친화력"이 다름 아닌 권력투쟁이라는 항구적인 긴장상태 속에서 살아가는 사대부 자신에 대한 깊은 연민에서 비롯된 것임을 지적하였다. 최원식은 이를 전체적 봉건체제 속에서 여성뿐만 아니라 남성 또한 피해자라는 진실의 역설적 표현이라고 해석하고 있으며, 이러한 공식은 식민지시대에 창작된 남성작가들의 여성적인 시를 통해서도 반복되고 있다고 본다.

30) 권명아, 앞의 글, 281면.

때문이다. 다시 말해서 가련한 여성의 섹슈얼리티는 국가 주권의 상실로 주체의 지위를 상실한 남성에게 상대적으로 그러한 여성을 동정할 수 있게 하는 우월한 입지점을 마련해줌으로써 남성은 상실된 주체로서의 지위를 회복하게 되는 것이다. 즉 식민지적 현실 속에서 식민권력에 의해 타자화된 남성은 여성을 한번 더 타자화함으로써 자신의 주체성을 견고하게 할 수 있는 것이다.

남성의 입장에서 보면 서양·일본으로부터 타자화된 한국의 식민지적 근대는 곧 남성들의 식민지적 근대이기도 했으며, 이는 곧 남성성의 약화와 수동적·복종적이라는 의미에서의 여성화를 의미했을 것이다. 지식인의 자조의식은 그러한 주변성으로부터 비롯되었던 것이다. 이런 위기의식 속에서 남성은 여성의 타자화를 통하여 타자화된 자신의 위치를 '주체'로 전도시킬 수 있었으며, 그것을 통해 식민화된 현실에 대한 비판적 거리화가 가능했던 것이다. 즉 남성주체는 식민지적 현실로 인한 패배의식과 무력감을 벗어나 자신을 '주체'로서 재구성하기 위해서는 '타자'를 필요로 하는데, 바로 그 타자가 여성이었던 것이다. 이러한 과정을 거쳐 식민화된 국가의 여성들은 식민지 주체에 의해, 그리고 같은 민족의 남성에 의해 이중으로 식민화되는 것이다.[31] 이런 점에서 초봉은 정치경제적으로 타락한 식민지 남성에 의해 성적·경제적으로 타락함으로써 이러한 이중의 식민화를 체현하는 인물이라고 볼 수 있다. 그렇게 볼 때 『탁류』는 초봉이라는 평범한 한 여인의 통속적인 인생유전을 통해 식민지 조선의 타락상을 비판적으로 보여주고 있다는 점에서는 높이 평가할 만하지만, 그러한 성과가 여성의 섹슈얼리티를 이중으로 타자화함으로써만 가능했다는 점에서 문제점을 안고 있다고 할 수 있다.

---

31) Chungmoo choi, "Nationalism and construction of gender in Korea", Elaine H. Kim & Chungmoo choi eds., *Dangerous Women-Gender and Korean Nationalism*, Routledge : New York and London, 1998, p.14.

2. 남성주체의 민족주의적 욕망과 거세된 여성—『성모』

1) 여성 육체의 성화(聖化)와 변모의 구조

『성모』[32]는 여성과 가정, 교육의 문제가 어우러져 제기되는 소설이다. 『성모』의 줄거리를 간략하게 살펴보면 다음과 같다. 여주인공 안순모가 선배인 이덕인의 훼방으로 김상철과의 연애에 실패하자 이에 대한 반동적인 심정으로 김상철의 친구 박정현에게 몸을 허락한다. 이로 인해 안순모는 박정현과 동거 생활을 시작하는데, 어려운 생활로 두 사람의 사이는 점점 벌어지고 그 사이 박정현은 화실에 그림을 배우러 온 부잣집 딸 윤부전의 유혹을 이기지 못하여 안순모를 버리고 동경으로 떠난다. 박정현이 떠난 뒤 임신 사실을 알게 된 안순모는 처음에는 앞날에 대한 두려움에 유산까지 생각하지만, 아들 철진을 낳고 기르면서 스스로 강하고 훌륭한 어머니가 되기에 힘쓴다. 심지어 안순모는 김상철의 청혼까지 거부하면서 희생과 정성을 다해 아들 철진을 민족의 위대한 지도자로 만들기 위해 노력한다. 결말 부분에서 비밀 결사의 성격을 띤 연구회의 발각으로 철진은 중국으로 더 큰 사업을 위해 떠나고, 안순모는 그런 아들을 기쁘게 배웅하면서 자신도 민족의 장래에 보탬이 되기 위해 편물강습회에 다니게 된다.

이처럼 이 소설은 크게 전반부와 후반부로 나뉘어지는데, 전반부가 이태준의 다른 장편소설과 마찬가지로 복잡한 삼각 관계를 중심으로 애욕의 갈등이 전개되는 대중소설적 면모를 보인다면, 후반부에는 임신을 한 여주인공 '안순모'가 출산과 양육을 통해서 '민족적 어머니'로 거듭나게 된다는 교훈적인 내용이 전개된다. 이명희는 『성모』의 이러한 이

---

32) 『성모』는 1935년 5월 26일부터 1936년 1월 19일까지 『조선중앙일보』에 연재되었던 장편소설로서 당시 단행본으로 출간되지는 않았다.

분화된 구조에 주목함으로써 이태준 소설의 문학성(계몽성)과 대중성이 어떻게 결합되어 나타나는지를 밝히고 있다.[33] 즉 남녀간의 애욕의 갈등을 주된 사건으로 삼는 전반부는 독자의 흥미를 자극하기 위한 '씌키는 소설'이라면, 안순모의 모성에 대한 교훈적인 이야기는 '쓰는 소설'로서의 특성을 반영하고 있다는 것이다. 이러한 논의는 일단 이태준의 소설론을 중심으로 그 동안 대중성의 측면에서만 논의되어 왔던 이태준의 장편소설이 갖는 이중 구조의 의미(대중성과 이상지향성)를 밝히고 있다는 점에서 의의가 있다. 그러나 『성모』에서 강조되는 모성 중심 교육관과 이세본위주의를 시대가 요구하는 훌륭한 어머니상으로 평가하거나 이러한 모성상을 통해 이태준이 여성주의를 획득했다고 주장하는 등, 이명희는 소설 이면에 감추어진 모성 이데올로기의 한계를 지적하지 못하고 있다. 게다가 모성에 대한 이야기가 과연 '쓰는 소설', 즉 문학성을 담보하는 내용이 될 수 있는지도 의문이다. 오히려 '인류의 어머니로서의 교육'이라는 『성모』의 테마는 모성에 대한 관습적인 시각을 반복한다는 점에서 대중적 취향에 영합하는 것이라고 할 수 있다.

  모성성에 대한 이정옥의 비판적 논의[34]는 『성모』에서 민족이라는 이름으로 여성에게 모성신화를 강요하는 모성 이데올로기의 양상을 밝히고 있다. 특히 이 글은 『성모』처럼 단순히 개인적인 이기심에 바탕을 둔 모성이 아니라 민족 구원의 성격을 지닌 민족적 모성을 강조하는 경우, 국가적 위기에 대한 책임감을 여성에게만 부가하게 되어 결과적으로 여성의 현실적 체험이나 갈등은 배제시키게 된다는 점을 주장하고 있다. 그러나 이정옥의 논의는 여성의 모성성에 대한 강조가 결과적으로 여성의 성적 욕망을 효과적으로 통제하거나 관리하는 수단이 되고 있다는 점을 고려하지 않고 있기 때문에 한계를 가질 수밖에 없다. 다

---

33) 이명희, 「이태준 장편소설 『성모』 연구」, 『현대소설연구』, 한국현대소설연구회, 1994.
34) 이정옥, 「모성신화, 여성의 또 다른 억압 기제―일제 강점기 문학에 나타난 모성 담론의 한계」, 『여성문학연구』 제3호, 한국여성문학학회, 태학사, 2000.

시 말해, 모성 이데올로기는 국가 위기의 책임을 여성에게 전가시키는 데만 한정되는 것이 아니라 여성 섹슈얼리티에 대한 통제를 그 핵심으로 하고 있는 것이다. 따라서 왜 모성이 여성을 통제하는 가장 효과적인 수단이 될 수 있는가를 밝히기 위해서는 우선 모성과 여성 성욕 간의 대립적인 관계를 해명해야 한다. 그런 관점에서, 이 글에서는 여성의 성적 욕망이 모성 신화에 의해서 어떻게 통제되고 관리되는가에 초점을 맞춰서 논의를 전개할 것이다. 그러기 위해서는 우선 남성의 성적 욕망을 자극하던 여주인공의 육체가 어떻게 한 아이를 낳고 기르는 '성스러운 그릇'으로 변모하게 되는가를 살펴보아야 할 것이다.

『성모』의 여주인공인 안순모는 아름답고 정숙한 여성으로 그려지고 있는데, 특히 그녀의 용모는 소설의 모든 남성 인물들에게 흠모와 경외의 감정을 불러일으키고 여성에게는 질투의 대상이 될 정도로 뛰어난 것으로 묘사되고 있다.

> 덕인은 공부가 힘에 겨운지 객지생활이 고달픈 때문인지 피곤스럽게 쎄-근 쎄-근거리며 잠들어 있는 순모를 건너다 보았다. 보면 볼수록 순모는 얄밉도록 미인이 될 소질을 저 혼자 갖고 있었다. 손이나 발을 보아도 자기 것처럼 뼈대가 굵거나 투박스러운 데가 없이 마디마다 흐르는 듯하였고 눈이나 코나 입이나 하나씩 떼어 놓고 보아도 깎을 데가 없는 데다가 그것들이 서로 저 놓을 자리를 규모있게 지킨 데서 그 간격의 아름다움조차 느끼게 하는 그의 얼굴에는 오직 고개가 수그러질 뿐이었다. (25면)

김상철을 사이에 두고 애정의 삼각 관계를 맺게 되는 덕인이 보기에도 순모는 타고난 "천생미인"(33면)이며, "고개가 수그러질" 정도로 조화로운 미의 소유자이다. 이는 순모 자신도 분명하게 자각하고 있으며, 이러한 자각은 구체적으로 덕인을 비롯한 동료들이 자신에게 "빈정거리고 핀잔을 주고 하는 것이 자기의 용모를 시기"(34면)하기 때문이라는 우월감으로 나타나기도 한다. 그러나 비록 순모 스스로 자신의 외모에 자신감을 갖고 있기는 하지만, 이러한 외모에 비해 애정 관계에 있어서는 시종일관 소극적인 태도를 유지한다. 소설 초반에 덕인에게서 연애와 임신 등에 관해 구체적인 정보를 듣게 된 순모는 이성간의 육체적 결합이 갖는 "야수적인 일면"(21면)에 대해 거부감을 느끼며, 심지어 "이성과 접근하는 모든 행동을 죄악시"(25면)한다. 이 때문에 순모는 첫사랑의 대상인 김상철에게 "꺼질 줄 모르고 빤짝빤짝 타오르기만 하는 사모의 정염을"(39면) 느끼면서도, 이러한 감정을 자연스러운 애정 관계로 발전시키지 못하고 의남매라는 형식적 관계를 통해 거리를 취하고자 한다. 순모가 상철과의 연애에 실패하게 된 결정적인 계기는 물론 상철과 덕인의 육체적 관계를 목격했기 때문이지만, 근본적인 이유는 순모의 지나치게 깔끔한 성품에서 기인한다. 순모가 외국 선교사 단체의 장학금으로 예수교 학교를 다닌다는 사실은 그녀의 이러한 성에 대한 지나친 결벽증이 어디에서 연원하는지를 짐작하게 한다.

그러나 순모의 이러한 결벽증적인 태도는 그녀의 단아한 아름다움과 더불어 오히려 상철에게 강렬한 성적 욕망을 자극하는 계기가 된다. 순모와 상철의 만남이 거듭될수록 순모가 상철의 적극적인 애정 공세를 점점 냉정하고 초연한 태도로 물리치는 반면, 상철은 순모가 "깔끔하게 굴면 깔끔하게 굴수록"(99면) 그녀의 아름다움에 매혹되어 그녀에 대한 욕망은 점점 커져간다.

> 상철은 방에 들어와 가만히 순모의 돌아선 허리와 가지런히 모으고 섰는 종아리께를 바라보았다. 여름방학에 고향에서 그 장터에서 비를 그누던 밤 생각이 났다.
> 그 탄력있는 순모의 아랫도리의 감촉을 다시 한 번 팔위에 느껴보고 싶은 충동이 날랜 미꾸리와 같이 두팔을 치며 달아났다. (…중략…)
> "왜 달어요?" 하고 날쌔게 순모는 허리를 굽혀 상철의 그 길다란 두팔의 세력 범위에서 벗어나려 했으나 그러노라고 살찐 물결처럼 휘우뚱하고 그의 허리가 일으키는 율동미는 상철의 흥분을 더욱 급박하게만 한 듯 상철은 또 순모

의 옷이 꾸길 것이나 따질 것을 돌아볼 새 없이 그의 몸을 어디고 잡히는 대로 잡았다.

"순모? 정말야…… 왜 나를……" "왜 자꾸 이래요…… 뭬 정말이야 글쎄?"

숨소리는 같이 가쁘나 순모는 찬찬스런 눈으로 상철의 표정을 살폈다. 그 약하면서도 또 어리면서도 어딘지 남성에게 초연한 데가 있는 영리한 여성의 지혜라고 할까 그것이 불길어린 상철의 눈에도 어느 만큼은 느껴지지 않을 수 없었다.

"너는 참 곱다. 넌 노―블하다" 하면서 상철은 퍼뜨러뜨린 열손가락으로 순모를 어깨에서부터 팔과 허리를 쓸어내리며 그의 앞에 주저앉았다. (101면)

위의 예문에서 볼 수 있는 것처럼 순모의 육체는 상철에게 "강렬한 흥분"(101면)을 느끼게 하는 대상이지만, 정작 순모 자신은 '초연한' 태도로 일관한다. 소설 초반에 상철에 대해 가졌던 순모의 적극적인 연애 감정은 점점 초연하고 결벽증적인 태도로 변화하는데, 이는 일견 순모의 정숙하고 '노블'한 면모를 강조하는 역할을 한다. 즉 아름다운 외모의 소유자이면서도 오히려 남성의 적극적인 구애에 초연하게 대처하는 순모의 모습은, 그녀의 아름다운 외모로 인해 더욱 고귀하고 값진 것으로 그려진다. 이처럼 아름답고 숭고한 순모의 육체는 상철에게 애욕의 대상이 되는 한편, 화가인 박정현에게는 심미적 대상이 되기도 한다. 여성의 육체에서 "모―든 사물의 진실성"(83면), 즉 사물의 본질 내지는 근원을 발견한다고 주장하는 박정현에게, 순모의 조화롭고 아름다운 육체는 하나의 미적 대상이자 진리 그 자체로 받아들여진다. "여성으로서의 완성된 육체보다 완성으로의 나가는, 발육이 한참 절정에 올라가는 육체에서 더 신비한 미감을 가"(78면)진다는 박정현의 말에서 알 수 있듯이, 아직 충분히 발육하지 않은 순모의 육체는 화가의 시각에서 볼 때 아직은 어른의 성적 질서에 편입되지 않은 순수한 대상으로 비쳐진다. 그러나 순모의 육체를 심미적인 대상으로만 바라보던 정현조차 그녀를 모델로 졸업작품을 제작하면서는 화가로서의 '시선의 냉정함'을 잃고 '강렬한 촉감욕'

을 느낀다. 이처럼 정현에게 돌발적으로 몸을 허락하기 이전의 순모의 육체는 고귀함과 순수함은 물론 남성에게 강렬한 성욕을 불러일으킬 정도의 매혹에 이르기까지, 모든 남성들이 이상적으로 꿈꾸는 완벽한 것으로 그려진다. 그러나 이러한 순모의 완벽한 육체는 남성들의 심미적·성적 매혹의 대상이 될 수는 있을지언정, 정작 순모 자신의 욕망을 적극적으로 담아내는 주체적 의미는 갖지 못한다. 즉 순모의 아름다움과 매력은 스스로를 주체로 체험하는 인식과 결합하지 못한 채, 단지 관찰자인 남성의 욕망을 부추기는 수동적 대상으로만 인식된다.

반면에 투박하고 못생긴 덕인은 자기가 좋아하는 상철의 관심과 애정을 얻기 위해 적극적으로 자신의 욕구를 표출하는, 어찌 보면 성적으로 주체적인 인물로 그려진다. 그러나 이러한 덕인의 자유로운 욕구의 분출은 애정의 대상인 상철은 물론 서술자에 의해서도 매우 부정적으로 인식된다. 예컨대 "순모에 대면 나이도 나이려니와 성격상 차이에서 오는 그의 연애술이란 퍽이나 활발한 것이어서 연애욕의 만족을 위해서는 정조니 가정이니 하는 데 그리 냉정한 사고를 가질 여유가 없었다"(135 면)와 같은 구절에서와 같이 덕인은 '정조'나 '가정'보다 자신의 주체할 수 없는 성욕을 우선시하는 방탕한 존재로 그려지고 있다. 이렇게 볼 때 덕인의 아름답지 못한 육체는 오히려 순모의 그것과 비교하여 상대적으로 자신의 욕망을 적극적으로 담아내는 좀더 주체적인 의미를 갖는다고 할 수도 있다.[35] 이처럼 남성의 관심을 끌기 위해 능동적으로 행동하는 덕인과 비교해볼 때, 순모는 아름답기는 하지만 단지 남성에 의해 규정되고 남성의 시선에 의해 그 의미가 결정되는 수동적 대상으로만 규정된다.

그런데 이처럼 수동적으로 대상화된 순모의 육체는 어머니가 되는

---

135) 물론 덕인의 육체에 대한 부정적 평가가 상철과 같은 남성 관찰자에 의해 이루어진다는 점에서 덕인의 자유로운 욕구의 표출 또한 어떤 면에서는 주체적인 것으로만 한정짓기는 어렵다.

과정에서 아이를 지켜 주는 강인하고 튼튼한 보호막의 역할을 하는 등, 지금까지와는 다른 질적인 변화를 겪게 된다. 그러나 박정현과 헤어진 후 경제적 · 정신적 고통으로 어려운 시간을 보내다가 임신한 사실을 처음으로 알게 되었을 때, 그녀가 보인 최초의 반응은 이질적인 존재에 대한 거부감이었다.

> 어쩌다 깜박 잠이 들면 뱃속에서 무엇이 갑자기 뼈들겅거리는 것 같았다. 깜짝 놀라 깨어보면 꿈이었다. 배는 고요할 뿐 아무렇지도 않았다. 어찌 어찌 애를 쓰다 또 잠이 들면 '으아'하고 아이 우는 소리가 들렸다. 깜짝 놀라 깨어보면 또 꿈이었다. 또 한참 궁리를 하다가 잠이 들면 웬 새빨간 갓난아이들이 자기 팔에도 다리에도 어깨와 가슴에도 무더기로 와서 무슨 징그러운 벌레처럼 달라붙었다. 또 소스라쳐 깨어보면 꿈이었다.
> "내가 이리다 미치지 않을까?"
> 신경은 바늘끝처럼 날카로워만 갔다.
> "아이면 그까짓 떼 버릴테다? 모체부터 살구 볼 일이다. 내가 이렇게 정신상으로 파멸될 지경인데 그까짓 핏덩이 하나 뭐냐." (244면)

화가로 성공하고 싶은 야심 때문에 돈 많은 화실 학생인 윤부전과 동경으로 도피한 정현의 배신으로 절망감에 빠진 순모는 갑작스러운 임신으로 "깊은 물 속에서 겨우겨우 가장자리 가까이 나와 풀 한 포기를 붙들었다가 다시 그 풀 포기를 놓치고 마는 것 같은 절망"(299면)을 느낀다. 그 절망감은 바로 임신으로 인해 자신의 삶의 자유와 희망을 상실할지도 모른다는 두려움으로서, 이는 구체적으로 아이를 "무슨 징그러운 벌레"에 빗대는 것으로 표현되기도 한다. 이처럼 순모의 임신에 대한 두려움과 공포심은 '새빨간 갓난아이들'이 순모의 온몸에 달라붙어 짓누르는 꿈을 통해 나타나기도 한다. 이러한 어머니되기에 대한 두려움과 공포심은 아이에 대한 거부의식으로까지 발전한다. '모체'를 위해 아이를 떼어버릴 수도 있다는 순모의 진술은 '미혼모'로서 사회 질서에 정상적으로 편입되지 못한 채 살아갈 일의 어려움과 아이에게 예속되어 자신의 청춘시절을 헛되이 보내고 싶지 않다는 절박함의 표현에 다름 아니다. 특히 여성의 정조를 강조하는 가부장제 사회에서 사생아를 낳고 길러야 한다는 사실은 순모에게는 받아들이기 어려운 현실일 것이다. 그러나 순모의 어머니 되기에 대한 거부감과 두려움은, 병원에서 임신이라는 사실을 확인받고 돌아오는 전차 안에서 어느 모자간의 정다운 모습을 본 순간 갑작스럽게 아이에 대한 애착으로 바뀌게 된다. 나아가 이러한 애착은 처음에는 이질적인 것으로 거부감을 느꼈던 아이와 자신의 육체가 하나가 되는 듯한 느낌으로까지 발전한다.

> 너는 내 몸의 일부분이로다. 내 뼈의 뼈, 내 살의 살이로다. 그 피와 살이 영혼을 품고 이 세상에 나올 날까지는, 너는 내 자지 않고 지키는 심장 아래에서 따스하고 보드러운 방을 가지고 꿈자리 편안하게 쉬고 있도다! 어미새가 알을 품어 까이듯, 내 따스한 태내에서 너의 모락모락 커감을 생각할 때, 오! 너와 나는 얼마나 포곤한 한덩어리의 행복이냐! (267면)

서양의 어떤 여류시인의 아이에 대한 예찬시를 통해서 간접적으로 서술되고 있기는 하지만, 순모는 아이와의 일체감을 느끼면서 자신의 육체를 마치 아이를 보호하는 "보드러운 방"으로 간주한다. 그리고 이러한 일체감은 "포곤한 한덩어리의 행복"으로 과장되게 표현되기도 한다. 이처럼 순모는 별다른 갈등 없이 처음에 가졌던 아이에 대한 거부감에서 완전히 벗어나게 될 뿐만 아니라, 순모의 육체는 임신을 했다는 그 사실만으로 신성하고 거룩한 존재로 격상된다.

> 자기의 몸속에 만물의 영장이 될 사람이 들어서 자라나는 것이며 모─든 운명을 자기에게 맡긴 것을 생각하면 태모란 하나님의 일을 대신 맡은 지상의 천사라 볼 수 있는 것이다. 그런 거룩한 지위에 있는 사람이니 무엇보다 맑고 고상한 정신으로 태아를 지켜야 할 것이다. 인류의 가장 큰 두 지도자인 석가나

예수같으신 분도 세상에 나와 자라기 전에 먼저 그 어머니의 태안에서 자란 것을 생각하면 잉태중의 그 어머니의 지위란 천사의 지위나 조금도 다름없이 거룩하고 신성해야 할 것이다. (275면)

(…중략…) 내 몸은 지금 내 아기의 집이다. 내 마음이 밝은 건 내 아기집 창문이 밝은 것이 된다. 내 마음이 불쾌하거나 산란한 건 내 아기 집안이 평화롭지 못한 것이 된다. 자! 이제부터는 모―든 문제가 일단락이다. 유쾌한 마음으로, 평화한 마음으로 오직 내 아기를 지키자! (292면)

첫 번째 인용문에서 알 수 있는 것처럼, 임신한 어머니의 몸('태모')은 "하나님의 일을 대신 맡은 지상의 천사"라는 식의 극단적인 찬사를 통해 순모의 모성적 육체는 신격화되는데, 이러한 신격화는 석가나 예수와 같은 위인조차도 어머니의 몸을 빌려서 세상에 태어난다는 진술을 통해 더욱 강화된다. 여성의 몸 그 자체가 훌륭한 것이 아니라, 훌륭한 인물을 태 안에서 키우기 때문에 훌륭하다는 식의 논리는 기실 '위대한 어머니상'이나 '위인의 어머니' 등에 나타나는 모성에 대한 고정된 이념에 그 근거를 두고 있다. 게다가 임신한 여성의 육체를 "아기의 집"이라고 표현하는 것에서 알 수 있는 것처럼, 여성의 몸이 갖는 다양한 가능성과 풍성한 의미는 사라진다. 대신 여성의 몸은 아이를 위한 '집'으로만 그 의미가 한정된다. 아울러 여기에는 아이는 '국가의 것'이며 여성은 아이를 우연히 맡고 있는 것에 불과하다는, 즉 '엄마의 배는 잠시 빌린 것'이라는 가부장제 사상이 유감 없이 발휘되고 있다.[36] 이는 임신, 출산과 같은 여성 육체의 생물학적 변화에 과도한 의미를 부여하는 태도로서, 모성의 근거를 생물학적 차원에 두고 있는 것이다. 즉 여성은 단지 아이를 임신했다는 생물학적 사실로 인해 갑자기 "천사의 지위나 조금도 다름없이 거룩하고 신성"한 존재로 과대평가되고 그로 인해 신

---

36) 우에노 치즈코, 이선이 역, 『내셔널리즘과 젠더』, 박영률출판사, 1999, 29면.

적인 존재로 그 지위가 높아지는 것이다. 그리하여 위기에 처한 순모는 사회적으로 용인되는 모성을 이상화함으로써 비로소 위기에서 벗어날 수 있을 뿐만 아니라, 오히려 민족의 장래를 짊어질 인물을 낳고 기르는 신성한 임무를 맡은 존재로 그 가치가 상승하게 된다.

이처럼 『성모』에서 순모의 육체는 임신이라는 생물학적 체험을 통해 남성의 성적 욕망의 대상에서 "만물의 영장이 될 사람"을 길러낼 수 있는 성스러운 영역으로 질적인 변화를 겪게 된다. 그런데 이러한 변화는 단지 육체적인 것에만 한정되는 것이 아니라 순모의 정신까지도 고양시킬 정도로 막강한 영향력을 발휘한다. 예컨대 순모는 비록 소설 초반부터 애욕과는 거리가 먼 고결하고 정숙한 여인으로 그려지기는 하지만, 상철과의 연애에 실패했을 때 자신의 감정적 동요를 자제하지 못하고 정현의 집에 찾아가 그에게 몸을 허락할 정도로 자기 통제력이나 판단력이 부족했다고 할 수 있다. 그러나 순모는 아이를 임신·출산·양육하는 과정에서 전문가 이상의 교육적 지식과 어떠한 경제적 어려움도 극복할 수 있는 정신적 고결함을 지닌 존재로 변모하게 된다. 예컨대 정현과 살림을 차리면서 살 때에는 "물질 생활의 불안"을 느끼면서 자살까지 생각했던 순모는 아비 없는 자식을 홀로 키워야 하는 더욱 막막한 현실 속에서 오히려 강인한 생활력과 인내력을 보여준다. 이처럼 임신으로 인해 순모는 정신적·육체적으로 완벽한 인간으로 새롭게 변모하게 된다.[37)]

---

37) 물론 다음 구절에서도 확인할 수 있는 것처럼 이러한 정신적·육체적 변모에도 불구하고, 혹은 이로 인해 순모는 처녀 시절의 외적 아름다움을 상실하게 된다. 그러나 이러한 외적인 것의 상실은 오히려 내적인 것의 성숙을 암시하면서 순모의 정신적 고결함을 더욱 강조하는 역할을 한다. "그러나 출근 시간은 조금도 늦지 않도록 서둘렀고 먹고픈 것도 이것저것 많았으나 제대로 받들어주는 사람이 없어서 그 토실토실하던 볼이 홀쭉하게 빠지고 복사꽃처럼 장티하나 찾을 수 없던 뺨과 이마에는 주근깨가 여기저기 생겼다. 거울 앞에 앉아 생각해보면 그런 것도 슬픈 사실이 아닐 수는 없었다. 그러나 '오! 귀여울 내 아기야. 어서 너나 투실투실하게 탐스러워져라' 하고 태아가 충실하기만 빌었고 자기의 청춘은 이미 흩어진 꽃처럼 찾으려는 것이 도리어 어리

이러한 변모는 철진을 양육하는 과정에서 매우 분명하게 나타난다. 비록 순모는 철진을 '사생아'로 호적에 올리지만, 사생아에 대한 사회적 편견에 맞서 싸우면서 철진을 민족의 미래를 짊어질 용기 있고 의지적인 인물로 키우기 위해 최선의 노력을 다한다. 특히 순모는 철진의 행동과 사고 방식, 사회 관계, 지식 습득의 방식, 나아가 연애 문제에 이르기까지 하나하나 신중하게 결정하고 판단함으로써, 철진을 가정 내적인 한계에 머무는 존재가 아니라 대사회적으로 민족을 위해 자신을 희생할 수 있는 인물로 키운다. 그런데 이러한 순모의 과학적이고 지적인 양육 태도는 임신 이전에는 전혀 갖추어지지 않던 것으로서, 임신과 출산 그리고 양육 과정에서 자연스럽게 발현되는 것으로 그려지고 있다.

소설 『성모』가 전반부의 애욕의 삼각 관계라는 통속적 이야기에서 후반부의 민족의 위대한 어머니라는 모성 찬양으로 변화하는 스토리 라인을 따라, 주인공 순모 또한 남성의 성적 욕망을 자극하는 수동적 대상에서 정신적·육체적으로 성숙하고 분별력 있는 주체로 변모한다. 이처럼 서로 상반되고 이질적인 내용으로 양분되는 소설의 내용이 소설 구성의 측면에서 결함으로 지적되는 것처럼, 순모의 변모 또한 지나친 계몽성의 강화로 인해 변모의 내용이 인물에 의해 육화되지 못한 채 관념적 의미만을 갖게 된다.[38] 특히 당대의 조선 사회에서 여자가 '사생아'를 기른다는 것은 불가능에 가까울 만큼 험난한 일인데도 작가는 주인공을 이러한 상태에 떨어뜨림으로써 역설적으로 환경의 문제보다는 교육의 방법, 특히 훌륭한 어머니에 의한 교육이 아이들 교육에 있어서 중요한 것임을 웅변한다. 따라서 순모의 정신적·육체적 변모는 소설의 구조적 파탄 및 작가의 모성에 대한 계몽적 태도로 인해 그다지 설득력을 얻지는 못하고 있다.

석거니 단념해 버렸다."(297~298면)
38) 이정옥, 앞의 글, 129면 참조

2) 탈성화(脫性化)된 여성주체 - '성모'

『성모』는 이태준이 『화관』에서 단편적으로만 언급했던 어머니 역할의 중요성을 안순모라는 여성을 통해 구체적으로 보여주고 있는 작품이다. 『화관』에서 주인공 임동옥은 박인철을 따라 원산 보통학교 교사 생활을 하면서 문제 부모에게서 문제 아동이 나온다는 것을 절감하면서 "여자의 교육이란 남학생, 여학생하는 그 여학생 교육이기보다 한 사람의 어머니의 교육, 인류의 어머니의 교육으로 더 의의가 있을 것이다!"[39]라고 깨닫는다. 이처럼 『화관』에서 여성 교육의 정당성은 단편적인 모성 역할의 강조를 통해 확보되는데, 이러한 '인류의 어머니의 교육'을 삶 전반을 통해 실천한 구체적인 인물이 바로 『성모』의 안순모이다. 특히 작가는 안순모의 삶을 통해 여성의 진정한 교육은 바로 "미지의 싹"(336면)인 어린이들을 기르는 일에 집중되어야 함을 강조하고 있다.

> 내 부모님은 죄송한 말이나 사회가 그들에게 별로 기대함이 잇을 수 없는 사람들이다. 과거에 사회를 위해서 한 일이 없는 것처럼 장래에도 아모 것도 업슬 사람들이다. 그런데 어린 사람은 우리가 기대함이 크다. 기르게 달려엇다. 미지의 싹들이다. 이 어린이들까지 오늘의 어룬들이나 다름업는 무능한 사람만이 되어버린다면? 오, 그것은 얼마나 무서운 암흑이냐? 최후의 절망이 아니고 무엇이냐? (336~337면)

순모에게 '미지의 싹'인 어린아이들은 속물화된 현실에서 자신이 찾을 수 있는 유일한 희망이다. 다시 말해서 연애 실패와 동거, 그리고 미혼모 등으로 이어지는 일견 일탈적이고 자유분방한 순모에 대한 사회적 비난은 아들 철진을 훌륭한 조선의 일꾼으로 키움으로써만 상쇄될 수 있다는 것이다. 따라서 '성스러운 어머니'라는 뜻의 제목 '성모'가 암시

---

39) 이태준, 『화관』, 서음출판사, 1988, 288면.

하는 것처럼, 이 작품의 의도는 미래의 희망인 아이들을 어떻게 길러야 하는가에 대한 '가르침'이 중심에 선다. 이처럼 『성모』는 모성을 위대한 가치로 찬양하면서 이를 사회의 부조리를 타파할 최후이자 근본적인 해결책으로 제시한다. 그런데 소설에서 제시되는 어머니상은 자식에게 일방적으로 헌신하기만 하고 "학리적인 아닌 경험"으로 아이들을 키우는 전근대적인 어머니(예컨대 순모의 어머니)의 모습과는 거리가 있다. 이러한 근대적 모성의 내용은 소설의 후반부에서 구체적으로 제시되는 자녀 교육의 내용과 방법을 통해서 잘 드러나고 있으며, 이를 통해 작가는 순모의 어머니와 순모 자신의 서로 다른 모성적 태도의 차이를 분명하게 드러내고 있다.40) 이처럼 『성모』는 순모의 위대한 모성성에 대한 강조를 통해 "민족의 위대한 어머니"라는 순모의 정체성을 확립해나가는 데 초점을 두고 있다.

언뜻 보기에 순모의 이러한 모성적 태도는 개인적 이기심의 차원을 떠나 민족적 성격을 띠는 대승적인 차원의 모성성인 것처럼 보인다. 즉 구세대인 순모 어머니의 모성이 사회적인 차원을 고려하지 않은 채 개인적·가정적 안락을 위해 바쳐진 것과는 달리 순모의 모성성은 오히려 개인의 안락을 버린 채 대사회적 인식의 획득으로 나아간다는 점에서 이태준이 그려 보이는 모성성은 긍정적으로 평가될 수 있을지도 모른

---

40) 『성모』의 '어머니와 어머니'라는 소제목은 이러한 전근대적 모성과 근대적 모성의 차이점을 잘 드러내주는 장이다. 순모의 어머니가 딸 순모를 위해서 아들 철진을 죽은 것처럼 위장한다거나, 아이 양육에 있어서도 일관되지 못한 태도를 보이는 등 학리적이거나 과학적인 태도와는 거리가 먼 반면, 순모는 철진의 양육에 있어서 처음부터 끝까지 논리적이고 합리적인 태도를 유지한다. 그런 점에서 순모의 모성성은 전근대적인 어머니의 모습과 결별하고 당시에 유행하던 과학 담론과 결합됨으로써 부상한 새로운 여성상과 관련을 맺고 있다고 볼 수 있다. 그러나 이러한 순모의 '과학적'인 육아법 및 철저한 위생 관념이 비록 근대적인 모성의 내용이라고 하더라도, 실제로 순모가 보여주는 자기 희생적인 태도나 자신의 욕구를 억압하는 모습 등은 전근대적인 모성 관념에서 크게 벗어나는 것이라고 보기 어렵다. 따라서 순모와 같은 신여성들이 습득한 근대적인 교육 방식이라는 것도 결국에는 기존의 전통적인 어머니상의 범주에서 크게 벗어나지 않는 것으로 볼 수 있다.

다. 그러나 구성적 파탄을 감수하면서까지 순모가 이르게 되는 모성적 위대함이란 사실 순모 자신의 자각이라기보다는 서술자에 의해 일방적으로 강요된 이데올로기에 지나지 않는다. 앞서 지적한 것처럼, 순모는 자신이 임신했다는 사실을 알면서 큰 혼란에 빠지게 되는데, 이 때 순모가 결정적으로 훌륭한 어머니가 되기로 결심하게 되는 계기로 작용하는 것은 필연적인 소설 내적인 사건이 아니라 일방적으로 소설 바깥에서 들려오는 권위적이고 훈계적인 목소리이다.

> "이 아이가 얼마나 훌륭한 사람이 될지 네가 아느냐?"
> 애정은 이렇게 소리쳐 자기 자신에게 묻는 것이었다. (…중략…)
> 순모는 스스로 대답도 해보았다.
> "아이는 별수없이 사생아가 된다. 사생아를 가진 내 처신을 사회는 달게 용납하지 않을 것이다. 나는 평생 그늘속에서 얼굴을 들지 못하고 이 아이의 노예가 되어야겠으니까 딱하지 않으냐?"
> "사회가 용납지 않는다? 아이의 노예가 되기 싫다? 그건 벌써 산 사람의 말이 아니다. 정말 사회에 나서 일하려는 정열에 타는 사람이 하는 말이 아니다. 사회가 용납하지 않으면 혼자 왜 일하지 못하는가? 좋은일을 혼자 수긋하고 하는데 누가 와 훼방을 논단 말이냐? 또 자식 기르는 것을 노예의 노동으로 보는 것은 망녕된 인식이다. 너는 네 부모를 네 노예로 하느냐? 학교에서 선생님에게 백년지계는 좋어인이란 말을 듣고도 그러느냐? 오늘 조선 사람들처럼 인물이 없어 쩔쩔매는 무리들이 어디 있느냐? 그런 인물이 목전에 보이지 않는다고 우리는 절망하고 마는 것이 옳으냐 백 년 뒷일이라고 우리는 보지 못한다고 우리의 큰 희망을 버려야 옳으냐? 남편에게의 책임이 없이 여러아이도 아니요 다만 하나를 위해 온 정성과 온 힘을 다 바쳐 네 이상하는 인물을 길러내기 위해선 너는 도리어 얼마나 좋은 기회냐?"
> "……"
> 순모는 눈을 꼭 감고 자기 마음의 연설을 듣기만 하였다.
> (…중략…)
> "어떤 위인이던지 그의 뒤에는 반드시 위대한 어머니가 있단 말이 있다. 오

늘 우리에게 위대한 인물이 없는 건 오늘 우리에게 위대한 어머니가 없기 때문이다. 못생긴 어머니들이 못생긴 자식들만 남겨놓은 때문이다! 순모야? 그렇지 않으면 아니라고 해보아라?" (249~250면)

마치 순모의 양심의 목소리("자기 마음의 연설")인 것처럼 가장된 권위적 서술자의 목소리는 순모에게 자녀 교육의 중요성을 강조하고, 오히려 남편에 대한 관심보다는 한 아이만을 "온 정성과 온 힘을 다 바쳐" 기름으로써 이상적인 인물로 만드는 것이 여성의 궁극적인 최선의 선택이라고 설득한다. 나아가 서술자는 조선에 위대한 인물이 없는 이유가 "못생긴 어머니들이 못생긴 자식들만 남겨놓"았기 때문이라고 주장하면서, 민족의 운명과 미래를 책임지는 막중한 임무를 어머니들에게 부여한다. 이처럼 자문자답의 형식으로 전개되는 권위적 서술자의 교훈적 진술을 통해 순모는 여성의 모성적 역할의 중요성을 깨달을 뿐만 아니라 나아가 모성에서 우리 민족이 처한 위기를 해결할 수 있는 가능성을 찾고 있다.

그러나 이러한 "자기 마음의 연설"을 순모 자신의 인식의 변화를 통해 드러나는 내면적 목소리라고 보기는 어렵다. 이태준의 다른 장편소설에서도 매우 빈번하게 나타나는 이러한 '자문자답의 형식'은 계몽의 내용을 설파하기 위해 작가가 자주 사용하는 방법이다. 따라서 이러한 모성론의 내용은 안순모의 것이라기보다는 작가 이태준의 것이라고 할 수 있을 것이다. 즉 이태준은 "한 훌륭한 어머니, 그의 사랑이면 그의 지혜이면 그의 의지이면 모든 것을 밋고 오직 머리 숙이고 십흔 거룩한 어머니"[41]를 안순모라는 여성 인물을 통해 그려내고 있으며, 이러한 모성론을 여성 독자에게 일방적으로 설파하는 것이다.[42]

---

41) 이태준, 「신문소설계의 경이적 거편 신연재장편소설 성모-작가의 말」, 『조선중앙일보』, 1935년 5월 22일.
42) 물론 일방적인 훈계가 따분할 것을 염려해 작가는 '김상철-안순모'의 결합 가능성과 '박정현-안순모'의 결합 가능성을 마련해 놓고 있기는 하지만, 소설의 후반부는

여성을 교화하는 권위적인 목소리는 이러한 자문자답을 통해 이루어지는 "마음의 연설"이라는 형식 외에도, 『안산을 위해서』나 『태교란 무엇인가』 등의 서적을 통해서도 제시된다. 『성모』에 나타나는 모성성에 관한 교훈적인 내용은 대체로 이러한 책의 내용을 그대로 전달하는 방식으로 제시된다. 이는 당시에 유통되던 모성에 관한 담론을 집약해 놓은 것으로, 생명지상주의·모성창앙주의·이세본위주의로 특징지어지던 엘렌케이의 모성론이 바로 그것이다.43) 이러한 모성 중심적 사고 방식은 은연중에 순모의 사고 방식이나 행동 방식을 결정짓는 역할을 한다. 예컨대 순모는 여성의 욕망이나 욕심에 대한 경계를 주된 내용으로 하는 태교에 관한 다섯 가지 주의사항44)을 읽은 뒤, 상철의 열렬한 구애로 흔들리던 마음을 다잡는 등, 사랑했던 상철에 대한 애정은 죄악시하고 오직 아이에 대한 애정만을 절대적인 것으로 미화하게 된다. 이처럼 당시에 신여성이 사회에 공헌할 수 있는 유일한 통로로 제시되던 모성에 대한 공공연한 담론은 소설 속에서 모성에 관한 권위 있는 서적의 인용을 통해서 재담론화되고 있다.45)

그런데 이러한 모성 담론은 주로 여성의 욕망을 억압하고 스스로를 도덕적·정신적으로 재무장하게 하는 방식을 채택하는 경우가 많다. 즉 민족의 이상을 구현할 수 있는 완벽한 어머니가 되기 위해서는 여성으로서의 열망과 욕망을 억눌러야만 한다는 것이다.

뚜렷한 사건의 전개 없이 이러한 훈계조의 내용이 일방적으로 펼쳐지고 있어서 매우 지루해지고 있다.

43) 『성모』에 나타난 모성 담론에 관한 좀더 자세한 논의는 이명희의 앞의 글(328~334면)을 참조할 것. 다만 앞에서도 지적한 것처럼, 이 글은 이태준의 이러한 모성 중심 교육을 여성주의적인 것으로 평가하고 있어서 본고의 논의 방향과는 상반된 것이라고 할 수 있다.

44) 소설에서 태교에 관한 주의사항으로 제시하고 있는 다섯 가지를 살펴보면, 첫째는 '마음의 평화를 가질 것', 둘째는 '욕심이 적을 것', 셋째는 '정신이 순결해야 할 것', 넷째는 '좋은 책을 읽을 것', 다섯째는 '언어 행동을 삼갈 것'이다.

45) 이렇게 볼 때 『성모』는 당대 통용되던 모성 담론을 수용하여 모성에 관한 담론을 재담론화하는 또 다른 모성 담론이라고 할 수 있다.

"그래 그래라⋯⋯ 염려말어라. 난 네 어머니만 되는 걸로 만족하마. 너헌테 맹세하마⋯⋯."

순모는 손수건을 내어 눈에 댔다.

"너는 엄마의 잘못으루 어엿하게 아버지가 있이 자라지 못하겠구나! 그대신 네가 눈치볼 사람에게로 내가 가지는 않을게⋯⋯ 너만 데리구 우리 둘이서만 살게⋯⋯."

순모는 눈물이 자꾸 나왔다. 씻으면 또 흐르고 씻으면 또 흐르고 하였다.

새들은 유쾌하기만 한 듯 그저 지저귀었다. 이 가지에서 저 가지로 옮겨 앉으면서 짹짹 짹짹짹거렸다.

"여잔 새가 나무가지를 옮기듯 그렇게 쉽게 다른 남자에게로 옮겨선 못쓴다! 더구나 아이를 가지구는⋯⋯."

순모는 상철을 위해서는 더 어렵게 궁리부터 하지 않으려 하였다. (267면)

"거 착한 사람이로군! 옛날에 어떤 년은 속곳끈을 가위루 짤르구 홋서방 따라간 년이 다 있는데 거 오직 좋겠수?"

"속곳끈을 짤르다뇨?"

"아, 자식말요 자식두 눈칠 챘든지⋯⋯ 그래두 어린 거길래 그랬겠지 어미가 달아날까봐 두손으루 잔뜩 에미 속곳끈을 붙들고 잤드라우. 그러니까 달아나야 할 텐데 속곳끈이 붙들렸구랴. 그러니까 아이 깰까봐 가위루다 싹뚝 짤라놓구 달아났지."

"아이! 그게⋯⋯."

순모는 가슴속에 사금파리가 박히는 것 같았다.

"그리게 그런 년이 어디 사람 년이우 개만두 못한 년이지⋯⋯ 그 자식이 눈을 떠서 빈 속곳끈만 잽혀 있을 때 그 어린 게 어떻겠수⋯⋯."

"⋯⋯."

순모는 콧등이 쩌르르하며 울음이 울컥 쏟아지려 하였다.

"그리게 그런 년은 죽어 저승에 가 죄를 받는다우. 그런 년은 뭐 구렝이가 된다든가⋯⋯." (274면)

순모는 다른 남자의 아이를 임신한 사실을 알면서도 열렬하게 구애하는 상철을 보면서, 한 순간 자신이 "한 어린아이만을 위해 살아가기엔 너무나 싱싱한 청춘을 가진 것이 아닌가"(258면)라고 스스로에게 반문하면서 아이를 위해서만 살겠다는 자신의 결정에 회의한다. 실제로 소설에서는 순모의 이러한 내적 갈등이 간혹 나타나는데, 그때마다 이러한 갈등은 오래가지 않고 곧바로 교사자적인 서술자의 목소리에 의해 해결되곤 한다. 위의 두 인용문은 순모가 자신의 내적 욕망과 모성 사이에서 갈등할 때 순모의 성적 욕망이 어떻게 처리되는지를 잘 보여주고 있다. 첫 번째 인용문에서 상철의 프로포즈에 갈등하는 순모는 새가 지저귀는 소리를 "여잔 새가 나무가지를 옮기듯 그렇게 쉽게 다른 남자에게로 옮겨선 못쓴다!"라는 방어적인 자기 통제의 격언으로 재해석하면서, 여성의 정조에 대한 사회적 통념을 스스로 내면화한다. 이러한 여성 정조에 대한 통념은 원래 가부장제 사회에서 혈통의 순수성을 보증하기 위해 강요되었던 논리로서,[46] 여성 섹슈얼리티에 대한 통제에 기반하고 있다. 순모는 모성을 통해 이러한 통제의 메커니즘을 내면화하게 되는 것이다. 두 번째 인용문에서는 여성의 성적 욕망에 대한 통제가 '노파의 말'을 통해 더욱 분명하게 드러난다. 즉, 하숙집 노파의 이야기 속에서 다른 남자에 대한 욕망 때문에 자신의 속곳끈을 자르면서까지 아이를 내버리고 도망간 여자는 "개만두 못한 년" 혹은 "구렝이"로 비하된다. 모성 대신 관능적 욕망을 선택한 여성을 악마화(demonization)하는 이러한 이야기는 순모가 선택해야 할 삶이 어떠한 것인가를 분명하게 제시해준다. 그것은 여성이 '개'나 '구렁이'가 되지 않기 위해서는, 즉 최소한의 인간적인 삶을 누리기 위해서는 모성에 매달려야만 한다는 것이다. 다시 말해서 이렇게 부정한 어머니를 통해 역설적으로 강조되는 것은 바로 모성의 절대성이다.

이 밖에도 『성모』에는 순모의 성을 감시하고 통제하는 시선들로 넘쳐

---

46) 전은정, 「일제하 '신여성' 담론에 관한 분석」, 서강대 석사논문, 1999, 52면 참조.

난다. 순모가 맨 처음 상철에 대해 막연한 감정을 품기 시작했을 때 교회 목사에게 '자복'하라는 강요를 받는 장면이라든지, 정현과 돌발적인 성 관계를 맺은 후 순모가 "너희 죄 흉악하나 / 눈과 같이 희겠네"와 같은 찬송가의 구절을 마음속으로 외우는 장면 등은, 특히 '교회'의 권위를 통해 이루어지는 성에 대한 감시와 통제를 보여준다. 실제로 외국인 선교사의 도움으로 교회학교에 다니는 순모에게 교회라는 규율 권력은 강력한 영향력을 미칠 수밖에 없을 것이다. 게다가 교회는 천상이라는 지리지적 특성으로 인해 위에서 내려다보는 감시의 시선에 대한 비유적 이미지가 되기에 적절하다. 마치 소설적 원형 감옥(the novelic panopticon)[47]이라 할 만한 이러한 통제와 감시의 메커니즘은 『성모』에서 매우 적절하게 작동되는 것처럼 보인다. 그런 점에서 『성모』가 'control'이라는 영어 단어에 대한 순모의 의문에서 시작된다는 사실은 매우 의미심장하다. "관리? 제한? 구속?"(13면)의 뜻을 갖는 '컨츄롤'은 물론 소설에서 아직 성에 대해 무지한 순모에게 '산아제한'이라는 말의 뜻을 통해, 성에 대한 호기심(내지는 수치심)을 갖게 하는 계기가 된다. 실제로 이 '컨츄롤'이라는 단어에 대한 의문을 계기로 덕인은 순모에게 남자와 여자의 성 관계 및 여자의 임신 과정 등을 설명해주게 된다. 이렇게 처음부터 순모에게 성은 관리, 제한, 구속되어야 할 것으로 인식되며, 이는 모성의 중요성을 역설하는 권위적 목소리, 성적으로 문란한 여성은 처벌받는다는 이야기, 자복을 강요하는 교회 등과 더불어 은연중에 순모의 성적 욕망을 구속하는 강제력을 갖게 된다. 따라서 순모의 은밀한 욕망은 결코 텍스트의 표면으로 표출되지 못한다.

그런데 순모의 의식을 지배하는 것은 이러한 외부로터의 감시와 통

---

47) Joseph Allen Boone, *Libidinal Currents : Sexuality and the Shaping of Modernism*, The University of Chicago Press, 1998, p.37. 이 용어는 알렌 분이 샤롯 브론테의 『빌레트』를 분석하는 과정에서 푸코의 원형감옥(panopticon) 개념을 빌려온 것이다. 알렌 분은 이 용어를 통해 소설의 여자 주인공인 루시 스노우(Lucy Snow)를 감시하는 소설적 구성에 관해 설명하고 있다.

제의 시선만은 아니다. 오히려 여성의 성적 욕망을 통제하는 이러한 규율 패러다임과 자기 감시의 메커니즘은 순모 스스로 자신의 자연스러운 욕망을 죄악시하게 할 뿐만 아니라, 그러한 억압과 규율의 시선을 내면화함으로써 스스로가 여성을 감시하는 대변인이 되게 한다. 즉 순모는 무의식적으로 이러한 규율 패러다임에 동화됨으로써 스스로를 규율화하게 되는 것이다. 그리고 이러한 정신적 무장을 통해 결국 순모는 당대 사회가 여성에게 암암리에 강제해 온 '성모'라는 이상화된 여성상을 내면화하게 된다. 즉 일차적으로는 외부에서 주어진 압력에 의해 이러한 규율이 작동하는 것처럼 보이지만, 결국에는 이러한 규율은 담론화 과정을 거침으로써 여성 자신의 순응·협력·자발성에 의해 여성 내적인 기원을 갖게 되는 것이다.48) 그리고 이 과정에서 여성 스스로 내면화한 모성적 경향은 결국 가부장제적 지배 담론에 통합됨으로써 여성을 통치하는 모성 이데올로기로 재무장된다. 바로 이러한 모성 담론의 순환성이야말로 『성모』에서 순모의 성적 욕망을 차단하고 무화(無化)하는 중요한 기제가 되는 것이다.

『성모』에서 모성 이데올로기는 일차적으로 여성의 성적 욕망에 대한 다양한 규제와 통치로 실현된다는 점에서, 모성과 성은 양립 불가능한 것으로 나타난다. 물론 소설에서 이러한 성 통제가 직접적으로 이루어지는 것은 아니지만, 권위적인 외부 서술자의 임신·출산·양육에 대한 과학적이면서 교육적인 담론들의 배치를 통해서 여성 성욕의 존재는 무시된다. 이처럼 『성모』는 단순히 여성의 성에 대한 도덕적 규제에서 벗

---

48) 밀러(D. A. Miller)는 소설이 드러내는 규율적 수단과 소설 그 자체와의 관계를 논의하였는데, 그에 따르면 소설이라는 장르는 제한과 한계의 가역적 순환 효과에 의존하며 이에 의해 규정된다. 이런 점에서 『성모』는 가부장제적 규율 속에서 체계화된 여성 섹슈얼리티에 대한 감시체제가 효과적으로 작동하고 있는 소설이라는 점에서 이러한 규율적 소설 장르의 특성을 잘 드러낸다고 볼 수 있다. 특히 이러한 규율 권력이 가정이라는 범주 내에서 작동한다는 점에서, '가정'이 여성의 욕망과 자유를 은밀히 재규정하고 통치하는 영역이라는 사실은 다시 한번 확인될 수 있다. D. A. Miller, *The Novel and the Police*, University of California Press, 1987, p.Ⅷ 참조.

어나 과학적·교육적 규제로 넘어가는 과정을 잘 보여준다는 점에서, 성 통제의 새로운 규범의 등장을 알리는 소설이라고 볼 수 있다. 그리고 그러한 과정에서 순모는 개별적인 욕구를 지닌 주체적인 존재가 아니라 민족의 미래를 책임지는 위대한 어머니로 구성된다. 이처럼 근대적 담론과 결합된 모성은 '전근대적·봉건적'이라는 허물을 벗어던지고 오히려 민족적 남성주체의 완성을 가능케 하는 새로운 여성상으로 기능할 수 있게 된다. 이는 사생아인 철진이 남자아이로 설정되고 있다는 사실에서도 짐작할 수 있는데, 철진을 훌륭하게 키우는 것은 한편으로는 잇따른 연애 실패에 대한 보상이기도 하지만 다른 한편으로는 순모 자신의 주체적 욕망이 철진으로 대표되는 조선의 미래로 대체되는 것이기도 하다. 즉 순모는 여성에게 위대한 민족적 어머니가 될 것을 요구하는 민족 담론과의 동일시 과정을 겪은 뒤에야 비로소 '성모'로 구성될 수 있게 되는 것이다. 물론 그 과정은 동시에 순모 자신의 자발적인 성적 욕망이 희생되는 과정이다.

3) 여성의 모성화 전략

앞에서 살펴본 것처럼, 『성모』는 여성이 지향해야 할 궁극적인 삶의 방향이 민족의 위대한 어머니로서의 역할이라는 점을 강조하는 소설이다. 이처럼 『성모』는 언뜻 사회적인 비난의 대상으로 전락할 수도 있었던 안순모라는 한 여성이 비록 사생아이긴 하지만 철진이라는 아들을 훌륭한 사회의 일꾼으로 키움으로써 이러한 사회적 지탄에서 벗어나게 될 뿐만 아니라 훌륭한 어머니로 추앙받게 되는 과정을 그린 모성 찬양의 소설로 이해된다. 그러나 그 이면에는 그렇게 하지 못하는 여성에 대한 비난이 깔려 있는데, 모성에 대한 이러한 극단적인 이상화는 항상 모성에 대한 비난과 양립한다는 점에서 『성모』에서 극단적으로 숭배되는 모성성은 실제적인 모성 체험과는 동떨어진 관념적인 이데올로기라고 할 수 있다. 특히 『성모』에서 임신과 출산의 경험은 여성의 구체적인 몸의 체험을 드러내기보다는 오히려 여성의 생물학적 성을 강조하는 추상적인 성 이데올로기로 이어지고 있다. 이는 모성을 여성이 피해갈 수 없는 생물학적 전제 조건으로 제시하는 주장과 맞닿아 있는데, 그렇게 함으로써 모성은 자연스럽게 하나의 '이데올로기'[49])가 되고 있는 것이다. 따라서 이러한 생물학적 성에 기반한 모성 이데올로기는 안순모의 불행한 삶을 보상해 주는 관념적 장치가 될 수 있다. 이런 점에서 훌륭한 어머니에 의한 사회 개혁 역시 어쩌면 근본적으로 실현 불가능한 관념적 이데올로기에 불과할 수 있다. 따라서 "『무정』에서 비록 역사적으로 제한된 형태로나마 자신의 현실성을 획득했던 계몽적 이상은 (이태준의 소설에 이르러서는—인용자) 이제 현실의 영역을 벗어남으로써만 가능한 것"[50])이 되었다는 채호석의 평가는 맥락은 조금 다르지만 『성모』에서도 유효하다.

작가는 소설 내의 권위적 서술자의 목소리를 통해 어머니로서의 여성의 역할이 국가와 민족의 장래를 위해 얼마나 중요한 것인가를 반복적으로 서술함으로써, 마치 순모를 민족의 위대한 어머니로 만드는 일이 당대 조선이 처한 모든 사회·정치적 문제의 근원적인 해결책인 양 제시하고 있다. 아울러 서술자는 근대적인 과학적·교육적 양육 태도를 요구하는 근대적 모성성과 아들의 뒷바라지를 위해 자신의 욕망을 포기하는 희생적 모성성이 결합된 새로운 기표로서의 '성모'[51])를 제시함으

---

49) 테리 이글턴은 "이데올로기란 한 사회계급이 여타의 사회계급 사람들에게 권력을 행사하는 상황이 대부분의 사회구성원들에게 자연스럽게 느껴지거나 혹은 그런 상황을 전혀 느끼지 못하도록 만드는 사회적 인식의 복잡한 구조"라고 규정하고 있다. 그런데 순모의 모성에 대한 일방적인 이상화는 그녀의 생물학적 조건을 기반으로 해서 이루어진다는 점에서 자연스러운 것으로 받아들여질 수 있다. 따라서 『성모』의 모성성에 대한 찬양은 일종의 이데올로기라고 할 수 있을 것이다.
50) 채호석, 「이태준 장편소설의 소설사적 의미」, 『이태준 문학 연구』, 깊은샘, 317면.
51) 이때 희생적 모성이란 다분히 전근대의 아이콘(icon)이라고 할 수 있다. 그러나 이러

로써, 그 동안 여성에게 고정되고 제한된 역할만을 부여해왔던 모성성을 민족적 차원에서 확대 해석하고 있다. 이는 "여성에게 고정되고 한정된 재생산 기능을 여성의 자율적 주체성을 대체하는 사회적 성별성의 지배체제 속에서 끊임없이 특화"[52]하는 모성의 사회화 방식으로써, 일견 소외된 여성의 모성을 찬양하는 것처럼 보이지만 실은 여성의 고정된 이미지를 반복할 뿐만 아니라 모성의 역할을 제대로 수행하는 못한 여성에 대한 비난으로 이어지기도 한다.

　아들과 딸을 차별한 것은 그것이 근본적으로 자식에게 대한 의무와 기대가 틀렸기 때문에 의식적으로 위하지 않은 딸에게는 물론이요 의식적으로 위한답시고 한 아들에게도 마찬가지의 악 결과를 주어온 것이다. 다시 말하면 아들을 위한다는 그 사랑이 정말 그 아들의 인간으로서의 완성을 북돋아주는 힘이 되지 않았고 가장 몽매한 동물적인 사랑으로서 노예와 같이, 그렇지 않으면 의사나 간호부처럼 자기네가 늙을죽을 때까지 자기네의 앞을 떠나지 말고 자기네를 보호해 주고 자기네를 파묻어 주고 제사를 잘 지내고 산수나 잘 지키기를 바라는 데 모든 희망과 기대를 두어온 것이다. 그외에 민중을 위해서 어떻게 하라거나 사회를 위해서 어떻게 하라는 훈련은 근대의 조선의 아들들에겐 애초의 희망부터 두지를 않았다. "공연히 사회에 나가 떠드는 것은 객쩍인 일이다. 네 부모부터 섬기고 네 집 감당부터 충실히 하여라" 하는 투로 제 한집안 안에서만 무사하면 언제까지나 세상은 무사태평할 줄로 믿어왔다. 그래서 자기네 사회나 자기네 민족을 모욕하는 자리에서는 얼굴 한 번 붉힐 줄 몰랐으나 자기네 부모를, 아니, 썩어진 **뼈다귀라도** 자기네 조상을 욕하는 데서는 목숨을 내놓고 들이덤빈 것이 근대의 조선의 아들들이었다. (264면, 강조는 인용자)

　"하나밖에 없는 아들! 하나밖에 없는 식구!"
　이것을 생각할 때는 철진이가 길들지 않은 매나 독수리처럼 멀―리 날아 버

　한 전근대적 아이콘으로서의 모성은 근대적인 교육 방식과 위생 관념 등과 결합함으로써 새로운 근대 기획의 일환으로 기능할 수 있게 된다.
52) 타니 발로우, 김은실·박혜경 역, 「중국의 여성에 관한 지역 연구에서 부채의 영역과 페미니즘의 유령」, 『흔적』 1호, 문화과학사, 2001, 273면.

리는 준비를 하는 것이 순모에게 슬프지 않을 수 없었다. 자기의 형편만 같아서는 철진이가 관립대학이나 온건한 모범학생으로 졸업해 가지고, 월급 많은 자리에 취직이나 되어 자기의 말년을 받들어 준다면 제일 좋겠지만 순모로선, 제일 이상적 어머니 제일 현명한 조선의 어머니가 되리란 큰 포부를 품은 순모로선 그런 조그마한 자기 일개인의 안락을 위해 창공을 날으려는 대붕과 같은 젊은 아들의 앞길을, 아니 한 개 조선 청년의 앞길을 막을 리가 없었다. (409면, 강조는 인용자)

봉건적인 남녀차별적 양육 태도가 조선의 현실에 얼마나 부정적인 영향력을 미쳤는가를 역설하는 위의 구절은 언뜻 효를 앞세운 구세대 가정교육의 폐단과 남녀차별에 대한 비판인 것처럼 보인다.[53] 그러나 이러한 비판의 이면에는 민족이 처한 현실 문제를 외면한 채 자신들의 안위만을 돌본 "근대의 조선의 아들들"에 대한 비난과 아들들을 그렇게 가정 내적인 존재로만 키워온 봉건적인 모성에 대한 반성이 내재해 있다. 지금까지의 가정교육이 "가장 졸망한 한 개 사무원, 한 개 월급쟁이, 한 개 남의 비서에 불과하는 인물"을 기르는 데 치중된 것이라는 점에서, 위에서 지적하고 있는 조선의 현실에 대한 비판은 결국 봉건적 모성에 대한 비판과 반성으로 이어질 수밖에 없다. 이러한 반성의 결과 순모는 자신의 안락을 위해 "대붕과 같은 젊은 아들", 즉 "한 개 조선 청년의 앞길"을 막지 않는 "제일 이상적 어머니, 제일 현명한 조선의 어머니가 되"겠다고 결심한다. 즉 순모는 철진을 한 가정의 운영자가 아니라 한 민족과 한 국가의 지도자로 교육시킬 것을 다짐하는 것이다. 이때 어머니의 역할은 한 가정 내에만 국한되는 것이 아니라 민족적 차원으로 확대되어 재해석된다. 이처럼 『성모』에서는 모성을 단순히 '어머니와 자식 사이의 관계'로만 국한시키지 않는다. 오히려 소설에서 모성은 여성의 의무와 책임으로서, "전 민족의 장래, 전 민족의 운명"을

---

53) 장영우, 『이태준 소설 연구』, 태학사, 1996, 246면 참조. 이 글에서는 앞에서 언급한 이명희와 마찬가지로, 이러한 구절들을 이태준의 진보적인 여성의식으로 해석하고 있다.

좌우할 수 있는 미래의 인재를 생산하는 민족적 차원의 능력으로 확대된다. 여성=모성=민족을 등치시키는 이러한 구도는 당대 조선의 현실에서 여성의 가장 중요한 사명을 "새 국민의 모성"이 되는 것으로 설정[54]하는 것으로, 이전과는 달리 모성을 민족국가의 개념으로 접근하는 것이다.

실제로 소설에서 순모는 철진을 민족주의자로 양육하기 위해 온갖 노력을 기울인다. 그러한 노력은 구체적으로 자녀를 민중과 사회를 위해 일할 수 있는 인재로 기르기 위한 교육방법으로 제시된다. 예컨대 올바른 성교육 방법, 육체적인 운동선수보다 정신적인 운동선수의 필요성, 조선어와 조선문화의 중요성, 외국어 교육의 필요성, 대중 통솔 능력과 연애의 부정적 측면 등을 강조함으로써 순모는 철진을 시대가 요구하는 인물로 교육시키기 위해 노력한다. 특히 철진이 사생아라는 점에서 이러한 교육 방식의 중요성은 더욱 강조된다. 물론 철진에게는 박정현이라는 실제적인 아버지가 존재하지만, 정현은 국가와 민족의 장래를 걱정하기는커녕 자신의 안정된 미래만을 위해 돈을 좇아 일본으로 도피한 나약한 예술가로 규정된다. 따라서 철진에게 아버지란 부재하는 존재이거나 거부되어야 할 부정적 존재에 불과하다. 그런 점에서 철진은 아버지 세대의 부정적 모습을 극복하고 민족의 장래를 짊어질 새로운 세대를 상징한다고 볼 수도 있다. 따라서 순모와 철진으로만 이루어진 모자 중심의 가정은 일견 기존의 남성 중심적 질서에서 벗어난 새로운 가족 형태의 제시라는 점에서 혁신적인 의미를 띠는 것처럼 보인다. 그러나 민족이라는 허구화된 '상상적 공동체'가 부재하는 아버지를 대신한다는 점과 여성이 민족의 정당한 일원으로 확인받기 위해서는 '아들'을 통해서만 가능하다는 점에서, 순모의 모성은 결국 새로운 가부장제적 질서의 수립에 이바지하는 남성 중심적 성격을 띤다고 할 수 있다.

---

54) 전은정, 앞의 글, 41면.

즉 『성모』에서 작가는 여성화된 가족을 철진이라는 아들로 보완함으로써 다시 가부장 중심의 가족 구도로 재편하는 것이다. 이런 점에서, 민족국가의 서사(narrative)에 여성이 그 주체로 등장하기 위해서는 반드시 한 남자의 여자라는 이성애적 관계에 놓여 있어야 한다는 주장55)은 설득력을 갖는다. 따라서 모성으로서의 여성은 민족주의자를 양육한다는 점에서 민족의 주체가 되는 동시에 결국 그로 인해 한 남성(아들)에게 종속되는 모순적인 위치에 놓이게 된다.

이처럼 민족 담론이나 제국주의 식민 담론에서 여성은 젠더로서의 정체성(gendered identity)을 지니지 못한 채 민족이나 국가, 계급의 상징 내지는 비유로 전용되었다.56) 순모 또한 어느 정도의 전문교육을 받은 여성으로서의 정체성은 배제된 채 '민족적 모성'을 실천하는 존재로서만 상징화되고 있다. 이때 작가는 순모를 통해서 여성이 민족국가의 정당한 일원으로 편입되는 과정에서 겪는 협상(negotiation)을 은연중에 드러내고 있는데, 그러한 협상은 바로 순모 자신의 섹슈얼리티를 둘러싸고 이

---

55) 김선아, 「근대의 시간, 국가의 시간」, 『한국영화와 근대성』(주유신 외), 소도, 2001, 67면. 그러한 '이성애적 관계'는 『성모』에서는 모자 관계로 변주되어 나타나고 있다.

56) Meng Yue, "Female Images and National Myth", E. Barlow ed., *Gender Politics in Modern China : Writing and Feminism*, Duke University Press, 1993, pp.118~131. 이 논문은 주로 사회주의 소설을 중심으로 자신의 섹슈얼리티를 희생하면서 계급운동에 참여하는 강인한 여성에 대해 다루고 있다. 이러한 권위 있는 정치적 정체성(계급)과 여성성과의 결합은 두 가지 역할을 하는데, 한편으로 국가의 정치적 담론은 여성을 거치면서 욕망, 사랑, 결혼, 이혼, 가족 관계 등의 사적 맥락으로 변화된다. 그리고 다른 한편으로 이는 섹슈얼리티, 자아, 그리고 모든 사적인 감정을 제한하고 억압함으로써 여성의 욕망이나 사랑을 정치화한다. 다시 말해서 거대 담론으로서의 계급 논리는 여성이 자신의 젠더화된 정체성과 섹슈얼리티를 희생하게 하는 하나의 '신화'로 작용하게 된다. 예컨대 강경애의 『인간문제』는 그런 점에서 이러한 신화화된 계급 논리에 의해 희생된 여성 섹슈얼리티가 잘 드러난다고 할 수 있다. 『인간문제』에서 여주인공 '선비'는 하층민의 실상을 드러내기 위한 전형적인 여성 이미지라고 할 수 있는데, 이 소설에서 계급적 시각은 성적인 메타포를 통해 나타난다. 예컨대 프롤레타리아 계급투쟁을 촉발시키는 식민지 자본에 의한 노동 착취는 대체로 여성에 대한 성적 착취로 표현되는 경우가 많다. 이는 사회주의 리얼리즘 소설에서 프롤레타리아 계급 이념을 위해 여성의 섹슈얼리티를 희생하는 것과 같은 맥락이다.

루어진다. 즉 혼전 임신으로 신세를 망친 여성이 민족적 어머니로 거듭 난다는 설정을 통해 강조되는 것은, 바로 여성이 민족국가의 구성원이 되기 위해서는 자신의 섹슈얼리티를 국가에 반납하고 사회적으로 여성 에게 부여된 어머니로서의 역할을 기꺼이 받아들여야만 한다는 것이다. 그 과정에서 가정의 국가화, 여성의 국민화 전략은 노골적으로 담론화 될 수밖에 없으며,[57] 연애 감정 혹은 성적 욕망은 사사로운 이기주의의 범주로 편입된다.

> "연애하는 사람치고 개인주의자 이기주의자 아닌 사람이 드문 거야……"
> (…중략…)
> "연애! 그까짓 건 어떤 못난이라두 다 할 줄 아는 거야! 너더분하게 흔해빠진 거야! 남 안하는 것, 남이 못하는 것, 남이 목숨을 걸고 덤비지 못하는 것, 거기 에 야심을 못 둔단 말이냐. 연애는 늙은이나 할 거야! 늙어서나 할 거……"
> (…중략…)
> "내가 연애를 경험허지 않구 이론만으루라면 너헌테 죄가 될지 몰라…… 그 러나 내가 경험했구 난 실패했어…… 그래서 난 네 어미가 도기 전에 나대루의 청년시대는 연애 때문에 잃어 버리고 말았어. 퍽 분한 거야…… 내가 네 어미가 되지 못했다면 내가 이 세상에서 너를 기르는, 즉 조선에 나서 조선의 청년 하 나 조선의 일꾼 하나를 기르는 사업을 못했다면 초개만 못한 목숨이었을 게다"
> (…중략…) (414~415면)

전문학교를 다닐 만큼 숙성한 철진이 상철의 딸인 옥경에게 연애 감 정을 품고 있다는 사실을 알게 된 순모가 연애의 폐해와 불필요성에 대

---

57) 김양선, 「식민주의 담론과 여성주체의 구성」, 『여성문학연구』 제3호, 한국여성문학 학회, 2000, 277면. 좀더 자세한 논의는 우에노 치즈꼬, 이선이 역, 『내셔날리즘과 젠 더』, 박영률출판사, 1998, 91~92면 참조 가정의 국가화 전략은 언뜻 가정에서의 여성 의 역할을 강화하는 듯하지만, 실상 여성의 역할을 자녀양육이라는 가정 내적인 것에 만 한정하고 '가정을 잘 다스려야 나라가 잘 된다'는 '修身齊家治國平天下' 식의 유 교적 이데올로기를 반복한다는 점에서, 실상은 여성과 사적 영역을 연계하는 기존의 봉건적인 사고 방식을 따른 것이고 볼 수 있다.

해 역설하고 있는 위의 구절은, 일차적으로는 순모 자신의 뼈아픈 체험에서 오는 진심어린 충고라고 할 수 있다. 그러나 연애를 "어떤 못난이라두 다 할 줄 아는" "너더분하게 흔해빠진" 것으로 규정하는 이러한 주장의 이면에는 이성에 대한 성적 욕망을 사적인 것, 즉 이기적인 욕구만을 채우려는 것으로 규정하는 태도가 나타난다. 즉 연애라는 사적 감정은 국가와 민족이라는 공적 영역에는 적합하지 않은 것이므로 폐기되어야 한다는 것이다. 그리하여 소설에서 사적이고 이기적인 욕망으로 규정된 섹슈얼리티는 공적이고 이타적인 민족애를 위해 관리되고 통제되는 것이 당연한 것으로 나타난다. 그런데 이러한 철진의 연애 감정에 대한 비판은 곧 성의 덫을 피해 결국에는 "조선의 청년 하나, 조선의 일꾼 하나"를 기를 수 있었던 순모의 모성에 대한 찬양으로 이어진다. 여기서 다시 한번 알 수 있는 사실은 바로 여성의 모성성에 대한 찬양이 여성 섹슈얼리티에 대한 통제를 통해 이루어지고 있다는 점이다. 즉 순모는 자신의 성적 욕망을 모성으로 성화(聖化)하고 나서야 비로소 철진을 기를 수 있는 자격을 부여받게 되는 셈이다. 따라서 모성적 이상화는 비생산적인 경향을 띠는 섹슈얼리티를 국가의 담론으로부터 배제시킨 뒤에야 비로소 가능해진다.

지금까지 살펴본 것처럼 『성모』에서 여성은 몰락하는 민족의 순수성과 정체성을 구현하는 상징적 장소가 되고 있다. 즉 어머니로서의 여성은 민족을 상징하는 기표로서, 위기에 처한 조선 민족의 순수성과 도덕성을 방어해야 하는 장소로 자리매김되고 있는 것이다. 이는 순결하지 못한 한 여성을 '위대한 민족적 어머니'로 거듭나게 하는 '여성의 모성화' 과정으로 나타나는데, 이러한 모성화 과정은 아버지가 부재하는 시대에 아들을 훌륭한 민족적 지도자로 교육시키는 것으로 구체화된다. 이때 모성은 위기에 처한 민족을 구원하는 근원적인 원동력으로 기능할 뿐만 아니라 여성이 민족국가의 정당한 구성원으로 편입될 수 있는 유일한 방법이기도 하다.

그러나 민족적 위기 상황에서 작동되는 이러한 모성 이데올로기가 과연 얼마만큼의 실제적인 영향력을 발휘할 수 있을는지가 문제이다. 이러한 문제는 순모가 철진에게 우리 민족의 정신성을 강조하는 부분에서 잘 드러난다. 순모는 철진에게 "말과 글"로 상징되는 민족의 정신을 "민중의 최후의 재산이요 최후의 목숨"(407면)처럼 소중한 것이라고 교육한다. 이는 언뜻 민족의 미래를 위한 힘의 원천이 단순히 물질적이거나 정치적인 것이 아니라 정신적·문화적인 것에서 유래한다는 점을 강조함으로써 우리 민족의 정신적 우월성을 입증하는 것처럼 보인다. 그러나 이는 다만 현실적인 권력 상실을 정신이라는 보이지 않는 우월성을 통해 보상받고자 하는 심리로서, 일반적으로 물질적으로 우월한 타자와 비교하여 자민족을 정의할 때 입장적 우월성을 확보하고자 하는 자기 확인에 불과하다.[58] 이때 모성은 이러한 보이지 않는 정신의 고유성을 수호하는 상징적 힘으로 나타나지만, 실상 현실과 유리된 정신과 도덕이란 관념에 불과할 수밖에 없다. 이는 『성모』에서 그려지는 모성 이데올로기가 실제로 모성을 체험하는 여성 자신의 목소리를 배제한 채 관념화된 모성적 기표로만 작용한다는 점에서도 확인될 수 있을 것이다.

3. 남성주체의 탈이념적 욕망과 이분화된 여성 — 『수난의 기록』

1) 여성 육체의 분화와 대립의 구조

유진오의 『수난의 기록』[59]은 현실 생활 세계에서 좌절한 한 남성 지

---

58) 이에 대해서는 김은실, 앞의 글, 33~42면 참조.
59) 『삼천리문학』, 1938년 1월, 4월.

식인이 댄서인 지요꼬에 의해 환락의 세계에 발을 들여놓지만 그 세계에서도 좌절을 경험하게 되는 이야기이다. 이 소설에서는 비밀독서회 회원이던 여성이 사회주의 운동권의 좌절로 인해 댄서가 되거나, 조선의 농업 문제를 연구하고자 했던 남성이 지식인 여성과의 연애 실패와 전망 없는 연구생활로 인해 육욕의 생활에 빠져들게 되는 내용이 생생하게 전개되고 있다. 특히 남자 주인공의 성에 대한 집착이 자기 발견이나 자신의 정체성 확인의 계기라기보다는 현실 문제에 대한 도피나 현실에 대한 좌절감의 한 표현으로 나타나고 있다는 점이 이 소설의 특징이다. 이처럼 『수난의 기록』은 그 제목이 암시하는 것처럼 전환기 지식인의 정신적·육체적 수난을 기록한 소설이다.

이 소설은 내용의 통속성 때문에 통속소설로만 간주되어서 그런지 거의 연구가 되지 않았다. 그나마 유진오의 소설 전반을 다룬 석사논문 일부에서 잠깐씩 언급하고 있기는 하지만,[60] 그 논의의 수준이 거의 소설의 줄거리를 요약하는 정도이고 그나마 소설의 줄거리조차 정확하게 정리하지 못하고 있다는 점에서 문제가 있다.[61] 게다가 이 소설은 발표

---

60) 유진오 소설에 관한 논문 중 『수난의 기록』에 관해 짤막하게나마 언급하고 있는 논문은 다음과 같다. 윤기영, 「유진오 소설연구」, 서울대 석사논문, 1987; 강삼희, 「유진오 문학 연구」, 서울대 석사논문, 1994; 허근영, 「유진오 문학 연구」, 경북대 석사논문, 1997.

61) 위의 논문 중 강삼희의 논문은 전반적으로 유진오 소설을 지식인의 현실에 대한 인식과 대응 양상에 초점을 맞추어 논의를 전개하고 있는데, 『수난의 기록』 또한 이러한 논의의 연장선상에서 잠깐 언급하고 있다. 그러나 소설의 결말을 "애라가 쓴 소설에 대한 주위 사람들의 간단한 시비로 끝나고 있다"고 언급하는 등, 실제 소설의 결말과는 상관없는 내용을 전개하고 있다. 이는 지식인 남성이 겪는 취직과 좌익 사상 간의 갈등이라는 테마를 펼치고 있는 단편 「김강사와 T교수」와 같은 맥락에서 이 소설의 주제를 다루려는 필자의 무리한 시도로 인한 실수인 것 같다. 그밖에 허근영과 윤기영의 논문에서도 『수난의 기록』은 대체로 줄거리만 간략히 정리하는 정도로만 논의되고 있어, 『수난의 기록』에 관한 본격적인 논의와는 거리가 멀다. 게다가 기존의 논의들은 현실 문제에 좌절한 지식인이 애욕의 생활에 빠져든다는 스토리라인의 문제성에 대해서는 주목하지 않고 언급조차 하지 않고 있다. 따라서 본고에서는 이 문제에 좀더 초점을 맞추어 논의를 전개하고자 한다.

당시에 특정 인물을 모델로 삼았다는 비난과 이에 대한 작가의 변명 등으로 사회적 문제를 일으켰던 작품이라는 점에서 더욱더 진지한 논의의 대상에서 제외된 것으로 보인다.[62] 그러나 이 소설은 비록 통속소설적인 측면—애정의 삼각 관계, 남성 지식인과 댄서와의 동거 생활, 댄스홀에 대한 묘사 등—이 강하기는 하지만, 카프 해산 이후 사회주의 운동권에 대한 전망이 사라진 상황에서 남성 지식인이 겪는 좌절과 방황을 박진감 있게 그리고 있다는 점에서 1930년대 후반 지식인의 내면 풍경을 이해할 수 있는 중요한 텍스트라고 할 수 있다. 특히 이 소설은 1936년 『문학』지에 발표한 「사령장(辭令狀)」을 끝으로 잠시 작품활동을 중단한 유진오가 다시 작품활동을 시작하면서 쓴 첫 장편소설이라는 점에서, 1930년대 후반 '시정의 리얼리즘' 계열 소설들과 이전의 지식인의 내적 고뇌를 다룬 소설 사이를 잇는 과도기적 소설이라고 볼 수 있다.

본격적인 논의에 들어가기 전에 소설의 대략적인 줄거리를 살펴보면 다음과 같다. 대학 경제학 연구실 조교인 김세민은 표면적으로는 리카-도 연구를 하고 있지만, 실제로는 조선의 농업 문제를 필생의 연구 과제로 삼고 있는 지식인이다. 그는 소설가이자 잡지사 기자인 애라에게 연정을 품고 있지만 비밀활동 때문에 검거된 이해림과 애라가 연인 사이라고 짐작하여 감히 접근하지 못한다. 게다가 김세민은 열네 살 때 결혼한 아내와 그와의 사이에 두 아이가 있지만 애라에 대한 연정을 쉽게 포기하지 못한다. 그러던 중 김세민은 안일수라는 평론가와 애라를 사이에 둔 갈등 관계를 지속하다가 결국 안일수에게 애라를 뺏기고 절

---

62) 윤기영, 앞의 글, 89면 참조. 이 논문에 따르면 『수난은 기록』은 발표 당시 평론가 김문집에 의해 '수재의 답안용 문장'이라는 비판을 받았다고 한다. 특히 잡지사 기자이자 소설가인 '주애라'의 죽음을 둘러싼 소문—"처녀가 애를 뱄대"—은 실재 〈삼천리〉사의 기자이자 소설가였던 '송계월'에 관한 소문과 매우 흡사하다는 사실을 주목할 만하다. 송계월 또한 주애라처럼 폐결핵 때문에 죽었다는 사실도 이러한 '모델소설'의 가능성을 뒷받침해주고 있다. 송계월 사망 직후에 여러 잡지에서 다룬 송계월 관련 추모글들은 이러한 정황을 잘 파악할 수 있게 한다.

망하게 된다. 그리고 그는 현실에 대한 자포자기의 심정으로 우연히 가게 된 댄스홀에서 지요꼬라는 댄서를 만나게 되어 그와 충동적으로 동거 생활을 시작한다. 고상의 교사 자리를 위해 쓰던 리카-도 연구도, 애라에 대한 연정도 모두 포기한 채 김세민은 지요꼬와의 육욕적인 생활을 계속하다가 급기야 애라와 같은 폐병에 걸리게 되고 지요꼬와의 생활을 청산한다. 이미 교수로서의 신용까지 잃게 된 김세민은 모든 서울 생활을 정리하고 시골로 내려가기로 결심하는데, 우연히 들른 서점에서 애라가 투병생활을 하고 있다는 사실을 알게 되어 그녀의 요양지로 가서 애라를 만난다. 그러나 결국 애라는 죽게 되고, 세민은 이른 새벽 바닷가에서 절망감과 동시에 희망을 느끼게 된다.

이처럼 『수난의 기록』은 김세민이라는 과도기적 지식인과 애라와 지요꼬라는 상반된 성격의 두 여성 사이의 애정 관계를 중심으로 전개되며, 애라를 사이에 둔 안일수와 김세민 간의 갈등 관계가 부차적인 이야기로 삽입되고 있다. 그런데 이러한 애정의 갈등 관계는 김세민 자신이 처한 '과도기적 현실'과 매우 긴밀하게 연관된다. 예컨대 김세민이 그의 좌익적 사고를 대변하는 '조선의 농업 문제'와 현실적 이익을 보장해줄 수 있는 '리카-도 연구'라는 두 가지 연구 주제 사이에서 방황한다든가, 조혼한 아내와 애라 사이에서 의리와 애정을 두고 갈등하는 등, 소설에서 세민은 두 가지 상반된 입장과 감정 사이에서 이러지도 저러지도 못하는 전형적인 과도기 지식인의 모습을 보여주고 있다. 그리고 세민의 이러한 과도기적인 모습은 애라와 지요꼬에 대한 우유부단한 태도로 이어진다. 즉 서로 다른 두 여성과의 연애와 세민이 처한 과도기적 현실은 서로 별개의 스토리로 전개되는 것이 아니라 서로 겹쳐지면서 세민의 내적·외적 갈등을 드러내는 역할을 한다.

이처럼 이상과 현실 사이에서 억압된 세민의 욕망과 사회 현실에 대한 불안감은 한때 노동운동에 투신했지만 지금은 문단의 '꼬십거리'가 된 '여류작가'인 애라와, 원래 대학병원의 간호사였지만 어떤 사건에 연루되어 간호사를 그만두고 '술집 댄서'로 전락한 지요꼬에 대한 참을 수 없는 애욕으로 분출된다. 즉 자신이 받아들이기 어려운 현실적 어려움에 처한 세민은 애라와 지요꼬에 대한 성적인 욕망의 세계로 도피하게 된 것이다. 고상 교수 자리라는 현실적인 이해타산과 그러한 이해타산에서 벗어나 자유롭게 자신의 연구 논문을 쓰고 싶은 욕망 사이에서 갈팡질팡하는 세민이 도달한 세계는 바로 애라와의 플라토닉한 사랑과 지요꼬와의 육욕적 사랑이다. 이처럼 세민은 자신에게 닥친 현실적인 문제를 해결하는 대신에 사랑이라는 감상적이면서 육욕적인 세계로 도피한다. 이때 애라와 지요꼬에 대한 애욕의 감정은 각각 해결하기 어려운 현실적 문제를 미루는 하나의 방편으로 이용되고 있다는 점에서, 감당하기 어려운 현실적 문제에 대한 불안한 정서가 외적으로 투사된 것으로 볼 수 있다. 실제로 세민은 고상교수 자리를 놓고 현실과 타협하려는 자신에 대한 심리적 부담감과 거부감에서 벗어나기 위해서 본격적으로 애라와의 연애에 열중하기 시작하며, 이러한 애라와의 연애가 실패로 끝나자 이에 대한 반동적 감정과 환락의 세계에 대한 호기심으로 지요꼬와의 애욕의 세계에 빠지게 된다.

> 이튿날부터 세민은 병이라 핑계하고 대학연구실을 쉬기 시작하였다. 연구실
> 에 나간댔자 우울한 논문을 계속해 쓸 마음의 여유도 없었거니와 그보다도 덮
> 어놓고 애라의 곁에만 있고 싶기 때문이었다. 세안으로 내라는 논문을 쓰지 못
> 하는 것이 마음에 꺼르리기 않는 것은 아니었지만 그런 논문은 못쓰게 된 것이
> 또한 괜찮다는 생각도 없지않어 있었다.[63]

> 세민의 마음은 지요꼬 자신에 대한 호감이라느니보다도 애라와의 연애에 실
> 패한 반동일는지도 모른다. 그러나 지금까지 그런 세계에 대해 흥미를 가져본
> 일이 없었더니만치 한 번 그런 세계도 알어보고 싶다는 호기심도 강하게 있었

---

63) 유진오, 『수난의 기록』, 『봄』, 한성도서주식회사, 소화 15년(1940), 245면. 본고에서는 이 소설집을 중심 텍스트로 삼되, 앞으로 본문 인용은 면수 표기로만 대신하겠다.

고 또 지요꼬의 매력을 느끼지 않는 것도 아니었다. (313면)

위의 구절에서 알 수 있는 것처럼, 세민이 애라와 본격적으로 사귀기 시작한 시점이 고상교수 자리를 대가로 리카-도 논문을 써내는 문제로 고민하던 때였다면, 지요꼬와 동거를 시작하던 때는 애라를 안일수에게 빼앗기고 애라에게 절교의 편지를 받았던 시기와 일치한다. 이처럼 세민은 의식적으로든 무의식적으로든 자신이 처한 문제로부터 도피하기 위한 수단으로 연애를 선택하며, 실제로 자신이 선택한 연애를 통해 현실의 문제로부터 일시적으로 벗어나게 된다. 따라서 '세민-애라', '세민-지요꼬' 사이의 애정 관계는 각각 소설의 전반부와 후반부의 내용을 채우면서 대칭적인 연쇄 구조를 이룬다. 즉 소설의 전반부는 현실과 이상 사이에서 갈등하는 세민이 애라를 통해 "우수의 현실을 초월하는 영원의 세계"(243면)를 꿈꾸는 내용이라면, 후반부는 이러한 공상이 깨어진 뒤에 비참한 현실로부터 도피하기 위해 지요꼬와의 애욕의 세계에 빠지게 되는 내용이다. 이처럼 『수난의 기록』은 과도기 지식인으로서의 세민의 내적 갈등과 불안의식이 애라와 지요꼬라는 서로 다른 여성들과의 정신적·육체적 관계를 통해 서술되고 있다.

그런데 문제는 세민이 현실에 대한 불안감을 성적 욕망을 통해 투사하는 애라와 지요꼬라는 인물이 여러 가지 면에서 상반된 인물이라는 점이다. 우선 애라는 인텔리 여성으로서 『중앙평론』 기자이자 소설가인 데 반해, 지요꼬는 아버지에게 버림받고 간신히 소학교만 마친 뒤 이리저리 떠돌아다닌 전력이 있는 다소 모호한 지위의 여성이다.[64] 이처럼

---

64) 소설에서 지요꼬에 대한 진술은 서로 엇갈리는 측면이 있다. 지요꼬는 간신히 소학교만 졸업한 뒤 "개밥의 도토리같이 이곳저것으로 굴러 떠돌아 다"닌 인물이면서도, 애라가 여학교를 졸업한 뒤 "실지로 노동을 해보아야 한다"는 이해림의 권유로 들어간 백화점에서 같은 넥타이부에 근무한 경력도 있고, 다른 한편으로는 대학병원의 간호사면서 비밀독서회 회원이라는 경력도 갖고 있는 인물이다. 이처럼 지요꼬는 소설에서 애라와 같은 지식인 여성이라고 보기는 어렵지만 분명 좌익적인 경향을 가졌던 인물로 그려지고 있기는 하다. 지요꼬의 이러한 모호한 이미지는 이후 댄서로 전락하

이 둘은 사회주의운동을 하던 경험이 있는 인물이라는 점에서는 공통적이지만, 성격과 외모에서 두드러진 차이를 드러낸다. 애라가 이지적이라면 지요꼬는 정열적인데, 이러한 성격의 차이는 그들의 외모를 통해 분명하게 나타난다.

애라는 곱게 잠을 계속하였다. 핏기 없는 얼굴이 대리석 조각같이 차게 보인다. 세민은 애라의 얼굴을 보고 있는 동안에 애라는 역시 옛날부터 말해오는 '가인박명'이라는 '가인'의 타잎이로구나 하고 생각하였다.
정열을 이성으로 누르는 사람 여성의 여성적인 아름다움을 예의와 위엄으로 세련하는 사람—그러나 그 이지와 예의와 위엄의 등뒤에 겻불같이 소리없이 타고 있는 정열이 없으리라고 누가 보증하는가. (230~231면, 강조는 인용자)

앵도같이 붉은 두볼 둥근 얼굴. 약간 두터운 입술. 정말 이래의 말대로 정열적으로 생긴 얼굴이었다. (195면)

순간 세민은 이상스런 마음의 충동을 느꼈다. 맨들지 않고 방끗 웃는 지요꼬의 순간의 표정에는 맨들라야 맨들 수 없는 천성의 교태가 있었다. 이를테면 해빛을 담북 받은 양귀비꽃 같다고나 할까. 보는 사람에게 **잘강잘강 씹고 싶은 그런 충동을 주는** 순간의 교태였다. (203면, 강조는 인용자)

애라가 '핏기 없는 얼굴'에 '정열을 이성으로 누르'고 '예의와 위엄으로' 자신을 치장하는 전형적인 인텔리 여성의 지적인 외모를 지녔다면, 지요꼬는 천성적으로 타고난 '교태'의 소유자로서 남성에게 강한 성적 욕망을 불러일으키는 정열적인 존재로 그려지고 있다. 게다가 애라가 일제시대 지식인의 창백한 지성을 상징하는 질병인 '폐병' 때문에 시름시름 앓는 나약한 존재인 반면, 지요꼬는 세민을 애욕의 세계에 빠져들게 할 만큼 "아름답고 건강한 청춘"(316면)으로 그려지고 있다. 이러한

면서 드러나는 강한 관능적 매력에 의해 더욱 모호해진다.

상반된 육체적 이미지에 의해 애라와 지요꼬는 각각 여성의 정신과 육체를 상징하는 인물인 것 같은 인상을 준다. 실제로 세민은 애라를 통해서 과거의 우울한 생활을 청산하고 새로운 생활, 즉 "자기가 생각하던 진리의 생활"(259면)을 시작하려고 결심한다. 즉 세민은 애라와의 연애를 '진리'와 동궤에 올려놓고 연애의 완성이 곧 진리의 완성을 가능하게 해 줄 것으로 믿는 것이다. 반면 지요꼬에 대해서 세민은 처음부터 "잘강잘강 씹고 싶은 그런 충동"을 느낄 정도로 주로 그녀의 매혹적인 육체에 일방적으로 이끌린다. 따라서 이들에 대한 세민의 성적인 반응 또한 매우 상반된 방식으로 나타난다. 세민의 관음증적 시선[65]에 의해 각각 묘사되는 애라와 지요꼬의 육체는 이러한 차이를 좀더 분명하게 드러내고 있다.

애라의 자는 얼굴에는 그동안에 무슨 기적이나같이 큰 변화가 일어난 것이었다. 세민은 황홀한 듯이 애라의 얼굴을 드려다보며 차츰차츰 애라에게로 가까히갔다. 아까 파랗게 질렸던 애라의 얼굴에는 어느새엔지 붉게 핏기운이 돌아

---

65) 이러한 남성적 관음증적 시선을 물신주의나 응시(gaze) 등의 개념을 통해 설명하는 방식은 존 버거의 『이미지』(동문선, 1990)와 로라 멀비의 기념비적 논문인 「시각적 쾌락과 내러티브 영화」(유지나 · 변재란 편, 『페미니즘 / 영화 / 여성』, 여성사, 1993) 등에서 상세하게 다루고 있으므로 이를 참고하는 것이 좋다. 관음증(voyeurism)은 원래 정신분석학에서 상대방이 모르는 상태에서 다른 사람들의 행위를 보는 것을 말한다. 이는 흔히 보는 행위 자체가 불법적이거나 불법적일 가능성이 있음을 의미한다. 나중에 이 개념은 영화 이론에서 영화를 관람하는 관람객이 어두컴컴한 속에서 스크린을 지켜보면서 일종의 시각적 쾌락을 느끼는 상태를 가리키기 위해 사용되기 시작했다. 정신분석학에서 이 관음증은 페티시즘과 더불어 남성이 자신과 성적으로 다른 성적 타자에 대한 공포와 거세에 대한 공포에 대처하기 위해 채택하는 두 가지 전략이라고 본다. 즉 남성은 응시를 통해 여성을 고정시키고 관음증적으로 그녀의 육체와 섹슈얼리티를 탐색한다는 것이다. 그럼으로써 여성은 그의 조사 대상이 되고 남성은 그녀를 자신의 포위망 속에 안전하게 가둔다. 이때 여성은 남성의 시선과 감시의 대상으로서 그에 의해 의미가 부여된다. 이처럼 관음증은 다분히 남성 중심적 시선이므로 페미니즘적 관점에서 이에 대한 비판이 끊이지 않고 있다. 로라 멀비의 논문은 바로 이러한 비판의 시작을 알리는 것이라고 할 수 있다. 여기서 관음증에 관한 설명은 수잔 헤이워드, 이영기 역, 『영화 사전』, 한나래, 1997, 45~46면을 참조하였다.

야위였으나마 보드러운 선을 그린 두볼을 곱게 물드리고 이마에는 가느다란 땀방울까지 비친 것이었다.

애라는 이번에는 번열이 나는 모양으로 곡 덮었든 이불을 가슴가지 내리밀고 한편팔을 이불우로 내놓았다. 백어같이 흰손. 세민은 그 손을 도루 이불속으로 넣어주고 내리민 이불도 도루 치켜덮어주었다. 땀내와 여자의 향내가 한데 어울려 흭 코밑을 스친다. 그것은 무슨 신비스러운 매력을 가진 것같이 세민의 감각을 간질르고 피를 파도치게 하였다. 그래도 애라는 여전히 싸근싸근 잠을 자고 있다. 반월형으로 감은 눈. 천연적으로 곱게 위로굽은 긴속눈썹. 연지로 단장한 입술. 애라의 얼굴을 그렇게 긴동안 그렇게 똑똑이 드려다보기는 그것이 처음이었다. 그러는 동안에 시민은 이상스레 가슴이 두군거리기 시작하였다. 일찍이 애라에게 대해 느껴보지 못하든 절실한 감정이 혈관 속에서 무럭무럭 피어올랐다. (231~232면)

세민의 눈은 지요꼬가 움직이는 대로 딸어간다. 목우에서 탁잘녀 되는대로 흐트러버린 머리. 앵도같이 붉게 칠한 입술을 반쯤 벌니고 눈도 꿈꾸듯이 반쯤 감은 것은 춤출 때의 그의 버릇인가. 방바닥까지 끌리는 이브닝. 그 밑으로 간간히 내다보이는 하이힐. 손님이 무엇이라 귀에 대고 쏘군쏘군하면 흘낏 쳐다보고 간질간질 웃는 눈. (305면)

위에서 그려지고 있는 애라와 지요꼬의 육체는 의식하지 못하는 사이에 남성 관찰자인 세민에 의해 각각 '신비스러움'과 '관능적임'이라는 특질로 규정되고 있다. 우선 각혈을 하고 나서 잠든 애라의 모습은 세민에게 "신비스러운 매력"으로 각인된다. 특히 '보드라운 선을 그린 두볼', '백어같이 흰손', '반월형으로 감은 눈', '천연적으로 곱게 위로 굽은 긴 속눈썹', '연지로 단장한 입술' 등으로 묘사되고 있는 애라의 매혹적인 모습은 전체적으로 연약함과 순수함이라는 코드로 합쳐지고 있다. 세민은 이러한 여성적인 외모에 순간적으로 감정이입이 되어 애라에 대한 보호 본능을 느끼게 된다. 반면에 댄스홀에서 춤을 추는 지요꼬는 세민에 의해 '되는대로 흐트러버린 머리', '붉게 .칠한 입술', '반쯤

감은 눈', '하이힐', '간질간질 웃는 눈' 등으로 파편화되어 재현되고 있다. 이처럼 파편화된 지요꼬의 육체는 세민의 관음증적 시선에 노출됨으로써 물신화되고 있는데, 애라의 육체와는 달리 지요꼬의 육체는 감정이입의 대상이라기보다는 단순한 볼거리(spectacles), 즉 시각적 쾌락을 제공하는 관찰 대상으로만 한정되고 있다. 이 점은 지요꼬가 화장하는 장면의 묘사에서 더욱 분명해진다. '퍼프'와 '눈썹연필', '입술연지'로 만들어진 지요꼬의 얼굴은 일종의 인공적으로 조합된 볼거리로 대상화되는 것이다. 애라와는 달리 인공성이 강조되는 지요꼬의 육체는 마치 남성의 성적 욕망에 의해 허구적으로 구성된 자동인형같은 인상을 준다. 이는 위에서 묘사되고 있는 지요꼬의 모습이 관능적이고 유혹적인 여성의 스테레오타입이라는 점에서도 알 수 있다.

이처럼 상반된 육체적 이미지의 나열로 인해, 세민의 시선에 포착된 애라와 지요꼬의 육체는 각각 '수동적이고 나약한' / '유혹적이고 탐욕적인'으로 이분화된 여성적 자질을 상징하게 된다. '천사 / 악녀'로 여성을 이분화하는 오래된 관습적 방식을 연상하게 하는 이러한 여성 육체에 대한 상반된 이미지는 이후 소설의 전개 과정에서 과도기 지식인으로서의 세민의 내적 갈등과 고민의 한 풍경이자 분열된 내면의식의 비유적 표현이 된다.

2) 지식인의 내적 분열의 표상 - '여류작가'와 '댄서'

『수난의 기록』에는 주인공 김세민의 내적 갈등과 분열의 양상이 다양한 방식으로 제시되고 있다. 가장 두드러진 갈등인 '현실적인 생활의 도모 / 이상적인 꿈의 추구'를 중심으로, '조강지처에 대한 의무감 / 애라에 대한 애정', '리카-도 연구 / 조선 농업 문제 연구' 등에 이르기까지 세민은 이러저러한 갈등 상황에 직면하지만 어느 문제도 속시원하게 해결하지는 못한다. 소설 초반부터 세민은 대학에서 어떤 지위를 얻을 희망도 없이 다만 자신의 생활 태도를 결정하지 못한 채로 우유부단하게 현실적 문제들을 연기하려고만 하는데, 세민의 이러한 모호한 태도는 결국 어떤 길도 선택하지 못한 채 애라와 지요꼬라는 상반된 여성과의 연애 관계로 도피하는 결과에 이르게 된다. 앞에서 지적한 것처럼 이러한 연애 관계는 일차적으로 과도기 지식인의 도피적 심리의 결과라고 할 수 있지만, 다른 한편으로는 삶의 목적과 방향을 상실한 지식인의 내적 분열을 비유하는 것으로 볼 수도 있다. 서로 상반된 여성에 대한 욕망은 과도기적 현실 속에서 남성 지식인이 느끼는 불안감과 이상화라는 상반된 심리의 극단적인 비유적 표현이다. 문제는 바로 이러한 희망 없는 현실에 대한 허무주의적 전망이 '지적이고 순수한 여성 / 관능적이고 타락한 여성'이라는 이분화된 여성 이미지를 통해서 드러나고 있다는 것이다.

이러한 세민의 심리적 메커니즘을 '투사(projection)'라고 할 수 있다. 원래 투사는 성적 환상 속의 여인의 이미지와 관련된다. 라캉(J. Lacan)에 따르면 여성은 결핍이 투사되는 장소이자 환상의 대상이 되는데, 이러한 여성에 대한 성적 투사를 통해 남성은 자신이 체험한 고난의 경험을 부인하고 그 결과 여성에 대해 형편없거나 아니면 이상화된 이미지를 갖게 된다.[66] 세민에게 플라토닉한 사랑의 대상인 애라와 타락한 육욕의 소유자이자 세민을 파탄으로 몰고 가는 요부인 지요꼬는 세민의 성적 환상이 투사된 상징적인 존재이다. 작가는 이러한 서로 다른 두 여성에 대한 세민의 성적 환상의 투사를 통해 지식인의 전향 문제 내지는 이념성과 일상성 사이에서 갈등하는 지식인 문제 등을 우회적으로 다루고 있다고 볼 수 있다. 이는 특히 소설에서 다루어지는 지식인 전향의 문제가 성애적 관계를 통해 표출된다는 점에서 더욱 분명해진다. 따라서

---

66) 엘리자베스 라이트 편, 박찬부·정정호 외역, 『페미니즘과 정신분석학 사전』, 한신문화사, 1997, 561면 참조.

'여류작가'인 애라와 '술집 댄서'인 지요꼬라는 상반된 두 인물에 투사된 세민의 성적 욕망의 양상을 살펴보아야만 과도기 지식인인 세민의 내적 갈등과 이의 해결책이 갖는 의미를 제대로 밝힐 수 있을 것이다. 특히 현실적 전망도 없고 이상적인 여성과의 연애에도 실패한 궁지에 몰린 지식인 남성이 몰입하게 되는 세계가 극단적으로 상반된 여성 이미지의 투사를 거쳐 도달한 애욕과 관능의 세계라는 사실은, 그 자체만으로도 지식인 남성의 분열된 내면을 드러내기에 충분하다.

열일구여덟살의 순진한 소녀같은 아름다운 꿈의 세계를 애라는 안직도 갖고 있는 것이었다. 세민은 애라의 말을 듣고 있는 동안에 차차로 감동되기 시작하였다. 세상에서는 노성한 여자로만 아는 애라의 어느 구석에 이런 천진난만한 소녀가 숨어 있었던 것인가. 소설의 세계에서 강철과 같은 의지의 사내를 그리고 심각한 애욕의 길을 파들어간 애라와 크리스마스 이브에 색전등을 켜자는 애라와의 사이는 무엇으로써 연락해야 될 것인가. (…중략…) 애라는 세민이 보는 바람에 지금까지 너무나 어리광부리듯한 것이 부끄러웠음인지 자칫 낯을 붉히며 고개를 숙으린다. — 애라에게는 아무런 연애의 경험도 없는 것이다 — 세민은 고개를 숙인 애라의 흩어진 앞이마털을 바라보며 혼자 속으로 중얼거렸다. 애라의 오늘 언동은 연애의 경험이 한 번도 없는 숫처녀거나 그렇지 않으면 수없이 많은 사내와의 경험에 애정의 기교를 닦고닦은 사람이 아니고는 할수 없는 것이라고 그는 생각한 것이다. 그리고보니 애라의 방에서 해림의 사진을 본 것만으로 곧 애라와 해림 사이를 연애로 맺어 생각한 세민 자신은 애라에 대한 세상 꼬십에 넘어갔던 것이 아닌가. (241~242면)

애라는 "어떤 전문학교 교수하고 어떻다는 둥 소설가 누구하고 어떻다는 둥 평론가 잡지기자 사회운동가 누구누구하고 어떻다는 둥 몹시 시끄러운 세상소문"(185면)과 애욕의 주제를 다룬 그녀의 소설들에 의해 항상 문단의 가십거리로 사람들 입에 오르내리는 여성이다. 그러나 겉으로 화려해 보이는 모습과는 달리 그녀는 세민에게 "천진하달만치 어린티있는 여성"(188면)으로 인식된다. 이처럼 소설 창작을 통해 애욕의 길을 파들어가는 애라와 천진난만한 소녀 같은 현실의 애라 사이에는 메울 수 없는 간극이 존재한다. 그러나 실제로 세민은 애라와의 애정 관계를 통해 그녀가 세상의 소문처럼 그렇게 난잡하지 않으며 오히려 숫처녀의 부끄러움을 간직한 청순한 여성임을 확인함으로써, 이러한 간극은 오히려 실제 애라의 천진난만함과 소녀다움을 강조하는 역할을 하게 된다. 위의 구절에서 알 수 있는 것처럼, 세민은 애라를 '천진난만한 소녀' 혹은 '숫처녀'로 규정하면서 '세상 꼬십'이 잘못되었음을 확인하게 되는데, 이러한 순수한 애라는 세민에게 단순한 애정의 대상을 넘어서 "우수의 현실을 초월"하게 해주는 존재로 미화된다.

현실적 문제 — 세민과 부인과의 이혼 문제, 고상 교수 자리를 담보로 한 리카—도 논문 작성 — 를 초월한 이들의 순수한 관계는 크리스마스 이브를 기점으로 정점에 이르게 되지만, 갑작스러운 안일수의 등장으로 이들의 꿈 같은 사랑은 깨지게 된다. 안일수는 애라에 대한 끈질긴 구애가 이루어지지 않자 애라에 대한 비방의 글을 잡지에 실어 애라의 병을 덧나게 한 장본인으로서, 여러 면에서 세민이나 애라와는 대조적인 인물로 그려진다. 세민이 애라와 잠정적으로 연애 관계에 합의했음에도 불구하고 구체적인 행동으로 옮기지 못한 채 "함레트적 회의"(264면)에 빠져 있는 동안, 남다른 정력과 대담한 성질을 갖춘 안일수는 뻔뻔스러운 태도로 애라에 대한 구애작전을 펼친다. 세민은 이러한 일수에 대해 적의를 느끼면서도 동시에 압도되는 듯한 느낌을 받는다. 애라도 마찬가지로 일수를 싫어하면서도 순간적으로 그의 "동물적인 정렬"에 끌리기도 한다. 이처럼 세민은 애라를 사이에 둔 일수와의 삼각 관계에서조차 자신의 태도를 분명하게 정하지 못한 채, 오히려 일수의 이러한 행동에 적극적으로 대처하지 못하는 애라의 "약한 성격"을 탓한다. 애라 또한 자신을 일수로부터 보호해주지 못하고 자기 회의에 빠진 세민에 대해 부정적인 태도를 보인다. 결국 이 둘은 일수가 애라에게 보낸 열정적인 연애 편지[67]를 계기로 서로를 오해하게 되고, 그 사이에 애라는 안일수에게 능욕을 당하게 된다. 그리하여 세민이 꿈꾸었던 애라와의 장밋빛 미래는 안일수로 인해 무너지게 된다.

> ─애라와의 꿈이 이것으로 살어지고 마는 것일까?
> 생각하니 세민은 안타깝기 짝이 없었다. 자기도 그곳에 엎드려 애라와 함께 엉엉 울고도 싶었다.
> ─허지만 인생은 하로밤의 꿈이 아니오 애라와 쌓은 성도 모래성은 아니었으리라─
> 스스로 위로도 해보았으나 그런 무력한 위안으로는 지금의 철석같은 괴로움을 이길수 없었다. (280면)

십 년이 넘도록 속을 썩여 왔던 이혼 문제와 자신의 이상에 맞지 않는 논문 등의 문제가 애라와의 새로운 생활을 통해 해결될 것으로 믿었던 세민의 안타까운 희망은 결국 "하로밤의 꿈"이나 "모래성"처럼 일시에 무너지게 된다. 이렇게 볼 때, 애라는 단순히 세민의 사랑의 대상에만 그치는 것이 아니라 세민의 미래를 좌우하는 결정적인 존재였던 것이다. 이는 애라와의 연애 관계 실패로 세민이 모든 것─학문적 업적, 건강, 장밋빛 미래─을 잃게 된다는 사실에서도 확인된다.

그런데 문제는 이러한 희망의 상실이 정확히 애라가 안일수에게 능욕을 당한 시점과 일치한다는 점이다. 다시 말해서 작가가 의도했던 그렇지 않던 간에 결국 애라의 육체적 순결함은 순수한 세계에 대한 세민의 환상을 구성하는 물적 기반이 되고 있다는 것이다. 이런 점에서 소설에서 반복적으로 제시되는 일수에 대한 세민의 본능적인 적의는 바로 일수의 과잉된 성욕이 애라의 순결한 성과 육체를 훼손할지도 모른다는

---

67) 특히 이 연애편지에는 세민과 일수의 상반된 이미지가 매우 분명하게 그려지고 있는데, 일수는 자신을 "한마리의 불타는 배암"으로 세민을 "창백한 인테리씨"로 규정한다. 이처럼 소설 속에서 세민과 일수는 각각 지성과 욕망의 대립적 쌍을 이루며, 이러한 대립은 애라와 지요꼬 사이에서도 성립된다. 이렇게 볼 때, '세민과 애라 / 일수와 지요꼬'는 각각 '창백한 지성인 / 성적 욕망의 화신'으로 대분된다.

무의식적인 불안감에서 기인하는 것이다. 따라서 소설에서 애라에 대한 성적 미화를 통해 구현하고자 했던 순수한 세계에 대한 소망은 결국 애라의 순결한 성과 육체에 투사된 세민의 환상에 불과한 것으로서, 결국 그 불안감이 현실화되자 애라를 통해 초현실적인 꿈의 세계로 도피하고자 했던 세민의 시도는 실패하게 된다.

이처럼 비록 실패로 끝나기는 했지만(혹은 끝날 수밖에 없었지만),[68] 애라가 세민의 일차적인 자기 도취, 즉 현실적 권력(고상 교수 자리)에 굴복하지 않고 자신의 꿈과 이상(좌익적인 경향)을 실현시킬 수 있다는 유토피아적 환상이 투사된 여성이라면, 지요꼬는 현실적이면서 도덕적인 구속력으로 인해 억압된 욕망이나 나약한 지식인의 패배감을 일시적이나마 분출 내지는 충족시켜 줄 성적 환상의 투사 대상이라고 할 수 있다. 그렇게 본다면, 애라와 지요꼬는 어떤 측면에서 세민의 분신이라고 할 수 있을 것이다.[69] '세민—애라—안일수'의 삼각 관계에서 세민의 "양명한

---

68) 애라와 세민 사이에는 언제나 "눈에 안보이는 장벽"(235면)이 가로놓여 있는 것으로 그려지는데, 이는 구체적으로 무슨 사건으로 옥중에 있는 이해림(애라의 애인이자 세민의 친구)을 가리킨다. 이때 이해림은 대부분의 지식인이 전향한 상황에서 볼 때 일종의 지식인의 '양심'을 상징한다고 할 수 있다. 세민과 애라가 서로에 대한 애정을 확인한 뒤에도 적극적으로 관계를 이루지 못하는 결정적인 이유는 바로 이러한 이해림에 대한 죄책감에서 기인한다. 이는 세민에게 "헤어날 수 없는 무서운 디렘마"(238면)로써, 결국 이 때문에 애라와의 사랑은 어긋날 수밖에 없는 것이다. 이밖에 세민은 시골에서 두 아이를 낳아 기르는 아내에게도 죄의식을 느낀다. 이렇게 볼 때 애라는 세민에게 결코 충족될 수 없는 욕망의 대상이자 이루어질 수 없는 유토피아적 존재라고 할 수 있다.

69) '분신' 모티프에 대한 좀더 자세한 설명은 프로이트의 「두려운 낯설음」, 『창조적인 작가와 몽상』, 열린책들, 1996, 97~150면 참조. 본고에서는 프로이트의 이 논문에 해설을 덧붙여가며 상세하게 논의하고 있는 막스 밀네르의 『프로이트와 문학의 이해』(이규현 역, 문학과지성사, 1997, 248~251면)를 참조하였다. 밀네르에 따르면, 분신은 크게 세 가지 양상으로 나타난다. 첫 번째는 일차적인 자기 도취, 두 번째는 비판적 심급, 즉 초자아의 구체화, 세 번째는 금지된 욕망의 실현이 그것이다. 프로이트에 따르면 우리가 죽은 뒤에 우리를 닮은 존재, 말하자면 우리 자신의 연장물인 존재가 계속해서 살아간다는 사실에 대한 확신은 바로 죽음에 대한 불안에 맞서 자기를 방어하려는 방식이라고 본다. 프로이트는 호프만의 『모래사나이』를 분석하는 과정에서 '불안하게 하는 야릇함'의 감정이 이러한 분신의 모티프를 통해서도 나타난다고 보았다. 여

해빛같은 애정"은 일수의 "용광로 같은 정열"(292면)에 패배한다. 그 과
정에서 세민은 애라를 통해 극복해보고자 했던 현실과 이상 사이에서
방황하던 자신의 우유부단한 태도를 반복하게 되고, 이는 세민을 이전
보다 더 큰 좌절감과 절망감에 빠뜨리는 계기가 된다.[70] 이러한 현실에
대한 좌절감과 무기력은 세민을 무의식적인 성적 환상의 세계로 이끄는
데, 지요꼬가 춤을 추는 댄스홀과 그녀의 자취방은 바로 세민의 성적
판타지가 펼쳐지는 무대라고 할 수 있다.

창에는 지튼빛 커―텐을 느려 속이 보이지 않으나 현관앞에를 다다르니까
'왈츠'의 느린 곡조에 섞여 속에서 웅성웅성하는 소리가 새여나왔다. 무슨 마굴
에나 들어가는 것 같아서 어쩨 발끝이 주춤거려졌으니 용기를 내 야스다를 따
러 안으로 들어갔다.
코를 쏘는 술냄새 자욱한 담배연기 여자를 껴안고 춤추는 사람들의 거림자.
세민은 처음에는 어리둥절해 무엇이 무엇인지 몰을 지경이었으나 한편 구석
테―블 푸근한 안락의자에 가 자리를 잡은 후 비로소 천천히 방안의 모양을 돌
려보기 시작하였다. 대라석으로 맨든 카운타. 호화로운 샨데리아. 그 빛을 받어
오색으로 빛나는 가지가지 술병. 방바닥에 깔린 지튼 자주빛 털뇨 모든 것이
서울서는 상상도 못하든 호화판이다. (299~300면)

겉으로 보기에는 그래도 번듯한 신식건축이었는데 삐―ㄱ하고 소리나는 문

___

기서 '분신'은 과거에 억압되었던 욕망이 심리적 차원에서 재현되는 것을 말하는 것이
지, 환상문학에서처럼 실재적으로 현존하는 도플갱어(Doppelganger)는 아니다.
70) "며칠동안 세민은 암담한 절망의 세계를 방황하였다. 입속은 쩨지고 두팔목에는 시
컴엏게 멍이 들고 궁뎅이도 몹시 아폈으나 그런 것은 문제도 되지 않았다. 오직 애라
와의 파탄이 안타까웠다. 뿐아니라 자기의 앞길에 아무런 생활의 설계도 세울 수 없었
다. 모든 것은 혼돈이었다. 똑똑한 것은 그의 과거 스물일곱해 동안의 생활이 형지도
없이 부서졌다는 것뿐이다."(284면) 이 구절은 애라와의 애정이 파탄된 이후에 세민이
느끼는 삶에 대한 실패감을 잘 드러나고 있다. 이는 지금까지의 삶이 "형지도 없이 부
서졌다"는 진술에서 더욱 분명해진다. 이처럼 세민에게 애라와의 사랑의 실패는 곧 인
생의 실패와 동궤의 것으로 이해되고 있는데, 왜냐하면 세민에게 애라는 단순한 애정
의 대상을 넘어서 우울한 현실을 초월하는 꿈의 세계를 가능하게 해주는 자기 투사적
대상이었기 때문이다.

을 밀고들어서니 속은 놀랄만치 난삽하였다. 다 부서진 신발장. 마루앞 좁은 '다다끼'가 가득하도록 흩어진 신들. 번쩍어리는 남자새구두가 있는가 하면 뒤 축 찌그러진 여자구두가 잡바져있고 스립퍼 '게다' '조—리' 그것도 끈있는 것 끝까지 끊어진 것 새 것 헌 것 정한 것 더러운 것—어느 고물상 가개머리도 그렇지는 않을 것이다. 마루에는 먼지가 쌓여 앞서 올라선 지요꼬가 발을 떼놓 는대로 자리가 난다. 신문지를 되는대로 발러논 벽. 삐걱어리는 칭다리. 칭다리 를 올라선곳은 바루 이칭에 있는 사람들의 설거지간이어서 양철로 맨들어논 '나가시'우에는 대접 세수대야 청요리접시 유리곱부 등속이 어수선하였다. 마 루바닥에는 '나가시'에서 튀듯싶은 물이 헌건하고 밥지어먹는 풍토 등속이 또 한 어수선하다. (…중략…) 아파—트라면 그때까지 세민은 가장 세련된 근대적 인 매끈한 생활형식을 머리에 그려온 것인데 이것은 또 무슨 의외의 광경인가. 그런중에도 그 혼란과 무질서와 불결이 빈곤에서 온 것이라느니보다도 차라리 게으름에서 온 것으로 보여지는 것은 한층 세민에게 무엇을 생각케하는 것이 었다. (320~321면)

화려함의 극치인 댄스홀과 불결함의 극치인 지요꼬의 아파트는 퇴폐 적이고 비도덕적인 근대의 단면을 잘 드러내주고 있는 공간이다. 댄스 홀은 아직 허가되지 않은 비밀스러운 장소라는 점[71]에서, 그리고 지요 꼬의 아파트는 마치 댄스홀의 화려함에 가려진 근대의 그늘인 것처럼 온갖 불결함과 게으름이 펼쳐지는 곳이라는 점에서, 지요꼬가 속한 이 두 개의 공간은 애라와의 연애에 실패함으로써 궁지에 몰린 세민이 도 피하기에 적절한 심리적 장소로 설정된다. 첫 번째 예문에서 볼 수 있 는 것처럼, 댄스홀은 성적 환상의 무대가 될 정도로 충분히 화려하지만,

---

71) 레코드회사 문예부장과 바, 다방의 마담, 여급과 기생 등이 서울에 댄스홀을 허가해 줄 것을 요청하는 「서울에 댄스홀을 허하라—경무국장에게 보내는 我等의 서」(『삼천 리』, 1937.11)를 보면, 댄스홀을 허가하지 못하게 하는 당시의 사회적 퇴폐상을 간접적 으로 알 수 있다. 이 글은 댄스홀을 허하는 것이 오히려 건전한 사회 분위기 형성에 도움이 된다고 주장하지만, 다른 한편으로는 "거리 거리에 술먹고 주정부리게 하는 수 많은 카페"와 "화류병을 퍼뜨리고 음란한 풍조를 뿌리는 공창과 매소부"에 대한 신랄 한 비판을 통해서 식민지 조선의 타락상을 은연중에 드러내고 있다. 김진송, 『서울에 딴스홀을 許하라—현대성의 형성』, 현실문화연구, 1999, 65~67면 참조.

다른 한편으로는 금지된 공간과도 같은 "마굴"로 묘사되고 있다. 이처럼 댄스홀은 금지된 공간이자 남성의 성적 환상을 충족시켜 줄 정도로 화려한 "광렬의 도가니"(311면)라는 점에서 성적인 의미를 띤다. 두 번째 예문에서 지루할 정도로 장황하게 묘사되고 있는 지요꼬의 "혼란과 무질서와 불결"이 뒤섞인 아파트는 이러한 금지된 (그래서 성적인) 마굴의 이미지를 좀더 분명하게 드러내면서 세민의 의식을 혼란스럽게 한다. 특히 지요꼬의 낡고 더러운 방은 세민의 비밀스러운 억압된 욕망이 분출되는 곳이자, 그러한 욕망에 대한 죄책감과 혐오감을 상기시키는 곳이다. 이런 점에서 지요꼬의 방은 세민의 혼란스러운 내면과 은밀한 욕망에 대한 은유적 공간이라고 할 수 있다. 따라서 낡고 더럽지만 은밀한 성적 환상을 자극하는 지요꼬의 방은 "지요꼬의 요염한 육체"(329면)에 대한 메타포에 다름 아니다. 그 결과 지요꼬의 방은 고통스러운 현실로부터의 도피처이자 전환기에 처한 남성 지식인의 혼란스러운 내적 분열이 이루어지는 자폐적인 나르시시즘적 공간이 된다.

> 오후 두시나 되어 겨우 세민은 자리를 일어났다. 그러나 그는 인제는 아무데도 갈 곳 없는 사내였다. 우중충한 하숙으로 돌아갈 마음은 터럭만치도 안나고 대학연구실은 벌서 십년이나 전에 고만둔 것 같이 깜아득하고 — 무엇보다도 세민은 지요꼬를 만남으로써 지금까지 빠졌던 막다른 골목으로부터 헤여나온 듯한 안심을 느끼는 것이었다. 가정생활의 불행도 애라와의 실패도 연구실에서 신용을 잃은 것도 지요꼬와의 애욕에서 땜질하고나 싶은 심정이었다. 그것이 타락이라면 타락의 맨구렁텡이까지 빠져들어가야만 속이 시원할 것도 같았다. 조금 과장한다면 생명이라도 바치어버리면 차라리 유한이 없을 것 같기도 한 것이었다. (334~335면)

세민은 지요꼬와의 관계를 통해 고통스러운 현실로부터 도피하고자 하는데, 세민이 지요꼬와 성 관계를 맺은 뒤에 "지금까지 빠졌던 막다른 골목으로부터 헤여나온 듯한 안심을 느"끼는 것은 바로 그 때문이다.

그러나 다른 한편으로 지요꼬와의 애욕은 "타락의 맨구렁텡이까지 빠져 들어가는 것"이자 "생명이라도 바치어버리"는 강렬한 죽음충동이기도 하다. 이처럼 지요꼬는 세민에게 현실로부터 벗어났다는 안도감과 타락과 죽음에 대한 불안감을 동시에 불러일으키는 양가적 존재로 인식된다. 세민은 의식적으로는 이러한 지요꼬와의 관계가 "오늘이 있고 내일이 없으며 육체가 있고 영혼이 없는 것"(335면)이라는 사실을 분명하게 인식하면서도, 무의식적으로 "고혹의 바다"와도 같은 지요꼬의 "따뜻한 체온과 부드러운 감촉"에서 헤어나오지 못한다. 이러한 세민의 지요꼬에 대한 모순적인 태도는 소설에서 반복적으로 세민의 자기 분열을 야기시킨다는 점에서, 지요꼬는 남성의 성적 환상을 충족시켜 주는 존재이자 통제불가능하고 위험한 성적 표상으로 제시된다. 따라서 지요꼬는 세민의 육체적·성적 욕망을 불러일으키는 동시에 세민에게 성적 불안(거세 위협)을 환기시키는 '남근적 여성(phallic female)'[72]이라고 할 수 있다.

　　지요꼬의 굳센 애무는 도저히 간열핀 세민의 견딜 수 없는 바이라 세민은 말하자면 처참한 피투성이의 싸움을 하고 있는 셈이었다. 그래도 지요꼬는 걸네 쪽같이 피곤해버린 세민을 안고 "용감한 병정" 하고 어머니가 어린애를 귀해하듯이 장등이를 뚜드려주기도 한다.
　　이런 거친 애욕의 생활은 세민의 가는 육체로서는 도저히 오래 견디어나갈 수 없는 바였다. 지요꼬의 피부에 보드러운 윤태가 나날이 더해가는 것과 정반

---

72) 이 개념은 앤 카플란의 '남근적 모성'이라는 개념에서 빌려온 것이다. 남근적 모성은 희생적이고 상냥한 관습적 모성과는 달리 사악하고 히스테릭한 모성을 지칭한다. 이 개념은 원래 카렌 호니(Karen Horney)가 모성적 나르시시즘을 연구하는 과정에서 만든 것으로, 정신분석학적인 관점에서 볼 때 과잉 집착과 과잉 보호를 통해 아들을 지배하려는 어머니의 강박적인 노이로제를 가리킨다. 카플란은 이를 히치콕 영화인 〈마니〉를 분석하는 과정에서 딸에게 과잉 집착하여 결과적으로 남성과 정상적인 성 관계를 맺지 못하게 만든 억압적인 어머니를 가리키는 개념으로 바꿔서 사용하고 있다(E. Ann Kaplan, *Motherhood and Representation*, London & New York : Routledge, 1992, pp.107~123 참조). 본고에서는 카렌 호니의 관점을 부분적으로 받아들여서 남성을 억압적으로 지배함으로써 남성에게 거세 위협을 느끼게 하는 여성이라는 의미로 전용하고자 한다.

대로 세민의 몸은 나날이 파리해갔다. (337~338면)

위의 예문에서 보는 것처럼, 지요꼬와 세민의 관계는 '남자=능동적', '여자=수동적' 혹은 '남자=성적', '여자=무성적(sexless)'이라는 관습적인 남녀의 성 역할을 전도시키는데, 이러한 전도된 남녀 관계는 지요꼬의 공격적인 성적 태도[73]와 더불어 여성의 섹슈얼리티가 본질적으로 수동적이라는 전통적인 이해를 무너뜨리고 있다. 이처럼 지요꼬의 이미지는 세민에 대한 과도한 성적 요구로 인해 탐욕스럽고 파괴적인 것으로 비쳐진다. 따라서 소설 속에서 지요꼬가 "성난 표범"이나 "아름다운 동물" 등 주로 동물적이고 본능적인 이미지로 재현되는 데 반해, 세민은 이러한 동물적인 욕망을 견디지 못하는 나약한 존재로 그려진다. 이는 거친 애욕의 생활로 인해 세민의 육체가 파리해지는 반면 지요꼬의 피부는 윤택해지는 대조적인 결과를 통해서도 알 수 있다. 이처럼 지요꼬의 탐욕적이고 도착적인 욕망은 세민의 육체를 피폐하게 만들고, 나아가 그의 정신까지도 황폐하게 만든다. 게다가 세민은 지요꼬와의 관계가 거듭될수록 심한 불안감과 자책감을 느끼는데, 이는 자신이 정상적인 생활 궤도에서 이탈했다는 사실 이외에도 지요꼬의 과도한 성적 요구를 만족시켜 주지 못한다는 사실에 의해 촉발된다. 다음 구절은 지요꼬의 과도한 성욕이 지식인으로서의 세민의 권위와 남성으로서의 성적 권력이 와해되는 상황을 참혹할 정도로 적나라하게 보여주고 있다.

"바이다!" (더러운 년!)
정신없이 지요꼬의 뺨을 후려갈겼다.

---

73) 흥미롭게도 세민은 지요꼬의 과도한 성적 요구로 인해 앓아누워 있는 동안, 어릴적 자신을 지극 정성으로 간호하던 어머니를 떠올린다(344~345면). 이때 세민 어머니의 희생적인 모성은 지요꼬의 무관심한 모습과 대조되면서, 은연중에 지요꼬에 대한 비난의 근거가 된다. 그러한 묘사를 통해서도 작가는 지요꼬의 파괴적인 욕망이 희생적인 모성과는 달리 남성을 억압하고 지배하려는 남근적 욕망이라는 점을 부각시킨다.

그러나 지요꼬는 울지도 웃지도 않고

"긴상! 긴상!"

소리치며 미친 듯 대어든다. 어찌할 것인가. 아무것도 생각되지 않는 머리로 세민은 잠깐 어떻게 할 것인가를 생각하였다. 그러나 아무것도 알 수 없었다. 알 수 있는 것은 오직 뜨거운 배암같이 몸에 감기는 지요꼬의 육체뿐이다. 곧 세민은 얼굴을 걸네같이 국여가지고 엉엉 소리를 내며 지요꼬에게 달려들었다.

"지요 지요 지요"

분과 향수와 눈물과 연지가 한데 엉키어 진쿠렁이다. 그것은 허릴없이 미친 사람이 원수를 해내랴는 것 같았다. (343면)

지요꼬가 다른 남자에게 "찬란히 빛나는 다이야반지"를 받았다는 사실에 충격을 받은 세민이 보여주는 이러한 모순된 태도는, 얼마 전까지만 해도 조선 농업 문제를 연구하던 학구적이고 진보적인 학자로서의 세민과는 너무나 거리가 먼 것이다. 세민은 이제 지요꼬와 마찬가지로 이성적인 사고와 합리적인 판단이 불가능한, 오직 육체적 본능에 따라 움직이는 존재가 되고 만다. 게다가 그의 경제적인 무능력은 지요꼬에 대한 종속을 더욱 가속시킨다. 브람 딕스트라(Bram Dijkstra)에 따르면, 여성의 성적 갈망과 황금에 대한 욕망은 밀접하게 연관된다.[74] 이런 점에서 지요꼬에게 기생하고 있는 세민의 처지는 그의 성적 무능을 부추기는 원인이 된다고 볼 수 있다. 즉 세민이 지요꼬에게 경제적으로 종속되어 있다는 사실은 그의 남성적 권위가 훼손될 수 있는 여지를 마련하는 것이다. 따라서 "걸네같이 국여"진 세민의 얼굴은 이처럼 지칠 줄 모르는 여성의 성적 · 경제적 욕망에 종속되어 자신의 정체성과 권위가 파괴된 왜곡된 지식인 남성의 모습을 상징적으로 잘 보여주고 있다. 그리고 그 과정에서 일시적으로 세민에게 해방감을 안겨준 지요꼬의 관능적

---

74) Bram Dijkstra, *Idols of Perversity : Fantasies of Feminine Evil in Fin-de-Siecle Culture*, New York : Oxford University Press, 1986, p.366. 리타 펠스키, 김영찬 · 심진경 역, 『근대성과 페미니즘』, 거름, 1998, 128면에서 재인용. 이처럼 성과 돈을 관련시키는 관점에서 보면, 지요꼬가 받은 '다이야반지'는 다른 남자와의 성 관계를 빗댄 것으로 해석할 수도 있다.

쾌락의 세계는 세민의 정신과 육체 모두를 소진시키는 두려운 영역이자 이제 더 이상 "따러갈 수 없는 공상의 세계"(346면)로 그 의미가 변모된다. 그 결과 근대의 퇴폐적이고 향락적인 문화에 길들여진 지요꼬는, 근대 자본주의의 부정적 측면을 고스란히 체현하는 인물이자 무절제한 욕망의 전횡으로 인해 남성을 파탄에 이르게 하는 전형적인 요부로 규정되기에 이른다.

지금까지 살펴본 것처럼, 『수난의 기록』은 가정과 사회에서 소외된 지식인 남성이 서로 대조적인 두 명의 여성과의 연애에 실패하면서 겪게 되는 '수난'의 과정을 '기록'하고 있는 소설이다. 즉 이 소설은 현실 생활의 소외감과 불안감에서 도피하기 위한 하나의 방편으로 이루어진 여성과의 연애 관계로 인해 오히려 더 큰 좌절감과 패배감을 안게 된 한 남성의 '여란(女難)'에 관한 이야기인 것이다. 이때 남성의 도피처로 그려지고 있는 상반된 두 명의 여성 인물은 남성들에 의해 텍스트 속에서 줄기차게 이루어진 상상화된 여성 이미지의 전형을 보여주고 있다. 조세핀 도노반(Josephine Donovan)은 미국 문학사에 대한 검토를 통해서 이러한 '백합형 / 장미형' 혹은 '처녀 / 창녀'로 이분화된 여성 이미지가 반복적으로 나타나고 있음을 지적하였다.[75] 『수난의 기록』에서 애라와 지

---

75) 조세핀 도노반은 미국 소설에 나타나는 극단적으로 대조적인 상반된 여성 이미지를 크게 두 가지로 나누어서 살펴보고 있다. 첫 번째, 장미형은 검은 머리에 관능적이고 지배적인 여성으로서 피들러, 헤밍웨이, 노만 메일러의 소설들에서 자주 발견되는 허구적 여성상이다. 두 번째, 백합형은 금발 머리 처녀로서 여성적 순결의 상징이다. 이는 주로 유럽 낭만주의 문학에서 쉽게 발견할 수 있는 허구적 여성상이다. 이 두 종류의 여성을 가르는 가장 큰 기준은 바로 '창녀 / 처녀'라는 항목인데, 그것은 대체로 한 쌍을 이루면서 텍스트 속에 함께 등장하는 경우가 많다. 그러나 이처럼 지나치게 부정적인 혹은 긍정적인 여성상은 현실적인 여성의 모습과는 잘 부합되지 않는, 단지 남성의 상상 속에서만 현존하는 남성적 욕망의 투사물이라고 할 수 있다. 이 글에서는 특히 돌로레스 바라카노 슈미츠(Dolores Barracano Schmidt)의 말을 인용하면서 첫 번째 유형의 여성 인물을 다시 세 가지로 하위 분류하고 있다. 즉 장미형의 여성은 ① 평범한 모델에서 파생된 경우, ② 사회적 조건의 결과물, 즉 널리 받아들여지는 사회적 가치의 이상 혹은 반이상, ③ 작가의 결핍감을 상징적으로 충족시켜 주는 인물, 예컨대 두려운 현실에서 위안을 주기 위해 창조해낸 신비한 존재, 이 세 가지로 나눌 수 있다. 이렇게

요꼬는 세민의 현실 도피적 욕구를 일시적이나마 충족시켜 주는 성적 대상이라는 점에서는 공통적이다. 그러나 애라가 세민 자신의 미래에 대한 꿈과 소망을, 반대로 지요꼬가 현실에 대한 공포와 무의식적인 성적 욕망을 불러일으키는 존재라는 점에서, 이들은 관습적으로 재현된 백합형 / 장미형 여성 이미지가 변주된 형태의 인물들로 보아야 한다. 특히 순수하고 천진난만한 애라가 구원의 가능성을, 관능적이고 지배적인 지요꼬가 타락의 표상으로 받아들여지고 있다는 점에서 이들의 대조적인 이미지는 여성에 대한 실제적인 재현이라기보다는 허구적으로 만들어진 것이다. 그 결과 남성의 도피적 심리로 인해 상상속에서 허구화된 애라와 지요꼬는 각각 유토피아적 보호소와 가부장적인 공포로서 남성적 무의식을 체현하는 존재가 된다. 다시 말해서 여성은 억압된 남성의 욕망이 체현되는 상상적 대상으로서, 억압과 융합의 환상 속에서 남성 주체에 의해 재창조된다.[76] 이처럼 『수난의 기록』에서는 여성의 섹슈얼리티와 육체를 '여류작가'와 '댄서'라는 여성에 대한 상반된 이미지 속에서 이분화하는데, 그렇게 이분화된 여성 섹슈얼리티와 육체는 전환기적 현실 속에서 곤경에 처한 남성 지식인의 내적 분열을 드러내는 서사적 장치가 되고 있다.

3) 여성의 이분화 전략

『수난의 기록』에서 세민은 현실과 이상 사이에서 갈등하는 우유부단한 지식인의 전형적인 모습을 보여주는 인물로서, 이미 과거의 유산이

본다면, 여성에 대한 극단적인 이상화와 마녀화는 어느 정도 사회적 변화에 따라 달라지기보다는 남성에게 위안을 주기 위해 고안된 것이라고 할 수 있다. Cheri Register, "American Feminist Literary Criticism : A Bibliographical Introduction", Josephine Donovan ed., *Feminist Literary Criticism : Explorations in Theory*, The University Press of Kentucky, 1989, pp.4~6.
76) 레나 린트호프, 이란표 역, 『페미니즘 문학이론』, 인간사랑, 1998, 52면.

되어 버린 좌익적인 사상과 현실적인 생활 태도 사이에서 분명한 입장을 정하지 못한 채 여성과의 연애 관계를 통해 꿈과 애욕의 세계로 도피하고자 한다. 그와 함께 소설의 등장인물 대부분은 '사회운동'과 관련된 전력을 가졌지만 현실생활의 문제 등으로 인해 좌익적인 사고를 전면에 드러내지도 그렇다고 전적으로 포기하지도 못하는 어정쩡한 상태에 처해 있는 '전향 지식인'이다. 우선 사회주의운동을 하다가 세 번의 옥고를 치른 끝에 '병고와 주림과 울분'을 안고 시골집에서 아내의 구박을 받으며 외롭게 지내고 있는 세민의 사촌형 세호, 어떤 사건으로 칠 년 형을 받고 복역중인 애라의 애인 이해림, 옥중에서 아이를 낳은 박정순과 그의 남편 최 등이 바로 '사회운동자'들이다. 그리고 세민을 애욕과 관능의 세계로 이끈 지요꼬 또한 '무슨 비밀 독서회'를 운영하다가 간호사라는 직업을 잃게 된 인물이다. 이처럼 세민 주변의 인물들 대부분은 사회개혁을 위해 사회주의운동에 투신했던 경력의 소유자들이다. 그러나 소설에서 이처럼 자신들의 안위를 포기하면서까지 운동에 투신했던 이들의 현실은 매우 참담한 것으로 그려지고 있다. 이는 세민의 사촌형 세호의 비참한 처지를 통해서 매우 사실적으로 제시되고 있다.

> 돈이 필요할 때마다 그는 자기의 엉거주춤한 생활태도를 하로바삐 청산해야되겠다는 생각을 하는 것이었다. 처자와 곤궁한 친척을 조금이라도 보조해주려면 좀 돈버리되는 직업을 구하든지 그러치 않으면 모든 인연을 박차고 자기가 올타고 생각하는 길로 발을 내어디디든지 — 그러나 그렇게 생각하면서도 그어느 한 길을 결정적으로 내디디지 못하는 곳에 그의 번민이 있었다. 어떤 때는 그런 번민은 자기와 같은 과도기에 있는 인간에게는 숙명적인 것으로 생각해보기도 했다. 그러나 곧 그는 그런 생각을 부인하고 그것은 결국 자기의 박약한 성격에서 오는 것이라 하였다. 그러나 어찌되었던 지금의 그로서는 어느 한편으로 탁 치우처버릴 수 없는 것이 또한 현실이었다. (211면, 강조는 인용자)

세호는 한때 동경과 만주 등을 다니면서 사회주의운동을 했지만 세

번의 옥고를 치루면서 완전히 폐인이 되어 예전에 자신이 내쫓았던 전처에게 얹혀 살면서 갖은 구박을 받으며 살고 있는 인물이다. 그런 세호에게서 "병고와 주림과 울분"을 하소연하는 편지를 받은 뒤 세민 자신의 우유부단한 생활 태도를 반성하는 위의 구절은, "과도기에 있는 인간"이라는 표현이 암시하는 것처럼 한때 사회주의운동을 하던 당시의 삼십대 남성 지식인의 현실을 상징적으로 보여주고 있다. 특히 사촌형 세호는 이러한 과도기 '주의자' 지식인의 초라한 말로를 보여준다. "빛나든 눈동자는 빛을 잃고 윤태나든 두볼은 여지업시 쑥드러갔으며 이마에는 나이보다도 열살은 늙어보이는 깊은 주름살이 새여저 있었다"(208면)는 서술에서 나타나는 세호의 외양 변화는, 자신의 현실적인 생활 문제를 해결해주지 못하는 "역사발전의 철측"을 저주한다는 세호 자신의 의식의 변화와 대응되고 있다. 결국 세호는 폐병으로 인해 죽게 되는데, 이러한 사촌형 세호의 죽음은 세민에게 죄책감으로 남게 된다.

그런데 이러한 죄책감은 애라와의 관계를 통해서 더욱 구체적으로 드러나게 되는데, 이는 표면적으로는 애라가 이해림의 애인이었다는 사실에서 연유한다. 즉 애라와의 관계는 세민에게 사회주의운동을 하다가 복역 중인 친구 이해림에 대한 죄책감("멀리 있는 친구의 애인을 도적한 놈")을 환기시키는 계기가 되는 것이다. 세민은 비록 그의 주변 인물들처럼 사회주의운동에 참여한 적은 없지만, '좌익적인 경향'을 가지고 그러한 사회주의운동에 동조하는 '동반자적' 태도를 유지하는 인물이다. 추측컨대 세민의 이러한 태도는 옥고를 치르고 있는 이해림에 대한 죄의식의 근원이 된다고 볼 수 있다. 따라서 애라와 서로의 감정을 확인한 뒤에도 적극적으로 애정을 발전시키지 못하거나, 사촌형 세호의 경제적 요구를 거절하지 못하는 세민의 모습은 바로 이러한 죄책감에서 기인하는 것으로 볼 수 있다. 그러나 이러한 죄책감의 이면에는 좌익적인 이념에서 벗어나고 싶다는 심리가 내재해 있는데, 지도 교수가 제시하는 고상 교수 자리를 포기하지도 못하면서 선택하지도 않는 세민의 어정쩡한 태도는 좌익적인 경향에서 비롯된 죄책감과 이로부터 벗어나고 싶다는 탈이념의 욕구 사이의 긴장과 갈등을 드러내고 있다. 세민은 이처럼 이것 아니면 저것 사이의 선택을 요구하는 상황에서 결국 여성과의 연애 관계로 도피함으로써, 일시적으로 이러한 선택을 유보하고자 한다. 따라서 세민에게 여성에 대한 욕망은 현실에 대한 불안의식과 죄의식에서 비롯된 것으로, 그의 현실적 문제에 대한 대응 방안을 간접적으로 암시해준다. 그런데 이러한 대응 방안은 애라와 지요꼬의 경우에 각기 다르게 나타난다.

우선 애라는 죄책감을 야기시키는 존재이자 이러한 죄책감에서 벗어날 수 있게 하는 존재이다. 앞에서도 살펴본 것처럼, 애라는 이해림의 애인이라는 점에서는 세민의 죄의식을 상기시키지만, 다른 한편으로는 고상 교수 자리라는 현실적인 대안을 놓고 고민하는 세민에게 지난날의 꿈·소망·희망 등을 실현시켜 줄 수 있는 존재로 이상화된다. 세민이 지도교수가 요구한 리카-도 논문 대신 애라의 병간호에 전념하면서 "지금까지 이해타산을 따러 움직이든 자기의 얄미운 이지가 차츰차츰 꺽여 들어가는 것을 남의 일같이 바라보며 도리여 통쾌"(243면)함을 느끼는 심리적 배경에는, 이처럼 고상 교수 자리라는 이해타산에서 벗어나 좌익적인 신념을 다시 한 번 공고히 하고자 하는 의지가 깔려 있는 것이다. 그런 점에서 세민에게 애라는 양가적인 존재이다. 이처럼 애라에게서 도피처를 구함으로써 자신의 책임감과 죄의식을 떠맡으려는 세민의 시도는 그야말로 갈등과 모순으로부터의 심리적 탈출을 가능하게 해주는 투사 행위라고 할 수 있다. 원래 정신분석 이론에서 전이 또는 죄의식의 투사란 주체가 큰 타자에게 죄의식을 편집증적으로 투사함으로써 자신의 책임감을 제거하는 방식이다. 그러나 이러한 관계를 뒤집어서 생각해 본다면, 오히려 죄의식을 떠맡는 행위야말로 진정한 외상성(外傷性)으로부터 탈출하게 할 뿐만 아니라 거기서 도피처를 구할 수 있게 하는 것이다.[77]

그러나 죄의식을 떠맡음으로써 도피처를 구하고자 하는 세민의 시도는 실패하게 되고, 그 결과 현실에 대한 세민의 불안의식과 죄의식은 더욱 커진다. 지요꼬와의 육욕적인 관계는 이러한 죄의식으로부터의 완전한 도피 행위일 뿐만 아니라, 과거 생활의 청산을 가능하게 하는 완충지대 역할을 한다. 그러나 지요꼬의 파괴적이고 지배적인 섹슈얼리티는 세민의 육체와 정신을 훼손시킨다. 즉 세민의 육체는 (애라와 사촌형 세민처럼) 폐병으로 쇠약해지고, 그의 정신은 피폐해진다. 그리고 이러한 육체적·정신적 붕괴를 경험하고 나서야 세민은 비로소 자신의 과오를 반성하게 된다.

그러나 사람의 생명의 힘이란 무서운 것이라 한 서너시간이나 그렇게 떨고나니까 왼몸에 땀ㅅ기가 돌기 시작하며 떨리는 것이 좀 멎고 정신도 번하게 들기 시작하였다. 인젠 살았구나하는 생각이 들며 한숨을 내두르고 천장을 치어다보고 있는 중에 문득 세민은 언젠가 애라가 하숙에서 혼자 떨고누웠던 광경을 생각하였다. 그리고보니 별안간 정신이 맑어지며 지금의 그의 생활과 행동에 대한 반성이 시작되었다. 한동안 몹시 애라를 그리워하면서도 속으로는 원망하던 그런 원망의 마음은 이상스레 자취도없이 살어지고 애라에게 설사 어떠한 잘못이 있었다하더라도 세민 자신이 지금과 같이 타락된 마당에 있어서는 반성의 채축은 오직 세민에게만 나려지는 것이었다. 세민의 가슴에는 홍수같은 참회가 치밀어 올라온다.
  ―아 나는 무슨 그릇된 길을 밟고 있는 것인가―
그것이 실머리가 되어 세민의 기억은 다음다음 한동안 잊었던 것들로 옮겨갔다. 옥중의 해림은 어찌되었는가. 시골집 식구들은 어찌되었는가. 삼년째 알어누은 사촌형 세호는 어찌되었는가. (338~339면, 강조는 인용자)

이것도 다 잘못에 대한 속죄가 아닌가. 약하게도 발을 헷내디던 자기. 이만 고통은 받어 마땅하지 아니한가. (…중략…) 내내 세민은 지요꼬의 아파―트를 나가리라 생각하였다. 생각하면 지요꼬와의 사이는 처음부터 이렇게 되고말 성질의 것이 아니었던가. 세민이 처음 병나던날 밤의 일은 생각만해도 몸서리가 쳤

---

77) 슬라보예 지젝, 주은우 역, 『당신의 징후를 즐겨라』, 한나래, 1997, 87면.

다. 아편보다도 더 독하고 강한 자극. 지요꼬는 벌서 그런 자극으로만 만족할 수 있도록 변해버린 것인가. 그러나 세민으로서는 그런 자극은 정신적으로나 육체적으로나 도저히 두 번 당해낼 수 없는 성질의 것이었다. (…중략…) 지요꼬의 세계는 세민에게는 따러갈 수 없는 공상의 세계였다. 실수라면 세민의 가는 팔뚝을 가지고 서뿔리 그런 거치른 세계의 문을 두드려본 것이 실수다. 말하자면 이곳에도 세민으로서는 넘어서지 못할 한계가 있는 것이었다.

　어느날 저녁때 세민은 아직도 떨리는 다리로 변소에를 다녀오다가 무심코 마루기둥에 걸린 깨어진 거울에 얼굴을 비쳐보고 가슴이 섬찌근하도록 놀랐다. 푸르게 질린 살빛. 퀭한눈. 쑥들어간 두볼. 많지도 못한 수염은 제멋대로 자라나서 불밤송이같이 보엿다. (345~346면, 강조는 인용자)

첫 번째 예문에서 알 수 있는 것처럼, 세민은 한바탕 앓고 난 다음에야 비로소 맑은 정신을 되찾고 자신의 생활과 행동에 대해 반성하게 된다. "홍수같은 참회"라는 말처럼 세민은 자신이 그릇된 길을 밟고 있다는 뼈아픈 반성을 하게 되고, 이러한 반성 끝에 비로소 지요꼬와의 육욕적인 관계를 끝내기로 결심한다. 이때 세민은 더럽고 무질서한 지요꼬의 방에서 보낸 타락의 시간을 자기 잘못에 대한 "속죄"의식으로 간주한다. 폐병은 바로 이러한 속죄에 대한 대가라고 할 수 있다. "푸르게 질린 살빛, 퀭한 눈, 쑥 들어간 두 볼, 불밤송이처럼 제멋대로 자라난 수염" 등으로 황폐해진 세민의 육체는 바로 그 자신의 정체성에 대한 반성적 확인과 도덕적 세계에 대한 깨달음으로 이어지게 된다. 즉 폐병으로 인해 망가진 세민의 육체는 일종의 속죄의식이자 자기 반성의 계기가 되는 것이다. 따라서 세민은 자신의 병을 확인한 다음에도 오히려 "자포자기랄까 깨다름이랄까 암담하고 또 암담한 중에도 모든 것을 운명에 내매끼는 일종의 안심같은"(354면) 것을 느끼면서 자신을 추스릴 수 있는 계기를 마련하게 된다. 그리고 이러한 상징적 속죄의식을 통한 자기 반성은 사촌형 세호와 애라의 죽음을 통한 죄의식의 소멸로 인해 과거 청산의 의미까지 갖게 되는 것이다. 이렇게 볼 때 지요꼬의 성과 육체는 세민의 정신과 육체를 파괴시킴으로써 역설적으로 세민의 죄의식을 정화시켜 주는 장소로서의 의미를 갖는다고 볼 수 있다. 이처럼 일종의 부정의 부정 혹은 악화의 악화를 통한 자기 갱생의 방식이야말로 전환기 지식인 세민의 주체성 회복을 위한 하나의 방식이 되고 있는 것이다. 이처럼 『수난의 기록』에서 여성 존재는 지식인 내면의 갈등을 투사함으로써 새로운 남성주체의 확립을 가능하게 하는 매개 역할을 하는데, 이때 여성은 다만 남성의 투사 대상으로서만 존재한다는 점에서 타자화될 수밖에 없다.[78] 세민은 바로 이러한 상반된 여성 인물에 대한 이상화와 투사 과정을 거친 다음에야 비로소 심리적 자기 동일성을 회복하게 된다. 즉 상상계적 세계로 퇴행할 위기에 처한 남성주체는 여성에 대한 투사 과정을 거침으로써 비로소 상징계적 주체로 이행하게 되는 것이다. 다음에서 제시하는 소설의 마지막 구절은 이러한 남성주체의 재구축 과정을 상징적으로 잘 드러내고 있다는 점에서 주목할 만하다.

바다ㅅ가는 오즉 출넝거리는 파도ㅅ소리만이 들리는 유명(幽明)을 가릴수 없는 암흑의 세계였다. 세민은 혼나간 사람모양으로 모래밭에가 털퍼덕 앉았다. 캄캄한 가운대 유구한 우주의 위대한 압력이 숨을 쉴수 없도록 내리누르는 것이 느껴진다. 헤아릴 수 없는 먼 옛날에서 헤아릴 수 없는 먼 장내로 소리없이 유유하게 흘너가는 한없이 큰 암흑과 신비속에서 무엇인가 부싯불같이 반짝하는 것이 있다. 오! 어둠이 어머니의 품같이 왼몸을 휩싸는 것이 느껴진다. 파도소리가 자장가로 변한다. 거믄물결 출넝거리는 암흑의 바다가 인간의 영원한 고향인 듯 거믄손ㅅ길을 내저으며 불은다.
세민은 이러나 물기슭으로 걸어나갔다. 모래를 깨무는 물결이 발등을 넘어간

78) 특히 이러한 여성 존재가 고분고분하고 순종적인 이상형이나 위협적인 욕망의 화신으로 양분되어 표상된다는 점에서, 여전히 여성은 남성의 욕망과 두려움이 빚어낸 허구적 이미지로만 존재한다는 사실을 확인할 수 있다. 그런데 이처럼 여성 이미지가 극단적으로 양분화되는 현상 이면에는 순종적인 여성에 대한 환상보다는 지배력을 행사하는 여성에 대한 두려움이 더 크게 자리잡고 있다고 보아야 한다. 즉 애라와 같은 순종적인 여성에 대한 환상은 바로 지요꼬와 같은 남근적 여성에 대한 두려움에서 비롯된 것으로, 그 이면에는 거세에 대한 두려움이 내재해 있는 것이다.

다. 그래도 세민은 더 걸어나갔다. 발을 떼어놓을때마다 철벅 철벅 소리가 난다. 그래도 세민은 더 걸어나간다. 죽으려는 것도 아니다. 살려는 것도 아니다. 깨다름의 새벽을 당한 것처럼 세민은 황홀의 상태에 있는 것이었다.

그때였다. 무엇인지 찰바닥하는 조그만 소리가 들려왔다. 이어 또 찰바닥 찰바닥 이곳저곳서 들려온다. 그것은 조그만 물고기가 물우에 뛰어올으는 소리었으나 그 소리에 세민은 잠을 깨듯이 황홀의 상태를 벗어났다. 웃숙하고 춥다. 웬일일까. 고개를 들어보니 지금까지 그를 에워싸고 있든 어둠은 어데로 사러지고벌서 왼누리에는 훤한 새벽빛이 가득한 것이었다. 그는 사면을 휘돌아보았다. 아무도 없다. 새벽바다ㅅ가 물결기슭에 혼자 서있는 것은 김세민이란 이름붙은 사내 한사람뿐이었다. 학자도 시인도 또는 누구의 애인도 누구의 아들도 아닌 김세민이란 한 개의 젊은 사내였다. 그것은 세민에게 위대한 발견이 아닐수 없었다. (376~377면, 강조는 인용자)

애라가 죽은 뒤 실의에 빠져 있던 세민은 한밤중에 무엇에 홀린 듯이 일어나서 캄캄한 바닷가로 가게 되는데, 바닷가에서 세민은 강렬한 죽음충동을 느끼게 된다. 위 인용문에서 알 수 있는 것처럼, 컴컴한 바다는 어머니의 품으로, 파도소리는 자장가 소리로 비유되면서 마치 "거문 물결 출넝거리는 암흑의 바다가 인간의 영원한 고향인 듯" 세민을 유혹하는 것으로 묘사되고 있다. 즉 세민은 컴컴한 바다에서 강렬한 죽음에의 유혹을 느끼는 것이다. 세민이 "황홀의 상태"에서 바다 속으로 걸어들어가는 그 다음 장면은 바로 이러한 죽음충동의 상태를 잘 보여주고 있다. 그러나 죽음에 견인된 세민의 무의식은 다음 순간 "조그만 물고기가 물우에 뛰어올으는 소리"에 의해 "잠을 깨듯이 황홀의 상태를 벗어"나게 된다. 굳이 프로이트의 『꿈의 해석』을 인용하지 않더라도, 여기서 '조그만 물고기'가 남근을 상징한다는 것은 쉽게 알 수 있을 것이다. 그리고 어머니의 품과 자장가에 이끌리는 세민의 모습은 바로 상상계적 질서로의 퇴행에 다름 아니다. 즉 세민은 어머니로 상징되는 상상계적 세계로의 강한 유혹을 남근을 상징하는 물고기 소리로 극복함으로써 자신의 상징계적 정체성을 확인하게 되는 것이다.[79] 이는 환히 밝아오는 새벽 바닷가에서 세민이 발견하는 것이 바로 "학자도 시인도 또는 누구의 애인도 누구의 아들도 아닌 김세민이란 한 개의 젊은 사내"라는 사실에서도 입증된다. 이러한 발견이 세민에게 "위대한 발견"일 수밖에 없는 이유는 그것이 바로 무너져 가는 남성적 주체의 확립을 상징적으로 재현하기 때문이다. 특히 지요꼬에 의해 상징적으로 '거세'를 체험한 세민에게 '조그만 물고기'는 이러한 거세라는 시련을 거쳐 확립된 남성 주체를 상징한다. 라캉에 의하면 거세란 원래 모든 인간이 상징 질서로 편입되면서 치러야만 하는 가혹한 대가이며 문화적 질서와 언어란 바로 이러한 거세라는 시련을 거쳐야만 비로소 획득 가능한 것이기 때문에, 어떤 점에서 주체가 언어의 법칙과 사회의 법칙을 깨닫기 위해서는 이러한 상징적 거세의 과정을 거쳐야만 한다.[80] 따라서 위의 구절은 주체를 어머니와의 공생적 관계로 되돌려놓는 전(前)오이디푸스적 퇴행을 극복함으로써 실현되는 오이디푸스적 단계와 주체의 사회화 과정에 대한 상징적 재현이라고 할 수 있다.

소설에서 세민은 파괴적인 성욕의 화신인 지요꼬에 의해 정신적·육체적으로 파탄되는 나약한 존재로 그려지지만, 오히려 이러한 파탄의 과정을 통해 세민 자신은 상징적인 속죄의식(儀式)을 치름으로써 좌익적

---

79) 어린이가 주요한 대상 즉 현존으로서의 어머니를 상실하게 될 때, 상징계는 '어린아이'를 말하는 존재로 만들면서 언어의 영역으로 들어서게 한다. 이처럼 상징계는 체계로서의 언어 혹은 아버지의 질서를 의미하는데, 이는 인간의 유기체와 대상과의 혼란한 동일시에다 규칙을 부과하고, 또 육체·이미지·단어와 결합하려는 욕망을 낳는다. 다시 말하면 그것은 사회적 질서를 일으킨다(엘리자베스 라이트 편, 박찬부·정정호 외역, 『페미니즘과 정신분석학 사전』, 한신문화사, 1997, 666면 참조). 이때 상징계는 성, 죽음, 폭력, 비의미 등을 배척하게 되는데, 이는 상징계로 포섭될 수 없는 상상계적 한계이기 때문이다. 이처럼 라캉에게 상징계는 아버지와 법, 언어의 질서, 상상계는 어머니와 무질서의 세계와 동일시된다. 위의 구절에서 세민을 죽음으로 유혹하는 컴컴한 바다가 어머니의 품으로 그려지는 것은 컴컴한 바다라는 암흑의 세계가 상상계적 무질서와 동일시되고 있음을 암시한다.
80) 김종주, 『라캉 정신분석과 문학평론』, 하나의학사, 1996, 25면.

인 경향에서 완전히 벗어나 과거를 청산하고 해체된 주체성을 재구축하는 계기를 마련한다. 물론 그 과정에서 죄책감의 원인이었던 애라는 제거되고 지요꼬는 타락하게 된다. 투사(projection)는 이러한 남성주체의 확립을 가능하게 하는 중요한 심리적 메커니즘이다. 이때 애라와 지요꼬에 대한 세민의 심리적 투사는 아도르노와 호르크하이머의 용어를 빌리면 '잘못된 투사'라고 할 수 있다. 잘못된 투사란 자신의 것이면서 자신의 것이라고 인정하고 싶지 않은 주체의 충동들을 객체의 탓으로 돌리는 것을 말한다. 즉 주체는 그럴 듯한 제물을 외부에 만드는 것이다. 그런 점에서 이러한 투사 과정에서 주체가 느끼는 혼란은 바로 투사된 대상에서 주체가 책임져야 할 부분과 낯선 외부세계(즉 투사 대상)가 책임져야 할 부분을 구분할 수 없는 주체의 능력부족에서 초래하는 것으로 볼 수 있다.[81] 『수난의 기록』에서 남성주체의 확립 과정이 이러한 잘못된 투사의 과정을 통해서만 이루어진다는 것은 그 기반이 필연적으로 허약

---

81) 호르크하이머·아도르노, 김유동·주경식·이상훈 역, 『계몽의 변증법』, 문예출판사, 1995, 254면 참조. 『계몽의 변증법』에서 아도르노와 호르크하이머는 반유대주의적 요소의 문제점을 지적하는 과정에서 '잘못된 투사' 개념을 사용하고 있는데, 본고에서는 이러한 개념을 남성과 여성의 관계를 밝히는 방식으로 전용하였다. 이 책에서 사용하고 있는 투사 개념을 좀더 자세하게 살펴보면 다음과 같다. 원래 투사란 모든 지각작용 그 자체를 지칭하는 폭넓은 개념으로서, 주체와 객체 간의 긴밀한 연관 관계를 내포하고 있다고 본다. 즉 있는 그대로의 사물을 반영하기 위해서 주체는 사물로부터 받은 것보다 더 많은 것을 사물에게 돌려주어야 하는데, 이때 주체는 세계가 감각 속에 남겨놓은 자취에 의해 다시 한번 외부세계, 즉 다양한 속성과 상태를 지닌 사물의 통일성을 만들어낸다. 이런 과정을 거쳐 형성된 '동일적인 자아'라는 것은 바로 투사가 만들어내며 고정시킨 최후의 산물이다. 이때 자아란 자율적인 독립체로 객관화된 것으로서 의식 속에 투영된 객관세계와 같은 것이다. 따라서 제대로 된 의식적인 투사를 통해서만 이성의 활동인 반성작용이 이루어진다. 그러나 이 책에서는 이러한 일반적인 투사 행위와는 달리 반유대주의의 투사에는 반성이 결여되어 있다고 본다. 즉 주체가 객체로부터 받은 것을 객체에게 되돌려줄 능력을 잃어버리게 됨으로써 주체 자신은 더 풍성해지는 것이 아니라 더 가난해진다. 주체는 외부와 내부로 향하는 두 방향 모두에서 반성하는 힘을 잃어버리는데, 그 이유는 주체가 더 이상 대상을 반성하지 않음으로 말미암아 자기 스스로에 대해서도 반성하지 않게 되며 그에 따라 분별하는 힘을 잃어버리게 되기 때문이다.

하다는 것을 의미한다. 특히 어떠한 문제를 스스로 해결하거나 극복하려고 하기보다는 문제의 책임을 외부로 전가하는 이러한 잘못된 투사 과정에서, 현실적인 여성의 모습은 남성의 욕망에 따라 허구화되고 투사의 대상으로 타자화되는 운명을 겪게 된다.

이처럼 『수난의 기록』은 과도기 지식인의 '전향' 문제를 새로운 시각에서 해석할 수 있는 여지를 마련해준다. 위에서 살펴본 것처럼, 이 소설에서 전향의 문제는 단순히 이데올로기 차원에서 뿐만 아니라 심리적이고 육체적인 차원에서도 논의될 수 있다. 특히 세민이 탈이념의 속죄의식을 여성에 대한 심리적 투사 방식을 통해 상징적으로 재현하고 있으며 이러한 과정을 겪으면서 약화된 남성적 주체의 위상을 재정립하고 있다는 점에서, 이 소설 또한 여성 섹슈얼리티의 타자화에 의해 남성주체가 확립되는 하나의 방식을 보여준다고 볼 수 있다. 그리고 이러한 과정에서 이루어지는 이분화된 상상적 여성 이미지('성녀/악녀')는 세민의 죄의식과 불안의식을 그때마다 나타내는 하나의 '징후'이자 결핍으로 재현된다. 그 결과 애라와 지요꼬는 그 자체로 존재하기보다는 세민의 심리적 투사의 반영물 내지는 대상으로만 배타적으로 존재하게 된다. 결국 이 소설에서 여성 인물들은 세민이라는 과도기 지식인의 전향에 대한 변명과 새로운 정체성 확립을 위해 마련된 타자들인 것이다.

4. 남성주체의 예술적 욕망과 승화된 여성―『화분』

1) 여성 육체의 파편화와 은폐의 구조

일찍이 백철이 이효석 문학을 동반자적 이데올로기가 표출된 1기와 인간 내부성에 대한 인식으로서의 성을 다루는 2기로 나누고 성을 다룬 2기의 문학적 경향을 '하나의 새로운 분위기'로 지적한 이후,[82] '성의 미학'은 지금까지도 이효석 문학의 정수로 받아들여지고 있다. 특히 『화분』(1938)은 "이효석 문학의 본질적인 층을 이루는"[83] 성을 과감하게 다루었다는 점에서 출판 당시부터 많은 화제를 불러일으켰으며, 오늘날의 독자도 파격적으로 느낄 만큼 일탈적이고 비정상적인 애정 관계가 다양하게 전개되고 있는 소설이다.

『화분』에 대한 당대의 서평 중 김남천과 이선희의 논의는 각각 이효석의 성 문학에 대한 '비판적 / 긍정적' 논의를 대표한다는 점에서 주목할 만하다. 김남천은 『화분』이 기성 모랄(특히 성 모랄)을 부정하기 위해 등장인물의 사회성을 완전히 소거하는 등의 노력을 했음에도 불구하고 새로운 성 모랄을 제시하지 못한 점을 한계로 지적하고 있다.[84] 이와 같은 맥락의 견해로는 김동리·정명환·주종연·이상섭 등의 논의를 들 수 있다. 우선 이효석의 소설문학을 산문정신이 결여된 것으로 지적하고 있는 김동리의 글은 비록 성을 논의의 중심으로 다루고 있지는 않지만, 성욕 문제를 플롯의 빈곤과 성격의 결여로 인해 발생한다고 본다는 점에서 효석 문학에 나타난 성에 대해 부정적인 입장을 취한다고 볼 수 있다.[85] 주종연은 이효석 소설에서 성은 하나의 본질 내지는 본능 정도로만 간주될 뿐, 로렌스처럼 기성도덕을 부정하고 새로운 세계와 도덕을

---

82) 백철, 「작가 이효석론—최근 경향과 성의 문학」, 『동아일보』, 1938년 2월 25~27일. 이 글에서 백철은 이효석의 후반기 단편소설을 대상으로 성의 문제에 대해 분석하고 있다. 이 글에서 백철은 1920년대 초반의 작품인 김동인의 「감자」와 이효석의 1930년대 중반 소설인 「분녀」를 비교·대조하고 있다. 백철은 두 작품 모두 성의 미를 문학의 본성으로 취택했다는 점에서는 공통적이지만, 전자의 경우 성적인 유락의 과정이 자연주의적으로 소박하게 묘사되었다면 후자는 성의 해석에 있어서 인간의 내부성에 대한 인식을 전제한다는 점에서 분명히 다르다고 본다.
83) 김남천, 「이효석 저, 『화분』의 성 모랄」, 『동아일보』, 1939년 11월 30일.
84) 위의 글.
85) 김동리, 「산문과 반산문」, 『민성』, 1948년 8월.

모색하려는 방편으로 이해되지 않는다는 본다. 다시 말해서 효석 문학에 나타나는 성은 극히 사적이고 본능적인 욕구의 표현 정도로만 해석되고 있다는 것이다.[86] 이상섭 또한 이효석은 로렌스와 달리 자연 상태의 성 문제에만 집중하고 있다는 점을 지적한 뒤 등장인물들의 난잡한 성 행위가 역설적으로 지식인의 자기 정당화 기능을 한다고 주장한다.[87] 이효석 문학에 나타난 성의 의미에 대해서는 단편적인 지적에서 더 나아가지 못한 이들 논의와는 달리 정명환의 논의는 좀더 구체적이다. 정명환은 이효석의 단편소설을 중심으로 그의 문학에 나타나는 성이 반사회적 성격을 지니고 있음을 지적하면서도 본질적으로는 현실 은폐를 위한 위장된 순응주의로 나아가고 있음을 주장하고 있다. 그는 『화분』에서 이러한 이중성(기성 사회에 대한 도전으로서의 일탈된 성 / 순응주의로의 회귀)이 가장 잘 드러난다고 본다.[88] 이들 논자는 공통적으로 이효석 문학에 나타나는 다형적이고 도착적인 성적 일탈을 반문학적이고 통속적이라는 이유로 비판하고 있으며, 이효석이 제기하는 성의 문제가 사적이고 감상적인 차원에만 머무를 뿐 사회·비판적 의미를 함축하지는 못한다는 점을 지적한다.

반면 이선희는 이효석의 『화분』에 그려진 대담한 성 행위와 나체 등이 유사 이전의 신화적이고 에덴적인 차원에서 그려지고 있기 때문에 명화를 보는 듯한 사치한 감상을 느낄 수 있다고 본다. 그리고 이러한 사치는 우리의 삶을 더 아름답고 윤기 있게 해준다고 주장한다.[89] 이는 "한 장의 나화(裸畵)도 감상자의 식안을 따라 감상의 정도는 층층일 것"이라거나 "인간의 본연적인 것, 건강한 생명의 동력과 신비성—이라고

86) 주종연, 「문학에 있어서 성의 문제-이효석과 D. H. Lawrence의 비교」, 『국어국문학』 제48호, 1970.5; 주종연, 「에로티시즘의 의미-이효석론」, 『현대한국작가연구』, 민음사, 1976.
87) 이상섭, 「애욕문학으로서의 특질-이효석의 작품세계」, 『문학사상』, 1974년 2월.
88) 정명환, 「위장된 순응주의」, 『창작과비평』, 1968년 겨울~1969년 봄.
89) 이선희, 「사치의 미-효석의 장편 『화분』을 읽고」, 『동아일보』, 1939년 10월 23일.

할 것을 추구하고저 하는 그 한 표현으로 애욕의 주제"90)를 다루었을 뿐이라는 이효석 자신의 주장과 일맥상통하는 면이 있다. 정한모와 조연현91) 또한 이선희와 마찬가지로 이효석의 성적 소설에 대해 나름대로 긍정적인 평가를 하고 있다.

그러나 『화분』의 경우 「메밀꽃 필 무렵」이나 「산」, 「들」처럼 향토적 서정을 배면에 깔면서 성을 건강한 생명력의 발현으로 다루고 있는 소설들과는 달리, 성적 욕망을 타락한 문명과 도시의 메타포로 제시하고 있다는 점에서 문제적이라고 할 수 있다.92) 게다가 통속적인 멜로드라마적 요소 또한 만만치 않게 드러나기 때문에 이 소설을 단순히 심미적 서정성이나 건강한 생명력의 발현이라는 맥락으로만 해석하기에는 한계가 있다. 따라서 『화분』의 성적 표현들이 기성 질서에 대한 도전이라는 함의는 가질지 몰라도 결과적으로는 일부일처제와 같은 기존의 규범적인 성 윤리를 재정립하고 있으므로 소설에 나타나는 애욕의 세계는 현실도피적 수단에 불과하다는 주장은 일면 설득력을 갖는다. 그러나 비록 『화분』의 성적 욕망이 현실을 소거함으로써 도피적 수단으로 전락했다는 점을 인정한다고 하더라도, 그러한 도피의 수단으로 '성'이라는 제재를 선택한 이유에 대한 해명은 요구된다. 게다가 '미란'이라는 인물을 통해 서로 상반되는 '애욕'과 '예술'의 세계가 어떤 방식으로 결합 또는 배제되는가의 문제를 규명해야만 『화분』의 세계를 지배하는 숨어

---

90) 이효석, 「건강한 생명력의 추구」, 『조선일보』, 1938년 3월 6일.

91) 정한모, 『현대작가연구』, 범조사, 1959; 조연현, 「이효석」, 『한국작가론』, 청운출판사, 1965.

92) 최익현은 타락한 도시를 배경으로 성욕의 세계를 펼치는 『화분』, 『벽공무한』, 「장미 병들다」 등의 소설에서 "애욕의 물화가 최대치로 발현되고 있다"(172면)고 보면서, 유희적이고 물질적인 성을 근대성과 관련지어 논하고 있다. 특히 남성적 주체의 시선에 포착된 '여성 육체'를 근대적 성의 문제와 관련짓는 등 이효석 문학의 성을 해석하는 새로운 틀을 제시하고 있다는 점에서 주목할 만하다. 그러나 이효석이 근대적 풍경으로서의 여성과 성에 시선을 돌리고 있다는 주장을 구체적인 작품 분석으로까지 이어가지 못하고 있어서 이러한 주장은 다소 막연하다는 인상을 준다. 최익현, 「이효석의 미적 자의식에 관한 연구」, 중앙대 박사논문, 1998.

있는 서사 논리를 발견할 수 있을 것이다. 이는 순수하고 맑은 영혼을 상징하는 '미란'이라는 인물이 남성 인물과 차례로 성 관계를 맺으면서도 오히려 '무성적(sexless)' 존재로 그려지는 이유와도 관련될 것이다. 그리고 이는 현마와 영훈으로 상징되는 돈과 예술이 결합되는 방식이기도 하다. 본고에서는 이처럼 서로 대립되는 가치가 미란이라는 성적 타자에게 투영되어 공존하는 방식을 살펴보고 아울러 식민지시대 예술가의 현실도피적 제스처가 어떻게 여성의 성을 심미화하면서 이루어지고 있는가를 밝히고자 한다. 따라서 본고에서는 우선 여주인공 미란의 육체가 남성 인물들에 의해 어떻게 미적 욕망의 대상이 되는지를 살펴보고, 이러한 심미화의 과정이 은폐의 서사 구조를 통해 전개되는 양상에 대해 살펴보겠다.

우선 등장 인물들간의 관계가 복잡하게 얽혀 있어서 줄거리를 요약하기가 쉽지는 않지만 간단하게 정리하면 다음과 같다. 영화 제작자인 현마는 교외에 '푸른 집'이라고 불리우는 은밀한 거처를 마련하고 첩인 세란 및 그녀의 동생 미란과 생활한다. 그리고 그는 단주라는 인물에게 동성애적인 애정을 느끼면서 경제적으로 후원을 해주고 있다. 그러던 중 단주는 미란에게 애정을 느끼다가 우연한 사건을 계기로 사랑의 도피행을 결행하지만 현마의 방해로 실패하게 된다. 아직 어린 이 둘의 욕망을 잠시 다른 곳으로 돌리기 위해 현마는 동경 출장길에 미란을 동행하게 된다. 동경에서 미란은 천재 피아니스트인 한 소녀의 공연을 본 뒤, 예술적 열정에 사로잡혀서 평소 미란에게 비밀스러운 욕망을 품고 있던 현마에게 키스를 대가로 피아노를 얻게 된다. 동경에서 돌아온 미란은 영훈이라는 젊은 음악도에게 피아노 레슨을 받게 되면서 그의 천재성을 동경하고 사모하게 된다. 한편, 세란의 유혹에 빠져 성의 세계에 탐닉하게 된 단주는 미란과 영훈의 관계에 질투를 느끼고 가벼운 다리 부상을 핑계로 미란에게 동정심을 이끌어내어 그녀의 처녀성을 정복한다. 그 이후 미란은 자신의 성급한 행동을 후회하면서 더욱 피아노 레

슨에만 몰두하게 되고, 오히려 단주와는 멀어지게 된다. 한편 주을의 '노비나촌'으로 여름 휴가를 떠난 미란은 그곳에서 모종의 사건으로 종적을 감추었던 영훈과 재회하게 되고 이를 계기로 둘은 사랑하는 사이가 되지만, 현마에게 겁탈을 당한 뒤 홀로 영훈의 연구실로 도망간다. '푸른 집'에 남겨진 단주는 가정부인 옥녀를 유혹하여 성적 유희를 즐기다가 현마와 교대하여 별장으로 가지만, 미란이 없는 별장에서 또 다시 세란의 열정에 몸을 맡기게 된다. 이때 영훈은 단주를 통해 미란이 처녀성을 상실했다는 사실을 알게 되지만, 둘은 구라파로 음악 공부를 위해 떠나기로 결심한다. 한편 옥녀의 고자질로 결국 세란과 단주의 불륜 관계는 현마에게 들통이 나고, 이 둘은 '푸른 집'에서 쫓겨나게 된다. 그리고 미란은 영훈과의 여행 경비를 위해 현마를 찾아가게 되고 미란에게 죄책감을 느끼던 현마는 미란과 영훈에 대한 지속적인 경제적 후원을 약속한다.

이렇듯 복잡한 스토리라인을 갖고 있는 『화분』은 시작부터 미란의 처녀성과 그 처녀성의 운명을 중심으로 서사가 전개될 것임을 암시한다.[93] 소설 초반에 미란은 언니 세란과 함께 찔레순을 꺾다가 "푸른 바탕에 붉은 점"이 있는 뱀의 갑작스러운 출현으로 놀라게 되는데, 이 때문에 미란은 때 이른 월경을 하게 되고 자신도 모르는 사이에 욕조의 물을 붉게 물들이게 된다. 아직 성에 대해 알지 못하는 어린 처녀아이가 뱀 때문에 피를 흘리게 된다는 점에서, 이는 유혹하는 뱀과 그 유혹에 굴복하는 이브라는 성서적 모티프를 그대로 반복하고 있음을 짐작하게 한다. 이는

---

93) 이혜령, 「이효석의 『화분』론―두 개의 성적 위계질서」, 『두명 윤병로 교수 정년기념 국어국문학논총』, 논총간행위원회, 2001. 이혜령은 이 글에서 『화분』을 관통하는 두 개의 성적 위계질서(성별적 위계질서와 성의 사회적 위계질서)를 규명함으로써 시적 세계를 추구한다고 얘기되었던 이효석의 문학이 오히려 산문적 현실에 강박되어 있음을 밝히고 있다. 이는 앞서 여성, 성, 근대성의 코드를 이효석 문학의 키워드로 제시하면서도 이를 구체적으로 밝히지 못한 최익현의 논의를 심화시키고 있다는 점에서, 그리고 이효석의 성욕 예찬에 대한 긍정과 부정 사이에서 동요하던 기존의 논의를 뛰어넘는다는 점에서 주목할 만하다.

때맞춰 집에 온 현마와 단주가 이 사실을 알게 된 것에 화가 나서 가출한 미란이 단주와 함께 본 영화가 〈실락원〉이라는 사실로 더욱 분명해진다.

용감한 병사같이 앞잡이를 서서 결국 찾은 곳이 영화관이었다. 명화의 밤이란 굉장한 선전에 눈을 홀리운 것이나 사실 고전영화 〈실락원〉의 한 편은 두 사람의 혼을 송두리째 뽑을 지경이었다. 검소하면서도 찬란한 화면이 폭 좁은 막 위에 꽉 차면서 어두운 홀 안을 완전히 지배하고 있었다. 낙원에서의 아담과 이브의 생활―각각 월계나무 잎으로 앞을 가리운 그들의 자태가 해면같이 시선을 빨아들여 미란은 정신없이 몸을 앞으로 쏠리우다가도 그래도 부끄러운 마음에 문득 자세를 바로잡으며 어두운 주위를 휘둘러 보곤 했다.
악마가 뱀으로 변신하고 낙원으로 숨어 드는 장면에서는 문득 집뜰에서 본 뱀 생각을 하고 섬짓해지면서 얼마나 흉측스런 짐승인가를 느끼며 뜰에서 뱀을 본 자기의 자태가 바로 낙원의 이브였던 듯한 생각이 들며 몸서리를 쳤다. (34면)

아직까지 성에 대한 경험이 없는 단주와 미란에게 영화 〈실락원〉에 나타나는 "금단의 과실"(35면)에 대한 의혹은 자연스럽게 성적인 호기심으로 이어진다. 아직 숙성하지 않은 이들에게 성은 '율법의 거역'을 상징하는 것으로, 따라서 아담과 이브는 용감한 사람들로 인지된다. 이처럼 소설 초반에 성은 금기에 대한 거부 내지는 위반을 상징하면서 어른으로 성장하는 데 있어서 반드시 거쳐야 할 단계인 것처럼 제시된다. 그러나 다른 한편으로 성은 두려움과 죄악으로 상징되기도 한다. '뱀'의 유혹과 순수를 상실한 뒤의 공간이 '실락원'으로 명명되는 것에서 알 수 있듯이, '성'은 단순히 금기에 대한 위반이라는 도전적인 의미에만 한정되지는 않는다. 오히려 소설 후반부의 내용까지를 고려한다면 이 소설에서 '성'은 순수와 낙원의 상실을 촉발하는 사악한 어떤 것으로 규정된다고 보아야 한다. 이처럼 '낙원 상실'의 모티프는 이후 전개되는 소설의 내용을 강력하게 암시하고 있다. 아직 순수한 어린아이인 단주와 미란이 성에 대한 경험을 통해 순수했던 유아적 세계에서 벗어나게 되는 현실을 낙원 상실로 본다는 점에서, 위의 구절은 성에 대한 작가의 부정적인 태도를 그대로 드러내고 있다.[94]

이러한 낙원 상실의 모티프를 통해 알 수 있는 것은 순결한 육체의 소유자인 미란이 그 처녀성을 상실함으로써 무구한 세계로부터 이탈될 것이라는 사실이다. 게다가 소설 초반부에 나타나는 미란의 월경 모티프 또한 이후 소설의 중심 서사가 미란의 처녀성 상실과 관련되어 전개될 것이라는 것을 예고한다. 특히 도회의 중심부에서 동떨어진 이국적 풍모의 '푸른집'을 무대로 하여 이러한 일들이 전개된다는 점에서, 이 소설은 에덴 동산의 이브(그리고 아담)가 어떻게 성적으로 타락하여 속세로 내팽개쳐지게 되는가에 초점을 두고 있다고 볼 수 있다. 이후 전개되는 소설의 내용 또한 미란과 단주가 '금단의 과실'(性)에 대한 호기심 때문에 도피행을 하려다가 현마에게 붙들려 그만두게 된다든가, 현마와 함께 동경에 가게 된 미란에 대해 현마가 성적 욕망을 느끼다가 키스의 대가로 피아노를 사주는 등, 주로 미란의 순결한 육체에 대한 단주와 현마의 욕망 및 이의 성취 과정으로 이어지고 있다. 미란의 육체에 대한 다음과 같은 진술은 미란에 대한 남성적 욕망의 내용이 어떤 것인지를 짐작하게 한다.

지금도 옥녀는 한가한 틈을 타서 잠간 부엌 일을 멈추고 철벅거리는 미란의 자태를 창밖에 서서 물끄러니 들여다보면서 그 고운 살결을 탐내고 있는 것이다. 보얗게 서리운 안개 속에 움직이는 처녀의 자태는 배추단같이 멀숙하면서도 물고기같이 퍼들퍼들하다. 봉긋한 팔이며 앵도알 같은 젖꼭지가 그대로 보

---

94) 이처럼 소설 『화분』은 표면적으로는 일탈적이고 비도덕적인 성 관계를 자유분방하게 그리고 있다는 점에서 기존의 도덕율에 도전하는 듯하지만, 실상 여성의 성과 육체에 대한 상투적인 묘사를 반복한다거나 (성적) 욕망에 충실한 삶에 대한 반성적 인식을 촉구한다는 점에서는 기존의 가치 체계를 그대로 따르는 순응적인 태도를 보인다. 이에 관해서는 마지막 3절에서 좀더 상세히 설명할 것이다.

기는 아까운 뛰어 들어가서 만져라도 보고 싶은 것이다. 자기가 만약 사내라면 그 흰 다리를 독수리같이 물어뜯고야 말 것, 망간 북새들을 친 쩔레나무 아래 뱀이 마음있던 짐승이라면 그 고운 팔다리를 그대로 두지는 않았을 것을 생각하면서 아무리 들여다보아도 귀중한 보물같이 싫어지지 않는다. 미란이 나간 후에 뒤를 이어 세란의 몸이 나타나는 것이 보였다. 같은 모습이기는 하나 팽팽한 처녀의 몸과는 달라 함박꽃같이 활짝 피어난 허벅진 한 송이다. 목욕실 안이 꽉 차며 금시에 서리었던 김이 젖어드는 듯도 하다. (15~16면)

벌거벗은 미란과 세란 자매의 육체를 관음증적으로 훔쳐보는 옥녀의 시선은 분명 옥녀 자신의 것이 아닌 일반적인 남성의 시선이다.[95] 물론 "자기가 만약 사내라면"이라는 단서를 달고 있기는 하지만, "그 흰 다리를 독수리같이 물어뜯고야 말 것"이라는 표현은 처녀성을 정복하고 싶은 남성적 욕망의 표현이라고 할 수 있다. 즉 이런 식의 표현은 미란의 육체를 감상하는 관람자가 미란을 타자로, 혹은 탐색과 조사의 대상으로 볼 때에만 가능한 것이다. 그런 점에서 여성 육체에 대한 이러한 표현은 남성적인 몰입이라고 할 수 있다. 게다가 "보얗게 서리운 안개 속에 움직이는 처녀의 자태"라는 표현에서 미란의 처녀성을 아직 드러나지 않은 감추어진 것으로 의미화하는 반면 "함박꽃같이 활짝 피어난 허벅진 한 송이"로 상징되는 세란의 육체는 "서리었던 김이 젖어드는" 것 — 더 이상 감출 것도 없는 비처녀성의 육체 — 으로 묘사한다는 점에서, 옥녀로 가장된 위 구절의 남성적 시선은 여성을 '처녀 / 비처녀'로 이분하는 기존의 관습적인 테두리를 벗어나지 못한다고 볼 수 있다.

특히 "봉곳한 팔", "앵도알같은 젖꼭지", "흰 다리" 등으로 파편화되고 분화되어 보여지는 미란의 육체는 페티시즘적[96]인 보기(seeing)의

---

95) 최익현, 앞의 글, 160면.

96) 페티시즘(fetishism)은 원시 종교 연구로부터 차용된 개념으로, 프로이트의 「성욕에 관한 세 편의 에세이」에서 처음으로 기술되었고, 이후 1927년 「페티시즘」이라는 논문에서 아주 상세하게 논의되었다. 페티시즘은 일반적으로 무생물이나 부분적인 물건, 예컨대 음모, 우단, 발, 신발, 머리카락 등 비성적(非性的)인 '주물'에 성적인 의미를 부

쾌락을 자극하면서 구조화된다. 원래 여성 육체에 대한 관음증적이고 페티시즘적인 시선은 여성의 육체에 행사되는 남성적 지배의 한 형태로 규정된다. 즉 시각의 대상으로서의 육체는 남성의 육체와 여성의 육체가 모두 포함되지만 시각 그 자체는 전적으로 남성적인 특권인 것이다.[97] 따라서 미란의 육체에 대한 옥녀의 시선은 미란에 대한 남성들의 전횡적인 지배력의 행사를 암시하고 있는 것이다. 그런 점에서 시각적 쾌락에 대한 로라 멀비(Laura Mulvey)의 논문에서 강조되는 것처럼, 페티시즘과 마조히즘 사이에는 긴밀한 상관 관계가 있다.[98] 소설에서 미란의

여함으로써 성적인 만족을 얻으려는 남성의 변태 행위로 정의되어 왔다. 따라서 이러한 페티시즘은 주로 남성에게 나타나는 성적 일탈 행위로만 규정된 것이 사실이다. 프로이트에 따르면, 주물은 어머니의 상실한 남근의 대체물로서, 여성에게 남근이 존재하지 않는다는 사실에 대한 부인을 동반한다. 즉 어머니와의 동일시에서 벗어나는 과정에서 남자아이는 어머니에게 남근이 없다는 사실을 받아들이지 못할 경우, 물신은 그러한 여성의 거세에 대한 공포와 그에 대한 거부 내지는 부인 사이에서 이루어지는 일종의 타협물로 볼 수 있다. 이러한 페티시즘은 남성 생식기의 특권을 여전히 강조하고 여성 생식기를 은연중에 혐오한다는 점에서 페미니스트들에 의해 거부되어 왔다. 특히 페미니스트들은 여성 육체가 파편화되고 물신화(fetishization)되는 과정에서 남성은 여성 육체에 생식기적 의미를 부여하면서 강력한 지배 욕망을 실현하게 된다고 본다. 따라서 물신화는 대상을 다른 생식적인 대상의 이미지로 만들어 그것을 성욕화하고 주체를 위한 적절하거나 가치 있는 욕망의 대상으로 만든다. 그리하여 그것은 여성의 육체에 대한 남성의 일반적인 객체화 양상을 설명하여 준다. 이 때문에 페티시즘 개념은 페미니즘 영화이론이나 포르노그라피에 대한 페미니즘적 분석에서 흔히 사용되어 왔다. 엘리자베스 라이트 편, 박찬부·정정호 외역,『페미니즘과 정신분석학 사전』, 한신문화사, 1997, 184~191면 참조.

97) 피터 브룩스, 이봉지·한애경 역,『육체와 예술』, 문학과지성사, 2000, 179면.
98) 로라 멀비, 서인숙 역,「시각적 쾌락과 내러티브 영화」,『페미니즘 / 영화 / 여성』(유지나·변재란 편), 여성사, 1993, 60면. 1975년에 발표되어 많은 논란을 불러일으켰던 로라 멀비의 이 논문은 영화보기 그 자체의 관음증적 성격을 밝히면서 이미지로서의 여성과 이러한 여성에 지배력을 행사하는 시선의 담지자로서의 남성이라는 도식을 밝히고 있으며, 이러한 정신분석학적인 해석 시도는 이후 영화 비평이론에서 폭넓게 받아들여져서 지금까지도 재해석되고 있다. 특히 재현 대상으로서의 여성이 남성(적) 관객에게 안겨주는 거세 공포를 벗어나기 위해 관음증적이고 물신숭배적인 시각을 요구하며, 따라서 남성의 능동적 응시를 위한 수동적 대상으로서의 여성의 이미지는 가부장적 이데올로기가 요구하는 재현의 구조라는 로라 멀비의 주장은 여성 육체를 성적 대상으로 다루는 대부분의 예술적 영역에 적용될 수 있다는 점에서 유용하다.

육체는 물신의 대상이 되어 남성 인물들에게 성적 욕망을 불러일으키고 숭배의 대상이 되는 데서 그치는 것이 아니라, 남성적 폭력이 행사되는 영역이 되기도 한다. 그것은 "그 흰 다리를 물어뜯고야 말 것"이라는 구절에서도 암시적으로 나타나지만, 또 실제로 미란이 현마에게 강간을 당한다는 사실은 미란의 육체에 대한 관음증적 욕망이 얼마든지 사디즘적 폭력으로 전이될 수 있다는 점을 암시한다. 이는 소설에서 반복적으로 나타나는 여성 육체에 대한 비유적 표현들(꽃을 꺾다, 음식을 먹다, 어린 새를 나꿔채다, 처녀지를 점령하다 등등)이 남성적 폭력의 형태를 띠고 있다는 사실에서도 알 수 있다. 이처럼 소설에서 여성, 특히 미란의 육체는 남성들의 관음증적이고 페티시즘적인 시각적 쾌락과 지배의 욕망을 충족시키는 방식으로 구조화된다.

> 향기로운 화장 냄새를 맡으면서 단주는 바로 몇치 앞 어둠 속에 미란의 하이얀 목덜미를 바라보았다. 달보다도 아름답고 해보다도 휘황하다. 액 속의 그림같이 그 부분만이 세상의 모든 물상과 구별되고 떨어져서 우주의 삼라만상 속에서 오려내온 가장 아름답고 엄엄하고 높은 것으로 보이면서 마음을 흠뻑 흡수해 들인다. 그 가장 아름답고 숭엄한 것이 바로 몇치 앞에 놓여 있음을 깨닫자 눈알이 현혹해 지면서 손바닥에 땀이 빠지지 나고 목구멍이 울린다. (138~139면)

미란의 육체에 대한 묘사 중에서 가장 인상적인 위의 구절을 살펴보면, 어둠 속에 떠오른 '미란의 하이얀 목덜미'는 단주에 의해 "가장 아름답고 숭엄한 것"으로 규정되고 있다. 언뜻 미란의 순결함을 강조하는 듯한 위의 대목은, 기실 성적인 의미를 획득하지 못할 것 같은 육체의 한 부분을 통해 역설적으로 성적인 욕망을 구체화한다. 즉 미란의 육체는 단주의 시선에 의해 '달보다도 아름답고 해보다도 휘황'한 하이얀 목덜미로 물신화됨으로써, 미란은 관능적인 욕망의 대상이자 숭배의 대상이 된다. 미란은 성적인 표지를 띠지 않으면서도 남성들의 성적 환상을 충족시켜 줄 수 있는 형태로 제시되어 시각적·성적 효과를 낼 수 있는 하나의 물신으로 변모한다. 다시 말하면 미란은 자기만의 진정한 육체를 가지지 못한다. 다시 말해, 그녀의 육체는 다만 그녀를 바라보는 남성 인물들의 사회적이고 환상적인 구성물에 불과한 것이다.[99]

그런데 미란의 육체를 물신화하는 것은 단순히 그녀를 볼거리로 이미지화하는 것에만 그치는 것이 아니다. 『화분』에서 세란이나 옥녀와 비교했을 때 가장 무성적(sexless)인 인물인 미란을 통해서 남성들의 성적 욕망이 추구되는 이유는 오히려 그녀의 비성적인 표지들이 남성에게 두려움, 즉 거세불안을 불러일으키지 않는 무독성(無毒性)을 상징하기 때문이다. 따라서 여성 육체에 대한 숭배로 이어지는 이러한 재현 방법은 거세 콤플렉스에 시달리는 남성 인물들의 불쾌를 상쇄시킨다.[100] 그리하여 미란의 육체는 성적 욕망의 대상이 되면서도 동시에 비성적(非性的) 기호가 될 수 있는 것이다. 이처럼 모호하고 이중적인 미란의 육체는 그 자체로 탐구의 대상이 된다. "리자의 표정같이 알지 못할 수수께끼", "하나의 비밀을 가지게 된 미란의 자태"(44면)라는 표현은 그 자체로 하나의 '수수께끼'가 되고 있는 미란의 성적 정체성의 모호함을 잘 드러내고 있다. 미란이 분명 단주와의 성 관계를 통해 처녀성을 상실했음에도 불구하고 『화분』에서 이러한 처녀성 상실이 비밀로 유지되는 이유 또한 미란의 수수께끼적 육체의 성격 때문이다.[101] 따라서 소설 속에서

---

99) 피터 브룩스, 이봉지·한애경 역, 앞의 책, 194면.
100) 로라 멀비, 서인숙 역, 앞의 글, 60면.
101) 이혜령은 『화분』의 중심 서사가 미란의 '처녀성'을 중심으로 전개되며, 이는 미란이 단주에게 처녀성을 상실한 이후에도 유효한 것으로 간주한다. 이를 위해 이혜령은 처녀성의 의미를 육체적인 것에만 국한시키지 않고 좀더 폭넓게 해석하고 있다. 그에 따르면 『화분』에서 처녀성이란 남성과의 접촉에도 굴복하지 않는 마음의 문제이다. 그리고 미란의 처녀성 상실이 비밀에 부쳐짐으로써 소설에서 미란은 남성 인물들에 의해 끝까지 처녀로 남게 된다고 본다(이혜령, 앞의 글). 물론 소설 초반부에 미란의 처녀성이 주요 관심사로 부각되고 있으며 미란의 처녀성 정복이 소설을 이끄는 주요 동력임에는 분명하다. 그러나 이러한 설명 방식은 소설의 전반부를 해명하는 데는 유용할 수 있어도, 후반부까지를 아우르기에는 다소 역부족이다. 처녀성에 대한 해석 또한 다소 모순적이다. 이혜령은 한편으로 처녀성을 마음의 문제로 보고 있으면서도 다른

미란은 시각적·지적 탐구의 욕망을 자극하면서도 해독하기 어려운 수수께끼적 신비로 남게 된다.

이처럼 '처녀/비처녀'의 경계선을 가르면서 미란의 육체는 남성 인물들에 의해 물신화되어 해독 불가능한 본질적 타자로 규정된다. 그런데 수수께끼적 존재로서의 미란의 특성은 그녀에 대한 욕망을 은밀하게 감추고 있는 남성 인물들에 의해 더욱 두드러지게 나타난다. 이는 미란의 처녀성 상실이 비밀에 부쳐진다는 사실에 의해 더욱 분명해진다. 그러나 『화분』에서 '현마—세란'의 관계를 제외한 거의 모든 성적 관계들은 다른 인물들에게는 알려지지 않은 채 은폐된 것으로 제시된다. '단주—세란', '단주—미란', '단주—옥녀', '현마—미란'으로 정리될 수 있는 이러한 비밀스러운 관계는 상식적인 도덕이나 사회적 관습을 일탈한다는 점에서 비정상적이다. 일차적으로 이들의 성 관계가 결혼을 전제로 하지 않았다는 점에서 그러한데, 특히 '현마—미란'의 관계는 형부와 처제[102]라는 가족적 한계를 뛰어넘는다는 점에서 더욱 파격적이다. 성 관

한편으로는 처녀성 상실이 은폐됨으로써 미란이 여전히 남성 인물들에게 욕망의 대상이 되고 있다고 주장한다. 그렇다면 남성 인물들이 욕망하는 것은 굴복하지 않는 미란의 마음이기도 하지만 여전히 그녀의 육체적 순결성이기도 하다. 따라서 미란의 처녀성은 육체적·심리적 차원에서 모두 논의될 수 있어야만 할 것이다. 그리고 여기서 '비밀'의 서사 구조는 단순히 미란의 처녀성이 공공연하게 알려지지 않은 채 은폐되는 것을 의미한다기보다는 미란이라는 인물의 심미적 성격을 부각시키는 역할을 하는 것으로 볼 수 있다. 이는 미란의 육체가 성적이면서도 비성적인 특성을 지닌다는 점과도 관련된다. 따라서 미란이 남성 인물들의 욕망의 대상이 되는 이유를 단순히 그녀의 '처녀성' 여부로 판단해서는 안 된다. 오히려 미란의 육체가 갖는 모호한 성격으로 인해 미란이 남성에게 시각적·지적 탐구의 욕망을 불러일으키는 본질적 타자가 되고 있다는 점에 주목해야 한다.

102) 서술자는 미란의 언니인 세란이 현마의 첩이라는 사실을 잠깐 언급하지만, 소설 속에서 '현마—세란'은 계속해서 부부 관계임이 강조되고 있다. 따라서 소설을 꼼꼼하게 읽지 못한 사람들은 이 둘의 관계를 정상적인 부부 관계로 오해할 수 있을 정도이다. 다만 소설의 마지막 부분에서 세란과 단주의 애정 행각이 발각되기 직전에 죽석과 만태 부부의 다음과 같은 말을 통해서 '현마—세란'이 공식적인 부부 관계가 아님이 확인되고 있다. "공연한 족제비들을 기르다 현마 망신할 날두 멀지 않았지, 쓸데없이 첩은 왜 두구 미소년은 왜 사랑하는거야"(232면) 소설의 결말 부분에서 이러한 사실이 분명하게 밝혀짐으로써 세란의 부도덕성은 더욱 강조되고, 현마의 근친상간적 욕망은

계가 은폐되는 이러한 소설의 구조는 독자에게는 이들의 비밀이 언제 발각될지 모른다는 긴장감을, 그리고 소설의 등장인물들에게는 자신들의 성적 욕망을 은밀하게 충족시킬 수 있다는 기대감을 부여해준다. 따라서 이러한 인물들간의 비밀스러운 관계 구조는 서사를 전개시키는 동력으로 작용하는데, 이를 욕망의 플롯화(plotting)라고 할 수 있다. 이때 성적 욕망은 각각의 인물의 내면에 은폐된 것이기 때문에, 한편으로는 소중한 마음의 비밀이 되면서도 다른 한편으로는 강렬한 매혹의 원천이 될 수도 있는 것이다.

> 화단에 들어설 때 단주는 아직도 찬란한 희망을 버리지 않는 것이요 풀 속에 설 때 세란은 진할 바 없는 울창한 정력을 맡길 바 없어서 기지개를 쓰고 창밖으로 어두운 나무 그늘을 내다보는 현마의 마음 속에는 으슥한 비밀이 거미줄같이 피어 올랐다. 세상에는 아무에게도 말할 수 없는 마음의 비밀―어머니에게도 말할 수 없고 하늘과 땅에도 고백할 수 없고 나무가지 위에 새에게도 하소연하기가 부끄럽고 아니 자기 자신에게조차 일러 들어가기가 무서운 마음의 비밀이 있다.
> 현마는 그런 마음의 비밀에 떨면서도 그것이 점점 곰팡이나 좀같이 마음 속을 먹어가고 점령해 가는 것을 억제하는 도리가 없었다. 그가 내다보는 나무그늘 아래에 선 미란은 자기가 바로 그 현마의 마음의 비밀의 대상이 되어 잇을 줄은 꿈에도 생각지 못하고 그는 그로서의 딴 생각과 회포 속에 잠겨서 먼 것을 꿈꾸는 것이었다. (…중략…) 이렇게 해서 집안 전체가 시절의 영향을 입고 자연의 숨결을 받아서 다 각각 자기의 경영에 잠겨 있는 것이었다. (178~179면)

"사랑이 넘치고 힘이 넘치"(177면)는 성적으로 왕성한 여름이라는 시절은 성적 욕망이라는 인물들의 내적인 비밀을 더 은밀한 것으로 만든다. 즉 푸른집의 정원이 우거질수록 "으늑한 그늘이 져서 그림자와 깊이가 생"(178면)기는 것처럼, 이들의 성적 욕망이 커질수록 '마음의 비밀'

사회적 비난에서 비껴가게 된다.

은 더욱 견고해진다. 그런데 앞에서도 지적한 것처럼, 특히 미란에 대한 현마의 욕망은 "인습과 질서를 깨뜨리"(226면)는 형식(근친상간)을 띠기 때문에 더 비밀스러운 것으로 그려지고 있다. 그리하여 세란―단주, 세란―미란, 단주―미란의 비밀스러운 관계가 소설의 결말 부분에서는 다른 인물들에게 폭로가 되고 심지어 처벌되기까지 하지만, 소설의 마지막까지 미란과 현마 사이의 성 관계는 비밀로 유지된다.[103] 미란은 폭로의 대상에서 제외됨으로써 끝까지 은폐된 영역, 수수께끼적 존재, 마음의 비밀로 남게 된다. 소설 속에서 이러한 은폐의 플롯은 앞서 살펴본 미란의 수수께끼적 육체가 갖는 의미와 결합되어 미란이라는 인물을 특별한 심미적 대상으로 미화하는 역할을 하게 된다.

2) 예술로 구원되는 욕망 담지자―'비너스'

앞에서 살펴보았듯이, 미란의 수수께끼적 육체는 미란의 성 관계만이 비밀로 간직되는 은폐의 플롯과 결합되어 미란을 미지의 심미적 탐구 대상으로 존립하게 한다. 미란이 이처럼 남성 인물들의 숭배와 관능의 대상이 될 수 있는 결정적인 이유는 일차적으로 그녀의 육체적 아름다움에 있다. 소설 초반에서 미란은 단주와 더불어 이러한 아름다움을 가지고 있다는 이유로 신화적 존재로까지 비유되고 있다.

> 단주를 교외의 집으로 이끌 때 반드시 두 사람의 제목이 머리 속에 떠오른다.
> "비너스와 아도니스―"

---

103) 물론 이혜령의 지적처럼 미란과 단주의 관계 또한 다른 인물들에게 비밀로 유지되고 있었던 것은 사실이다(이혜령, 앞의 글). 그러나 영훈과 단주가 미란을 사이에 두고 격투를 하는 과정에서 단주는 자신이 미란의 육체를 맨 처음 정복한 사람이라는 사실을 영훈에게 폭로한다. 그런 점에서 미란과 단주의 관계가 비밀로 유지되었다는 주장은 다소 무리인 듯하다.

지금도 차 속에서 현마는 거의 단주를 안을 듯한 자세를 지니면서 말을 잇는다.
　　"미란 때문에 그렇게 맘이 뛰노는 게지. 날 속일 수는 없어. 비너스와 아도니
　　스의 사랑은 신화 속에서두 아름답지 않았나."
　　"미란을 보면 겁이 나요. 들었던 유리잔이 금시에 깨뜨러질 듯한 위태위태한
　　생각이 들면서."
　　"조심들 해야 돼 괜히. 그 유리잔 깨뜨리지 않도록들 ……" (23~24면)

　유독 다른 사람들과는 구별되는 이들의 아름다운 외모는 이들을 특
징짓는 하나의 표지가 될 뿐만 아니라 이들을 성적 욕망의 타율적인 대
상으로 만들고 있다. 물론 단주는 이후에 세란과 옥녀 등과의 자유분방
한 성 관계를 통해 자율적인 성적 주체로서의 지위를 일시적으로 획득
하기도 하지만, 그 역시 궁극적으로는 성적 타자의 위치에서 벗어나지
않는다. 왜냐하면 그는 실제로는 미란과 마찬가지로 현마에게 성적·경
제적으로 종속된 인물에 불과하기 때문이다. 이는 단주가 현마의 동성
애적 대상이라는 점, 그리고 비록 세란이나 옥녀 등과 육욕적 관계를
맺기는 하나 이들에게 일방적으로 끌려다니는 것으로 나타난다는 점에
서도 알 수 있다. 심지어 단주 자신이 적극적으로 유혹한 푸른집의 하
녀 옥녀에게조차 그는 성적 압박감을 느낀다. 이는 옥녀와의 성 관계에
서 "단주가 아래로 옥녀가 위로 바뀌어진"(214면) 체위의 전도를 통해서
도 분명하게 드러난다. 이처럼 단주는 미란과 마찬가지로 '아도니스'로
명명되는 인공적인 성적 타자라고 할 수 있다.
　단주가 남성 인물임에도 불구하고 미란과 마찬가지로 타율적인 성적
대상으로서의 성격을 강하게 드러내는 인물이라는 점을 지적하는 것은
중요하다. 왜냐하면 이 소설의 중요한 주제 중 하나는 현마에게 경제
적·성적으로 종속된 단주가 자신의 성적 욕망을 자유분방하게 펼친 결
과 역설적으로 미와 애정을 동시에 잃게 되는 과정과, 비슷한 처지의
미란이 반대로 성적 욕망을 예술적인 열정으로 전환시킴으로써 미와

부, 그리고 사랑까지도 모두 획득하게 되는 과정이 대조되면서 형성되고 있기 때문이다. 따라서 미의 화신으로서의 미란의 성격을 살펴보기이전에, 우선 단주가 타율적인 성적 대상에서 자율적인 성적 주체로 옮겨가면서 어떻게 타락하고 몰락하게 되는가를 살펴보아야 할 것이다.

단주는 애초에 그의 예쁘장한 얼굴 때문에 현마의 관심의 대상이 되고, 이후 현마의 동성애적 욕망을 만족시키는 수동적인 성적 타자가 된다.

> 소설가가 되느니 영화 감독이 되느니 하면서 거리에서 펀둥거리는 단주를 현마가 당초에 주워올린 동기부터가 그의 용모에 혹한 까닭이었다. 이십 세를 잡아들락 말락한 예쁘장한 얼굴에 머리를 길러내린 나 어린 보헤미안의 꼴이 알 수 없이 마음을 당겨 현마는 그날로 그를 데려다가 몸을 가꾸고 치장을 갈아서 멀끔한 딴 사람을 만들어 놓았다. 집도 절도 없고 또렷한 내일의 요량도 없던 불결하고 궁측스럽던 보헤미안이 하루아침에 말쑥한 미소년 아도니스로 새로 태어난 셈이었다. (…중략…) 현마의 옆에 붙어서 혹은 단장노릇을 하고 혹은 한 송이의 꽃 노릇을 하면 그만이었다. 아파아트의 한 간을 구해 가지고 유숙하게 된 때부터 현마는 거의 밤마다 찾아 와서는 별일 없으면서도 이야기하고 놀고 하다가는 늦어서야 돌아가거나 그렇지 않으면 한 침대에서 같이 밤을 세우거나 했다. 참으로 한 송이의 꽃을 대하듯 현마는 시화 속의 미소년 같은 단주를 정신없이 바라보는 것이었다. (20~21면)

이렇게 단주는 "집도 절도 없고 또렷한 내일의 요량도 없던 불결하고 궁측스럽던 보헤미안"을 "데려다가 몸을 가꾸고 치장을" 하는 인위적인 과정을 거쳐서야 비로소 '아도니스'라는 이름에 걸맞는 미소년이 된다. 따라서 '아도니스'라는 신화적 존재와의 동일시는 그의 아름다운 외모를 강조하는 것이기도 하지만, 현마의 성적 · 경제적 지배를 받는 수동적 타자로서의 단주의 위상을 상징하는 것이기도 하다. 단주가 현마와 실제적으로 성 관계를 가졌는지 어떤지는 구체적으로 나타나 있지 않지만, "한 침대에서 같이 밤을 세우"기도 한다는 점에서 이 둘의 관계를 짐작할 수 있다. 이처럼 단주가 '미소년 아도니스'로 현마의 사랑을 받고, 미란이 '비너스'로서 소설 속 모든 남성 인물들의 성적 욕망의 대상이 되는 가장 중요한 이유는 바로 이들의 아름다움이다. 그러나 수동적인 아름다움으로 인해 현마의 사랑을 받았던 단주는 세란의 유혹에 굴복한 뒤 "얼굴이 길어지고 눈이 패어 들어"(103면)가는 외적인 변모를 겪으면서, 더 이상 현마의 애정의 대상이 되지 못한다. 즉 애욕의 세계에 빠진 단주는 더 이상 외적인 아름다움을 유지할 수 없게 된 것이다. 이는 구체적으로 남성으로서의 단주의 성장과 맞물린다.

> 그러기 때문에 단주가 현마의 이날의 애정을 거역하며 그의 몸을 밀치기보다도 이전에 그의 입술을 찾다가 도리어 따끔하게 입술을 찔러오는 단주의 수염에 놀라며 몸을 일으킨 것은 현마 자신이었다. 깨끔해 하고 추접히 여긴 것은 현마 자신이었다. 즉 서로 몸을 밀치고 몸을 떼고 깨끔해하고 천히 여긴 것은 피차 일반이었다. 그러나 현마로 보면 그 단주의 변화에 놀라지 않을 수 없었다. (…중략…) 자란다는 것이 추하면 추했지 아름다운 것이 아니라는 것 — 아름다운 것을 조각 조각 거두어갈 뿐이지, 아름다운 것을 남겨 놓지는 않는다는 것 — 을 생각하면서 현마는 커다란 환멸을 느꼈다. 무서운 일만 같았다. (117면)

현마의 "입술을 찔러오는 단주의 수염"을 성장의 징표로 제시하는 위의 구절에서, 성장은 아름다움을 빼앗아가는 추악한 것으로 규정된다. 그리고 이러한 육체적 성장은 곧바로 단주의 정체성을 "자신의 사랑을 도리어 대상 속으로 쑤셔 넣고는 배길 수 없는 어른"(116면)으로 규정함으로써, 단주가 성적 타자에서 성적 주체로 변모하고 있음을 암시한다. 그러나 이처럼 성적 주체로서의 위상을 획득한 단주는 더 이상 현마의 사랑의 대상이 되지 못할 뿐만 아니라 '아도니스'라는 미적 상징의 지위까지도 박탈당한다. 여기서 흥미로운 점은 성적 주체로서의 단주의 변모는 그의 아름다운 외모의 상실과 병치된다는 것이다. 즉 아름다움을 상실한 어른 단주는 이제 더 이상 현마의 성적 욕망의 수동적인 대상이 아니라 세란, 미란, 옥녀를 차례로 정복하고 탐닉하는 성적 욕망의 화신이 되며, 그 결과 현마에게 환멸의 대상이 된다. 소설의 결말 부분에서 단주가 현마에게 쫓겨나는 가장 결정적인 이유는 세란과의 부정한 관계가 아니라 현마 자신에게 거역하고 요구하는 건방진 존재로 변했기 때문이다. 이는 소설 속에서 자주 등장하는 "주인을 문 개"라는 표현에서도 알 수 있다. 이처럼 단주는 미의 상실로 인해 일시적으로 성적 주체로서의 지위를 획득하지만 결국 경제적 기반의 부실함으로 인해 처벌받게 되는 존재이다. 따라서 단주는 성적으로는 주체로, 계급적으로는 수동적인 객체로 규정되는 모호한 존재가 된다.

그러나 주체와 객체라는 상반된 지위 사이에서 동요하는 모호한 성격의 인물은 단주뿐만이 아니다. 그 점에서는 세란과 옥녀 또한 마찬가지다. 언뜻 이 둘은 단주의 성적 타자로만 규정되는 듯하지만, 실상 단주와의 성적인 관계를 주도적으로 이끈다는 점에서는 단순히 성적 타자로만 한정짓기 어렵다. 단주 또한 이들과의 성애적 관계에 염증을 느낄 정도로 이들의 성적 욕망은 과잉된 것으로 과장되게 그려지고 있다. 이는 앞서 지적한 것처럼 단주가 그 자신이 적극적으로 유혹했으면서도 막상 성 관계를 맺으면서는 버거움을 느끼는 옥녀의 모습에서도 알 수 있다. 그러나 세란은 현마와의 관계에서는 철저하게 성적·경제적 타자로 그려지며, 옥녀 또한 푸른집의 하녀라는 점에서 경제적 타자이다. 따라서 세란과 옥녀는 단주와 마찬가지로 성적·경제적 측면에서 주체와 타자의 지위를 오고 가는 유동적인 존재라고 할 수 있다. 이처럼 단주, 세란, 옥녀는 현마와의 관계에서는 성적·경제적 타자로 규정되지만, 그들간의 성적인 관계에 있어서는 일시적으로 성적 주체가 되기도 한다. 그러나 일시적으로 획득하게 된 이들의 성적 주체로서의 지위는 오히려 이들을 파멸로 이끄는 근본적인 원인이 된다.

그런데 이들 단주·세란·옥녀 등과 비교해볼 때 성적 타자로서의 미란의 위상은 더욱 분명해진다. 특히 미란이 단주와 현마에게 각각 처녀성과 도덕성(근친상간적이라는 점에서)을 유린당했다는 사실은 미란의 소극적인 성적 태도를 잘 나타낸다. 그것은 앞의 세 사람(단주·세란·옥녀)이 현마에게 종속된 존재라는 점에서는 객체이자 타자로 규정되면서도 다른 한편으로는 성적인 자유분방함을 통해서 한시적으로 성적 주체로서의 모습을 보여주는 것과는 대조적이다. 따라서 소설에서 미란은 시종일관 성적 타자로서 존재하는 유일한 인물이다.[104]

그러나 미란이 처음부터 자신의 성적 욕망에 대해 소극적이지는 않았다. 미란은 자신의 월경 사실이 가족들에게 알려진 것에 화가 나서 가출한 뒤에 단주와 〈실락원〉이라는 영화를 보면서 이미 성에 대해 눈뜨기 시작했으며, 그 날 밤 단주와 시도했던 성 관계가 성공하지 못하자 단주와의 도피 행각을 시도할 정도로 자신의 성적 욕망에 대해 적극적인 면을 보이기도 한다. 게다가 비록 '동정'의 마음으로 단주와 첫날밤을 보냈다고 하더라도, 그 관계 자체는 강요에 의해 이루어진 것이 아니므로 어느 정도의 적극성은 있었다고 보아야 할 것이다. 이처럼 미란은 애초에는 자신의 성적 욕구를 솔직하게 표현하는 대담성과 적극성을 지닌 존재였다고 할 수 있다. 이는 미란이 영훈과의 성애를 상상하는 다음의 장면에서 더욱 분명하게 드러난다.

수풀 속이 나오고 바다 속이 나오고 기선 속의 방 한간이 나오고 절벽 위가 나오고—환영이라는 것이 대개 그런 것이지만 연락도 관계도 없는 산만한 장면의 토막이면서도 그러나 그 장면마다 반드시 영훈과 자기의 자태가 어리는 것이며 두 사람은 마치 딴 세상 사람들같이 그 속에서 자유롭고 때로는 부끄러운 시늉을 짓는 것이었다. 일상에 막연히 원하고 바라던 희망이 간단히 밤 꿈 속에 나타났고 꿈에서 밀려난 대부분의 희망은 그런 때 그런 혼몽한 의식의 틈

---

104) 이런 점에서 미란에게 자신의 욕망을 투사함으로써 성적 주체로서의 지위를 확보할 수 있는 인물은 현마와 영훈뿐이다. 단주는 비록 미란의 처녀성을 정복한 인물이기는 하지만, 그의 성적·계급적 지위의 불안정성으로 인해 미란에 대한 주체적 지위를 완전하게 점유할 수 없는 존재이다.

을 타고 나타나는 것인지도 모른다. 기상천외한 대담한 그 마음의 그림에는 사실 번번이 귀뿔이 발개지고 얼굴이 달면서 바로 그 때 등뒤에 사람이 있어 그 붉은 마음 속을 들여다나 보고 있는 듯 마음이 서성거려져서 미란은 잠간 방은을 살피고는 다시 창밖으로 시선을 보내군 했다. (182면)

위의 구절은 비록 상상이라고는 하나 그 내용이 매우 구체적이고 또 대범하다는 점에서 미란이 그렇게 성적으로 무지하거나 순수한 존재가 아니라는 것을 알 수 있게 한다. 게다가 이러한 상상이 "일상에 막연히 원하고 바라던 희망"이라는 점에서 이는 잠재적인 성적 주체로서의 미란의 면모를 잘 드러내는 구절이라고 할 수 있다. 이처럼 미란은 영훈과의 성애를 상상할 정도로 자신의 성적 욕구에 적극적인 면을 보인다. 그러나 비록 소극적이나마 이러한 욕망의 주체로서의 미란의 모습은 영훈이라는 매개적 인물을 통해 예술적 가치를 '적극적으로' 추구하기 시작하면서 오히려 남성의 욕망의 객체로 변모하게 된다. 게다가 미란이 단주 및 현마와 맺는 성적인 관계는 성적 욕망을 촉발시키기보다는 반대로 이전에 미란이 보여주었던 성적 주체로서의 모습을 위축시키면서 그녀가 성적 타자로 확고하게 규정되기 시작하는 계기를 마련한다. 이는 옥녀, 세란, 단주 등이 성적인 관계를 통해서 욕망에 눈뜨고, 성적 주체로서의 모습을 드러내기 시작했다는 사실과 비교해볼 때, 더욱 분명해진다. 특히 앞서 지적한 것처럼 미란이 단주와의 관계에서는 어느 정도의 적극성을 보이던 것과는 달리, 현마와의 관계에서는 '겁탈'이라는 피동적이고 피학적인 성적 형식에 종속된다는 사실은 미란의 성적 위상의 변화가 어떤 것인가를 확연하게 보여주고 있다. 이는 세란과 옥녀가 단주와의 성 관계를 통해서 이전과는 달리 성적인 면에서 좀더 적극적이고 주체적인 모습을 드러내는 것과는 상반된다.

한편 미란에게 성적인 체험은 성에 대한 불안감과 죄의식을 불러일으키는 계기가 되는데, 이를 더욱 강화하는 계기는 바로 예술에 대한 심취이자 영혼에 대한 애정이다. 동경에서 천재 소녀와의 만남으로 "불안정하고 안타깝던 상태"에서 벗어나 "한 줄기의 빛"을 찾게 된 미란이 이후부터 추구하게 되는 삶의 길은 바로 예술에 대한 열정이다. 즉 단주가 애욕의 세계에 탐닉함으로써 죄악의 길로 들어서게 되었다면, 미란은 비록 처녀성을 상실했음에도 불구하고 예술적 열정에 사로잡히면서 새로운 삶의 행로를 모색하게 된다. 소설 속에서 이는 구체적으로 영훈과의 관계를 통해 드러난다. 그런데 미란이나 영훈이 추구하는 예술적 열정의 내용은 기실 아름다움에 대한 추구이자, 비범함에 대한 열망이다. 특히 영훈이 피아노 연주에 특별한 재능도 없는 미란에 대해 애정을 갖게 되는 결정적인 계기는 바로 그녀의 외적인 아름다움이다. 아니 오히려 미란은 외적인 아름다움에 예술적 열정이라는 가치가 보태어져서 더욱더 모든 남성의 숭배 대상으로 격상된다.

특히 애욕의 세계로 빠져든 단주가 더 이상 외적인 아름다움을 유지하지 못하는 것과는 달리 성(性)의 세계에서 예술의 세계로 옮겨간 미란이 더욱 미적인 성숙함을 얻게 된다는 사실은 오직 예술만이 아름다움을 창조할 수 있다는 작가의 생각과 관련되어 있다. 이는 비록 미적인 성숙이 예술적 성숙과 직접 연결되지는 않는다 하더라도 외적으로 아름다운 존재만이 예술적·정신적으로 고양되고 구원받을 만한 가치가 있다는 미(美)의 신화를 강조하는 결과를 낳는다. 즉 이효석의 소설은 이러한 미의 신화를 은연중에 부추기고 있는 것이다. 결국 아름다운 '비너스'인 미란은 그녀의 아름다운 육체를 통해 스스로를 가치 있는 존재로 격상시킬 수 있게 되고, 성적인 훼손에 대한 처벌에서도 자유로울 수 있게 된 것이라고 볼 수 있다. 이런 점에서 아름다운 육체는 사회적 권력에 접근할 수 있는 자원으로서 최고의 가치를 갖게 되는 것이다.

이것은 대단히 중요한 일이다. 가야의 외양이 미란에게 미치거나 혹은 지났던들 미란이 그를 범연히 보았을 리는 만무한 것이요, 그녀의 우월감이 애초에

가야를 얕잡아 보게 한 것이 사실이었다. 슬픈 일이었으나 가야의 외모의 인상
은 백사람 가운데서의 예외의 한 사람인 그것이었다. 백 사람이 가지고 있지
않는 표정을 가지고 있어서 그것이 그의 불행을 결정적으로 판박아 놓았다. 두
눈을 가지고 있으면서도 외눈으로 세상을 본다. 바른눈이 대상을 볼 때 왼눈은
딴전을 본다. 두 눈의 초점이 각각 달라서 실상은 한 가지 대상을 노리는 것이
언만 한 편으로 또 다른 한가지에 눈이 가고 있는 것이다. 이 육체적 불행이 그
의 인상을 비극적으로 보였고 미란으로 하여금 그를 주의하지 않게 한 것이다.
(145면)

가야는 평소 영훈에게 연정을 품고 있던 연구실 학생으로서, 미란과
는 달리 비록 아름답지는 않지만 고귀한 예술적 정신과 창조성을 지닌
인물이다. 이 소설이 단순히 애욕과 예술 혹은 육체와 정신의 대립을
통해 후자의 우월함을 강조하려는 것이 아님을 알 수 있는 대목은 바로
영훈이 가야가 아닌 미란을 사랑의 상대로 선택하고 있다는 점이다. 가
야의 순정과 영훈에 대한 정신적 사랑의 고귀함을 역설하는 미란의 말
에서도 알 수 있듯이, 가야는 미란이 보기에 영훈의 예술적·정신적 고
귀함에 훨씬 더 가까이 다가가 있는 인물이다. 동정심만으로 단주와 첫
날밤을 치르고 현마에게 겁탈당한 미란에 비해 가야는 영훈의 짝이 되
기에 적합한 인물인 것이다. 그러나 '사시(斜視)'라는 육체적 결함으로
인해 가야는 영훈에게 사랑의 대상으로 선택되지 못한다. 즉 가야의 고
결한 예술정신이 빛을 보지 못하는 이유는 바로 그녀의 육체적 결함 때
문이다. 영훈은 단지 "그곳에 아름다운 것이 존재"(159면)하기 때문에 구
라파에 가고 싶어할 정도로 미를 절대적 가치로 숭배하는 인물인데, 이
런 영훈에게 사랑이란 육체적 아름다움과 예술적 고귀함이 어우러진 것
이어야 하지 정신적 아름다움만으로는 성립되기 어려운 것이다. 아름다
운 것이라곤 아무것도 없는 척박한 조선의 현실 속에서 "미란씨같은 아
름다운 분"(159면)이 있다는 사실이야말로, 영훈이 미란에게 집착하는 이
유이다. 즉 영훈에게 미란은 구라파와 동일시될 정도의 미적 상징이 되

고 있다고 할 수 있다.

이처럼 미란은 영훈이 추구하는 '미'의 화신으로서, 그녀가 지닌 이러한 외적인 아름다움은 절대적인 의미를 가지면서도 동시에 비성적(非性的)인 것으로 나타난다. 그 점은 세란이 자신의 살찐 육체를 한탄하면서 자신과 미란을 각각 '한 접시의 비계'와 '향기 높은 한 잔의 홍차'로 비교하고 있는 데서 잘 드러나고 있다.[105] 이러한 '비계 / 홍차'의 차이는 서사 내에서 이들의 섹슈얼리티를 규정짓는 방식이기도 하다. 단주가 세란이나 옥녀와의 성적 탐닉에서 얻게 되는 '갈증'과 답답함이 의미론적으로 '비계'와 관련되는 것이라면, 미란은 이러한 갈증을 해소시켜 줄 수 있는 '깨끗하고 맑은 것', '초초한 것', '귀하고 신성한 것'(217면)으로 받아들여지고 있다. 이처럼 미란의 아름다움이란 다분히 비성적인 것으로서, 애욕에 사로잡힌 단주와 현마에게는 잡으려야 잡을 수 없는 '환영'으로, 영훈에게는 자신의 예술적 성취를 완성짓게 하는 가장 예술적인 것으로 그려지고 있는 것이다.

지금까지 살펴본 것처럼, 미란은 소설 초반에는 자신의 성적 욕망을 적극적으로 펼쳐보일 만큼 성에 대해 자발적인 면을 보였지만, 영훈과의 만남을 통해 예술을 접하게 됨으로써 이러한 성적 욕망은 예술적인 것에 대한 열정으로 승화[106]된다. 그런데 이러한 성적 욕망의 승화 과정은 곧바로 미란의 성적 주체로서의 자발성이 퇴색하는 과정과 맞물린다. 이는 결국 미란의 성적 욕망이 남성의 욕망에 따라 재조정되는 과

---

105) "지금 네가 부러워 못견디겠다. 지금 내 상위에 있는 것은 향기 높은 한 잔의 홍차가 아니구 한 접시의 비계인 것이 슬퍼 못견디겠다. 홍차의 향기를 잊은 지가 벌써 언제든지 까마아득하게."(189면)

106) 승화는 유아의 다형적 성욕이 사회화를 겪으면서 억제된다는 사실을 전제로 하고 있다. 이는 불완전한 욕동의 요소들을 전면적으로 또는 부분적으로 억압하고, 그 에너지를 다른 목표로 전환시킴으로써 가능해진다. 이처럼 승화란 성적인 에너지가 억압의 과정을 거치면서 비성적인 형태를 띠는 것을 말하는데, 이 글에서는 미란의 성적인 자발성이 예술에 대한 열정으로 변모하는 과정을 승화의 한 형식으로 보았다. 승화에 대해서는 프란세트 팍토, 이미나 역, 『미인』, 까치, 2001, 107면 참조.

정에 다름 아니다. 예컨대 소설의 초반부에서 미란의 성과 육체에 대한 재현은 완고하고 전통적인 통념들을 비껴 가는 것처럼 보이지만, 결과적으로 미란의 섹슈얼리티와 육체는 남성들의 관음증적 시선에 노출됨으로써 하나의 볼거리로 전락하게 되는 한편 남성의 예술적 파트너로서 적합한 수동적인 대상으로 전화된다. 결국 미란이 예술을 통해 구원되는 과정도 바로 미란 자신의 자발적인 섹슈얼리티를 억압하고 조정하는 과정이라고 할 수 있다. 그리고 이러한 조정은 특히 미란의 아름다운 외모를 통해 이루어지고 있다는 점에서, 여성의 미는 처벌을 피할 수 있게 하는 하나의 사회적 특권이자 동시에 여성을 남성적 욕망의 수동적인 대상으로만 머물게 하는 기제가 되고 있다.

『화분』에서 미란은 '순수한 처녀'와 '관능적(성적) 대상'이라는 서로 상반된 두 가지 이미지가 충돌하는 분열적 존재로 그려지고 있다. 전자가 전통적인 여성의 역할과 수동성을 상징한다면, 후자는 새롭고 유동적인 근대적 여성의 이미지이자 자율성을 상징한다. 그러나 『화분』에서는 이 두 가지 이미지의 분열상을 있는 그대로 객관적으로 드러내기보다는 미란의 성적 정체성을 '순수성'에만 맞추어 재구성한다. 물론 미란의 이러한 분열적인 모습을 '근대적 삶이 산출해낸 분열'로 해석할 수 있을지도 모르지만, 적어도 『화분』에서 이러한 분열적인 모습은 남성 중심적인 가치관과 여성관에 의해 황급히 봉합됨으로써 그러한 사회사적 의미로까지 해석되기는 어려울 것 같다.

3) 여성의 심미화 전략

『화분』에서 영훈은 매우 이질적인 존재이다. 일차적으로 이러한 이질성은 다른 남성 인물들과 구별되는 성에 대한 태도에서 나온다. 즉 현마나 단주가 성에 대해 매우 적극적이고 다소 호색한적인 취향을 드러내는 데 반해, 영훈은 성에 대한 뚜렷한 취향을 드러내지 않는 인물이다. 소설에서 미란과의 키스 장면이라든가 더 강도 높은 애정 표현을 요구하는 장면 등이 제시되기는 하지만, 그것만으로는 그가 성에 대해 초월적인지 아니면 성적 매력에 매혹당하는지에 대해 알기는 어렵다. 이러한 영훈의 이질성은 단지 소설의 내용 층위에만 국한되지는 않는다. 그것은 형식의 층위에서도 나타난다. 소설 속에서 현마나 단주는 물론 다른 인물들이 모두 조금씩이나마 초점화자로 기능하고 있는 데 반해 유독 영훈만이 초점화자로 설정되어 있지 않은 것이 그것이다. 『화분』은 어떤 특정한 인물을 유일한 초점화자로 내세우기보다는 오히려 각각의 사건에서 핵심적인 역할을 담당하는 인물이 주도적으로 사건을 서술하는 방식을 취하고 있다. 따라서 거의 모든 인물(심지어 매우 주변적인 인물인 옥녀까지도)이 초점화자로 설정되어 있기 때문에, 독자는 각각의 인물들의 심리 상태를 파악하거나 인물들 사이에서 비밀로 유지되는 사건의 내막을 알 수 있게 된다. 그러나 분명 작가의 페르소나(persona)일 것이 분명한 영훈만은 소설 속에서 장황하게 예술과 미에 대해 연설조로 말하면서도 정작 자신의 내면의식을 펼쳐보일 기회를 갖지는 못한다.

원래 초점화란 어떤 특정한 텍스트 지점에서 누구의 '시점'이 그 서사 자체를 통제하는가 혹은 방향짓는가의 문제이다.[107] 따라서 초점화자의 시점은 소설의 이데올로기적 측면을 검토할 수 있는 근거가 될 수 있을 정도로 그 인물의 주관적 관점에서 사건을 전개시킨다. 그런데 정작 『화분』에서 작가 자신의 예술관을 그대로 전달하는 영훈만이 초점화자로 설정되지 않고 있기 때문에, 영훈은 소설의 주인공이면서도 그를 중심으로 사건이 전개되지는 않는다. 오히려 소설의 중심 사건은 현마와 그의 식솔들 간의 복잡하게 뒤얽힌 성적 관계를 통해 전개되는데, 기실 작가의 중심 생각은 영훈의 입을 통해서만 제시되기 때문에 소설 내적

---

107) Peter Messent, *New Readings of the American Novel*, Macmillan, 1990, p.18 참조.

사건과 주제는 서로 화합하지 못하고 상충하고 있다. 그래서 소설 속에서는 현마를 중심으로 나타나는 애욕의 문제와 영훈을 중심으로 나타나는 예술의 문제는 서로 긴밀하게 연결되지 못한 채 겉돌기만 한다. 이는 내용상 영훈이 푸른 집의 식솔들과 어울리지 못한 채 따로 겉돈다거나 마치 불필요한 인물인 것 같은 인상을 주는 것과도 관련된다. 실제로 영훈이 푸른 집에 초대받아서 작은 음악회를 열기도 하고 노비나 산장에서 푸른 집 식구들과 함께 어울리기도 하지만 소설 속에서 그의 존재는 매우 희미하다. 소설에서 장황하게 반복되는 그의 예술관이 미란을 감화시키는 과정 또한 설득력을 얻지 못한 채 추상적인 관념으로만 느껴지게 되는 것도 그 때문이다.

이처럼 『화분』에서 영훈이라는 인물은 그 위상의 모호함으로 인해 마치 피와 살을 지니지 못한 인물로 느껴진다. 따라서 독자는 소설을 읽으면서도 영훈에 대한 구체적인 정보를 얻지 못한다. 그래서 영훈은 그 자신이 역설하는 예술관과 마찬가지로 매우 관념적이고 비현실적인 인물로만 받아들여질 뿐이다. 다만 독자는 영훈의 장황한 연설조의 설명을 통해 그가 유별나게 아름다운 것에 집착한다는 사실만을 알게 된다. 다만 확실한 것은 영훈이 애욕과는 무관한 예술, 특히 미적인 것만을 열정적으로 추구하는 인물이라는 점이다. 따라서 영훈이 유난히 강조하는 예술과 미의 내용에 관해 먼저 살펴보아야만 영훈이 어떤 인물인지가 분명하게 드러날 수 있을 것이다.

영훈이 강조하는 예술 중심적 태도는 작가의 그것을 대변하고 있는데, 이는 소설에서 준마와 나귀의 비유로 나타난다. 작가는 그러한 비유를 통해 아름다운 것, 신성한 것, 천재, 정신, 문화 등은 비루한 현실에서 벗어난 존재만이 도달할 수 있는 경지로 서술하는 반면, 평범한 것, 속된 것, 범인, 육체, 감정, 자연 등에 대해서는 경멸의 감정을 드러내고 있다. 평범하지 않은 비범한 것에 이끌리는 이러한 정서는 다음과 같은 구절에서는 인공적인 것에 대한 이끌림과 동일시되어 나타난다.

"버려 둔 정원이나 빈민굴 같은 속에 아름다운 것이 있으면 얼마나 있겠습니까. 고려나 신라 때에 얼마나 아름다운 것이 있었던지는 모르나 오늘 어느 구석에 아름다운 것이 있습니까. 흰 옷을 입기 시작한 때부터 빛깔을 잊었고 아악과 함께 음악이 끊어졌고—천여년 동안 흙벽 속에 갇혀 있노라구 아름다운 것을 생각할 여지가 있었겠습니까. 제 고장을 나무라기가 야박스러우니까 허세들을 부려보는 것이지요." (…중략…)

"흰 것과 초록과 어느 것이 더 아름답습니까. 흙과 펭키와 어느 것이 더 아름답습니까. 흰 것이나 흙은 문화 이전의 원료이지 아름다운 것이라구 발명해 낸 것은 아니거던요 아이들의 소꿉질과 같이 알롱알롱한 옷도 생각해보구 유리창 휘장에 푸른 빛도 써부고 하는 대담한 장난이 문화의 시초였고 그런 연구 속에서 아름다운 것도 생겨나오는 법이지 재료만으로 아름다운 것이 있을 수 있나요" (…중략…)

"그런 환멸 속에서 어떻게 사세요"

"그러게 예술 속에서 살죠 꿈속에서 아름다운 것을 생각하면서 살죠—. 그것이 누구나 가난한 사람의 사는 법이지만. 주위의 가난한 꼴들을 보다가두 먼 곳에 구라파라는 풍성한 곳이 준비되어 있다는 것을 생각하면 신기한 느낌이 나면서 그래두 내뺄 곳이 있구나 하구 든든해져요" (148~150면)

영훈은 '흰 것 / 초록', '흙 / 펭키'로 대별되는 자연과 문명의 대립을 제시하면서, 이러한 이분법적인 대립항을 '주위의 가난한 꼴 / 구라파라는 풍성한 곳'이라는 대립항으로 대체하고 있다. 나아가 영훈은 전자에는 조선이라는 현실적 공간을, 후자에는 이를 초월하게 해주는 유토피아적인 공간을 대입하고 있다. 그리하여 '자연 / 문명'의 대립은 '조선 / 서구' 혹은 '가난 / 부'와 같은 의미항 속에 묶이게 된다. 영훈은 이러한 대립항 중에서 후자인 '가공된 문명=서구=부'를 같은 계열에 놓으면서, 이를 '예술'과 동일시한다. 그리고 그는 이 구라파주의적인 예술을 "꿈'으로 표현하고 있다. 즉 영훈이 생각하기에 예술을 낳게 하는 물질적 조건은 문명한 서구의 부유함이기 때문에, 가난한 조선의 음악도인 자신에게 그러한 예술 창조는 아직까지는 실현 불가능한 '꿈'에 불과하다는 것이다. 따라서 영훈에게 현실은 단지 '환멸'일 뿐이다. 그가 이러한 환멸을 견디는 방법은 지문에서 알 수 있는 것처럼 "꿈속에서 아름다운 것만을 생각하며" 사는 것이다.

이러한 영훈의 태도는 흔히 지적하는 것처럼 문화적 우월성을 강조하는 유미주의자의 그것으로 보거나, 인공적인 것을 찬양하는 댄디[108]의 그것으로 볼 수도 있을 것이다. 그런데 이처럼 예술을 통해 남과 구별되려는 영훈의 이러한 태도를 단순히 당대 현실세계와의 완전한 단절의 시도로만 해석해서는 안 된다. 이는 다소 다른 맥락이기는 하지만 유럽의 초기 유미주의자의 댄디즘이 새로운 산업적 소비문화의 속물적 표현을 매도하는 하나의 방편으로 받아들여지고 있었다는 리타 펠스키(Rita Felski)의 지적과도 관련된다. 리타 펠스키에 따르면, 댄디의 글쓰기는 현실과 완전히 동떨어진 것이 아니라 양식적 혁신을 통해 현실을 비판하는 힘을 가지기도 한다.[109]

이렇게 볼 때 아름다운 것만을 추구하는 유미주의적 태도와 인공적인 것을 찬양하는 댄디즘적인 사고 방식은 완전히 자족적이거나 폐쇄적인 나르시시즘으로만 치부할 수 없을 것이다. 이는 영훈이 가난한 조선의 현실을 들먹이는 것만 보아도 알 수 있다. 그런데 문제는 이러한 영훈의 예술관이 유럽의 댄디즘과 같은 현실 비판적이고 혁신적인 의식을 담보하지는 못하고 있다는 것이다. 분명 영훈의 예술지향적 태도는 현실에 대한 환멸에서 비롯된 것이라는 점에서 단순히 사회와 단절된 자족적인 지향으로만 단정짓기 어려운 현실적 코드가 있기는 하다. 그러

---

108) 댄디란 "완벽한 외모에 어떠한 표피적인 것에도 개의치 않는 존재, 정교한 취미의 실행을 통해 오직 자신의 완성을 위해서만 전력을 다하는 인간"(Ellen Mores, *The Dandy : Brummell to Beerbohm*, Viking, 1960, p.13)이다. 이들은 스타일 그 자체에만 치중함으로써 자신을 미학적 인공물로 생산하는 데 열중한다. 따라서 댄디는 본질보다는 외양을, 기능보다는 장식을 찬미하면서 실용적인 것과 도구적인 것의 전제(專制)에 항의한다. 유럽의 세기말(fin-de-siècle)에 나타났던 댄디즘에 관한 좀더 자세한 논의는 리타 펠스키, 김영찬·심진경 역, 『근대성과 페미니즘』, 거름, 1998, 149~182면을 참조할 것.
109) 리타 펠스키, 김영찬·심진경 역, 앞의 책, 160~161면 참조.

나 문제는 그것이 현실 비판적이기보다는 현실 추수적이라는 점이다. 다시 말해, 조선은 야만적이고 가난하기 때문에 이로부터 벗어나기 위해서는 서구의 문명, 즉 예술을 추구해야 한다는 논리는 곧 가난한 조선의 현실을 묵인하고 그대로 받아들이는 태도와 상통하는 것이다. 따라서 미와 예술에 대한 영훈의 과도한 집착은 달리 말하면 조선의 민족적 현실에 눈감은 채 열등한 것에서 벗어나서 우월한 자리에 안착하고 싶다는 개인적인 욕망의 표현이라고 할 수도 있다.

그러한 욕망은 (그것이 민족적인 것이든 개인적인 것이든) 영훈이 느끼는 결핍감에서 기인하는 것이다. 그렇다면 영훈에게 결핍된 것은 무엇인가? 그것을 살펴보는 것은 중요하다. 왜냐하면 『화분』에 대한 기존 논의들에서 서로 분리된 것으로 보았던 애욕과 예술의 문제의 접점이 바로 이 결핍의 문제를 통해 형성되고 있기 때문이다.

그것을 위해 우선 미란에 대한 영훈의 애정이 어떠한 성격을 지니고 있는지 살펴보자. 이때 미를 성적 욕망의 측면에서 살펴본 프로이트의 견해는 중요한 참조점이 될 수 있을 것이다.

> 분명해 보이는 것은 미가 성적 감각의 영역에서 유래한다는 것뿐이다. 미에 대한 사랑은 목적 달성이 금지된 충동을 완벽하게 보여주는 예처럼 보인다. '미'와 '매력'은 원래 성적 대상의 속성이다. 그러나 성기를 보는 것은 언제나 자극적이지만, 성기 그 자체는 아름답다고 평가될 때가 거의 없다는 사실은 주목할 만하다. 미의 속성을 갖고 있는 것은 성기가 아니라 어떤 부차적인 성적 특징인 것 같다.110)

위의 구절에서 알 수 있듯이, 프로이트는 아름다움의 기원을 성적인 것에서 찾고 있다. 그러나 그가 성기 부위에 후각적으로 이끌리는 본능의 변천 과정을 다루고 있는 매우 긴 각주111)에서 암시하고 있듯이, 프

---

110) 지그문트 프로이트, 김석희 역, 『문명 속의 불만』, 열린책들, 1997, 265~266면.
111) 위의 책, 285~294면. 이 중 주 32와 36을 참조

로이트는 성적 매력을 촉발시키는 부위는 성기 그 자체에서 성기 아닌 것으로 변화되었다고 본다. 즉 이전에는 매력적이던 것(성기)이 이제는 불쾌한 것으로 역사적 "반전"이 이루어진 것이다.112) 여기에서 확인할 수 있는 사실은 바로 '미'가 성적인 것과 매우 긴밀하게 관련을 맺고 있으면서도 문명화된 사회에서는 그것이 비성적(非性的)인 것으로 나타난다는 사실이다. 미에 대한 관심이 사실은 순화된 성적 욕망의 한 표현일 수 있다는 이러한 프로이트의 견해를 『화분』에 적용해 본다면, 양립 불가능한 자질처럼 보였던 미란의 아름다움과 성적 특성은 기실 매우 밀접하게 관련된다는 것을 알 수 있다. 즉 영훈이 쏟아붓는 미 그 자체(혹은 아름다운 미란)에 대한 과도한 애정은 기실 성적 욕망의 또 다른 표현, 혹은 억압된 성적 욕망의 순치된 표현에 다름 아닌 것이다. 왜냐하면 그 자신의 미에 대한 사랑은 "목적 달성이 금지된 충동"에 대한 다른 표현이 될 수 있기 때문이다. 그렇게 본다면, 예술과 미에 대한 영훈의 과도한 집착은 현실에서 거세된 남성적인 욕망을 해소할 수 있는 유일한 방법일 수 있다. "예술은 문화적 요구에 따라 우리가 오래 전에 단념했지만 아직도 마음속 깊은 곳에서는 미련을 버리지 못하고 있는 원망에 대한 대리만족을 제공하고, 따라서 문명을 위해 욕망을 희생한 사람의 불만을 달래기에는 가장 적합하다"113)는 프로이트의 지적처럼, 영훈의 예술지상주의적인 태도는 단순히 예술 내적인 차원에서만 해석하기보다는 영훈 자신의 억눌린 욕망의 또 다른 표현의 한 방법으로 볼 수도 있는 것이다.

따라서 영훈이 미란을 심미화하면서 예술적 차원에서 관조하는 태도는 표면적으로는 감각적 육체로부터의 거리두기인 것처럼 보이지만, 기실 영훈 자신의 억압된 성적 욕망의 승화(sublimation)와 관련된다고 할 수

---

112) 프란세스 팍토, 이미나 역, 앞의 책, 17면.
113) 지그문트 프로이트, 김석희 역, 「환상의 미래」, 『문명속의 불만』, 열린책들, 1997, 184면.

있다. 게다가 앞서 지적한 것처럼, 정신분석학적 의미에서 볼 때 승화는 "겉보기에는 성과 무관한 듯하지만 성적 본능의 에너지에 의해서 발동되는 것으로 가정되는 활동—예술적 창조나 지적 탐구와 같이 사회적으로 가치를 지닌 활동들"[114]을 지칭한다. 즉 영훈은 미란의 육체를 심미적 차원으로 승화시키는 작업과 병행하여 자신의 억압되고 결핍된 욕망을 예술적 차원으로 승화시키는 것이다. 그런 점에서 영훈의 예술창조 행위는 가난하고 더럽고 야만적인 조선에 의해 억압된 영훈의 욕망(혹은 미란에 대한 성적 욕망)이 승화의 과정을 거쳐 표출된 것으로 볼 수 있다. 그런데 소설에서 미란을 매개로 이루어지는 이러한 승화는 '숭고함'으로까지 이어지지 않는데,[115] 이는 영훈의 예술적 승화를 현마가 은연중에 물질적으로 지원하고 있기 때문이다. 즉 영훈의 예술은 미란을 매개로 하여 현마의 돈과 결합되는 양상을 보이는 것이다.

사실 『화분』에 나타나는 모든 일탈적인 남녀 관계의 중심에 있는 인물은 바로 '현마'이다. 현마는 소설에서 향락적 공간으로 상징되는 '푸른집'의 주인이자, 소설 속 주요 등장인물들과 다양한 성 관계를 맺고 있는 인물이다. 우선 그는 본처 외에 후처인 세란과 애정 행각을 벌이고 있으며, 단주라는 미소년과 동성애적 관계를 맺는다. 그러면서도 그는 세란의 여동생 미란을 겁탈하기도 한다. 이처럼 『화분』은 현마를 중심인물로 볼 때 마치 그의 성적 편력에 대한 기록이라고 할 수 있을 정도이다. 현마는 자신의 본능적인 성욕에 충실한 인물로서, 소설에 나타나는 모든 애정 관계의 근원적 동인이 되고 있다. '푸른집'에 기거하는 세란·미란·단주, 옥녀들이 맺는 복잡한 애정 관계가 현마의 지배적 시선에서 벗어나지 못한 채 그에 의해 감시되거나 결국 처벌되는 이유도 바로 그 때문이다. 따라서 소설에서 펼쳐지는 모든 성 관계와 권력

---

114) Jean Laplanche & Jean-Bertrand Pontalis, *The Language of Pshchoanalysis*, London, 1973, p.143.
115) 승화는 미학에서 엄청나게 웅대하거나 감정을 고조시키는 작품을 형용하는 '숭고함 (sublime)'이라는 개념을 연상시킨다. 프란세트 팍토, 이미나 역, 앞의 책, 105면 참조.

관계는 바로 현마를 중심으로 전개된다고 해도 과언이 아니다. 그런데 현마가 이러한 성 관계의 중심에 위치할 수 있는 조건은 바로 그의 경제적 능력이다.

> 여행권을 사고 난 나머지의 노자가 들어 있는 그 지갑도 말하자면 두 사람 공동의 것이라고 할 수 있는 것이 미란은 말할 것도 없이 그 비용의 전부를 세란의 핸드빽 속에서 들쳐낸 것이요, 단주는 현마의 품 속에서 찾아낸 것으로 결국은 한 줄기에서 나온 같은 돈인 까닭이다. 단주는 현마를 의지하고 미란은 세란을 의지하고 그 세란은 다시 현마에게 붙어서 결국 집안의 세 사람이 모두 현마라는 커다란 나무줄기를 토대로 해서 뻗어오르고 자라나는 셈이 아니던가. 그 현마의 넓은 나무 그림자 속에 숨어서 조그만 계획들이 있고 비밀이 있고 음모가 생겨나는 것이 아니던가. (54면)

단주와 미란이 도피를 위해 마련한 자금이 결국은 현마의 품속에서 나온 것이라는 사실의 확인은 바로 현마가 지닌 경제적 위력의 확인에 다름 아니다. 즉 '푸른집' 식구들이 모여서 서로 "조그만 계획들"과 "비밀", "음모"를 꾸밀 수 있는 것도 바로 현마의 경제력이 뒷받침되어야만 비로소 가능한 것이다. 그런데 이러한 현마의 경제력은 바로 그의 성적 능력과 상통한다. 즉 그와 성적으로 관계를 맺고 있는 세란·단주·미란은 모두 그의 경제적 혜택을 받는 존재들인 것이다. 그런데 역설적이게도 예술적 고결함으로 모든 남성의 숭배 대상이 되고 있는 미란이야말로 이러한 경제적 수혜를 가장 크게 입는 존재로 나타난다는 점은 대단히 의미심장하다. 미란이 단 한 번의 키스로 현마로부터 비싼 외제 피아노를 받아내는 다음의 장면은 미란이 단지 고결하고 숭고한 인물만은 아니라는 점을 확인해준다.

> "무얼 망서려 어느 때까지" 현마는 능글게 웃으면서 짜장 자진적으로 나서며 미란의 어깨를 끌어당긴다. 미란은 몸의 힘을 풀고 끌려 들어가면서 모든

것을 맡기는 듯 온순한 태도를 지녔으나 약속대로 이마에 경의를 표한다는 것이 어릿거리는 서슬에 지나치게 되어 현마의 우악스런 힘에는 당하는 재주 없이 기어이 입술을 받아버리게 되었다. 전광석화같이 오는 폭력에는 어쩌는 도리 없이 커다란 품안에서 비둘기같이 움츠리고 약속의 한계를 넘어 순간의 자유를 빼앗기지 않을 수가 없었다. 목이 놓였을 때 미란은 죽지를 비틀린 비둘기같이 이지러진 몸을 털면서 일종의 노기가 솟아 현마의 뺨을 갈기고 싶었으나 기왕의 약속을 생각하고 마음이 풀리기는 했다. (…중략…) 당연한 보수인 듯, 현마가 충충대는 바람에 미란은 마음이 참새같이 뛰었다. 사실 아침의 그 조그만 변괴 때문에 그날의 장사는 미란에게 얼마나 유리했는지 모른다. 성공된 그날의 거래. (95~96면)

피아노를 대가로 뺨에 하는 가벼운 키스를 생각했던 미란은 갑자스러운 현마의 우악스런 힘에 어쩔 수 없이 입술을 빼앗기고 만다. 그러나 오히려 이러한 "조그만 변괴"는 미란에게 "그날의 장사"를 유리하게 이끄는 계기가 된다. 서술자에 의해 제시되는 '보수'·'장사'·'거래' 등의 어휘는 미란이 자신의 육체를 자본주의적인 교환가치로 분명히 인식하고 있다는 사실을 확인하게 한다. 그리고 미란은 자신의 육체를 담보로 피아노로 상징되는 예술에 접근할 수 있게 된다. 즉 미란의 심미적 육체를 담보로 한 자본주의적 경제논리는 예술의 논리로 수렴되는 것이다. 바로 이러한 경제논리와 예술논리의 결합은 바로 미란에게 투사된 현마와 영훈의 욕망이 결합된 결과라고 할 수 있다.

돈이 원래 더러운 것이긴 하나 아예 더러운 것으로 여기지 말구 맘속에 엉겼던 것 다 풀어만 버린다면 그 돈을 쓰기가 그다지 괴롭진 않을 것이요 길바닥에서나 얻어본 듯 아예 맘쓰지 말구 헐하게 없애시오 영훈에게 말하기 거북하거던 저금했든 것을 찾았다구 해두 좋을 것이구 앞으로도 필요할 때에는 언제든지 일러만 주면 더 도와 줄 작정이요 외국에 가서 곯는 것같이 섭섭한 때는 없을 테니간 (280면)

미란을 겁탈한 뒤 죄책감에 시달리던 현마는 영훈과의 구라파 여행 경비를 마련하기 위해 찾아온 미란에게 돌연 후원자를 자처하면서 존칭을 사용하고 있다. 이는 그만큼 현마에게 미란은 우러러보아야 할 고귀한 정신의 소유자로 변모했기 때문이기도 하지만, 예술적 후원을 내세우는 미란에 대한 경비 지원이 겁탈에 대한 대가라는 인상을 지우는 역할을 하기도 한다는 점에 유의해야 한다. 특히 현마가 흘리는 "영훈에게 말하기 거북하거던"이라는 단서는 미란에게 주는 돈의 용도가 어떤 것인지를 짐작하게 한다.

그런데 여기서 주목해야 할 인물은 바로 '영훈'이다. 미란이 자신에 대한 겁탈의 대가로 여행 경비를 마련할 때 그 경제적 수혜를 가장 많이 입는 인물이 바로 영훈이기 때문이다. 자신의 말처럼 예술에 대한 열정만으로 살 수 있을 정도로 고귀한 정신의 소유자인 영훈은 미란의 처녀성 상실을 문제삼지 않는 대가로 오히려 아름다운 미란과 현마의 경제력 둘 다를 소유할 수 있게 된다. 영훈은 미란의 성과 육체에 대한 심미적·관조적 접근을 통해 오히려 미란은 물론이고 구라파 여행 경비까지를 얻게 되는 것이다. 그렇게 볼 때 적어도 소설 『화분』에서 예술은 성적·계급적 위계질서를 초월하는 가치를 지니면서도, 이 둘 모두를 획득할 수 있는 조건으로 작용한다. 영훈은 결국 자신의 성적 욕망을 억압함으로써 모든 것을 얻게 되는 것이다. 여기에서 징후적으로 드러나는 것은 영훈의 예술이라는 것도 결국에는 세속의 가치(여자와 돈)와 긴밀하게 결탁되어 있는 것이며 영훈이 예술을 통해 추구하고자 하는 바가 (비록 무의식적이긴 하지만) 아무런 고민 없이 현실에 안주하는 것과 별반 다르지 않다는 사실이다. 복잡한 애욕의 이야기를 거쳐 도달하게 되는 이러한 결론은 기실 예술의 고귀함에 대한 주장의 이면에 존재하는 작가의 현실순응적 태도를 보여주는 또 하나의 징후라고 할 수 있다.

지금까지 살펴본 것처럼, 표면적으로 미란에게 투사된 현마와 영훈의 욕망은 각각 애욕과 예술을 상징하는 것처럼 보인다. 여기서 현마의 욕망은 경제적 능력을 바탕으로 성취된다는 점에서 돈과 등가의 의미를 가진다. 그래서 미란은 자신의 성을 매개로 하여 현마의 돈과 영훈의 예술 모두를 성취하게 된다. 다시 말해서 미란의 육체를 통해 현마의 돈과 영훈의 예술은 손쉽게 결합되는 것이다. 결국 미란은 그녀의 섹슈얼리티를 매개로 돈과 예술 모두를 성취하고 있다. 이 점에 있어서는 앞서 지적했듯 영훈도 마찬가지이다. 즉 영훈은 미의 상징인 미란을 매개로 하여 억압되고 결핍된 자신의 욕망을 충족시킬 뿐만 아니라 부족한 경제적 자원까지 획득함으로써 미란을 통해 돈과 예술을 한꺼번에 얻게 되는 것이다. 이렇게 볼 때 『화분』에서 공공연하게 강조되는 예술 지상주의가 얼마나 세속성 내지는 상업성과 쉽게 결탁할 수 있는가를 알 수 있다.

이는 소설의 결말에서 제시되는 만태─죽석 부부의 행복론을 통해서도 알 수 있다. 이들의 대화를 통해서 알 수 있는 것은 사건의 중심에 있던 인물들의 이후 행적과, 결국 "자기들의 자극 없고 무미한 생활"이 "색정의 유희"(282면)보다 더욱 진정한 행복에 가깝다는 사실의 확인이다. 그리고 이들의 후일담 속에서 '자극 없고 무미한' 생활을 영위하는 그들과 가장 가까운 인물은 바로 미란으로 제시된다. "제일 똑똑하게 제 처사 제가" 할 뿐만 아니라, "영훈이같이 훌륭한 사람을 만났으니 행복두 받구 음악에두 성공하리다"(286~287면)와 같은 이들의 진술을 통해서 미란과 영훈의 행복은 만태와 죽석 부부의 일상적 행복의 테두리 속에서 충분히 논의 가능한 것으로 규정되고 있다. 그런 점에서 미란과 영훈이 지향하는 예술이란 결국 세속적인 '행복'과 '성공'에서 그리 먼 것이 아니라고 할 수 있다.

제4장 근대적 남성주체는 어떻게 만들어지는가

이 연구의 목적은 1930년대 후반 장편소설을 대상으로 여성의 성 담론을 매개로 이루어지는 근대적 남성주체의 구성 메커니즘과 그 과정에서 타자화되는 여성 섹슈얼리티의 성격을 밝히는 것이었다.

그간 우리 근대문학사에 대한 대부분의 논의에서 전제가 되어 왔던 것은 '근대성=남성성'이라는 성별화된 시각이었다. 본고의 의도는 그러한 전제에 대한 반성을 바탕으로 여성 섹슈얼리티의 문제를 중심에 놓고 남성과 여성, 성적인 것과 비성적(非性的)인 것 사이의 복잡하고도 다층적인 결합 양상들을 통해 드러나는 근대의 숨겨진 영역을 탐색하는 것이었다. 그러한 시각에서 본고에서는 '성(sexuality)'을 다양한 사회·문화적 맥락 속에서 성별·계급·연령·규범·제도 등과 관계맺는 양상을 통해 규정되는 다층적 개념이라 보고, 그처럼 다양한 사회·문화적 층위에서의 담론들이 여성 섹슈얼리티에 대한 담론과 결합하는 양상을 살펴보고자 했다.

이를 위해 본고에서는 채만식의『탁류』, 이태준의『성모』, 유진오의
『수난의 기록』, 이효석의『화분』을 대상으로 하여, 1930년대 후반 식민
지 조선이라는 역사적·사회적 조건 속에서 여성 섹슈얼리티가 억압되
고 타자화되는 방식에 초점을 맞춰 논의를 전개했다. 그리고 그 과정에
서 본고에서는 섹슈얼리티가 그 자체로 존재하기보다는 사회정치적 맥
락과 긴밀한 상관 관계를 맺으면서 그 의미를 끊임없이 재규정하는 유
동적이고 전략적인 기제라는 점, 그것은 또한 근대적 남성주체의 확립
에 있어서 매우 중요한 요소가 되었다는 점, 그리고 성 담론이 남성과
여성의 위계적인 성별 체계에 따라 다르게 전개된다는 점을 논의의 기
본 전제로 삼았다.

　　그에 따라 우선 본고에서는 이들 소설 속에서 여성 육체가 표현되는
방식에 주목하면서, 성적 욕망이 표출되는 지점인 성적 기호로서의 여
성 육체가 어떻게 비성화(非性化) 내지는 탈성화(脫性化)의 과정을 겪게
되는가를 서사 구조를 중심으로 살펴보았다. 그리고 다음으로는 여성의
성적 욕망과 육체가 남성의 욕망 투사 작용을 거치면서 어떤 방식으로
재규정되는가를 살펴보았다. 여기서는 특히 이들 소설에서 손상된 남성
의 주체성 회복이 여성의 육체와 섹슈얼리티에 대한 통제와 제약을 통
해 이루어진다는 점을 밝히고자 하였다. 마지막으로 각각의 작품마다
여성 섹슈얼리티를 타자화하는 방식을 제시하고 이러한 타자화를 통해
위기에 처한 남성이 어떻게 자기 정체성을 재확립하게 되는가에 관해
살펴보았다.

　　네 편의 장편소설에 대한 분석을 근거로 도출된 여성 섹슈얼리티의
타자화 방식을 살펴보면 다음과 같다. 우선 '식민화' 방식이 있다.『탁
류』에서 작가는 남성의 왜곡된 자본획득 방식 및 자본에 대한 도착적
욕망을 여성의 성과 육체에 투사함으로써 여성의 타락을 현실 사회의
타락과 유비적인 관계에 놓는다. 그것을 통해 작가는 기존의 전통적인
삶의 질서가 무너지고 모든 것이 돈의 논리로 환원되는 속악한 식민지

자본주의를 비판하고 있다. 이때 여주인공 초봉의 육체는 타락한 남성들에 의해 짓밟히는 성적 대상인 동시에 일제의 식민지 자본에 의해 점점 타락하고 피폐해지는 당대 현실에 대한 메타포로 나타난다. 이 과정에서 초봉은 주변 인물들에 의해 자신의 성적 주체성의 실현을 배제당한 채 유린되고 왜곡되는 성적 타자로만 구성된다. 초봉을 둘러싼 남성 인물들의 욕망 투사에 의해 동화의 대상이 되기도 하고 배제의 대상이 되기도 하는 초봉의 섹슈얼리티는 고정되지 않는 유동적인 것으로, 필요에 따라 다양하게 해석될 수 있는 모호한 것으로 규정된다. 초봉에게 붙여진 '모듬쇠 어미'라는 명명은 이처럼 남성들에 의해 유린되고 왜곡되는 성적 타자로서의 여성의 운명을 단적으로 드러내고 있다.

『탁류』에서 여성은 식민지 자본주의의 왜곡된 경제질서 속에서 타락한 식민지 남성에 의해 성적·경제적으로 착취당하는 '이중 타자'로 나타난다. 그것은 초봉에 대한 연민과 비판이라는 이중적 서술전략을 채택하는 작가에 의해서도 이루어지고 있다. 다시 말해, 작가는 처음에는 초봉의 성과 육체가 착취되는 현실을 통해 식민지 조선의 제반 문제점을 폭로하고, 나중에는 그러한 식민지 조선의 타락의 책임을 초봉에게 덧씌움으로써 초봉을 이중적으로 타자화하는 것이다. 그 결과 식민지 조선의 속악한 자본주의에 대한 작가의 비판적 의식은 여성의 성과 육체에 대한 이중의 식민화에 의해 탈색되고 만다. 이처럼 여성을 이중으로 타자화하는 전략은 사회·정치적으로 식민화된 남성주체가 자신이 처한 억압적인 현실의 압박으로부터 벗어나 자신의 정체성을 재구성하려고 하는 욕망의 산물이다.

여성 섹슈얼리티를 타자화하는 두 번째 방식은 '모성화'이다. 『성모』에서 여성은 자식(특히 아들)을 위대한 인물로 양육함으로써만 민족의 정당한 일원으로 인정받을 수 있는 것으로 그려진다. 그 과정에서 개인적인 차원에서 발현되는 여성의 성적 욕망은 부정적인 것으로 폄하되며, 서사 구조 또한 여성이 성적인 존재에서 성스러운 존재로 변모되는 과정에 초점이 맞추어진다. 그래서 『성모』의 여주인공 순모에게 성은 처음부터 관리, 제한, 구속되어야 할 것으로 인식되며, 그 때문에 순모의 은밀한 성적 욕망은 결코 텍스트의 표면으로 표출되지 못한다. 순모는 여성의 성적 욕망을 통제하는 이러한 억압과 규율의 시선을 스스로 내면화함으로써 '성모'라는 이상화된 여성상을 자신의 정체성으로 받아들인다. 이 과정에서 여성 스스로 내면화한 모성적 경향은 결국 가부장제적 지배 담론에 통합됨으로써 여성을 통치하는 모성 이데올로기로 재무장된다. 바로 이러한 모성 담론의 순환성이 『성모』에서 순모의 성적 욕망을 차단하고 무화(無化)하는 중요한 기제가 되고 있다.

이처럼 혼전 임신으로 신세를 망친 여성이 민족적 어머니로 거듭난다는 『성모』의 설정을 통해 강조되는 것은, 바로 여성이 민족국가의 구성원이 되기 위해서는 자신의 섹슈얼리티를 국가에 반납하고 사회적으로 여성에게 부여된 어머니로서의 역할을 기꺼이 받아들이는 탈성화(脫性化) 과정을 거쳐야만 한다는 것이다. 따라서 민족 담론이나 제국주의 식민 담론에서 여성은 젠더로서의 정체성(gendered identity)을 지니지 못한 채 위기에 처한 국가와 민족의 도덕성과 순수성을 수호하는 상징이 된다. 이러한 여성 섹슈얼리티의 모성화 방식을 통해, 남성주체는 민족적 위기의 극복을 여성에게 떠맡긴 채 새로운 미래지향적 주체(아들)로 거듭나는 기회를 획득하게 된다.

세 번째 방식은 '이분화'이다. 『수난의 기록』에서 여성은 억압된 남성의 욕망이 체현되는 상상적 대상으로서, 억압과 융합의 환상 속에서 남성주체에 의해 재창조된다. 이때 여성 육체는 대체로 순결한 육체와 관능적인 육체로 나누어지고 소설의 구조 또한 대조적인 두 명의 여성을 중심으로 병치되는 형식을 띤다. 소설 속에서 '여류작가'와 '댄서'라는 상반된 두 명의 여성 인물은 각각 과도기 지식인인 남자 주인공 세민의 분열된 내면의식을 암시하는 분신으로 나타난다. 여류작가 애라가 지식인 남성에게 전향에 대한 부담감과 죄의식을 환기시키는 존재인 반면,

술집 댄서 지요꼬는 남성의 성적 환상을 일시적으로 충족시켜 주면서 이러한 죄의식을 상징적으로 정화시켜 주는 존재로 그려진다. 이처럼 『수난의 기록』에서 여성 존재는 지식인 내면의 갈등과 속죄의식(儀式)을 투사함으로써 새로운 남성주체의 확립을 가능하게 하는 매개 역할을 한다. 세민은 바로 이러한 상반된 여성 인물에 대한 이상화와 투사 과정을 거친 다음에야 비로소 심리적 자기 동일성을 회복하게 된다.

이처럼 『수난의 기록』에서 남자 주인공은 여성에 대한 심리적 투사를 통해 약화된 남성적 주체의 위상을 재정립하고 있다. 이러한 과정에서 이루어지는 이분화된 상상적 여성 이미지('성녀/악녀')는 남성 인물의 죄의식과 불안의식을 그때마다 나타내는 하나의 '징후'이자 결핍으로 재현된다. 그 결과 여성 인물들은 남성 인물의 심리적 투사의 반영물로서, 나아가 과도기 지식인의 전향에 대한 변명과 새로운 정체성 확립을 위해 마련된 타자들로서만 존재하게 된다.

마지막으로 '심미화'를 들 수 있다. 『화분』에서 여성의 육체는 남성들의 관음증적이고 페티시즘적인 시각적 쾌락과 지배의 욕망을 충족시키는 대상으로 나타난다. 그로 인해 소설의 여주인공 미란은 자기만의 진정한 육체를 가지지 못하고, 그녀의 육체는 다만 그녀를 바라보는 남성 인물들의 사회적이고 환상적인 구성물에 불과한 것이 된다. 게다가 소설에서는 여성의 은밀한 성적 욕망이 예술적인 것에 대한 열정으로 승화시키는 과정은 곧바로 여성 인물의 성적 주체로서의 자발성이 퇴색하는 과정과 맞물리며 나타난다. 결국 『화분』의 여주인공 미란이 예술을 통해 구원되는 과정은 달리 말하면 여성이 자신의 자발적인 섹슈얼리티를 스스로 억압하고 조정하는 과정이다. 그리고 이때 여성의 아름다움은 여성을 남성적 욕망의 수동적인 대상으로만 머물게 하는 기제가 되고 있다.

『화분』에서 남성 인물인 영훈이 쏟아 붓는 미 그 자체에 대한 과도한 애정은 기실 억압된 성적 욕망의 순치된 표현이다. 그런 맥락에서 볼 때, 여성의 무성적인(sexless) 아름다움에 대한 관조와 찬미 역시 현실에서 억압된 남성적 욕망의 승화(sublimation)와 관련된다. 즉 남성주체는 여성의 육체를 심미화하면서 자신의 억압되고 결핍된 욕망을 예술적 차원으로 승화시킨다. 그런데 『화분』에서 중요하게 보아야 할 것은 역설적이게도 아름다움과 예술적 고결함이 결국에는 경제적 안위를 얻을 수 있는 수단이 되고 있다는 점이다. 이렇듯 여성의 섹슈얼리티를 탈성화시킨 후 심미화하는 전략을 통해 획득된 예술가적 남성주체의 정체성은 식민지 조선의 현실을 외면하고 아무런 고민 없이 세속적인 가치에 안주하는 현실 순응주의자의 그것을 한 치도 벗어나지 못하는 것이다.

이렇게 본고에서 살펴본 네 가지 방식을 통해 타자화되는 것이 물론 여성 섹슈얼리티의 유일한 존재 방식이라고 할 수는 없다. 그러나 이러한 여성 섹슈얼리티의 타자화는 본고가 분석의 대상으로 삼은 1930년대 후반의 장편소설뿐만이 아니라 우리 시대의 텍스트들에서도 빈번하게 나타나고 있다는 점에서 더욱 문제적이다. 아직까지도 여성의 섹슈얼리티는 위기에 처한 남성주체가 현실의 문제들을 해결하는 방식으로, 그리고 무력해진 남성주체의 위상을 공고히 하는 수단으로 빈번히 도구화되고 있는 것이다. 따라서 1930년대 후반의 텍스트 속에서 드러나는 여성 섹슈얼리티의 운명을 밝힌 본고의 논의는, 근대적 남성주체의 주체성 확립이라는 사건의 숨겨진 이면을 들여다볼 수 있는 하나의 통로가 될 수 있을 것이다. 아울러 이러한 여성 섹슈얼리티에 관한 논의는 지금까지 사회역사적 차원에서 혹은 미학적 차원에서만 접근했던 한국문학의 근대성을 좀더 다층적으로 살펴볼 수 있는 가능성을 열어줄 수 있을 것이다.

2부

1930년대 문학 장과 젠더 역학 구조

제 1 장

문단의 '여류'와 '여류문단'

식민지시대 여성작가의 형성 과정

1. 문단과 여류문단

문학을 일종의 제도라고 한다면, 그것이 가장 명시적으로 드러난 형태는 '문단'이라고 할 수 있을 것이다. 문단이란 일차적으로는 직업적 문인들의 사회적 조직을 가리키지만, 다른 한편으로는 비문학적인 것으로부터 '문학적인 것'을 구분하고 일정한 문학적 가치를 설정하여 작품을 통해 그것을 퍼뜨리는 '제도화된' 집단의 일종이다. 이때 '제도화'는 부르디외가 '아비투스'라고 말하는, 예술그룹 성원들의 사회적 출신, 학력, 성향 등을 동질적인 것으로 구조화함으로써 이루어진다. '동질적인 것으로 구조화'한다는 것은 달리 말하면 비동질적인 것을 배제한다는 것인데, '문단'이라는 문학의 장 안에서 이는 '문학적인 것'과 '비문학적인 것'의 '경계선 설정'으로 나타난다.[1]

'문단'은 그처럼 문학적 가치를 정당화하기 위해 비문학적인 것과의 차이를 만들어내고 그러한 문학적 가치의 생산자에게 권위를 부여한 뒤 그들의 생산물인 문학작품을 신성시하는 일련의 과정을 통해 형성된다. 이때 중요한 것은 위대한 작품이나 작가 그 자체가 아니라, 위대한 작품이나 작가를 만들어내는 '신념의 세계로서의 생산의 장'이다. 그런 점에서 작품의 직접적인 생산자인 작가들의 집단인 문단은 다른 한편 작품을 가치 있는 것으로 만드는 사회적 통념과 제도에 의해 이루어지는 것으로 볼 수 있다. 이 글에서는 이러한 관점에서 '문단'을 단순히 문인들의 조직이 아니라 문인과 비문인, 문학과 비문학을 가르는 기준점들과 특정 문학작품을 하나의 가치로 인정하고 그 재생산에 기여하는 일련의 사회적, 제도적, 의식적(儀式的) 장으로 규정하고, 이에 근거하여 식민지시대 '문단'의 형성 과정을 살펴본 뒤, 문단 형성의 논리가 '여류문단'이라는 존재를 어떻게 배제하면서 동시에 만들어냈는가에 주목하고자 한다.

그것을 통해 밝히고자 하는 것은 식민지시대 여성작가의 형성 과정과 그 특성이다. 이 글에서는 우선 식민지시대의 논의 속에서 '여류문인'의 내포와 외연을 통해 '여류문인'을 결정하는 조건은 무엇이었으며 그것은 어떻게 마련되었는가를 살펴볼 것이다. 그리고 이들 여성작가들의 '여류문학'을 평가하는 당대 남성평론가들의 문학 외적, 내적 논리를 바탕으로 '여류문학'을 평가하는 당대의 시각이 어떠했는가를 밝히고자 한다. 1930년대부터 형성되기 시작한 '여류문단'은 여성작가의 선택과 배제가 동시에 작동되면서 형성되는 문단의 논리가 집약적으로 드러나는 문학적 장이다. 이 글에서는 이러한 문학적 장으로서의 '여류문단'에 관한 논의를 통해 식민지시대 '여류문인'의 정체성 형성 과정을 살필 것이다.

---

1) 현택수, 「문학예술의 사회적 생산」, 『문화와 권력─부르디외 사회학의 이해』, 나남, 1998, 22면.

2. 여류문인의 범주 설정 문제

식민지시대 여성작가의 범주를 설정하는 문제는 언뜻 단순해 보이지만 사실은 그리 쉽지 않다. 왜냐하면 그 당시 '여류문사'라는 호칭은 문학작품 창작을 직업으로 삼는 전문적인 여성작가군에만 한정되지 않은 매우 폭넓은 개념으로 사용되었기 때문이다. 특히 동경 유학생 출신이거나 이화여전 출신의 여성들은 특별한 문학적 경력 없이도 여류문사로 명명된 경우가 많았다. 사정이 이러했기 때문에 신문이나 잡지의 기자 출신 여성은 거의 대부분 여류문사로 분류되었고 이들의 짧은 잡문이나 기사문조차 여류문사의 작품으로 추켜세워졌다. 심지어 문사의 아내이기 때문에 원하건 원치 않건 여류문사가 되기도 했다. 예컨대 이광수의 아내 허영숙은 의학 전공자에다가 단 한편의 문학작품을 쓴 일이 없는데도 불구하고 자신이 여류문사로 분류되는 것에 대해 반박하기도 했다.[2] 그래서인지 이미 그 당시부터 여류작가의 존재 유무에 대한 논의들이 다양한 방식으로 이루어졌다.[3]

그러한 논쟁은 주로 1932년 즈음부터 시작되는데, 여성작가의 존재를 부정하는 논의는 우선 조선 문사들의 문학적 창작 수준에 대한 비판의 연장선상에서, 혹은 여성에 대한 저널리즘적 횡포에 대한 비판 과정에서 이루어진다. 민병휘는 '여류문사'의 존재를 인정하자는 안함광의 주장에 대해, 계급문학적 시각에서 볼 때 이미 문사는 문(文)이 사(死)한 소부르주아적 집단이기 때문에 '여류문사' 운운하는 것은 불필요하다고 주장한다. 이런 관점에서 그는 안함광이 같은 '여류문사'로 묶어서 다루고 있는 강경애와 모윤숙을 '여류문사'라는 레테르 안에서 함께 다룰 수 없다고

---

2) 허영숙, 「나는 영원히 여류문사가 아니다」, 1932.12, 108~110면.
3) 여성작가의 존재 유무에 관한 논쟁들에 관해서는 송지현의 「1930년대 여성문학론 고찰」(『한국어문학』 30호, 1992)에 정리되어 있다.

주장한다.4) 이와는 다른 맥락에서, 이혜정은 아직 습작기에 있는 여성작가를 하나의 군으로 묶어서 여류 운운해 놓고 이들의 작품에 대해 비판하는 것은 어불성설이라고 주장한다.5) 그는 이어 "아직 '습작시대'에 있는 그분들을 '여류작가'라고 올녀안쳐노코 욕을 먹게하는 허물은 누구에게 있는걸까?"라고 질문하면서 가장 중요한 이유로 "저너리즘에 급급한 잡지 편집자"를 지목한다. 그리고 그는 여류작가에 대한 정당하고 객관적인 평가기준은 부재한 상태에서, 과장되게 추켜올리는 심리 또한 변태적인 것이라고 주장한다.

그러나 여성작가의 존재에 대해 회의적인 이러한 논의조차도 1930년대 초반부터 뚜렷하게 집단화되기 시작한 '여성작가군'을 완전히 부정하거나 배제할 수는 없었다. 여성작가의 창작 수준이나 여성작가를 다루는 저널리즘의 태도에 비판적이면서도 여성작가의 존재를 인정하는 논의들이 훨씬 더 많았다는 점은, 이미 여성작가의 존재가 문단 내에서 서서히 자리를 잡아가기 시작했음을 시사한다. 이무영·최정희·안함광6) 등은 여성작가에 대한 저널리즘의 횡포와 "여류문단의 존재와 여류작가의 존재까지도 부정하는 태도"(이무영)에 대해 비판하면서 비록 여성작가의 존재 유무에 대한 논쟁이 저널리즘에 의해 촉발되었지만 현실적으로 여성작가의 존재를 부정하기는 어렵다는 점을 인정한다. 특히 안함광은 여류문사에 대한 기존의 부정적인 견해들을 나열한 뒤, 그렇지만 이들 여성작가의 장래성을 보고 싶기 때문에 여류문사라는 호칭을 허락하고 싶다고 진술한다. 나아가 그는 만약 이들에게 문사라는 호칭을 줄 수 없다면 "자타가 공인하는 남성문사 — 편의상 이러케 표현한다 — 중에는 이러한 조건에 합격될 자가 몇 명이나 될 것인가?"라고 주장한다.

---

4) 민병휘, 「여류문사에 대하야-동지 안함광군에게 보내는 일편 서신」, 『비판』, 1933.3.
5) 이혜정, 「억울한 여류작가」, 『신여성』, 1932.8.
6) 이무영, 「여류작가개평」, 『신가정』, 1934.2; 최정희, 「1933년도 여류문단총평」, 『신가정』, 1933.12; 안함광, 「문예시평-두 가지 문제를 가지고」, 『비판』, 1933.1.

그런데 안함광의 주장에서 특징적인 것은 '여류작가'의 존재에 대한 긍정적인 태도를 그들에 대한 비판에 근거하여 제시한다는 것이다. '여류작가'에 대한 이러한 진술 방식은 다분히 여성작가를 스캔들화하는 방식과 흡사하다. 즉 여성작가의 작품에 대해 "기록적 역할은 어느 정도까지 수행하여쓸는지 모르나 결코 문학적 창작으로의 문학적 기능은 다하지 못한 것이며 멧개의 그들의 작품도 아직 문제 이하의 것들이라는" 식의 부정적 평가들을 장황하게 나열하고 나서 그럼에도 불구하고 자신은 여성작가의 존재를 인정하겠다는 식의 논리는 스스로를 시혜자의 입장에 위치지으면서도 여성작가에 대한 폄하를 유도하는 기만적 태도다. 그 점에서 이는 여성작가의 존재를 어쩔 수 없이 긍정하더라도 그들을 문단이라는 정통성의 울타리 안으로는 끌어들이지 않겠다는 태도로 해석될 수 있다. 그러면서 논의는 자연스럽게 "누가 여성작가인가"라는 문제로 이어지게 된다. 우선 안함광은 "누구를 여성작가로 인정할 것인가"라는 여성작가 범주의 문제를 통해 여성작가를 판단하는 몇 가지 기준을 제시한다.

> 그 의를 대언하자면 문학이 단순한 기록이나 논평이 아닌 한에 잇서서 그들이 칩거한 신문이나 잡지 등의 기관을 이용하야 보고식 멧개의 글줄과 미흡한 피상적 논증으로 된 사이비한 사회평론을 썼다한댓자 그것은 한 개의 미숙한 저널리스트로서의 존재는 허인하게 되는지 모르나 문사라는 사회적 대우의 칭호는 허여할 수 업슴에도 불구하고 그들을 취겨올니고 그들을 부당한 정도에까지 선전하는 저날리즘이야말로, 여류문사라는 포장으로 商機의 한 개 무기를 삼으려는 행동이 아니냐 하는 것이다. (…중략…) 金元周 이이는 문단에 이름을 내논 역사는 그 중 낡으면서도 근래에는 전연 침묵을 직히고 이스니 그의 근래생활을 알바 업스나 최정희, 송계월씨 등은 삼천리사, 개벽사 등의 기자생활을 하면서 질, 양 공히 미미한 멧개의 작품 외 수필 등을 보혀주엇고 현재 매일신보사의 기자로 잇다는 金源珠씨는 극히 희소한 멧개의 잡문 이외에는 아모런 작품도 보혀주지 안엇다는 것을 다시금 생각하게 된다.[7)]

이에 따르면 '여류작가'를 판단하는 기준은 다양하다. 저널리즘이 상업적 이유에서 더 이상 글을 쓰지 않아도(金元周), '희소한 멧개의 잡문'을 써도(金源珠), 아니면 "기자생활을 하면서 질, 양 공히 미미한 멧개의 작품 외 수필"을 써도 '여류작가'라고 칭하지만, 안함광 자신은 수필이나 잡문만 쓰거나 작품을 쓰더라도 수준미달인 경우에는 '여류작가'에 포함시키지 않는다고 한다. 식민지시대 여성작가에 대한 이러한 시비론(是非論)은 사실 아직까지도 이어진다고 볼 수 있는데, 이는 여성작가의 범주를 규정하는 문제와 관련된다.

도대체 여성작가 여부를 판단하는 기준은 무엇인가. 식민지시대에는 누가 '여류작가'(혹은 '여류문인')가 될 수 있었는가. 이러한 여류작가의 '경계선 설정' 혹은 '정의 내리기'란 언뜻 문학적 가치판단의 객관적 기준을 설정하는 문제인 것처럼 보인다. 그러나 예컨대 그러한 판단의 기준을 마련하는 주체가 누구인가를 고려한다면, 그 기준은 객관성이 의심되는 자의적이고 유동적인 것일 수밖에 없다. 그렇게 보면 식민지시대 여성작가의 목록을 작성하거나 범주를 설정하는 작업은 그 자체로 불가능하거나 불필요한 것이다. 따라서 우리의 관심의 초점은 여성작가의 목록을 작성하는 것에서 '여류작가'를 선택하거나 배제하는 기준은 과연 무엇인가에 대한 것으로 옮겨져야 할 것이다. 그러나 '여류작가'의 선택과 배제의 기준을 살펴보기 위해서는, 아이러니하게도 우선 식민지시대 '여류작가'로 명명된 여성작가의 목록을 작성해보아야 한다.[8] 등단년도, 등단작을 중심으로 하되 필요한 경우 부차적인 내용(예컨대 출신학교나 직업)을 덧붙이기로 한다.

1. 김명순: 1917년 『청춘』지에 단편 「의심의 소녀」가 현상문예 공모에 2등으

---

7) 이무영, 위의 글, 123~124면.
8) 목록 작성은 일차적으로 당시 신문과 잡지를 근거로 하되, 여성작가 연구자들이 작성한 연표와 권영민의 『한국근대문인사전』을 참조했음을 밝혀둔다.

로 당선되어 문단에 데뷔함. 이 작품은 이광수가 요한과의 요담록에서 일본작품의 표절이라 하여 오명을 남겼으나 춘원 자신도 이 작품이 누구의 표절인지 분명하게 밝히지 못하였다. 김명순은 『창조』의 동인으로 활동하기도 함.

2. 김일엽 : 1920년 여성 잡지인 『신여자』를 창간하여, 이 잡지에 소설 「계시」, 「어머니의 무덤」, 「어느 소녀의 사」 등의 단편을 발표하면서 작품활동을 시작함. 자신이 창간한 잡지에 소설을 발표하면서 작품활동을 시작함. 이후 1933년 수덕사에 입산하여 수도할 때까지 다양한 활동을 하였다.

3. 나혜석 : 1918년 '도쿄여자유학생친목회'가 낸 『여자계』에 단편 「경희」를 발표하면서 문단에 데뷔함. 그 외에 시, 희곡 몇편을 발표하였으나 여류작가로 분류되기보다는 여류화가로 평가되고 있다.

4. 김말봉 : 1932년 『중앙일보』 신춘문예에 단편 「망명녀」가 당선되어 문단에 데뷔함(『중외일보』 기자 출신).

5. 박화성 : 1925년 단편 「추석 전야」를 이광수 추천으로 『조선문단』에 발표하면서 등단함.

6. 강경애 : 1931년 『조선일보』에 단편 「파금」을 독자투고하면서 문단에 데뷔함. 그러나 그 전에 1924년 5월 『금성』지에 양주동 추천으로 「책 한 권」이라는 시를 발표하기도 하고(강가마라는 필명 사용), 1925년 11월 『조선문단』에 「가을」이란 시를 발표하기도 한다. 강경애는 이처럼 독자투고의 형식으로 문단에 데뷔함.

7. 백신애 : 1929년 『조선일보』 신춘문예에 단편 「나의 어머니」가 당선되면서 문단에 데뷔함(박계화란 필명으로 투고함).

8. 모윤숙 : 1931년 『시원』 동인으로 참여하면서 시작 활동 시작. 『동광』에 「피로 새긴 당신의 얼굴을」이라는 시를 발표하면서 본격적으로 활동함(이전 영문과 졸업).

9. 이선희 : 1934년 『중앙』에 단편 「불야여인」을 발표하면서 문단에 데뷔(34년 당시 『개벽』 기자 역임). 이전 문과 3년 수료.

10. 지하련 : 1940년 『문장』 12월호에 백철 추천으로 단편 「결별」을 발표하면서 문단 데뷔.

11. 노천명 : 1931년 이화여전 교지 『이화』에 수필, 시, 단편소설을 발표하고,

『신동아』에 「밤의 찬미」 등을 발표하기도 함. 그러나 정식 문단 데뷔는 1935년 『시원』 창간호에 시 「내 청춘의 배는」을 발표하면서 이루어짐 (『조선중앙일보』 기자, 『여성』지 편집위원 역임). 이전 출신.

12. 최정희 : 1931년 『삼천리』에 단편 「정당한 스파이」를 발표하면서 문단활동을 시작함(『삼천리』·『조선일보』 기자 역임).

13. 임옥인 : 1939년 『문장』에 단편 「봉선화」를 발표하면서 문단에 데뷔함.

14. 장덕조 : 1933년 『제일선』에 단편 「저회(低徊)」를 발표하면서 문단 데뷔 (1932년부터 『개벽』 기자 역임). 이전 문과 중퇴.

그 외 등단년도와 등단작을 확인할 수 없지만 '여류작가'로 호명된, 그 당시에도 군소작가로 분류되던 여성작가들의 목록은 다음과 같다.

15. 주수원 : 이전 출신. 1937년 4월 『조선일보』 출판부에서 간행된 『현대여류문학선집』에 수필이 게재됨.

16. 장영숙 : 상동.

17. 김자혜 : 상동. 1932년 『신가정』에 박화성, 최정희, 강경애, 송계월과 함께 연작소설 「젊은 어머니」 집필에 참여함.

18. 백국희 : 1915년 서울 출생. 이전 출신. 『이화』에 노천명 풍의 시를 선보임.

19. 金源珠 : 『개벽』, 『매일신보』 기자 역임. 몇 편의 수필 발표. 월북. 김정일의 아들 김정남의 외할머니로 더 많이 알려짐.[9]

20. 장정심 : 1933년 『주의 승리』, 1934년 『금선』이라는 제목의 시집 발간. 종교 시인.[10]

21. 김오남 : 『조선일보』 기자 역임. 시조시인.

22. 송계월 : 『개벽』 기자 역임. 『삼천리』에 「가두연락의 첫날」이라는 제목의 소설을 발표함. 23세에 요절.[11]

---

9) 이상경, 「신여성의 자화상」, 『신여성』(문옥표 외), 청년사, 2003, 228면 참조.
10) 장정심의 『주의 승리』에 대해서는 박용철, 「여류시단총평」(『신가정』, 1934)에서 잠깐 언급된다. 그에 따르면, 장정심의 시는 "독특한 착상, 독특한 표현, 미묘한 수사를 만나보기 어렵다"고 평가된다.
11) 송계월은 여성작가로서보다는 미모의 인텔리 여성이라는 이유로 세간의 호기심의 대상이 된다. 송계월에 대한 이러한 저널리즘적 관심은 이무영의 「여류작가개평」(『신

그러나 이 목록에 포함되지 않는 더 많은 '여류작가'들의 명단이 작성될 수 있을 것이다. 예를 들면 『조선문단』 1935년 1월호에 실린 「조선문단집필문사주소록」에는 최정희·박화성·장덕조·강경애·김일엽·노천명·장정심·이혜숙의 이름이 올라와 있는데, 이 중 이혜숙은 월평이나 개평, 여류문사 소식난 등에서도 그 이름을 확인할 수 없다. 이처럼 작품활동을 하지 않으면서도 '여류문사군'에 묶여서 이름만 언급되는 경우도 많은데, 그런 점에서 당시에 여류문사는 매우 확장된 개념으로 사용되었던 것 같다. 그러나 이들의 경우 간혹 '여류작가총평'과 같은 난에 그 이름이 언급되기는 하지만 구체적인 작품평은 거의 없다. 게다가 1930년대 후반으로 갈수록 이름뿐인 '여류작가'들에 관한 언급은 점점 줄어들다가 오늘날 문학사에서 언급되는 여성작가들(1~14)로만 한정되는 경향을 보인다. 따라서 위의 여성작가들은 비록 '여류문인'으로 불리기는 했지만 실질적으로는 그러한 이름에 값하는 대우는 받지 못한 것으로 볼 수 있다.

이처럼 그 당시에는 "작품 없는 벙어리 작가"[12]이면서도 '여류문사'로 언급되는 것이 가능했던 만큼, 창작활동 여부가 '여류작가' 혹은 '여류문사'를 판단하는 절대적인 기준은 아니었던 것으로 본다. 이는 앞서 본 것처럼 창작 경험이 전혀 없는 허영숙조차 '여류문사'로 다루어졌던 사례에서도 확인할 수 있다. 그렇다면 작품 없는 여성들조차 '여류작가'가 될 수 있었던 그 기준은 무엇인가. "여류문사를 기자층이나 문사와의 유기적 관계에서만 구할 것이 아니라 그 문호를 넓히 개방할 필요가 있다"[13]는 안함광의 지적을 통해서 추측할 수 있는 것은, '여류작가'라

여성』, 1934)에서도 잘 드러난다. 이 글에서 이무영은 송계월이 「가두연락의 첫날」이 외에는 뚜렷한 작품이 없지만, 그에 대한 세간의 관심이 너무나 커서 어쩔 수 없이 그의 작품을 평한다고 말하고 있다.

12) 홍구, 「1933년의 여류작가의 군상」, 『삼천리』, 1933.2. 이는 작품을 쓰지 않으면서도 지속적으로 세간의 관심의 대상이 되어 온 김일엽에 대한 조롱 섞인 말이지만, 그 당시 '여류작가'란 호칭은 작품활동 없이도 가능했음을 짐작할 수 있다.

는 명칭이 대부분 남성작가와의 직·간접적인 관계를 통해 형성된다는
것이다. 이는 위에서 살펴본 여류작가들이 대개 남성작가의 추천을 받
아 등단하거나 적어도 남성문인들과의 교류가 가능한 기자 출신이라는
사실에서도 확인할 수 있다. 특히 식민지시대 잡지와 신문의 기자직이
소위 '여류문인'의 등장에 매우 결정적인 역할을 했다는 것은 이미 잘
알려진 바다.[14]

> 무릇 저널리스트와 문예가와는 사촌격은 된다. (…중략…) 그러나 나는 여류
> 문사의 한계에 대한 저널리즘의 편파한 태도를 배격한다. 그들은 여류문사의
> 한계를 오즉 저널리즘과 유기적 관계를 맺고 잇거나 또는 문인들과 情實關係
> 를 가진 자에게만 국한하는 듯한 늦김이 잇슬뿐더러 언젠가 「삼천리」문사 좌
> 담회에서도 논의 대상이 된 것은 전 기자씨와 멧멧 분이었다고 기억된다.[15]

"저널리즘과 유기적 관계를 맺고 잇거나 또는 문인들과 정실관계를
가진 자에게만" '여류작가'라는 호칭을 부여했다는 이러한 진술은 결국
식민지시대에 '여류작가'가 되는 것은 남성작가와의 '유기적' '정실 관
계'를 통해서만 가능했으며 기자라는 직업은 그러한 남성작가와의 자연
스러운 '관계'를 이끄는 첩경이었다는 사실을 지적하고 있는 것이다. 이
는 기자활동을 했던 김오남과 송계월의 사례를 통해서 확인할 수 있다.
이 둘은 작품의 창작 여부를 떠나 자주 언급되었는데, 김오남의 경우
기자직을 사임한 뒤 진명여고 교사로 부임한 이후에는 잘 다루어지지

---

13) 안함광, 앞의 글, 125면.
14) 이는 노천명에게 공개장을 쓴 이석훈의 다음과 같은 지적에서도 확인할 수 있다.
"씨가 어느새 오늘과 같은 지위를 문단에 차지하게 되었는가 생각하면 씨의 문단출세
의 빠름에 놀라지 않을 수 없다. 이것은 전혀 씨의 재질의 당연한 결과임에 틀림없겠
지만 남달리 유리한 첩경을 밟었다는 사실도 빗볼 수는 없는 것이다. 씨는 교문을 나
서자마자 사회입문겸 문단입문으로 『중앙일보』의 여기자가 되었다. 여기자가 되는 것
은 이미 문단에 올라서는 것을 의미함은 조선문단의 통례요 동시에 상식이다." 이석
훈, 「노천명씨의 재기」, 『조광』, 1939.3.
15) 안함광, 앞의 글, 123~124면.

않고 있다. 송계월 또한 「가두연락의 첫날」외에 두세편 정도의 습작을 발표했음에도 불구하고 '미모의 여기자'라는 사실 때문에 남성평론가들의 끊임없는 관심의 대상이 되었다. 그의 요절 직후 『신가정』과 『신여성』(1933.7)에서 기획된 '고 송계월 특집'에서조차 그의 외모와 기질, 그를 둘러싼 소문만 다루고 있을 뿐 그의 작품에 대한 언급은 단 한 줄도 없다는 사실은 '여류작가'라는 그의 타이틀이 실체 없는 허구였음을 반증한다. 그렇게 볼 때 '여류작가'라는 카테고리는 남성작가에 기대어서만 형성될 수 있는 매우 자의적이고 허구적인 것이었다고 할 수 있다.

기자 출신이라는 것 외에 또 다른 특징을 살펴보면, 이들이 대부분 이화여전 문과 출신이라는 점이다. 이는 '여류문단'의 핵심 멤버 이외에 다른 군소 여성작가들(주수원 · 김자혜 · 백국희 · 장영숙)을 볼 때 더욱 뚜렷하게 드러나는 특징이다. 대표적인 이전 출신 작가인 모윤숙 · 노천명 외에도 장덕조, 이선희 또한 이전 출신인데, 이들 네 작가가 1930년대 중반 이후 여성작가좌담회의 중심 멤버이자 '여류문단'의 핵심 인물이었다는 점에서 이화여전 출신이라는 타이틀은 여성작가의 문단 등단에 결정적인 역할을 했을 것으로 보인다. 이는 그 당시 이화여전 출신 여성에 대한 끊임없는 사회적 관심과도 관련된다. 그 당시에 이화여전 출신 여성이 어떤 유형의 남성을 좋아하며, 누구와 결혼했고, 지금은 어떻게 사는가에 관한 관심이 끊이지 않았는데, 이러한 테마는 1930년대 중반 이후 『삼천리』를 비롯한 잡지들이 즐겨 다루었던 것이기도 하다. 따라서 이전 출신이라는 사실만으로도 사회적 관심의 대상이 되기에 충분했으며, 여성작가의 경우 그러한 출신 성분은 문단 데뷔에도 유리하게 작용했으리라 짐작할 수 있다.

지금까지 살펴본 것처럼 식민지시대에 '여류작가'라는 범주는 매우 모호한 것으로서, 창작활동에 의해 규정되기보다는 세간의 호기심을 얼마만큼 충족시켜 주는가에 의해 결정되는 것이었다. '여류작가' 여부를 판단하는 결정적인 두 가지 기준인 여기자라는 직업과 이전이라는 출신학교 모두 인텔리 여성에 대한 세상의 호기심을 충족시켜 주는 조건이다. '여류작가'를 규정하는 이러한 두 가지 기준은 문학이라는 제도가 단순히 문학 내적인 성격에 의해서만 결정되는 것이 아니라 문학 외적인 다양한 조건들에 의해서도 형성 가능하다는 사실을 다시 한 번 환기시켜 준다. 특히 '여류문인'의 경우 이러한 문학 외적인 조건은 훨씬 더 지배적인 결정 요소였다는 점을 알 수 있다. 이러한 문학 외적 기준의 설정은 '작품 없는 벙어리 작가'로 규정되었던 1920년대의 김명순·김일엽·나혜석에만 적용되는 문제는 아니었다. 이러한 기준의 적용은 작품만으로 평가받게 되었다고 간주되는 1930년대 제2세대 여성작가들의 경우에도 마찬가지였다. 1930년대 후반 '여류문단'을 형성하면서 문단 내 여성작가의 지위를 확고하게 다졌던 최정희, 노천명, 이선희, 장덕조, 모윤숙이 기자 출신이거나 이전 출신이라는 사실은 이를 입증한다. 그런 점에서 당시 여성작가들에게 "'여류작가'라는 이 네 글자"는 "과장된 포장"16)이거나 "묵어운 멍에"17)일 수밖에 없었다.

3. 차이와 배제의 논리, 여류문학을 평가하는 기준

이 장에서는 '여류문학'에 관한 월평 및 총평, '여류문인' 인상기 등 '여류문학'과 관련된 자료를 중심으로 그 당시 '여류문학'의 평가 기준을 살펴볼 것이다. '여류문학'의 주체가 '여류작가'라는 점에서, '여류문학'의 평가 기준은 앞 장에서 다룬 '여류작가'의 범주 설정의 기준과 관련된다. 따라서 '여류작가' 여부가 작품 창작활동보다는 직업이나 출신

---

16) 위의 글, 123면.
17) 박화성, 「여류작가가 되기까지의 고심담」, 『신여성』, 1935.12.

학교에 의해 결정되는 것과 마찬가지로, '여류문학' 또한 이러한 문학 외적인 요소들에 의해 평가되고 재단될 가능성은 이미 전제된 것으로 볼 수 있다. 이러한 평가 태도는 물론 김명순·김일엽·나혜석처럼 문학 외적인 사실들, 특히 연애·결혼·이혼으로 인해 끊임없이 스캔들의 대상이 되었던 1920년대 여성작가들에게 더 두드러지게 나타난다. 예컨대 1939년 1월 『삼천리』에 실린 좌담인 「장안 '재자가인' 영화와 흥망기」에서는 역대 장안의 인기여성을 순서대로 나열하는데, 여성작가로는 유일하게 김일엽과 김명순이 포함되어 있는 것을 확인할 수 있다.[18] 김일엽·김명순 이후 장안 인기 가인으로 꼽힌 여성들은 대개 가수·배우·무용가 등이다. 이는 김일엽과 김명순이 여배우·가수·무용가처럼 일종의 '볼거리'로 다루어졌다는 점을 암시한다. 따라서 이들에 대한 소문은 작품이 아닌 사생활에 집중되었으며, 그런 이유로 작품에 대한 평가 또한 그러한 사생활을 둘러싼 소문에 근거해서 이루어지는 경우가 많았다.

> 그의 혈액 속에는 그의 어머니의 피와 또는 그의 고모들의 피가 흐르는 것갓다. 그로 하여금 '일개의 메란코릭크한 여성'을 멘든 것이 어부자식이라는 처지이였으며 얼마간 퇴폐적 기분을 가지고 잇게 한 것이 그의 가정안의 환경이 아니였을가. 그리하여 그 우울과 퇴폐가 상합하여 가지고 나아논 것이 아마 히스테리인 모양이다. (…중략…) 그는 평안도 사람의 기질인 굿고도 자가방호하는 성질이 만흔 천성에 여성통유의 애상주의를 가미하야갓고 그 우에다 연애문학 서류의 뻥키를 칠을 더덕더덕 붓치여놋코 어부자식이라는 환경으로 말미암아 조곰은 구볏앟게 휘여져가지고(이것이 우울하게 된 까닭이다) 처녀때에 강제로 남성에게 정벌을 밧덧다는 이유가 잇기 때문에 더 한층 히스테리가 되여가지고 문학중독으로 말미암아 방분하야젓다는 것이다. 그리고 이것들 제요소를 층층으로 싸아논 그 중간을 뀌여뚤코 흘르는 것이 외가의 어머니편의 불순한 부정한 혈액이다.[19]

---

18) 「장안 '재자가인' 영화와 흥망기」, 『삼천리』, 1939.1, 113면.

이러한 김명순에 대한 평가는 '여류작가'에 대한 평가가 어떻게 '여류문학'에 대한 평가로 이어지는가를 대표적으로 보여준다. 이 글에서 김기진은 김명순의 불행한 가정사와 '나쁜 피'의 유전적 결함 등에 의해 '히스테리칼'한 정서적 충동과 감상을 갖게 된 경위를 밝힌 뒤, 이를 근거로 그의 문학적 성향을 퇴폐적이고 히스테릭한 것으로 규정하고 있다. 그래서 그의 시에는 '분냄새'가 나며 "그와 마찬가지로 그의 시도 한겹의 간얇힌 화장"[20]에 불과하다는 것이다. 여성의 문학작품을 그의 육체적, 성적 취향과 관련지어 비평하는 이러한 방식은 이후에도 반복적으로 나타난다. 1933년 4월 『신동아』의 '漫畵漫文난'에 실린 「여류문인 관상록」은 이러한 여성문학의 평가 방식이 좀더 극단적인 발상으로 표현된 예다. 즉 여류문인의 관상을 본다는 발상이나 관상을 통해 여류문인의 운명까지 재단하는 태도는 여성작가를 창작과는 무관한 존재로 만듦으로써 '여류문학'을 문학 아닌 것으로 규정하는 역할을 하는 것이었다.

외적이고 신체적인 특성을 근거로 한 이러한 평가 태도는 작품이 아닌 여성작가 그 자체에 대한 호기심에서 비롯된 것으로, 이는 다양한 방식으로 여성들의 사생활을 폭로하는 가십성 기사에 대한 저널리즘적 관심과 크게 다르지 않다. 이러한 사생활 폭로는 특히 1920년대 작품활동을 했던 김명순·김일엽을 대상으로 집중적으로 이루어졌다. 이들의 사생활에 대한 관심은 이들이 작품활동을 아예 하지 않던 1930년대 중반까지 이어진다. 그런데 1930년대에 이루어졌던 이들의 가십성 기사를 보면,[21] 근황에 대한 소개보다는 현재 그러한 상황에 처하게 된 원인을

---

19) 김기진, 「김명순씨에 대한 공개장」, 『신여성』, 1924.11.
20) 위의 글.
21) 김일엽에 관한 가십성 기사로는 「김일엽 여사의 동냥승」(『삼천리』, 1935.1), 「법당에서 참선으로 청춘을 잊는 김일엽 여사(가인 독수공방기)」(『삼천리』, 1935.8)가 있는데, 대개 입산수도를 결심하기까지의 저간의 사정을 소개하고 있다. 김명순에 관한 가십성 기사는 이보다 더 지속적으로 자주 만들어진다. 특히 「호콩 행상을 하는 김명순」

회고적으로 재구성하고 과거에 떠돌았던 연애 사건과 결혼, 이혼 등에 대해 장황하게 재서술한다. 여성작가의 사생활을 현재적 관점에서 재구성함으로써 이들을 둘러싼 소문을 현재진행형으로 다루는 이러한 방식은, 여성작가에 대한 고정관념을 형성하게 할 뿐만 아니라 김명순·김일엽 이후에 창작활동을 시작한 제2기 여성작가들에 대한 평가에도 은연중에 영향을 미쳤을 것으로 본다.

이처럼 '여류문사'의 사생활이나 외모는 1930년대에도 지속적인 관심의 대상이 된다. 따라서 제2기 여성작가들이 소문의 주인공인 제1기 여성작가들과의 단절을 통해 자신들만의 문학적 정통성을 확립하려고 노력했음에도 불구하고, 여성작가와 작품에 대한 이러한 비문학적 기준에 의한 평가 방식은 1930년대 여성작가들에 대한 평가에서도 그대로 반복되는 경향을 보인다. 김명순과 김일엽 이후 작품이 아닌 외모와 사생활 (특히 연애 사건)을 중심으로 평가된 대표적인 여성작가로는 1933년에 23세의 나이로 요절한 송계월을 들 수 있다. 개벽사 기자이자 『삼천리』에

(『별곤건』, 1933.9)은 '누가~ 했대'라는 식의 소문의 수사학이 전형적으로 나타나는 기사문이다. 이 기사문 도입부에는 "'김명순이가 매를 마젓대!', '김명순이라니?' '탄실이 말이야. 동경에 가 있는데 호콩을 팔녀다니다가 매를 죽도록 마젓대!'"라는 대화 내용이 전개되는데, 이는 정확한 사실에 근거한 기사라기보다는 풍문으로 떠다니는 이야기를 각색한 것에 불과하다. 그럼에도 불구하고 이러한 김명순의 불우한 생활에 대한 기사는 다양한 방식으로 재생산된다. 이러한 추측성 내용에는 반드시 "불행한 환경과 기구한 생애, 우울한 감정, 퇴폐적 기분, 히스테리, 어붓자식"이라는 어휘들이 첨부되는데, 이는 김기진이 「김명순에 대한 공개장」에서 그녀를 평가하기 위해 동원한 어휘 목록과 일치한다. 이 기사 끝에 "그는 자기의 환경에 너무 애상주의적 펭키칠을 심히 하였고 그 위에 연애문학을 좋아하여 한때 문학중독이 결국은 그를 방분한 녀편네를 만들었고 끗끗내는 인테리 낙화생 행상으로 매까지 맛는 신세가 되고 말았다"는 평가를 덧붙인다. 같은 시기에 『삼천리』에서도 「여류작가의 비참상-동경서 김명순양 조난」이라는 제목의 보고문을 통해 같은 사건을 전달한다. 이후 「세 번 실연한 유전의 여류시인 김명순」(『삼천리』, 1935.9)에서도 김명순의 문학은 거의 언급되지 않은 채, 지난 시절의 연애를 다소 과장된 방식으로 전달하고 있다. 홍순옥의 「여류문인의 연애 비화」(『조선문단』, 1935.4)는 여성작가를 소문의 주인공으로 만드는 방식을 전형적으로 보여주는 글이다. "여긔엔 두 여류작가의 비화를 합해서 이야기한 것이외다"와 같은 마지막 구절은 이러한 종류의 글이 어떻게 사실로 위장되는가를 잘 보여준다.

「가두연락의 첫날」이라는 소설을 발표한 송계월은 요절 직후인 1933년 7월에 『신가정』과 『신동아』에서 특집으로 다루어질 만큼 세간의 집중적인 관심을 받았다. 이 두 잡지는 공통적으로 송계월의 일대기와 그녀를 둘러싼 소문들의 존재에 관해 암시하고 있다.22) 2년 뒤인 1935년 3월 『삼천리』에 실린 홍의동자의 「미인박명애사—조서한 문단의 명화 송계월양」에서 다소 모호했던 그 소문은 좀더 구체적인 양상을 띠고 소개되고 있다. 그것은 바로 "처녀가 아이를 뱄다"는 것이며, 바로 이 소문 때문에 송계월이 요절했다는 것이다. 이 글은 이처럼 극적 구성을 채택하여 그동안 언론에 공개되지 않았던 송계월을 둘러싼 소문의 생산 과정과 그 결과를 박진감 있게 서술함으로써 송계월에 관한 또 하나의 소문을 만들어낸다. 이 글의 내용이 이후 유진오의 장편소설 『수난의 기록』(1939)에서도 그대로 반복된다는 사실은 여성작가를 둘러싼 소문이 어떻게 확대, 재생산되며 그것이 여성작가의 작품에 대한 평가에 어떤 영향을 미치는가에 대해 짐작하게 한다.

이렇게 볼 때, '여류작가'의 사생활에 초점을 맞추는 글들에서 그들의 작품에 대한 언급이 전혀 이루어지지 않았던 것은 어쩌면 당연한 일인지도 모른다. 당시 거의 모든 잡지에서 다루었던 여류작가의 근황을 알리는 다양한 형태의 소식란은, 이처럼 여성작가를 문학 외적인 지표들로 평가하게 함으로써 간접적으로 여성문학에 대한 문학 외적 평가 기준을 마련하는 계기로 작동한다. 그 중 『여성』지의 「화제여성월평」은 여성작가에 관한 근거 없는 소문들의 진원지 역할을 했던 대표적 예다.

---

22) 송계월에 대한 소문의 내용을 살펴보면 다음과 같다. "양은 영원히 눈을 감은 지금에도 그가 가진 재조를 마음껏 펴보지 못하고 죽은 것과 엉터리 없는 '테마고기!'의 모욕당함이 큰 원인을 지은 남성에게 증오와 이 사회에 대한 저주를 풀어버리지 못하고 천추의 분한을 안은 채로 있을 것이다."(이훈, 「송계월양의 프로필」, 『신가정』, 1933.7) "송! 세상이 그대를 사치한 여성, 입으로는 '푸로'를 말하나 그 사생활은 몹시도 호화로운 허영의 여성인 것가티 말하는 이가 잇슬 때마다 그대는 '여보, 내가 무슨 사치요 남보다 화려한 빗갈뿐이지 남다른 것이 무엇이요'했지요"(윤성상, 「그 길이 그러케 밧벗소」, 『신동아』, 1933.7)

이 월평에서는 최정희와 남편인 영화감독 김유영과의 이혼 문제 및 삼천리사 편집주간인 김동환과의 관계를 노골적으로 언급하거나,23) 모윤숙과 백신애가 마치 성적으로 자유분방한 여성인 것처럼 모호하게 진술24)하기도 한다. 일례를 들면, 이 글에서 필자는 모윤숙의 시에 대해 '철철 넘친다'는 것을 특징으로 지적한 뒤, 이러한 문학적 특성이 시에서는 장점이 되지만 실생활에서는 단점이 된다고 진술한다. 그리고 자문자답의 형식으로 그러한 단점이 "어떠한 때이냐고 그것은 행신이니 처세니 하는 등류에 속하는 것이니까 여기서 다 말할 것은 없지마는"(84면)이라고 하면서 말을 모호하게 흐린다. 이러한 진술 태도는 그 자체로 여성작가에 관한 소문을 만드는 방식이라고 할 수 있다. 이는 백신애에 대한 다음과 같은 평가에서도 그대로 반복된다. "언젠가는 누가 나를 잡어 갖고, '아아니 소설 쓰는 백신애가 저 거시기, 옛날 서울계의 허 아무개허구 어찌 어찌 하던 바로 그 색시오?' 하고 묻기에, "나는 그런 건 전혀 모르지만, 여류작가로 백신애란 부인이 있다는 것만 사실이라 대답했다. (…중략…) 여하간 백씨도 여류소설가이다. 그러나 소설가 우에 '여류'라는 것이 붙여질 때 씨의 문학은 아즉 엄숙한 비평의 대상이 되기는 곤란하다 안 할 수 없다."(79면) '거시기' 혹은 '아무개', '어찌 어찌'와 같은 불투명한 수사를 동원한 이러한 진술은 여성작가를 소문화하는 방법을 전형적으로 드러낸다. 게다가 이러한 소문 뒤에 덧붙여진 '아즉 엄숙한 비평의 대상이 되기는 곤란하다'는 진술에서, 여성작가에 관한 소문이 곧바로 '여류문학'을 평가하는 기준이 되는 것을 확인할 수 있다. 이처럼 '여류작가'의 사생활과 '여류문학'은 서로가 서로를 평가의 기준점으로 삼는 거울상(mirror image) 역할을 한다. 게다가 비교적 다른 여성작가들에 비해 작품만으로 평가되던 박화성조차 몸매가 비대하기 때문에 작품이 무게가 있다고 평가되기도 했으며,25) 노동운동가 남

---

23) 「화제여성월평」, 『여성』, 1935.9, 82면.
24) 「화제여성월평」, 『여성』, 1939.4, 79~84면.

편과의 이혼과 방직공장을 경영하던 부르주아 남성과의 재혼과 같은 행적에 대한 가십성 폭로 때문에 작품활동을 중단하기도 한다.[26]

이처럼 당시 여성작가의 신체적, 외적 인상은 물론 그들의 사생활이 여성작품을 판단하는 중요한 기준이었을 뿐만 아니라, 그러한 문학 외적 기준들은 그대로 여성문학을 평가하는 기준으로 반복 재생산된다. 여성작가의 작품에 대한 남성비평가들의 평론은 이를 구체적으로 보여준다. 가령 여성적 외모에 대한 평가어('귀엽다' 혹은 '아름답다')가 그대로 작품을 평가하는 용어로 채택되거나, '여류문학'이 곧 '여류작가'의 사생활과 같은 것으로 진술되기도 한다. "송계월씨는 아직 작가라 불으기가 앗갑다. 그리고 너무나 귀여웁다"라든가, "모윤숙은 드문 여류시인이다. 시단에 한편을 몰내 찬란히 장식하야주는 귀여운 아름다운 여인이다"[27]와 같은 구절은 이러한 평가의 한 전형이다. 송계월의 「가두연락의 첫날」이 카프계열의 작품인 점을 염두에 둔다면, '귀여웁다'는 표현은 분명 작품 그 자체에 대한 것이라기보다는 이제 막 등단한 젊은 여성작가의 미모에 대한 평가임을 짐작할 수 있다. 여성작가의 사생활을 그대로 평가에 적용한 경우는 장덕조 소설에 대한 지적[28]에서 잘 드러난다. 여성의 한가한 일상에 대한 언급이 곧바로 여성작가의 소설에 대한 평가로 이어지는 방식에서, 여성작가의 사생활이라는 문학 외적 기준이 문학 내적인 평가 기준이 되는 한 사례를 발견할 수 있다.

그런 관점에서 볼 때 '여류문학'의 특성으로 지적되는 '센티멘탈리즘'이나 '리리시즘' 혹은 '습작기'라는 평가어의 잦은 사용[29] 또한 전적으

---

25) 안회남, 「소설가 박화성론」, 『여성』, 1938.2, 31면.
26) 「화제여성월평」, 『여성』, 1939.10.
27) 홍구, 앞의 글, 1933.2.
28) "씨의 글은 색상자와 같이 화려하기 짝이 없다. 이 작자는 아마도 가끔가끔 등의자 우에서 기제기를 펴면서 얼룽얼룽한 '테블'에 맞우앉아 '코코아'를 마시어가면서 글을 쓰지나 않는가 하고 생각하다가 후일에 씨와 씨의 부군 P군의 신혼가정을 찾았더니 과연 나의 상상은 바로맞았다."(양주동, 김립, 「여류문인」, 『신가정』, 1934)
29) 박용철은 모윤숙 시가 '감상적'이라는 세간의 비평에 대해 "이 시인은 결코 의식적

로 여성작가의 작품에 대한 객관적인 해석에 근거한 것이라고 보기 어렵다. 즉 여성작가의 외모나 사생활 등과 같은 비문학적 기준들이 그대로 '여류문학'에 대한 평가의 바탕이 되고 있기 때문에, '여류문학'은 비문학적이고 비전문적인 어떤 것, 마치 사생활처럼 불안정하게 동요하는 어떤 것으로 해석될 가능성 또한 배제할 수 없는 것이다. 이는 기본적으로 여성작가의 전문성을 인정하지 않는 태도이며, 그럼으로써 궁극적으로는 '여류문학'을 문학과 동질화되기 어려운 문학 외적인 어떤 것으로 간주하여 문단 밖에 배타적으로 위치짓게 한다. 그 결과 '여류문학'은 '문학'이라는 동질성에서 배제된 '타자'가 되는 것이다.

'소녀문학' 혹은 '소녀문단'이라는 개념은 '여류문학'을 성숙한 남성문학과 달리 미숙한 것으로 구별짓는 태도이자 그렇기 때문에 보살펴주어야 한다는 위계화된 젠더의식의 극단적 표현이라고 할 수 있다. 이러한 '소녀문학'이라는 개념은 김남천과 김문집의 글에서 발견된다. 가령 김남천은 여류문학의 저조 이유가 "소녀문학을 떠나지 못"[30]했기 때문이라고 지적하는 데 반해, 김문집[31]은 조선문단을 '시단, 소설단, 소녀

수사에 의해서 시를 쓸 시인이 아니다. 몽환 가운데서 흘러나오는 것을 그대로 정리하여야 할 것 같다. (…중략…) 그의 황홀난측한 사상과 표현 또는 그의 감상성을 버리라 하는 것은 그이 시의 자살을 권하는 것과 같다"고 주장한다. 이는 언뜻 여성시인의 감상성과 눈물을 긍정하는 태도인 것처럼 보인다. 그러나 이어지는 다음과 같은 구절은 이러한 긍정의 태도가 기실 여성시인의 전문성을 인정하지 않는 태도에 다름 아니라는 것을 암시한다. "이것은 어느 여학교 잡지에 있든 시의 일절이다. 대단히 얌전한 시었다고 생각한다. 나는 몇사람의 숨은 이름을 들출 수 있고, 또 내가 모든 녀사의 일기장이나 수첩을 뒤적여볼 수 있다면 더 많은 이름을 들 수 있기에 틀림없을 터이지마는 이런 것은 모도 그 순진한 심정에 대한 심례에 지나지 아니할 것이다. 우리는 언제나 그것을 아니볼래야 아니 볼 수 없게 되기를 바랄 뿐이다." 즉 여성들의 일기장이나 수첩에 적힌 감상적인 글귀들이나 모윤숙과 같은 '여류시인'의 시가 크게 다를 바 없다는 이러한 진술은 여성시인의 아마추어리즘을 비판하는 것으로 해석될 수 있는 것이다. 박용철, 「여류시단총평」, 『별건곤』, 1934. 여류시인의 리리시즘과 센티멘탈리즘을 '여학생문학'의 전형으로 평가한 백철의 논의 또한 마찬가지다. 백철, 「현대여학생과 문학」, 『신여성』, 1933.10.

30) 김남천, 「여류문학저조의 문제」, 『여성』, 1939.6, 42면.
31) 이 글의 저자는 '이하관'으로 되어 있다. 그러나 본문 내용에 "신가정 9월호 졸문 「여

문단'으로 삼분하여 '여류문학'을 시단과 소설단으로부터 완전히 고립된 섬으로 배제시킨다.

조선에는 불행한 당연사로 아직 규수문단이란건 없다. 이편의 시단, 창작단을 통해서 태반의 작품이 습작제1기 혹은 학교문학의 소속이요 간혹 제2기의 것을 발견할 적도 있고 때로는 제3기의 작품에 해후한 일도 있었으나 신진문단에 등록될 작품은 도시 구경치 못한 것이 한없는 유감이다. 文靑文壇이란 말에 대하여 少女文壇이라 일컫는 所以다.
특히 충고하거니와 신가정 9월호 졸문 「여류작가의 성적 귀환론」은 명심하고 읽어야 될 글이니 이에 허심탄회한 바 있기를 바란다.
나는 세간의 「니끼비」 평가들과 같이 여자라고 해서 그 작품에까지 「아마이」하진 않는다. 참말로 친절하기 때문에 엄정할 뿐이다. 그 중에도 짧은 인상을 적노라면 舊중앙 某號 여류오인집에 있는 장덕조군의 작품은 호감을 가질 작이며, 이선희군의 문장에는 小才가 보이니 습작생활을 단념치 말 것이고 천명과 신애의 양군은 그 장단을 서로 반대로 하고 있으니 교환적 방향을 향하야 공부하면 진보를 볼 것이다. 화성과 말봉은 각기로 별론한 바 있으니 약하고 정심과 경애의 이 두 친구도 소녀문단서는 특색 없는 존재이니 분발함이 있으면 한다. 모윤숙에게는 산문에로 전환함을 권한다.
소녀문단에서 최근 나는 별외적인 글 하나를 발견했다. 그는 소설도 시도 희곡도 아닌 불과 반페―지의 수필이다. 삼천리 6월호에서 본 최정희의 글이다. 청춘을 작별하는 이내 얼굴을 응시하는 여인의 심경을 고백한 글이다. 이것만은 여류국제문단에서도 상당한 친구가 아니고는 못쓸 글이다. (…중략…) 남성작가는 감쪽같이 자기를 은폐하고도 걸작을 내놓을 頭力을 가졌지마는, 그를 못가진 여성작가에 있어서는 반대로 있는대로의 자기를 漂迫할 때에 한해서 볼만한 글을 내놓는다는 불문율을 새로이 인식하였다.[32]

이 글에서 '소녀문단'은 그 당시 '여류문학'을 바라보는 남성평론가의

___

류작가의 성적 귀환론」은 명심하고 읽어야 될 글"이라는 구절에서 추측해보건대, 이하
관은 김문집인 것 같다. 이하관, 「문학의 인상―조선문학현상론」, 『중앙』, 1936.9.
32) 위의 글, 146~147면.

태도를 다소 극단적이긴 하지만 잘 표현해주고 있다. 그것은 우선 '여류문학'을 일정 수준에 도달하지 못한 미성숙한 것으로 보는 태도다. 이러한 평가를 위해 동원된 어휘가 바로 '규수문단'과 '소녀문단'이다. 즉 저자는 '소녀문단'을 미성숙한 여성작가의 집단으로 규정함으로써 '성숙/미성숙', '남성/여성'이라는 두 가지 잣대를 통해 '여류문학'을 이중으로 비하한다. 물론 이러한 이중 잣대의 근저에는 여전히 성숙=남성, 미성숙=여성이라는 코드가 기본적으로 전제되어 있다. 여성은 본래 미성숙한데 그보다 더 미성숙한 '소녀'라니! 저자가 여성작가의 이름을 하나하나 부르면서 어떻게 써야 하는지에 대해 충고할 수 있는 것도 바로 여성작가에 대한 이러한 시각에서 비롯된 것이다.[33] 이러한 시각의 연장선상에서 남성평론가들은 미성숙한 소녀인 여성작가들에게 성숙한 남성의 장르인 소설이 어울리지 않는다고 본다. 즉 남성작가처럼 "감쪽같이 자기를 은폐하고도 걸작을 내놓을 頭力"을 못 가진 여성작가는 "반대로 있는대로의 자기를 漂迫할 때에 한해서 볼만한 글을 내놓"을 수 있는 것이다. 이러한 주장은 여성작가의 작품을 주변화된 장르인 수필과 동일시함으로써 주변화하는 방식인 동시에 여성작가의 작품을 사생활과 동일시하는 방식이기도 하다. '자기를 표박'함으로써, 즉 자신의 삶을 노골적으로 드러내 놓음으로써만 '볼만한 글'을 쓸 수 있다는 말은 여성작가의 문학을 스캔들화해서 무화시키는 방식과 크게 다르지 않다. 여기서 우리는 다시 한번 여성작가의 사생활이나 외모와 같은 문학외적인 기준이 여전히 '여류문학'을 평가하는 중요한 근거로 작용하고

---

33) 여성작가의 작품을 미숙한 것으로 보는 시각은 한국문학사 내에서 여성문학을 평가하는 태도에도 일정 정도 영향을 미쳤던 것으로 보인다. 이는 김윤식의 다음과 같은 지적, 즉 "제1기생의 비극, 즉 작품 없는 풍문에만 의한 문인 생활의 원인이 사회적 환경과 남성문인들의 불순한 오도에 있었다면 제2기생들에겐 이와 같은 신사문인들이 있어 탈선하려는 여성들을 보살펴주고 이끌어주고 굳게 바로 세워주었던 것으로 볼 수도" 있다는 지적에서도 확인할 수 있다. 김윤식, 『한국현대문학명작사전』, 일지사, 1979, 247면.

있음을 확인할 수 있다.

'여류문학'에 대한 타자화는 남성작가와의 차별성 혹은 동질성을 평가 방법으로 동원하는 데서도 잘 드러난다. 예컨대 박화성이나 강경애처럼 '남성성의 작가' 혹은 남성적 토픽을 사용하는 작가의 작품을 평가할 때 자주 활용되는 "남성에게 지지 않는" 혹은 "남성에 비하여"라는 수식어나 최정희·이선희·장덕조·모윤숙·노천명 등의 작품을 평가할 때 사용되는 "여류답게 섬세한"과 같은 수식어34)는 모두 남성성을 기준으로 해서 그것과의 동질성과 차별성을 강조하는 비평적 표현이라고 할 수 있다. '여류문학'을 평가하는 이러한 방식은 이전의 '여류문사'의 외모를 평가하는 방식과 크게 다르지 않은 것이다. 『조선문단』 1926년 6월에 실린 「문사들의 얼골」은 정월(晶月 : 나혜석), 탄실(김명순), 일엽(김원주)의 얼굴 생김새를 상세하게 묘사하고 있는데, 특이한 점은 이 세 여성작가의 외모에 대한 서술에서 공통적으로 '수염'이 없다는 사실이 강조되고 있다는 것이다. 그렇게 '여류문학'을 평가할 때 활용되는 '여성다운' 혹은 '남성다운'과 같은 성차를 강조하는 수사는 '여류문학'을 남성작가와의 관계에서 서열화, 위계화함으로써 열등하고 무언가 모자란 것으로 규정짓는 방식이라고 할 수 있다. 여성작가의 작품에 대한 표절 시비 또한 '여류문학'을 결핍되고 부차적인 것으로 타자화함으로써 배제하는 남성 중심적 방법의 일종이라고 할 수 있다.35)

---

34) 박정애, 「'여류'의 기원과 정체성—50~60년대 여성문학을 중심으로」, 인하대 박사논문, 2003, 46면 참조.

35) 1917년 『청춘』의 '현상문예공모'에 당선된 김명순의 「의심의 소녀」를 둘러싼 일본 작품 표절 시비는 그 진위가 가려지지 않은 채 아직까지도 이어지고 있다. 이러한 표절 시비는 1930년대에 와서 남성작가가 여성작가의 작품을 대필해준다는 식의 근거 없는 소문으로 그 형태를 달리하여 확대된다. 이경원이 남편인 이효석의 작품을 借作했는지 여부에 대한 이갑기의 논전(이혜경, 「억울한 여류작가」, 『신여성』, 1932.8)과 박화성의 장편소설 『백화』를 오빠가 대신 써주었다는 소문은 '여류문학'의 정통성을 인정하지 않으려는 문단의 배타적 태도를 잘 드러내준다. 그런 점에서 허영숙(이광수 아내)의 문단 남성중심주의에 대한 다음과 같은 질타는 문제적이다.
"—그 소설은 그녀자가 짓지 아니하엿다—웨?—그녀자에게는 글쓰는 오라비가 잇다

"문학의 장이란 이 속에 들어선 모든 사람들에게 이들이 점유한 위치에 따라 차등적인 방법으로 작용하는 힘의 장이며, 동시에 이 힘의 장을 유지하거나 변형시키려는 경합과 투쟁의 장"[36]이라면, '여류문학'은 이러한 문학의 장 안에 들어오기는 했으나 끊임없이 남성 중심적 평가 기준에 의해 남성문학과의 관계 속에서 하향 서열화, 위계화될 수밖에 없었다. 앞서 살펴본 것처럼 그러한 '여류문학'의 평가 기준은 크게 두 가지로 논리화될 수 있다. 하나는 문학 외적인 평가 기준의 적용으로 '여류문학'을 비문학적인 것으로 가르는 것이며, 다른 하나는 '여류문학'의 문학성을 평가하더라도 대개 '남성성'을 표준 혹은 기준점으로 삼아 그것과의 관계 속에서 부차적인 것으로 주변화하는 것이다. 이는 결국 '여류문학'을 문학 아닌 것으로 '배제'하고 남성작가의 작품과는 다르다고 '차별화'하는 논리라고 할 수 있다. 그리고 이러한 배제와 차별화의 논리에 의해 여성작가의 작품은 문학 아닌 것으로 규정되어 온 것이다.

4. 여류문인의 정체성 확립과 여류문단의 제도화

보통 식민지시대 여성작가는 크게 1920년대 활동했던 김명순·김일엽·나혜석의 제1기 '여류문인'과 1920년대 중·후반에 등단하여 주로

－그것은 그 오라비가 지은 것일 것이다－녀자가 그만차라도 쓸 수가 잇나! (…중략…) 자 그러니 내가 엇더케 문사가 될 수가 잇사오릿가. 설영 내가 글을 쓸 줄 알아 훌륭한 창작을 세상에 내논다합세다. 그러나 그것을 내가 썼다는 증거가 어데잇습닛까. 글쓸줄 안다는 오라비만 두어도 누이 글은 오라비의 글이라 하옵는데 남편이 문사이면 그 안해의 글은 물논 남편의 글이라 할 세상이 아니오릿가. 더 심하게 말하면 내가 쓴 것 가운데 잘 된 것은 모다 남편이 쓴 것이오, 못된 것만 다 내가 쓴 할 것입니다."(허영숙, 앞의 글, 110~111면)

36) 현택수, 앞의 글, 33~34면.

1930년대에 활동했던 박화성·강경애·최정희·모윤숙·노천명·이선희·장덕조 등으로 구성된 제2기 '여류문인'으로 나눌 수 있다. 이제는 상식처럼 자연스럽게 받아들여지고 있는 이 구분은 일차적으로 활동시기를 근거로 한 것이다. 그 외에 또 다른 근거를 찾아본다면, 우선 1930년대 활동했던 여성작가들이 전세대에 비해 수적으로 우세했으며 작품 창작의 기회도 더 많이 주어졌다는 점이다. 그러나 대부분의 남성평론가들이 작품 없이 풍문으로만 떠돌았던 제1기 '여류문인'들에 비해 제2기 '여류문인'들을 높이 평가했던 좀더 근본적인 이유는 그들의 사생활이 비교적 깨끗했기 때문이다. 제2기 여성작가들에 대한 다음과 같은 진술은 그들에 대한 남성평론가들의 신뢰가 어디에서 기인하는지를 짐작하게 한다.

30년대 문단 구성의 가장 두드러진 모습 중 하나는 10여명의 여류문인들이 등장, 활발한 문필 활동으로 우리 문학사에 기록되기 시작한다는 점이다. 소설에서는 이미 20년대에 데뷔한 박화성을 비롯, 강경애, 김말봉, 이선희, 백신애, 장덕조, 송계옥(송계월), 임옥인, 시에는 김오남, 노천명, 모윤숙, 백국희, 주수원, 장정심, 수필에는 이명온, 김자혜, 전숙희가 각각 활약하고 있었다. (…중략…) 제1기 여류들이 동경 유학생이었던 것과는 달리, 이화전문 등 국내에서 교육받은 사람이 많은 이들은 이미 선각자의 영웅심을 버리고 차분한 여류 지식인으로 몸을 세운다. (…중략…) 그리하여 제2기 여류 문인 대부분은 탄실, 일엽처럼 방향 없이 들뜬 편력을 했던 것이 아니며, 다분히 비극적이라 하더라도 한 개인의 고민으로 충분히 이해될 성질의 연애를 했던 것이다. 오히려 김문집이 박화성을 두고 지적한 것처럼 '여성성 소실 혹은 여성성 기피'의 문인들이 상당수였는데, 이것은 이들이 '여류'란 프리미엄 없이 남성작가들과 당당히 1대 1로 겨룰 수 있게 되었고, 그러한 업적들이 한국 문학사에 편견 없이 수록될 수 있다는 뜻으로도 해석될 수 있다.[37]

---

37) 김병익, 『한국문단사』, 문학과지성사, 2001, 197~198면.

제2기 '여류문인'을 "선각자의 영웅심을 버"린 "차분한 여류 지식인" 으로 규정하는 이러한 방식은, 한국문학사에서 1930년대 여성작가들을 평가하는 공통된 관점의 하나다. 즉 그들은 선각자의 영웅심을 버리고 차분함과 같은 여성적 자질을 지닌 존재들이기 때문에, 비록 연애사건 을 '저지른다고 해도' 스캔들의 대상이 되기보다는 "한 개인의 고민으 로 충분히 이해될" 수 있었던 것이다. 이러한 진술은 일견 1920년대 여 성작가들보다 수적으로나 질적으로 발전한 1930년대 여성작가들에 대 한 정당한 평가인 듯하다. 그러나 앞장에서 살펴본 것처럼, 1930년대 여 성작가들과 여성문학에 대한 당대의 평가는 실제로 그리 호의적이지 않 았다. 1930년대 후반에 등장한 '소녀문단'이라는 개념은 여성문학에 대 한 남성평론가들의 시선이 어떠했는가를 단적으로 보여준다. 따라서 여 성작가들이 '여류'란 프리미엄 없이 남성작가와 당당히 겨룰 수 있게 되었다는 주장은 남성평론가들의 요구 내지는 주문에 불과한 것이라고 볼 수 있다.

그럼에도 불구하고 1930년대 여성작가들은 전세대에 비해 문단 내에 서 어느 정도의 지위를 확보한 것은 분명하다. 이는 1932년부터 잡지에 서 사용되기 시작하던 '여류문단'이라는 용어를 통해서도 확인할 수 있 다. 물론 이 용어는 '소녀문단' 혹은 '여학생문단'과 같은 부정적 평가를 일정정도 함의하는 것이기는 하다. 그러나 동시에 그것은 여성문학이 '문단'이라고 언급할 만큼의 집단적 정체성을 확보했다는 사실의 반증 이기도 하다. 따라서 '여류문단' 개념의 등장은 여성작가들이 문단이라 는 문학적 제도의 테두리 안으로 들어오게 됐음을 알리는 출발 신호라 고 할 수 있다.

여류문단이라는 말은 어찌 생각하면 어색한 말인 것 같아서 남류문단이라는 말이 없는 이상 여류문단이라는 말은 불쾌한 말일 듯싶어서 표제와 같이 용어 를 바꾸어 보았으나 그 의미는 역시 그다지 변동되지 아니한 것 같다. (…중략…) 문학을 전문하는 기술자의 유기적 집합체를 문단이라고 한다면 그리고 이것이 이미 한 개의 사회적 형성인 한에서 '문단'은 결코 그 전문가들의 성적 구별에 의해 대립되거나 분유될 성질의 물건이 아닌 것은 두 번 말할 필요도 없는 일이다.[38]

김팔봉은 위 글에서 '여류문단'이라는 용어의 사용에 대해 반감을 드러낸다. 왜냐하면 '문단'은 사회적 형성물이기 때문에 성별에 따라 분리하는 것은 부적절하다는 것이다. 이러한 진술은 표면적으로 '여류문단'이라는 용어의 부적합성을 지적하는 것이지만, 그 이면에는 이미 '성적 구별에 의해 대립되거나 분유'될 수 없을 정도로 당시 여성작가들이 이전의 여성작가들과는 다른 입지와 경향을 확보하고 있음을 암시하고 있다. 바로 그 순간, 즉 여성작가가 '문단'이라는 문학적 제도 안에서 다루어지는 순간, 여성작가는 비록 남성작가와는 전적으로 다른 방식이기는 하지만 자신들의 문학적 정당성과 정체성을 형성할 수 있는 계기를 마련하게 된다. 그런 점에서 '여류문단'은 여성작가가 자신의 정체성을 '여류문인'으로 확립할 수 있게 하는 토대가 된다. 이러한 자기 정체성의 확립 과정은 1920년대 초반 동인지 문단의 형성 과정에서 동인지 작가들이 '작가'로의 자기 정체성 형성을 통해 문단 내의 정치적 지위와 정당성을 확보하는 방식과 흡사하다.[39]

일반적으로 자기 정체성의 구성이 타자와의 동일시와 반동일시를 통해 이루어지는 것이라고 가정한다면, '여류문단'의 형성을 계기로 구성된 '여류작가'의 자기 정체성은 일차적으로 전세대 여성작가와의 반동일시를 통해 이루어진다. "과거의 조선에는 완성된 여류작가가 없음에 따

---

38) 김팔봉, 「구각에서의 탈출－조선의 여성작가 제씨에게」, 『신여성』, 1935.1.
39) 이에 관해서는 차혜영, 「1920년대 초반 동인지 문단 형성 과정－한국 근대 부르주아 지식인의 분화와 자기 정체성 형성과 관련하여」, 『1920년대 문학의 재인식』, 깊은샘, 2001에서 상세하게 다루고 있다. 여성작가로서의 자기 정체성 형성 과정을 여성문단의 형성 과정과 상동적인 것으로 보는 본고의 관점은 이 논문에 기댄 것임을 밝혀둔다.

라 문단에서 우리들의 문학을 작성하지 못하였던 것은 사실이었다. 다만 단명의 무수한 잡지가 나옴에 따라서 '쩌너리스트'가 맨들어준 소위 여류 평가와 작가들이 대두할 뿐이었다"⁴⁰⁾와 같은 최정희의 지적⁴¹⁾은 이들 여성작가들이 작가로서의 자기 정체성을 확보하기 위해 제1기 여성작가들을 배제하고 있음을 시사한다. 그러나 제1기 여성작가들과의 반동일시를 통한 1930년대 여성작가들의 자기 정체성 구성의 논리는 그당시 남성평론가들이 여성작가들에게 주문한 것이기도 하다. 이는 "10년 전에는 김명순, 김일엽, 전유덕, 허영숙, 나혜석 등 제씨가 '여류문단'의 이름을 짊어지고 있었다. 그러나 실례의 말이 될는지 모르나 그때의 이분들이 쓴 작품이라는 것을 오늘날 문예계에서 행동하고 있는 제씨의 앞에 내놓는다면 혹은 비교도 안 될 괴상한 물건일는지도 알 수 없다. 그만큼 지금의 여성작가에게는 과거의 여성작가들보다 높은 지위에 있다"⁴²⁾와 같은 김팔봉의 주장에서도 잘 드러나 있다. 제1기 여성작가들과 제2기 여성작가들 사이의 차별성을 강조하면서 전세대 여성작가들을 폄하하는 이러한 발언은 "과거의 여성적 구각에서 탈출"하라는 주문으로 이어진다. 이처럼 제2기 여성작가들에게 선배 '여류문인'들과의 단절은 "남성 중심의 문단에서 생존하기 위하여 스스로를 1세대 신여성과 부단히 차별화하는 전략"⁴³⁾이었다. 또한 이러한 전략은 그 자체로 '여류작가'의 자기 존립의 정당성 혹은 자기 정체성 확보라는 문제와 관련된다. 그리고 그 자기 보존의 논리는 제1기 여성작가들과의 반동일시, 차별화, 단절을 통해서만 확보될 수 있는 것이다. 그런 점에서 김명순·김일엽·나혜석은 남성문인들에 의해 그리고 후배 여성작가들에 의해 이중으로 소외됨으로써 '문단'이라는 이름의 문학 제도 바깥으로 완전히 밀려나게

---

40) 최정희, 「1933년도 여류문단총평」, 『신가정』, 1933.12.
41) 박화성 또한 1968년 『여류문학』 창간호에서 전세대 여성작가들에 대한 비판적으로 언급한다. 이에 대해서는 박정애, 앞의 논문, 28~29면 참조
42) 김팔봉, 앞의 글.
43) 박정애, 앞의 논문, 30면.

된다.

이처럼 1930년대 '여류문단'이란 여성의 자기 부정의 과정을 거친 이후에야 비로소 확립될 수 있었는데, 그와 동시에 '여류작가'의 자기 정체성 또한 확보될 수 있었다. 따라서 이들 여성작가들의 자기 정체성의 내용은 전세대 여성작가들의 그것과는 상반된 것일 수밖에 없다. 1925년 「하수도 공사」로 등단한 뒤 1932년에 여성작가 최초로 장편소설 『백화』를 『동아일보』에 연재했던 박화성은, 온갖 구설수에 시달리면서 '작품 없는 벙어리 작가'로 대접받았던 전세대 여성작가들과는 달리 작품으로만 평가받던 거의 최초의 여성작가다. 그 점에서 박화성은 제1기에서 제2기로 넘어가는 과도기의 작가이자 여성작가에 대한 편견을 불식시킨 작가이기도 하다. 물론 박화성은 첫 소설인 "「하수도 공사」가 '춘원 추천소설'이란 렛텔을 붙저가지고 나온 것 때문에 온갖 구설"[44]에 시달리고 장편을 연재했을 때도 오라버니가 대신 써주었다는 소문에 시달리기는 한다. 그러나 그럼에도 그녀는 1930년대 남성평론가들에 의해 "남성작가의 누구에게도 비교해서 손색이 없다"[45]고 평가받은 거의 유일한 작가다. 그런데 이러한 평가는 일차적으로 박화성 소설 그 자체에 대한 것이기는 하지만 좀더 근본적인 차원에서 "사회적으로 내지 정치적으로 맑스주의"[46]를 지향했던 박화성 소설의 '푸로문학적' 경향을 향한 것이기도 하다. 나아가 박화성에 대한 남성평론가들의 긍정적 평가는 단순히 박화성 개인에게만 한정된 것이 아니라 1930년대 초반 여성작가들에 대한 평가의 대체적인 경향과 일치하는 것이기도 하다. 1930년대 초반 남성평론가들의 집중적인 평가를 받았던 송계월·최정희·박화성·강경애

---

44) 박화성, 「여류작가가 되기까지의 고심담」, 『신여성』, 1935.12.
45) 김팔봉, 앞의 글. 이무영 또한 "강경애씨와 함께 우리 여류문단에 빛나는 존재에 박화성씨가 있다", "박씨는 여류문단의 진보다"라고 고평한다. 이무영, 「여류작가개평」, 『신가정』, 1934.2, 55~56면. 박화성 소설에 대한 긍정적 평가는 일일이 거론하기 힘들 정도로 많다. 이청, 「여류작가총관」, 『신가정』, 1935.12.
46) 김팔봉, 위의 글.

의 작품에 대한 평가는 대체로 '푸로문학적' 혹은 '리얼리즘적'이라는 수식어구를 동반하면서 이루어졌다.[47] 특히 한국문학사에서 '여류다운 여류'로 평가받던 최정희 또한 1930년대 초반에는 「정당한 스파이」, 「푸른 지평선」, 「남폿등」과 같은 프로문학을 발표하면서 등단한다. 또한 최정희가 1933년에 요절한 카프계열의 작가인 송계월과 절친한 사이였으며 둘 사이에 "여인문예가 크럽" 결성에 관한 계급적 논쟁이 이루어졌다는 사실[48]은, 1930년대 초반 여성작가들에게 계급 문제가 중요한 아젠다였음을 암시한다. 따라서 계급적 인식에 근거한 카프문학적 성격은 1930년대 초반 여성작가들을 지배하는 경향이었으며, 이들의 작품에 대한 평가 또한 이러한 경향하에서 이루어졌다고 볼 수 있다.[49]

그러나 1930년대 초반 여성작가의 작품에 나타나는 이러한 '푸로문학적' 경향은 카프의 해체로 인해 본격적으로 전개되지 못한다. 비록 박화성과 강경애가 리얼리즘 계열의 작품을 지속적으로 발표하기는 했지만,

---

47) 이 중 박화성과 강경애 소설에 대해서는 비교적 긍정적이었지만 송계월과 최정희의 소설에 대해서는 부정적이었다. 그럼에도 불구하고 이들이 1930년대 초반 '여류문단'으로 묶일 수 있었던 이유는 프로문학적 경향 때문이다. 김팔봉은 「조선문학의 현재와 수준」(『신동아』, 1934.1)에서 1934년 당시의 문인계보를 정리하는데, 거기서 그 동안 '남성성의 작가' / '여성성의 작가'라는 상반된 평가를 받던 박화성과 최정희를 "프로문학의 동반자적 작가군"에 포함시키고 있다.

48) 송계월은 최정희의 여성작가의 조직화에 대한 제의를 비판하면서, 카프에 의한 계급 해방이 먼저이고 여성 해방은 그 이후에 부차적으로 논의될 수 있다고 주장한다. 송계월, 「여인문예가 크럽문제 — 최정희군의 선언과 관련하여」, 『신여성』, 1932.3 참조.

49) 송계월의 「가두연락의 첫날」에 대해 이무영은 "만약 그에게서 취할 점이 있다면 그 것은 그가 항상 자기로부터 먼 거리에 있는 '푸로레타리아'를 동경하고 있다는 것뿐"이라는 진술에서 확인할 수 있는 것처럼, 프로문학적 경향은 엿보이지만 철저하지 않다고 비판한다. 이무영, 앞의 글. 또한 최정희의 작품을 '남성적'이라고 평가하는 근거 또한 이러한 프로문학적 경향에서 찾을 수 있다. 이에 대해서는 양주동·김기림, 「'여류문인' 편감촌평」(『신가정』, 1934.2, 147면)에 나오는 다음 구절을 통해서 확인할 수 있다. "씨의 글을 대할쩍마다 나의 머리에는 그 글의 필자가 항상 여성이 아니고 남성으로써 떠올라왔다. (…중략…) 나는 이것은 씨의 글의 한 병환이 아닌가하고 걱정한다. (…중략…) 「맨스필드」의 귀여운 점을 「울프」의 높은 향기는 남성으로서는 도저희 숭내낼 수 없는 그 순란한 감정에서 오는 것이라고 나는 생각한다. 씨에게 향하야도 오히려 그러한 것을 바라고 싶다."

송계월은 1933년에 23세의 나이로 요절하고 최정희는 전향함으로써, '남성적'이라는 평가를 받았던 1930년대 초반 여성작가들의 '푸로문학적' 경향은 '여류문단'의 지배적 성격으로 자리잡지 못한다. 카프 계열의 여성작가들은 분명 '여류문단'이라고 할 만큼의 집단적 세를 형성하지만 그러한 집단화는 카프라는 주류 담론에 기댄 것으로, 카프의 해체는 결국 이들 그룹화된 여성작가를 '문단' 안에 안착하지 못하게 한다. 이후 여성문학은 1930년대 초반에 등단해서 1930년대 중반부터 활발하게 활동했던 모윤숙·노천명·이선희·장덕조가 문단의 전면에 등장하던 1930년대 중반 무렵부터 새로운 국면을 맞이하게 된다. 이들은 대개 잡지사 기자 출신으로 박화성·강경애의 문학적 성격과는 뚜렷한 차이를 보이는데, 그것은 구체적으로 '여성다운'이라고 요약될 수 있는 성적 경향이다. 이는 "여성다운 작가가 나오도록 되었으면"[50] 하는 남성평론가들의 요구에 부응하는 것인 동시에, '여류문단'을 그룹화하고 제도화하는 한 방식이기도 했다. 이들의 문학적 성격은 임순득의 「불효기에 처한 조선여류작가론」[51]에서 잘 드러난다. 이 글에서 임순득은 박화성·강경애의 침묵에 대해 비판하면서 현 문단의 상황하에서 부인문학의 존재 자체가 불가능하다고 지적한다. 왜냐하면 "대부분 그 작가적 출발이란 철저히 쩌널리즘의 일각에 작문, 수필, 기타 잡문격인만치 계절의 화초적 존재로써 비롯하였든 것이"[52]기 때문이라는 것이다. 이어 그는 장덕조·이선희·최정희·모윤숙의 작품에 대해 지나치게 여성적, 가정적, 모성적, 정신적 토픽에만 주목한다고 보고 이를 비판한다. 이처럼 1930년대 중후반부터 여성문학의 주류를 이루었던 이들의 문학적 성격은 리얼리즘적 계급문학의 성격을 띠는 박화성·강경애와 뚜렷이 구별되는 '여성적인 것'으로 규정된다. 그 결과 여류작가의 대표격이었던 박화성은 이제 '남성

---

50) 이무영, 위의 글.
51) 임순득, 「불효기에 처한 조선여성작가론」, 『여성』, 1940.9.
52) 위의 글, 51면.

성의 작가'를 넘어 "여성모독의 작가"53)로까지 평가된다. 이는 그만큼 1930년대 후반 여성작가의 지배적 경향이 박화성의 문학적 성향과는 상반된 '여성적인' 것이었음을 암시한다. 같은 글에서 안회남이 "여성작가들의 의무요 또한 권리"라고 주장한 "이뿌고 싹은싹은하며 고요하고 깨끗한 모든 여성적의 좋은 점을 소설에서 좀더 잘 표현하고 보다 옳게 탐구해 나가는 것"54)은 이제 1930년대 후반 여성작가들의 지배적인 문학적 경향으로 자리잡는다.

1930년대 후반 여성작가들은 확실히 제1세대 여성작가들은 물론, 박화성, 강경애와 같은 여성작가들과도 다른 문학적 성격을 드러내는데, 이는 단순히 문학 작품에 대한 평가나 수준의 차이에서 비롯된 것은 아니다. 이들 최정희·모윤숙·노천명·이선희·장덕조와 같은 1930년대 후반 여성작가들은 공적으로는 '여성작가좌담회'를 중심으로 결집되었으며, 사적으로도 친분을 쌓아 그들간의 일종의 정실주의적(情實主義的) 관계를 형성하게 된다. 그 결과 이들은 다른 어느 때보다도 문단 내적으로 확고한 지위를 얻게 된다.55) 거기에다가 그들의 작품에 공통적으로 드러나는 '여성적', '모성적', '가정적', '정신적' 성격은 이들 여성작가들의 자기 정체성의 내용으로 구성됨으로써, 이들을 하나의 문학적 그룹으로 결성시키는 계기가 된다. 그런 점에서 이들 여성작가들의 자기 정체성 확립의 과정은 그대로 '여류문단'의 제도화, 권력화 과정과 일치하는 것으로 볼 수 있다. 1930년대 후반 이들을 중심으로 활발하게 이루어졌던 '여류문사 좌담회'는 그러한 '여류문인'으로서의 자기 정체성의 내용이 어떻게 구성되는가를 잘 보여준다. 물론 이전에도 '여류문인'이 참석하는 좌담회는 있었지만, '여류문인'들만으로 이루어진 좌담

---

53) 안회남, 「소설가 박화성론」, 『여성』, 1938.2.
54) 위의 글, 31면.
55) 그러나 이들에 대한 문학적 평가는 그리 긍정적이지 않았는데, 이는 앞장에서 살펴본 '소녀문단'과 '여학생문단'이라는 용어가 이들을 중심으로 결성된 '여류문단'에 대한 비판이라는 사실에서도 알 수 있다.

회는 1936년부터 본격적으로 이루어진다. 다음은 『삼천리』와 『여성』지에 실린 여성작가좌담회 목록이다.

1. 「여류작가좌담회」(박화성, 장덕조, 모윤숙, 최정희, 노천명, 백신애, 이선희), 『삼천리』, 1936.2.
2. 「여류문인 자동차 횡주기」(모윤숙, 이선희, 장덕조), 『여성』, 1936.8.
3. 「여류문사의 연애문제 회의」(노천명, 이선희, 최정희, 모윤숙), 『삼천리』, 1938.5.
4. 「여류작가회의」(모윤숙, 노천명, 이선희, 최정희), 『삼천리』, 1938.10.
5. 「여자의 일생을 말하는 가인 회의」(모윤숙, 이선희, 최정희), 『삼천리』, 1939.1.
6. 「이광수 선생에게 문학, 연애, 종교를 묻는 여류문사의 모임」(모윤숙, 최정희, 이선희), 『삼천리』, 1939.7.
7. 「여류시인과 소설가의 '문학, 영화'를 말하는 좌담회」(모윤숙, 최정희, 노천명, 이선희), 『삼천리』, 1940.9.

위 목록을 보면, 박화성과 백신애는 1936년 『여류작가좌담회』에만 참석한 반면, 최정희·모윤숙·노천명·이선희·장덕조는 여성작가좌담회에 지속적으로 참여하고 있음을 알 수 있다. 이들은 1930년대 후반부터 '조선여류문단'을 형성하는 핵심 구성원으로 활약한다. 좌담회에서 다루는 내용 또한 '여류문학' 그 자체보다는 '연애', '결혼', '종교'와 같은 문학 외적 주제로 변모해 간다. 이는 각각의 좌담회 내용을 살펴보면 더욱 뚜렷해진다. 1936년 좌담회 1에서 다루는 화제는 주로 문학 전반에 관한 문제제기와 '여류문단'을 위한 조언 및 비판56)이지만 1938년 좌담회부터는 소위 '여성적' 삶의 내용들, 즉 연애, 결혼과 같은 내용에 한정되고 있는 것을 확인할 수 있다. 예컨대 좌담회 3의 소주제를 살펴보면, "심푸

---

56) 좌담회 1에서 다룬 話題를 살펴보면 다음과 같다. 1. 최근 해내해외 작품의 인상, 2, 여류작가가 본 남성작가의 인상, 3. 여류문단의 진흥을 위한 대책, 4. 여류작가의 직업 문제, 5. 사숙하는 작가와 최근 침독하는 작품, 6. 집필할 때의 고심담.

손 부인의 연애사건비판", "정사와 자살을 엇더케 보는가?", "신연애의 도는 영에서냐, 육에서냐", "삼각관계와 자녀의 처치문제", "미인박명이 란 엇재서 그런가요", "신연애의 설계는 엇더해야 할는고"와 같이, 이미 1920년대에 신여성을 중심으로 회자되었던 토픽들을 그대로 반복하지 만, 1920년대와는 달리 그에 대해 대체로 보수적이고 안정적인 견해를 펼친다. 이 중 첫 번째 소주제인 "심푸손 부인의 연애사건"에 대해 모윤 숙은 자신의 정신적 사랑 예찬론을 근거로 비판할 뿐만 아니라, 나아가 국가와 사회의 이해에 대한 존중에 근거한 연애론을 주장한다. "한 나라 의 국민인 이상 그나마 국법과 그 사회의 율법 우에서"[57] 하는 연애라야 우리가 진정으로 취할 길이라는 이러한 주장은 단순히 모윤숙 개인의 견해가 아닌, 이 좌담회 참석자에게 공통적으로 나타나는 것이라고 할 수 있다. 다음은 연애 문제 항목을 종합하는 결론격에 해당하는 언술들 인데, 이들 여성작가들의 달라진 의식의 단면을 잘 드러낸다.

김동환: 근래에 우리 사회에는 엇재서 세상을 놀래일 호화로운 연애 로─맨스가 없는가요
이선희: 모다 생활이 심화하여 세상에 자랑하기 위하여 하는 것가튼 그런 유희 감정이 석긴 연애가 업서진 까닭이겟지요
최정희: 현대의 호흡이 급박하고 사회정세가 침체하니만치 연애문제가튼 것은 제2차적 제3차적 문제로 돌려지고 현실적 여러 난투에 모다들 몰두하 게 되엇니까…….
모윤숙: 大局的으로 보면 일세의 풍정이 정화하여간다는 상징이겟지요
노천명: 그러치요 우리의 신생활 설계는 어디까지든지 엄숙하고도 현실에 즉하 여나가야 할 것이니까요[58]

'호화로운 연애 로─맨스'나 '유희감정이 석긴 연애'보다는 생활의 발

---

57) 「여류문사의 연애」, 『삼천리』, 1938.5, 316면.
58) 위의 글, 319면.

견이 더 중요한 삶의 가치가 되었으며 이를 정화된 풍정으로 보는 시각
은 분명 제1기 여성작가들과는 전적으로 달라진 당대 여성작가들의 의
식의 일면을 단적으로 보여준다. 박정애의 지적처럼 "1세대 여성문인들
이 개인의 자유로운 삶을 억압하는 모든 도덕관념과 인습으로부터의 해
방을 부르짖으면서 자신의 그러한 사상을 실제 삶에서 실천하고자 노
력"[59]한 반면, 이들 제2기 여성작가들은 결혼과 출산, 육아와 같은 여성
의 일상생활을 고수하고 그에 가치를 부여함으로써 여성의식의 퇴보를
보인다. 즉 사회적 인습에 순응하기보다는 자신의 욕망에 충실하고자
노력했던 제1기 여성작가들과는 달리, 이들은 국가와 사회가 요구하는
모성의 의무에 충실하게 된 것이다. 이러한 모성 담론은 그 당시 가장
지배적인 담론의 하나였다. 특히 1930년대 중반부터 시작된 다양한 형
태의 '연애, 결혼, 임신'을 주제로 한 좌담회나 모성 관련 특집들은 이러
한 모성 담론의 확산에 일조한다. 이는 1930년대 후반에 신여성 대신
사용되던 '현대여성'이라는 용어의 등장을 통해서도 알 수 있다. '현대
여성'은 신여성의 세련되고 지적인 현대적 모습과 구여성의 성실하고
자애로운 전통적 모습이 결합된 개념이다.[60] 신여성을 대체하는 이러한
'현대여성'이라는 개념은 표면적으로는 합리적이면서도 자애로운, 신여
성과 구여성의 장점을 두루 결합한 것처럼 보인다. 그러나 그것은 여성
의 개인적 욕망 성취보다는 가정과 국가의 미래를 책임질 자녀 양육의
의무를 여성에게 부과함으로써 결과적으로는 여성의 주체적 욕망을 억
압하게 하는 기만적인 개념에 불과하다. 1930년대 후반은 이러한 기만
적인 모성 담론이 사회 전반의 지배적 담론으로 확대되어 여성의 삶을
틀짓는 역할을 하게 된다. 즉 "위대한 모성에의 발견"이라는 테마는 여
성을 모성적 주체로 호명함으로써, 가정과 국가에 순응하는 여성주체를

---

59) 박정애, 앞의 논문, 31면.
60) 김경일, 「한국 근대사회의 형성에서 전통과 근대―가족과 여성 관념을 중심으로」,
    『사회와 역사』 54집, 한국사회학회, 1998, 39면.

생산해낸 것이다.

좌담회 5는 '여자의 일생'을 통해 여성이 어떻게 사회적 통념과 고정관념을 내면화하며 순응하는 주체로 만들어지는가를 상징적으로 보여준다. 이 좌담회는 "신혼의 첫날 아츰 감상", "어머니된 행복", "회갑연날의 기쁨", "여자의 일생이란"이라는 화제를 중심으로 전개된다. 그런데 주목할 점은 이 좌담회의 사회를 맡은 기자가 여성에 대한 통념들을 좌담회 참석 여성작가들에게 강요하고, 그러한 과정을 거쳐 결국 여성작가들은 처음 의도와는 달리 그러한 보수적인 논리를 내면화하게 된다는 것이다. 이 좌담회 전체는 바로 이러한 체제 순응적 여성주체의 탄생 과정을 시사한다. 그것은 바로 전통적으로 가정과 사회가 여성들에게 부과한 아내, 어머니, 며느리로서의 역할을 받아들이는 과정이기도 하다. 맨 처음 기자는 신혼 첫날밤을 보내고 난 다음날이 여자로서 기쁠 것이라고 가정하는데, 이에 대해 여성작가들은 처음에는 연애시절이 더 기쁘다고 주장하지만 결국 기자의 강요된 질문에 어쩔 수 없이 수긍하게 된다.61) '여성에 대한 고정관념의 가정-거부-강요-순응'의 순서로 전개되는 이러한 대화 방식은 그대로 여성작가들이 사회가 부과한 보수적 여성의식을 내면화하는 과정이기도 하다. 마찬가지로 두 번째 질문인 '어머니된 행복'에 대해서도 여성작가들은 처음에 모두 '어머니' 소리를 듣기가 거북하다고 말하지만 점차 기자의 질문에 답변하면서 모성을 위대한 가치로 수긍하게 된다. 그뿐만 아니라 여성작가들은 여성

---

61) "이선희-우리가 이약이하는 것도 그야 결혼한 이튿날 아츰이 행복하고 신비하지 않은 것은 아니지요. 그러나 연애가 선행되고는 결혼식은 한갓 사무적 순서에 불과하고 말 그런 점이 있다는 말슴분이지요.

기자-그러니 '신혼'한 '신부'는-다시 말하면 성에 눈뜬 여인은 제가 여자이기 때문에 불행하다는 생각을 다 버리고 진정으로 행목을 늣기게 되지요?

모윤숙-그야 늣기고 말고 백파-센트, 아니 백이십파-센트로 늣기지요 호호호(일동소)

기자-네 알었어요. 이것으로 여성의 '행복이 하나!'" 「'여자의 일생'을 말하는 가인회의」, 『삼천리』, 1939.1, 140~141면.

에게 부당한 봉건적인 사상(남존여비사상과 칠거지악)62)을 가치 있는 것으로 받아들이기도 한다. 따라서 '여성의 일생이란' 무엇인가에 대한 기자의 마지막 질문에 대한 여성작가들의 대답— "남성에게 속히우고 남성을 그리워하고 미워하고 애증의 連鎖(연쇄)"(최정희), "남성들 그늘 밑에서 반조고레 피었다가 사라져버리는 무명의 꽃들이지요"(모윤숙), "무에니 무에니 하여도 남성은 사공이고 여인은 그 배에 탄 승객이지요"(이선희) — 이 남성적 관점에서 "다 좋은 말씀"63)인 것은, 어쩌면 당연할는지 모른다.

'여성의 일생'을 남성과의 관계 속에서만, 남성에 의해 좌우되는 것으로 보는 여성작가들의 이러한 진술은, 1930년대 후반 여성작가들의 자기 정체성의 내용이 바로 남성적 가치체계를 전적으로 받아들이고 내면화함으로써 구성되었음을 입증할 뿐만 아니라 그대로 여성작가가 어떻게 만들어지는가를 상징적으로 보여주는 것이다. 이러한 여성의식의 보수화는 보수적인 사회 전반의 분위기와 무관하지 않으며, 여성작가는 이러한 사회적 담론의 변화에 적극적으로 순응하고 그를 내면화함으로써 비로소 '여류문인'으로서의 자기 정체성을 확립하는 것이다. 나아가 이러한 '여류문인'으로서의 자기 정체성은 '여류문단'이라는 폐쇄적이고 보수적인 장을 이루는 기본 요건이 된다.

---

62) 모윤숙은 "여자가 오랜 신고끝에 아해를 낳고 그 나은 아해가 다행이 사내였다는 소리를 듣고 빙그레 우스면서 누어 자는 그것이 곧 평화의 여성상이 될걸요"라고 하면서 남존여비 사상을 자연스럽게 드러낸다. 이선희 또한 아이를 낳은 후에 '여인의 의무'를 다했다는 만족감을 느꼈다고 말하면서 "무후를 칠거지악으로 삼는 이 사회에서 자식이나 어찌 못했다면 그 여인은 얼마나 죄지은 듯한 그늘의 생활을 하게" 된다고 주장한다. 즉 전근대사회에서 여성적 금기로 설정된 칠거지악을 현대 여성이 지켜야 할 의무인 것처럼 말한다. 위의 글, 141~143면 참조.
63) 위의 글, 147면.

5. 여류문단의 역설

지금까지 살펴본 것처럼, 식민지시대 '여류작가'는 사회적·제도적·의식적 장으로서의 문학 안에 편입되는 과정에서 주류적 가치, 특히 남성 중심적 가치를 내면화하면서 형성된다. 이는 '여류작가'의 형성이 단지 여성작가들의 노력이나 재능에 의해서만 이루어지는 것이 아니라, 오히려 문학 외적인 가치 기준들, 예컨대 학력이나 사회적 출신, 성향 등에 의해 좌우된다는 것을 의미한다. 따라서 제1기 여성작가를 '작품 없는 벙어리 작가'로 평가하는 방식은 이들의 작품에 대한 평가 결과라기보다는 문학 외적 기준의 적용 결과라고 할 수 있다. 김일엽의 출가, 김명순의 연애 사건, 나혜석의 결혼과 이혼 등 초창기 여성작가들에 대한 세간의 관심은 그들의 사생활에만 한정되었는데, '여류작가'를 평가하는 이러한 방식은 그대로 '여류문학'을 평가하는 기준으로 재활용된다. 여성작가를 문학적 판단 기준이 아닌 문학 외적 기준으로 평가한 뒤 이를 하나의 문학적 평가 기준으로 설정하여 여성작가의 작품에 적용하는 이러한 방식은, 문학적 가치의 정당화가 어떻게 역설적이게도 비문학적인 것 — 예컨대 관습·제도·사상 등 — 의 지원을 통해 이루어지는 것인가를 확인하게 한다.

따라서 1930년대에 활동한 제2기 여성작가들에 대한 긍정적 평가는 분명 일차적으로는 이들의 문학적 역량과 창작 결과에 의해 이루어진 것이지만 다른 한편으로는 이들 여성작가들이 남성들의 가부장제적인 여성관에 일정 정도 부합하는 성향을 드러냈기 때문이기도 하다. 이는 '여류작가'가 '여류문단'을 형성하는 과정을 통해서도 알 수 있다. 1930년대 후반 여성작가들은 공적으로는 '여성작가좌담회'를 중심으로, 사적으로는 친분 관계를 통해 결집하는데, 이러한 여성작가들의 그룹화는 그들이 문단 내적으로 확고한 지위를 얻는 계기가 된다. 이들이 '여류문단'을 형성하는 중심 멤버였다는 사실은 이를 입증한다. 이렇게 형성된 '여류문단'은 여성작가들이 '여류문인'으로서의 자기 정체성을 확립하게 하는 토대가 된다. 그러나 그렇게 해서 형성된 자기 정체성의 내용이란 다름 아닌 가정과 국가에 순응하는 여성주체이다. 이들 제2기 여성작가들이 1930년대 후반의 제국주의적 모성 담론의 생산자이자 소비자였다는 사실은 이를 입증한다. 따라서 '여류문단'이란 당시 조선문단과 다른 논리로 형성되고 작동되는 고립된 섬이라기보다는 오히려 주류 문단의 가부장제적 논리에 의해 침윤된 조선문단의 일부라고 할 수 있다.

제2장

여성작가, 애국부인 되다

1. 국민으로 호명된 여성

친일문학은 그동안 한국문학사에서 '암흑기'[1]로 불리던 1940년을 전후로 한 일제 말기의 한국문학 중 일본의 신체제에 동조하거나 이를 적극적으로 옹호한 문학 일반을 가리킨다. 한국 근대문학사에서 양적·질적으로 우수한 작품이 생산되었던 1930년대와 비교해보면 이 시기의 문학적 연대를 '암흑기'로 명명하는 것도 무리는 아닐 것이다. 그러나 최

---

1) '암흑기'란 대체로 『문장』과 『인문평론』이 폐간된 이후 일본의 군국주의체제에 동조하는 문학과 논설이 많이 창작되던 시기를 일컫는다. 이 용어에 대한 좀더 상세한 정리는 신희교, 「친일문학 규정 고찰—친일소설과 관련하여」, 『한국언어문학』 45집, 2000.12, 422~424면 참조. 신희교는 이 글에서 '암흑기'라는 용어가 우리 역사를 부정적으로 보게 할 수도 있으며, 객관적 시각을 상실할 수도 있다는 이유로 '일제 말기'로 대체할 것을 조심스럽게 제안하고 있다.

근 친일 인사 명단이 공개된 후, '서정주 논쟁'을 둘러싸고 친일문학의 범주와 평가 기준, 친일 논리의 문학적 형상화 문제 등에 대한 논의가 활발하게 전개되면서 '암흑기'의 사생아로만 간주되던 친일문학 연구는 급진전을 이루고 있다. 임종국의 『친일문학론』(평화출판사, 1966)이 친일문학 연구의 시발점이 되고 있기는 하지만, 구체적인 작품 분석보다는 친일작가의 정치적·사상적 배경 및 친일문학 소개에만 그쳐 한계를 안고 있는 것이었다. 이후 최근까지 많은 논자들에 의해 친일문학에 관한 연구는 조금씩 진척되었다.[2] 특히 계간 『실천문학』에서 2002년 봄호부터 기획하고 있는 '친일문학 특집'은 그 동안 논란이 되어 왔던 친일문학의 범주와 개념 규정은 물론 친일작가의 작품 목록 또한 새롭게 정리하고 있다는 점에서 의미 있는 작업이라고 할 수 있다. 게다가 정치한 방법론에 근거한 개별 작품 분석을 통해 친일문학의 내적 논리와 형상화 원리를 밝히고 있다는 점에서 주목할 만하다.

그러나 국문학 연구에서 친일문학 연구는 여전히 미개척지라고 할 수 있다. 이는 아직까지 여성작가의 친일문학 전반을 다룬 연구가 거의 없다는 점에서도 확인된다. 김재용이 작성한 친일작가 작품 목록을 살펴보면 여성작가의 친일 관련 작품이 많지 않은 것을 알 수 있는데, 이는 실제로 여성작가들이 남성작가들에 비해 문학적 입지가 좁았기 때문에 상대적으로 일본의 신체제 건립에 유용한 도구로서의 이용가치가 적었다는 것을 암시한다. 물론 여성작가가 남성작가들보다 훨씬 적은 수였다는 사실도 그 원인 중 하나라고 할 수 있을 것이다. 그럼에도 불구하고 남성 중심적 파시즘의 전형이었던 전시하 일본 군국주의체제 속에서 여성작가는 분명 남성과는 다른 맥락에서 그러한 체제에 동조했을 것으로 본다. 여성 지식인의 친일 논설과 수필에서도 알 수 있듯이, 여성은 남성처럼 전쟁에 직접 참여하는 대신 총후부인으로서 군국의 어머

---

2) 윤정헌, 「친일소설의 전개양상」, 『영남어문학』 28집, 1995.12; 이은애, 「친일문학에 대한 일고찰—최재서를 중심으로」, 『덕성여대논문집』 26집, 1996; 신희교, 위의 글.

니가 되어 후방의 가족을 지키고 전쟁을 지원하는 역할을 부여받았다.[3] 어머니와 주부의 역할을 강조하는 이러한 논법은 '군국의 어머니'[4]라는 새로운 모성상으로 표현되고 있기는 하지만, 기존의 가부장제 담론에서 나타났던 모성 찬양의 이데올로기와 위계화된 성적 질서의 논리를 어느 정도 반복하기도 한다. 다시 말하면 여성을 국민으로 호명하면서도 다른 한편으로는 여전히 가부장제적 질서 속에 위치짓고 있다는 것이다. 그 동안 공적 영역에서 배제되었던 여성 지식인들이 친일논설 등을 통해 공적 담론의 중심에 편입하면서 갖게 되었던 평등에 대한 환상이 결과적으로 자기 기만의 포즈로 나타날 수밖에 없는 것도 바로 이러한 맥락에서 이해할 수 있을 것이다.

본고에서는 여성작가의 친일소설을 대상으로 성별화된(gendered) 친일의 논리와 그것이 구체적으로 형상화되는 양상을 살펴보고자 한다. 친일문학의 논의에 젠더의 관점을 첨부하는 일은 단순히 여성작가의 친일여부를 가늠하거나 친일의 내용을 고발하는 것과는 다른 차원에 있다. 식민화된 남성주체에 의해 배제되었던 여성이 비록 일본의 대동아공영을 강조하는 정책에 포섭되는 과정에서이긴 하지만 국민으로 호명되고 주체로 선택되는 경험을 했다는 사실은, 여성작가의 친일이 일제 정책

---

3) 이선옥, 「평등에 대한 유혹」, 『실천문학』, 2002년 가을, 259면.

4) '군국의 어머니'란 여성에게 자식을 잘 길러서 국가에 바칠 것을 강요하는 일제 말 전시하의 도착적인 모성 담론이다. 이는 특히 조선의 여성에게 강요된 논리로서, 이러한 모성 파괴적인 논리는 당시 친일논설이나 문학작품에서 매우 빈번하게 나타난다. 그런 점에서 '군국의 어머니'란 개인적 차원의 모성애를 사회적·국가적 차원으로 확대시킬 것을 강요함으로써 여성에게 국민으로서의 자각을 갖게 하는 전형적인 친일의 논리이다(이에 대해서는 최정희, 「군국의 어머니」, 『대동아』, 1942.5 참조). 그리고 일제는 전시체제하에서 일본 여성에게는 자식을 낳고 기르는 모성을 강조한 반면, 조선 여성에게는 모성보다는 노동력 동원의 역할을 강조했다. 따라서 조선 여성에게 요구된 '군국의 어머니'는 재생산적 모성이라기보다는 오히려 모성 파괴적인 성격이 더 강했다. 이처럼 불균등하게 이루어진 일본과 조선 여성에 대한 여성정책에 관해서는 다음의 글을 참조할 수 있다. 가와 가오루, 「총력전 아래의 조선 여성」, 『실천문학』, 2002년 가을; 가와모토 아야, 「한국과 일본의 현모양처 사상─개화기로부터 1940년대 전반까지」, 『모성의 담론과 현실』(심영희·정진성·윤정로 공편), 나남, 1999.

의 단순한 추수의 결과가 아니라 일정 정도 내적 자발성에 기인한 것이 아니었을까 하는 의문을 갖게 한다. 이는 결국 여성이 일본 신체제를 어떻게 받아들였으며, 얼마만큼 내면화했는가의 문제와 결부될 것이다.

비록 여성작가의 친일소설이 많지 않으며 대개는 소품 정도의 짤막한 분량에 불과하지만, 그 소설들은 파시즘적인 총력전체제하에서 여성작가가 어떻게 그러한 시대 상황에 이끌리고 편입되었는가를 분명하게 보여준다. 그와 더불어 아직까지 여성작가 친일소설에 대한 구체적인 작품분석이 부족하다는 점 또한 이 글을 시작하게 된 계기이다.

2. 여성작가 친일소설의 범주 설정

본격적인 논의에 앞서 이 글에서는 먼저 「여성주의 시각에서 본 친일문학」이라는, 『실천문학』 2002년 가을호의 기획특집[5]으로 실린 글 중에서 이선옥의 「평등에 대한 유혹」에 주목하고자 한다. 이 글은 여성작가의 친일소설 목록을 제시하고 주로 최정희의 「야국초」를 중심으로 친일작품 분석을 시도하고 있는 본격적인 여성작가 친일소설 연구이다. 이

---

5) 게재된 논문을 순서대로 정리하면 다음과 같다. 이선옥, 「평등에 대한 유혹─여성지식인과 친일의 내적 논리」; 김양선, 「친일문학의 내적 논리와 여성(성)의 전유 양상」; 가와 가오루, 「총력전 아래의 조선 여성」. 이선옥은 여성작가의 친일소설 목록과 『삼천리』, 『대동아』에 실린 친일논설, 수필 등의 목록을 작성한 뒤, 주로 친일 논설과 수필을 중심으로 여성지식인의 담론에 나타나는 친일의 논리를 모성과 국가 개념의 혼종 및 모순 양상을 통해 살펴보고 있다. 김양선은 이광수의 『진정 마음이 만나서야말로』, 『그들의 사랑』, 『봄의 노래』와 채만식의 『여인전기』 분석을 통해 남성주체가 '내선일체'라는 일본과의 동화를 시도하는 과정에서 어떻게 여성을 타자화하고 여성성을 전유하고 있는가를 밝히고 있다. 그리고 가와 가오루는 총동원체제하에서 여성을 동원하기 위해 실시한 정책의 내용과 전시하에 일본과 조선 여성에게 요구된 역할의 차이를 정리한다.

글에서 이선옥은 주로 여성작가의 친일적 논설을 대상으로 군국주의체
제하에서 여성에게 요구되던 상반된 두 가지 역할 — 군국의 어머니와
후방의 전방위적 노동력 — 을 상세하게 분석하고 있다. 이 글은 일단
그 동안 잘 다루지 않았던 여성작가의 친일 관련 글들을 소개하고 분석
했다는 점에서 그 의미를 찾을 수 있다. 그러나 제시된 목록의 몇몇 소
설들은 친일 계열 작품으로 보기 어렵다는 점, 그리고 여성작가의 소설
전체를 대상으로 한 작품 분석이 이루어지지 않고 있다는 점이 한계로
지적될 수 있을 것이다. 따라서 본고에서는 일단 이선옥의 글에서 정리
하고 있는 여성작가 친일소설 목록을 검토하면서 연구 대상을 한정하고
자 한다. 이는 비록 여성작가의 소설에만 한정된 문제이겠지만, 친일문
학의 경계를 긋는 작업과도 관련될 것이다.6)

　　우선 이선옥이 밝힌 여성작가의 친일소설 목록을 살펴보면 다음과
같다.7)

　　　백신애, 「地獄行」, 『국민신보』, 1939.7.2.
　　　임순득, 「秋の贈物」, 『每新寫眞旬報』, 1942.12(일어).
　　　임순득, 「名付親」, 『문화조선』, 1942.12.10(일어).
　　　임순득, 「月夜の語り」, 『춘추』, 1943.2(일어).
　　　장덕조, 「새로운 군상」, 『매일신보』, 1944.1.12.
　　　장덕조, 「行路」, 『반도작가단편집』, 조선도서출판, 1944.5.25(일어).

---

6) 이러한 목록화 작업이 친일문학의 개념 정의, 범주 설정, 양상, 본질 등에 관한 기술
　로 이어지지는 않을 것이다. 일단 이러한 친일문학 전반에 관한 문제는 본고의 테마와
　직접적으로 연관되는 문제가 아니며, 필자의 역량으로도 힘에 부치는 작업이다. 친일
　문학의 목록화 작업이 패권주의적인 선택과 배제의 논리를 함의할 수 있다는 우려에
　대한 필자 자신의 공감도 이러한 포괄적 기술의 문제를 비껴 가는 한 이유가 될 수 있
　을 것이다.
7) 이선옥은 신희교(「일제말기 소설목록」, 『일제말기 소설연구』, 국학자료원, 1996)와
　호테이 토시히로('일본어소설 한 · 일 대조연표', 「일제말기 일본어 소설 연구」, 서울대
　석사논문, 1996), 임종국(『친일문학론』, 평화출판사, 1966) 등을 참고하여 목록을 작성
　했다고 밝히고 있다. 이 글에서는 인용하는 작품의 면수는 따로 밝히지 않는다.

최정희, 「幻の兵士」, 『국민총력』, 1942.2.7(일어).

최정희, 「靜寂記」, 『문화전선』, 1941.5.1(일어).

최정희, 「白夜記」, 『춘추』, 1941.7.

최정희, 「二月十五日の夜」, 『신시대』, 1942.4(일어).

최정희, 「黎明」, 『야담』, 1942.5.

최정희, 「野菊抄」, 『국민문학』, 1942.11(일어).

최정희, 「薔薇의 집」, 『대동아』, 1942.7.

이 가운데 백신애의 「지옥행(地獄行)」과 임순득의 「秋の贈物」, 장덕조의 「새로운 군상」8)은 찾지 못했다. 나머지 작품 중에서 임순득의 「명부친(名付親)」과 「月夜の語り」9)는 비록 일어로 쓰여진 작품이지만 일제의 신체제에 동조하는 내용이 없으므로 친일소설의 목록에서 제외해야 한다. 그리고 최정희의 「정적기(靜寂記)」는 1939년 『삼천리』에 실린 「정적기(靜寂記)」를 일어로 번역한 것으로, 아주 똑같다고 볼 수는 없지만 '이본'이라고 할 수 있을 정도로 거의 비슷하다. 내용 또한 남편과의 이혼으로 아이를 돌려보낸 후 겪는 심리적 충격과 아이에 대한 그리움을 서간체 형식으로 애절하게 그려낸 일종의 심리소설이다. 그러나 기왕에 썼던 소설을 다시 일어로 번역하는 이러한 '자기 번역 행위'를 어떻게

---

8) 이 작품은 『매일신보』를 찾아보았지만 1944년 1월 12일자 신문에는 게재되지 않은 것으로 확인되었다.

9) 임순득은 최근에 이상경에 의해 새롭게 발굴된 1930년대 여성비평가로 알려져 있다. 임순득이 쓴 이 두 편의 소설은 비록 일어로 쓰여져 있기는 하지만, 친일적인 내용이 발견되지 않으므로 친일소설로 보기 어렵다. 「名付親」은 사촌동생의 아이 이름을 지어주는 과정에서 사촌동생과 자신과의 미묘한 관계, 그리고 아이 이름에 대한 아이디어를 낸 친구 여랑과의 관계 등에 대해 느끼는 '나'의 심리 변화 과정을 다루고 있다. '프로오벨', '스피노져' 등에 대한 관심, '매조키스트', '오르가즘' 등의 어휘 사용 등으로 인해 전체적으로 현학적인 인상이 강한 소설이다. 「月夜の語り」는 '순희'라는 여성 지식인이 여행을 위해 '순동이'라는 동네 아이에게 짐을 들려 달밤에 기차를 타러 역으로 가는 과정에서 지나치게 사색적이고 불필요하게 동정적인 자신의 태도를 비판하는 내용이다. 이러한 자기 비판의 결과 순희는 자신의 왕복 여행 경비를 순동이의 야학 경비로 쓸 것을 다짐한다. 달밤에 대한 서정적인 묘사와 여성지식인의 자기 반성의 심리가 잘 어우러져 있는 소설이다.

이해해야 하느냐의 문제는 별개의 것으로 다루어야 할 것 같다. 특히 한국어판 「정적기」가 '슬픈 자궁'으로 상징되는 비극적 모성에 대한 인식과 생활의 어려움이 공존하는 내용인 반면, 일본어판 「정적기」는 생활의 곤란 부분이 삭제된 채, 전체적으로 여성의 모성성을 강조하는 방식으로 편집되고 있어서 이러한 부분에 대해서도 좀더 숙고해야 할 듯하다.[10] 그러나 어찌 됐든 친일적 내용을 담고 있지 않으므로 이 소설도 친일소설 목록에서 빼야 한다. 그리고 「백야기(白夜記)」는 뒷부분이 삭제되어 전체 내용은 알 수 없지만, 현재 확인할 수 있는 내용으로 미루어 짐작해볼 때 이 소설 또한 친일소설이라고 보기는 어렵다. 「백야기」는 현재 극단의 여배우로 있는 서술자 '나'가 어머니의 고단했던 시집살이와 어머니가 재가하게 된 연유, 그리고 자신의 가출 등을 회고적인 시점에서 서술하고 있는 소설이다.

일어로 쓰여진 소설을 친일소설의 범주에 넣을 수 있는가 하는 문제에 대해 일단 『실천문학』은 친일소설이라고 볼 수 없다는 입장이다. 이는 최근에 김사량·이효석·유진오 등을 중심으로 '이중 언어'의 문제를 제기하고 있는 김윤식의 입장이기도 하다. 김윤식은 "일본어를 모국어에 버금가는 감각으로 생리화한"[11] 이들 세대에게 '일본어'는 단지 '인공어'[12]에 불과한 것으로 판단한 뒤, '붓을 끊는 것보다는' "모국어이든 일

---

10) 일본어판 「정적기」에서 생활과 모성 사이의 갈등을 삭제하고 모성을 강조하는 이러한 방식은, 최정희의 '맥' 연작소설 중 1941년에 나온 '인맥'이 이전의 소설과는 달리 애욕과 모성 사이에서 '모성' 그 자체에 더 큰 방점을 두고 이를 삶의 원리이자 질서로 수용하는 태도와도 연관된다. 이에 관해서는 3장에서 좀더 상세하게 다루도록 하겠다.
11) 김윤식, 「조선 작가의 일어 창작에 대한 한 고찰─이효석, 유진오, 김사량의 경우」, 한·일 근대문학의 관련양상 신론』, 서울대 출판부, 2002, 66면.
12) 여기서 '인공어'란 '언어 자체'로서 언어의 물질성에 창작의 근거를 둔 것이다. 다시 말해서 '인공어'란 언어를 기능적으로 인식한 결과물이므로, 굳이 일본어일 필요는 없는 것이다. 일본어가 특정 민족의 특정 언어라면, '인공어로서의 일본어'는 일종의 보편 언어인 셈이다. 이는 아일랜드인인 조이스가 지배자의 언어인 영어로 『율리시즈』를 썼고 마침내 영어를 '언어 자체'로 승화시킴으로써 지배자의 언어를 초월한 경우와 대비될 수 있다. 이게 관해서는 김윤식, 위의 책 중 제1부와 제2부 참조

본어이든 에스페란토 어이든, 좌우간 어떤 언어로 그 속에서도 창작함이 문화인적 양심 또는 작가적 정열"13)이라는 김사량의 입장을 은연중에 지지하고 있다. 본고에서는 일본어 창작에 대해서는 이와 같은 입장을 받아들여 일본어로 쓰여졌지만 일본의 신체제에 동조하지 않는 여성작가의 소설은 친일소설의 범주에 넣지 않는다. 따라서 본고에서 다룰 여성작가 친일소설은 장덕조의 「행로(行路)」, 최정희의 「幻の兵士」, 「二月十五日の夜」, 「여명(黎明)」, 「야국초(野菊抄)」, 「장미(薔薇)의 집」 등 여섯 편이다. 의도하지는 않았지만 최정희의 소설이 다섯 편이나 되어 결국에는 최정희 친일소설 연구가 될 듯하다.

3. 전통적인 모성 담론과 '군국의 어머니' 사이의 거리

1942년 2월 서울 부민관에서 열린 전쟁동원선전집회에서 모윤숙은 "지금은 여자나, 아씨나 마님이나, 양반이나 상인이나, 가문 문벌, 가릴 것 없이 모두가 대일본 제국의 평등한 국민이면 그만입니다. 가문에서 쫓겨나더라도 나라에서 쫓겨나지 않는 아내, 며느리가 됩시다"14)라고 주장했다. '가문'보다 '국가'를 강조하고, 여성이기보다는 (일본 제국의) 국민이기를 소망하는 이러한 연설의 담론에서, 여성은 더 이상 사적이고 가정 내적인 존재가 아니라 공적이고 사회적인 존재로 변모하게 된다. 1939년 지원병령과 1943년 조선징병령을 실시하는 과정에서 일본이 조선 여성에게 가장 강조한 선전문구가 바로 '여성도 국민'이라는 것이다. 그러나 실제로 이러한 선전문구가 의도한 것은 조선 남성을 병력으

---

13) 김윤식, 「한·일 이중어 글쓰기의 역사성」, 위의 책, 34면.
14) 모윤숙, 「여성도 전사다」, 『대동아』, 1942.3.

로 동원하는 과정에서 가장 큰 걸림돌이 되었던 조선 여성의 자식 사랑을 견제하는 동시에, 전쟁을 수행중인 남성을 대신해 여성의 노동력을 적극적으로 활용하자는 것이었다. 어찌 됐든 이때 여성은 표면적으로는 국민으로 호명된다. 그럼으로써 그 동안 식민지 남성에 의해 타자화·대상화되었던 여성은 스스로를 일본 국민으로서의 주체로 설정하기에 이른다.

그러나 일본에 의해 국민으로 호명된 여성주체는 여전히 아내와 어머니 역할에만 한정되는 인상을 준다. 이는 총동원체제하에서 여성에게 강요되었던 주요한 두 가지 역할이 훌륭한 일본 제국군인이 될 만한 아이를 낳고 기르는 '군국의 어머니'와 근검절약과 저축으로 전시하의 가정과 국가 경제를 부양하는 '가정주부'의 역할이었으며,15) 소설 속에서 형상화된 여성의 역할 또한 이 두 가지에 국한되고 있다는 사실에서도 확인할 수 있다. 그런 점에서 '가정의 국가화'란 아내, 어머니 역할의 국가 관리라고 말할 수 있다.16) 이때 국가가 요구하는 여성의 역할이 어머니와 주부(아내)라는 점은 국가가 가족과 별개의 공공 영역이 아니라는 점을 암시한다. '가족심'17)이라 불리는 천황제의 국가주의 이념을 이끄는 근본축이 바로 공적 영역으로 흡수된 가족이었다는 사실은 이러한 '가정의 국가화'가 구체적으로 어떤 양태로 드러났는가를 잘 보여준다. 따라서 이러한 담론 속에서 언뜻 국가가 요구하는 역할을 수행하는 떳떳한 국민인 것처럼 보였던 여성은 실제로는 여전히 가부장제적인 성별 역할에 갇힌 의존적인 존재로만 남게 된다. 다만 여성이 의존하는 대상이 남편이

---

15) 이선옥, 앞의 글, 259면.

16) 우에노 치즈코, 이선이 역, 『내셔널리즘과 젠더』, 박종철출판사, 1998, 69면.

17) 국가주의 이데올로기, 국가주의의 감정은 생물학적인 자웅의 단위를 기반으로 하여 원초적인 감정에 의해 유지되는 것처럼 보이는 '가족' 개념과 직접적으로 연결되어 있다. 그리고 국가주의 이데올로기는 가족을 국가라는 공동체의 척도로 삼음으로써 국가도 자연적이며 본래적인 조직이라고 믿게 한다. 전시 일본에서도 국민을 천황의 '적자'로 명명하는 것이나 황후를 국모라고 부르는 것 등을 통해 군국주의체제는 국민에 의해 감정적·정신적으로 지탱되었다. 위의 책, 47면 참조.

아닌 국가라는 점만 달랐을 뿐이다. 우에노 치즈코가 지적한 것처럼, 결국 '여성의 국민화'라는 문제 설정은 이미 국민이 처음부터 여성을 배제함으로써 남성성의 용어로 정의되었음을 보여주었을 뿐이다.[18]

여성작가의 친일소설에서 발견되는 국민으로서의 여성의 역할 또한 이에서 크게 벗어나지 않는다. 최정희의 「야국초」(1942)는 일본 군국주의가 선전했던 '군국의 어머니'[19] 논리를 그대로 소설화했다는 점에서 주목할 만하다. 이 소설은 12년 전 자신과 불륜 관계에 있었던 '당신'에게 아들 '승일'이와 자신의 근황을 알리는 편지의 형식으로 전개되고 있다. '나'의 임신 소식을 알고 낙태를 권유하던 '당신'에게 실망한 나는 홀로 아들 승일이를 낳아 기른다. 소설의 시작은 '나'가 아들 '승일'이와 함께 지원병 훈련소를 견학하기 위해 가는 장면에서 시작된다. 소설의 대부분은 지원병 훈련소에 도착해서 교관인 '하라다'에게 훈련소에서의 생활을 상세하게 듣고 군인정신에 대해 배우는 것으로 되어 있고, 당신에 대한 추억이 회고적이고 독백적인 어조로 중간 중간에 삽입되어 있다. 언뜻 이 두 가지 내용은 서로 병존하기 어려운 것처럼 보인다. 식사량, 식사예절에서부터 반찬의 종류, 잠자리 정돈 방식, 평일의 일정, 학과 내용 등 훈련소에서의 구체적인 생활상과 일본 군인정신에 대한 강조는 자신을 버린 남자에게 보내는 편지의 내용으로는 다소 부적절하기 때문이다. 그러나 소설의 결말 부분에서 이 어색한 내용의 결합은 '나'를 "작고 가련한 들국화"에 비유했던 '당신'의 말을 부정하는 다음과 같은 고백을 통해 설득력을 얻게 된다.

이제 저는 아무것도 생각하지 않고, 승일이를 키우듯이 승일이를 위해 들국화를 아름다운 꽃, 강인한 꽃으로 가꾸기로 했습니다. 그게 제게 하셨던 당신의

---

18) 위의 책, 90~91면 참조.
19) 최정희는 같은 제목의 친일논설을 『대동아』(1942.5)에 싣기도 했는데, 흥미로운 것은 이 소설의 내용이 이 논설과 다른 친일수필을 그대로 옮겨놓은 듯하다는 점이다. 이를 통해 친일소설이 선전과 선동을 위한 도구였음을 다시 한번 확인할 수 있다.

행위에 대한 복수가 될 테니까요, 그럼 안녕히. (186면)

'일본 군인정신'에 입각하여 아들을 전쟁터에 보내고 또 그 아들이 죽어도 결코 울지 않는 강인한 어머니가 되는 일이 자신을 버린 남자에 대한 복수가 된다는 이러한 논리는 한편으로는 총력전체제하에서 '징병'을 강요했던 일제에 의해 조작된 '군국의 어머니'상을 수용한 결과다. "이 세상에서 배웠다는 남자, 지위 있는 남자, 인격 있는 남자는 현명해서 항상 자신의 지위라든지 명예를 지키는 데에만 머리를 쓸 테니까요"(173면)라는 구절에서도 알 수 있듯이, '당신'은 자신의 지위와 명예를 위해서만 헌신하는 지극히 개인적이고 이기적인 인물이다. 그런데 '당신'의 이러한 자기 본위적인 태도를 비판하는 윤리적 기준은 바로 다름 아닌 대동아공영권으로 상징되는 일본 군국주의로 제시된다. 아직 어린 나이임에도 불구하고 전쟁에 나가서 기꺼이 자신의 목숨을 바치겠다고 각오하는 아들 승일이와 비교했을 때 그렇지 못한 '당신'의 태도는 비윤리적인 것으로 매도될 수 있는 것이다. 이는 한편으로는 대동아공영권의 논리가 개개인의 윤리성 여부를 판단하는 기준이 될 만큼 내면화되었음을 보여주는 것이다. 즉 대동아공영의 논리가 개인의 원한을 해결하는 한 방법으로 사용되는 이러한 방식은 일본 군국주의의 논리가 사회·정치적 차원에서 뿐만 아니라 개인의 윤리적 잣대로 사용될 만큼 일상적인 차원으로까지 포괄적으로 산포되는 양상을 잘 보여주고 있는 것이다.

그러나 다른 한편으로 아들의 죽음을 통해 옛 애인에게 복수한다는 이러한 자기 파괴적인 심리는 모성에 대한 이끌림과 친일의 메커니즘 사이에서 동요하는 작가의 분열적 태도의 일단을 보여주는 것이기도 하다. 이 작품을 이전 소설들과의 연관성 속에 놓으면 이 점은 좀더 분명해진다. 흔히 모성의 작가로 알려져 있는 최정희는 「인맥」, 「지맥」, 「천맥」과 「정적기」 등의 소설에서 자식의 행복을 위해 자신의 욕망조차도

기꺼이 포기하고, 그 대신 모성을 중요한 삶의 원리로 받아들이는 인물을 보여준다. 언뜻 자식을 전쟁터라는 사지로 내보내는 '군국의 어머니'는 이러한 최정희의 모성적 윤리와 상충하는 것처럼 보인다. 실제로 자식을 국가에 바친다는 '군국의 어머니'나 '황국의 어머니' 논리는 식민지 조선 여성에게는 매우 낯선 것이었다.[20] 「야국초」에서 '군국의 어머니상'이 훈련소 교관인 하라다의 장황한 연설을 통해 일방적으로 전달된다는 것은 어떤 측면에서 아직까지 이러한 전시하의 모성상이 '나'에게 철저하게 체질화되지 못했음을 간접적으로 보여주는 것이다.[21] 또한 어머니는 아들에게 훌륭한 군인이 될 것을 권장하고 훈계하기보다는 오히려 거꾸로 어린 아들의 자발적인 전쟁 참여 의지에 의해 자신의 소극적인 태도를 벗어버리게 되는데, 이는 아들을 훌륭한 황군으로 키우는 군국의 어머니의 모습이라기보다는 아들의 뜻이라면 비록 그것이 아들의 죽음일지라도 따르겠다는 가부장제적이고 전근대적인 어머니의 모습에 가깝다. 즉 소설의 논리에 따르자면 여성은 부재하는 가부장제적 남편 대신 일본 제국주의자인 아들의 뜻을 따르는 것을 통해 비로소 일본 국가의 정당한 일원으로 편입되고 있다는 점에서, '나'의 모성은 여전히 가부장제적 질서의 수립에 이바지하는 남성 중심적 성격을 띤다고 할 수 있다. 이처럼 어머니가 따르고자 하는 아들의 뜻이 바로 일본 군국주의가 요구했던 '군국의 어머니'라는 사실은 친일적인 모성 담론이

---

20) 아들을 전장과 노동현장으로 보낸 조선의 '황국의 어머니'를 모아 기획된 좌담회에서 아들의 무사귀환을 바라는 어머니들의 발언은 일본 군국주의가 유포한 새로운 모성 담론이 당대 조선 여성들에게 쉽게 받아들여지기 어려웠다는 것을 짐작하게 한다. 가와 가오루, 앞의 글, 305면 참조.

21) "저희들이 오 년 간 이 지원병 훈련에 힘쓰고 있는 동안에 가장 강하게 느꼈던 건, 반도의 모친들이 빨리 각성하지 않으면 안되다는 사실입니다. (…중략…) 그러니까 제 관점에서 말씀드리면, 반도의 청년이 훌륭한 군인이 되려면 우선 무엇보다도 어머니들의 힘이 크다는 겁니다. 역사상 위대한 위인들을 보더라도, 그 배후에는 반드시 어머니의 위대한 힘이 숨어 있는 거니까 ……."(180면) 조선 여성의 각성을 촉구하는 이러한 논설투의 발언은 당시의 친일논설에서 자주 반복되는 내용이기도 했다.

어떻게 가부장제적인 모성 담론과 결합하는가를 보여준다.

정리하면, 「야국초」에서 그려지는 '군국의 어머니'는 사회정치적 차원에서 뿐만 아니라 지극히 개인적이고 내적인 차원에서까지 작동되는 일본 군국주의 논리의 영향력을 드러내면서도, 그것의 모성파괴적인 성격 때문에 기존의 전근대적인 가부장제 논리와 습합되어서야 비로소 내면화되는 양상을 보여준다. 이렇게 본다면, 최정희의 「천맥」(1941)에서 여주인공이 받아들이는 모성적 윤리로서의 '지상의 궤도'가 일본 군국주의가 요구했던 군국의 윤리적 지침과 그리 먼 거리에 있지 않다고도 할 수 있을 것이다. 아울러 이는 계급과 민족 문제로부터 완전히 벗어난 여성성의 논리가 얼마나 쉽게 제국주의 이데올로기에 포섭될 수 있는가를 보여주는 것이기도 하다.

4. 대동아공영권과 신여성 배제의 논리

최정희의 「장미(薔薇)의 집」(1942.7)과 「二月十五日の夜」(1942.2)는 전시하에 여성에게 강조되던 애국부인의 역할이 어떠한 것이었는가를 잘 보여주고 있는 소설이다. 이 중 먼저 발표된 「二月十五日の夜」는 그 내용상 「장미의 집」과 거의 흡사한데다 분량 또한 매우 짧은 소품이므로 본고에서는 「장미의 집」을 중심으로 애국부인의 활동 양상에 대해 살펴볼 것이다. 이 소설은 의학전문학교를 졸업한 후 허약한 기질과 성격 탓에 은행에 근무하는 남편 영세와, 동경 미술학교에서 그림을 공부했지만 영세와 결혼한 뒤 살림에 재미를 붙이며 사는 아내 성례가 대동아전쟁이 한창인 시기에 물 절약과 소비절약, 근로봉사 등을 강조하는 신체제 가정생활의 구호를 놓고 벌이는 사소한 갈등과 이의 해결 과정을

그리고 있다. 소설에서 그려지고 있는 아내 성례의 생활 태도는 '모범' 그 자체이다. 그녀는 동경 유학생 출신이면서도 평범한 가정주부의 일 상을 거부하지 않고 오히려 적극적이면서도 소신 있게 처리해나가는 인물이다. 이러한 아내 성례의 가정적인 성격은 "대동아전쟁이 이러나서 일억국민이 다 한덩어리가되여 나라를 위해 새생활계획과 방침을 세우지않을수없게되였을 때"(147면) 가장 잘 발휘되는데, 이는 구체적으로 연료비와 전기 절약에서부터 식모 대신 모든 집안 일을 도맡아하는 것으로 나타난다. 즉 모든 가정 생활이 전쟁기의 경제를 부양하고 전방을 후원하는 체제로 재편되는 것이다. 「장미의 집」은 이처럼 일본 군국주의체제가 일상생활의 영역에까지 세밀하게 그 지배력을 행사하는 과정을 잘 보여주고 있다. 그런데 이러한 성례의 알뜰하고 건전한 생활태도가 가정 내적인 영역을 벗어나 애국부인회라는 공적인 영역으로 확장되자 남편 영세는 그것이 여성의 본업인 가삿일을 소홀하게 만든다는 점에서 노골적으로 반감을 드러낸다. 그러나 애국부인활동에 대한 남편의 적대감은 친구인 남식이 자기 아내의 사치와 허영을 호소하면서 성례의 검소하고 건전한 정신과 생활 태도로 자신의 아내를 구원해줄 것을 호소하는 과정에서 사라지고 부부의 갈등 또한 해결된다.

이렇게 볼 때 언뜻 남편은 아내의 공적인 활동을 인정하는 것처럼 보이지만, 실상 아내의 애국부인회 활동은 조신하고 얌전한 가정주부의 역할에서 크게 벗어나지 않는다. 이는 친구 남식의 다음과 같은 말에서도 확인된다.

> 자넨 너무 행복해서 그러는걸세, 그게 공소리라는걸세, 그게 괜한 다반이란 걸세. 꼭떠어야 애국반장을 하는건가, 아닐세 아닐세, 아즈머니, 제발좀 힘써주십시오, 애써주십시오 아즈머닌 떠들지않구도, 무언으루 실행이루 남을 감동시킬수 있어요, 웬만침만하면 아즈머니를 따르는사람이 많을겁니다. 아즈머니는 훌륭한 지도자가 될겁니다. (154면)

"떠들지 않고도, 무언으로 실행으로 남을 감동"시켜야 하는 여성의 역할이란 결국 여성은 자기 주장을 소리 높여 떠들지 말아야 한다는 기존의 여성에 대한 고정관념을 그대로 반복한 것에 불과하다. 이는 "그렇게 떠들석하구 야단법석인 여잔 싫어"라는 남편 영세의 말과 그리 멀지 않은 것이기도 하다. 소설에서 강조하는 '경제전의 전사'로서의 여성의 역할이 결코 집안일을 벗어난 바깥일이 아니라 오히려 생활개선이라는 명목하에 더욱 강화된 집안일이라는 점은 이를 잘 보여준다. 즉 남편이 요구하는 전통적인 아내의 역할과 일본 국가가 침략전쟁에 대비하여 조선 여성에게 요구한 생산자의 역할은 둘 다 '여성적', '가정적'이라는 수식어로 한정될 수 있다는 점에서 크게 다르지 않다는 것이다. 이처럼 군국주의체제 속에서 여성에게 강조되던 애국부인의 역할은 언뜻 국가를 위해 투신하는 것으로 보이지만 실상 기존의 가부장제하에서 여성에게 강요되던 가정주부의 역할을 확대한 것에 불과하다. 따라서 이러한 애국부인회 활동은 여성의 공적 영역으로의 진출에 대한 환상을 부추기면서 여전히 여성을 사적인 가정의 영역 안에 붙들어 놓게 하는 역할을 하는 것으로 볼 수 있다.

확장된 가부장제로서의 국가 개념과 여성의 국민화 과정에서 결국 강조되는 것은 가부장제적인 아내와 어머니 역할의 철저한 수용에 다름 아니다. 이는 신여성이 국민으로 호명되지 못하고 배제되는 것에서도 확인할 수 있다. 전시하 일본 제국주의 지배 담론이 만들어 낸 여성주체가 철저하게 가정 내에서 만들어졌기 때문에 그러한 지배 담론 내의 주체 위치를 벗어나려 했던 신여성들은 사회적 비판을 피할 수 없었다.[22] 1930년대 초반부터 부르주아적 자유주의자로 분류되던 신여성들은 민족주의운동이나 사회주의운동 내에서도 비난받았는데, 그 비난의 근거는 대체로 그녀들의 사치와 허영, 성적 방종이었다. 즉 훌륭한 어머니와 좋

---

22) 전은정, 「일제하 '신여성' 담론에 관한 연구—여성주체 형성과정을 중심으로」, 서강대 석사논문, 1999, 104면.

은 아내로 살기보다는 자신의 욕망에 충실하고자 했던 신여성들은 지배 담론의 범주—민족주의 담론이든 제국주의 담론이든—에서 배제될 수밖에 없었던 것이다. 「장미의 집」에서 알뜰한 가정주부이면서 동시에 일본 국가가 요구하는 사회적 역할을 완벽하게 수행하는 성례에 대한 옹호가 일신의 향락만을 추구하는 이기적인 신여성들에 대한 비난을 수반하게 되는 것은 바로 이러한 맥락 때문이다.[23] 이는 결국 아내와 어머니 역할을 수용하지 않은 신여성에 대한 배제의 논리이기도 하다.

장덕조의 「행로(行路)」는 이러한 신여성 배제의 논리가 어떻게 친일의 논리로 포섭되는가를 잘 보여주고 있는 소설이다. 30대 후반인 '나'는 아이와 기차를 타고 가던 중 우연히 여학교 동창생이자 사회에서는 여류문인으로 이름을 떨쳤지만 현재는 몰락하여 비구니가 된 애라를 만나게 된다. 애라는 화려한 외모와 자유연애 사상으로 젊은 시절 방탕한 생활을 하다가 미혼모가 되지만 자기가 낳은 아이마저도 아버지에게 주는 등 모성조차 결핍한 패륜적 여성으로 그려지고 있다. 그에 반해 '나'는 여학교 졸업과 동시에 교사인 남편과 결혼하여 7명의 아이 엄마로 평범한 삶을 꾸려 가는 여성이다. 소설에서는 아내와 어머니로서의 "평범한 행복"을 누리는 '나'와 자신의 이기적인 욕망을 추구하다가 몰락한 애라와 같은 신여성의 대비를 통해 어떠한 삶이 진정한 여성의 행복인가를 묻고 있다. "여자가 대단해졌다 한들 얼마나 대단해지겠어요 가정을 잘 지키고 아이들을 훌륭하게 키우는 것, 그게 여자들에게 있어서 가장 중요한 일인 것을. 난 난 우둔했어"라고 자책하는 애라의 말은 국

---

23) 이처럼 향락적이고 소비적인 여성에 대한 비난은 「장미의 집」에서 매우 구체적으로 표현되고 있다. "(…중략…) 이 동네가 이름이 문화촌이지, 속엔 똥이 들어찻네, 다 그러탄건 아니지만, 태반은 회칠한 무덤이야. 마당에 화초를 심은 문화주책에서 하인을 부리며, 잘 먹구 잘 쓰구 손에 물 한방올 안무쳐가며, 백화점으루 미용원으루 영화관으루 싸다니기만하면 문환가. 책한자 신문한줄 안보구두 문화주택에서 살면 문화가, 세상이 어떻게 도라가니, 어떠케 살어가야 하겠다는 생각이 실오리만침 없어두 그게 문화란 말인가, 아즈머니 제발, 이 동네의 있는 철없는 여자들만이라도 구원해 주십시오."(154면)

가가 통제할 수 없는 여성이 어떻게 타자화되고 주변화되는가를 잘 보여준다. 그리고 이렇게 몰락한 신여성이 구원받을 수 있는 유일한 희망이 바로 소년병에 지원한 그녀의 어린 아들에게 있었다는 점은 전시하에 일본 국가가 요구했던 여성상이 철저하게 가부장제적인 여성이었다는 것을 다시 한번 확인하게 한다. 그러면서 모성애는 자연스럽게 일본 국가에 대한 애국심과 결합되어 표현된다.

친일 담론에 나타나는 신여성 배제의 내용은 단순히 가부장제적인 여성의 역할을 강조하는 것에서 그치지 않고 일본의 대동아공영권의 논리를 공고히 하는 수단의 하나로 활용되기도 한다. 이는 「행로」에서 애라가 자신의 이기적인 삶의 근본적 원인을 "개인주의, 자유주의라는 서양식 사상"에서 찾는 것에서도 알 수 있다. 서구와의 직접적인 전쟁이 전개되기 시작하면서 제기된 '대동아공영권'(아시아주의) 논리는 '새로운 아시아질서'를 수립하기 위해 서구제국주의의 식민지배를 비판했기 때문에 당연히 반서구주의를 그 본질로 한다. 따라서 그 동안 근대적 사상의 핵심으로 받아들여졌던 서구의 자유주의와 개인주의는 이제 더 이상 따라야할 보편적 가치가 아니라 오히려 서구제국주의의 식민지배를 정당화하는 구시대적 이념으로 폄하되고 비난되었다.[24] 이렇게 본다면 서구의 자유주의와 개인주의 사상의 수혜자로 규정된 신여성에 대한 비난은 서구제국주의의 식민지배에 대한 비판이자 영미와의 전면전에 앞서 식민지적 착취나 억압이 아닌 '공존공영'의 방식으로 새롭게 제기된 대동아공영권의 논리에 대한 옹호이기도 하다. 최정희의 「여명」에서 오랜만에 만난 여학교 동창 혜봉에게 느닷없이 설교조로 서양인을 성토하는 은영의 태도는 이러한 대동아공영권 논리에 대한 옹호에 다름 아니다.

뭐가 은혜며, 뭐가 사랑이냐, 혜봉아. 그게 사랑이구 그게 은혠줄만 알구있어

---

24) 홍일표, 「일본의 식민지 '동화정책'에 관한 연구―'창씨개명'정책을 중심으로」, 서울대 석사논문, 1999, 26~32면 참조.

선 안된다. 그게 그들의 마술이라는 거다. 왼손엔 십자가, 바른손엔 칼을 잡었구, 성서와 아편을 한품에 품구서 우리들이 사는 동양인이 사는 언덕 언덕 구석 구석을 찾아다니며, 속히구, 유린을 하구, 강탈을 했는데, 우리는 그들이 부리는 요술, 마술에 걸려서 그것을 몰랐단 말이야. 누구에게 책임을 지울수는 없지만 우리가 그들의 요술에서, 마술에서 헤여나 그들의 정체를 똑바루 볼 수 있는 이제ー오늘에 와서두 그런말을 한다면, 동양사람 된 자격을 잃은 사람이야. 동양의 피를 받구 동양의 산천정기를 받은 사람이라면 피가 뛰놀것이요 팔을 부르거더야 할것이야, 혜봉이두 아무생각말구 이러나야해, 아세아 십억의종족이 다 이러나는데 혜봉이 혼자 그러구 있으면 어쩔셈이야…… (80면)

은영이 근대적 여성교육을 통해 자신들에게 자아 각성의 기회를 주었던 '서양사람'을 비난하는 첫 번째 이유는 바로 그들의 '은혜'와 '사랑'이 기만적인 '마술(魔術)'에 불과하다는 것이지만, 실제로 그들의 마술이 구체적으로 어떠한 것이었는가에 대해서는 언급하지 않는다. 그러고 나서 은영은 "동양의 산천정기를 받은 사람이라면" 누구나 그러한 요술과 마술의 정체를 밝힐 수 있는 능력이 있다고 주장한다. 서양을 마술의 세계로, 동양을 탈마술의 지혜로운 세계로 이분화하는 논리는 곧 서구를 악으로 규정함으로써 일본을 중심으로 동양의 단합을 강조하는 대동아공영권의 논리에 다름 아닌 것이다. 나아가 이는 서구식 교육을 통해 여성 해방을 경험한 신여성을 사치와 방종을 일삼는 악의 무리로 지정함으로써 전통적인(혹은 동양적인) 미덕을 갖춘 여성을 옹호하는 방식이기도 하다. 이때 신여성은 서구의 마술로, 전통적인 현모양처[25]는 동양의 지혜로 양분된다. 신여성과 현모양처를 구분하는 이러한 방식은 서구와의 전면전을 앞두고 이루어진 대동아공영권 논리가 어떻게

---

25) 물론 이때의 현모양처는 구여성이라기보다는 전통적인 부덕과 모성을 겸비하면서도 근대적인 교육을 받아 체계적이고도 과학적으로 가정생활을 꾸려나갈 수 있는 '현대여성'에 더 가깝다. 근대화된 현모양처의 전형이라고 할 수 있는 '현대여성'에 관한 좀 더 상세한 논의는 김양선, 「식민주의 담론과 여성주체의 구성」, 『여성문학연구』 제3호, 태학사, 2000, 268~273면 참조.

신여성을 배제함으로써 동양의 공존공생을 강조할 수 있었는가를 잘 보여준다. 이렇게 볼 때, 여성 해방을 주장했던 신여성들이 일본의 신체제 하에서 현모양처의 미덕을 갖춘 애국부인으로 변모한 것은 그것이 자발적이든 비자발적이든 권위적인 일본 제국주의체제에 순응한 결과라고 할 수 있다.

5. 내선일체, 성별과 민족의 위계화 논리

그러나 서구의 식민지배로부터 아시아를 해방시키고 일본을 중심으로 하는 새로운 대안적 질서를 건설하자는 이러한 아시아주의는, 현실적으로 일본이 조선과 대만이라는 식민지를 지배하고 중국과의 전쟁을 지속하고 있었던 상황에서 현실적이고 논리적인 모순을 내포하지 않을 수 없었다. 따라서 일본의 아시아주의가 설득력을 얻기 위해서는 조선과 대만이 독립국가가 되어 대동아공영권 내의 협력자가 되거나 아니면 이들 국가를 식민지가 아닌 일본의 일부지역, 즉 내지가 되도록 해야만 했다. 현실적으로 실현 가능한 방안이 식민지의 내지화(內地化)였으며, 이러한 동화정책의 하나가 바로 '내선일체'였다.26) 최정희의 「환영의 병사」(1941)는 이러한 내선일체의 논리를 일본인 병사와 조선인 여성 사이의 애정 관계를 통해 펼치고 있는 소설이다.

소설의 줄거리를 살펴보면 다음과 같다. 동경의 모 여자대학 2학년까지 다니다가 요양차 집에 와서 쉬고 있던 영순은 우연히 집 근처 산에서 '야마모또(大和)'라는 이름의 병사를 만나게 된다. 첫눈에 야마모또에

---

26) 동화정책과 내선일체에 관한 좀더 상세한 설명은 홍일표, 앞의 글, 36~61면 참조.

게 호감을 느낀 영순은 이후 야마모또의 병사 막사로 놀러갈 정도로 친하게 된다. 그러던 중 영순은 야마모또 이외의 다른 네 명의 병사와도 친해져서 그들의 이야기를 들어주거나 때로는 '아리랑'과 한글을 가르쳐주기도 한다. 이들은 한글이 조선의 가옥 구조와 매우 비슷하다는 사실을 발견하면서 즐거워한다. 그러다가 이들은 각각 다음 임지로 떠나게 된다. 영순은 일본·조선·지나(중국)가 신대(神代) 때부터 어떤 인연이 있었음을 강조하는 야마모또의 편지를 받게 되고, 영순 또한 야마모또와의 친분을 통해 전쟁을 자기 일처럼 느끼게 되었음을 고백하는 답장을 쓴다. 그러나 소설은 야마모또 병사의 전사로 갑작스럽게 끝나는데, 막사가 있던 자리에서 야마모또의 명복을 빌던 영순은 야마모또의 환영을 본다.

이 소설은 일본인 병사와 조선 여성과의 연애 가능성을 시사함으로써 일본과 조선은 하나라는 내선일체의 논리를 형상화하고 있다. 1930년대 이후 중국에 이어 서구와의 전면전을 감행하게 된 일본에게 무엇보다도 필요한 것은 안정적으로 전쟁물자를 공급받을 수 있는 '병참기지'의 존재였다. 앞에서 지적한 것처럼 '대동아공영권'이니 '동아신질서'니 하는 새로운 논리는 바로 이러한 총력전체제하에서 일본 자신의 생존을 위해 구상한 산물이었다. 바로 이러한 목적을 실현하기 위한 동화정책의 일환이었던 내선일체의 논리는 내지인과 조선인은 '황국의 신민'으로 하나가 되어야 한다는 논리이다.

이처럼 내선일체의 논리는 표층적으로는 조선과 내지의 일대일 결합인 것처럼 보이지만, 실상 심층적으로는 강자가 약자를 흡수, 통합하는 방식으로 나타난다.[27] 이 소설에서도 이러한 비대칭적인 통합의 양상이 나타난다. 예컨대 야마모또 병사는 영순에게 '조선 언문'을 배운 뒤 조선 언문에서 조선의 가옥 구조를 발견하고 나아가 이러한 조선의 가옥

---

27) 김양선, 앞의 글, 278면 참조.

구조가 지나의 가옥 구조와 비슷하다는 점을 아울러 발견하는데, 이러한 발견은 어떠한 논리적 단계도 거치지 않은 채 곧바로 "중국과 조선과 일본은 神代(카미요: 일본 신화에서 신이 다스렸다고 하는 시대) 때부터 어떤 인연이 있었다"는 확신으로 나아간다. 이처럼 야마모또는 영순과의 연애를 통해 일본을 중심으로 한 동양 전체에 대한 이해로 나아가는 데 반해,[28] 영순은 야마모또와의 만남에서 일본의 전쟁을 자기 일처럼 느끼는 데 그친다. 이러한 형식화 방식을 통해, 작가는 일본을 일본이라는 특정 국가가 아니라 동양 전체를 지칭하는 범아시아적 개념으로 확장시키는 반면, 조선은 그러한 일본에 통합됨으로써 일본의 부분으로서의 정체성을 획득하게 되는 것으로 그려낸다. 문제는 이러한 전체와 부분으로 위계화되는 국가적 질서체계가 남성과 여성이라는 성별 구조를 빌려온다는 것인데, 그 결과 남성과 여성 간의 위계화된 성별 구조는 국가 간의 관계를 규정하는 기준점으로 작용하게 된다.

이러한 비대칭적인 결합의 문제는 동양 가옥 구조의 유사성에서 중국, 조선, 일본이 먼 옛날부터 어떤 인연으로 얽혀 있을지도 모른다는 정신문화적 유사성의 지적으로 비약하는 데서 더욱 분명하게 드러난다. 문화적 차원에서의 동화는 특히 언어나 가옥 등 정신적·문화적 문제를 지적함으로써 사회역사적인 이질성을 은폐시킬 수 있다. 그러므로 이러한 사회역사적 맥락으로부터의 일탈은 차이를 거세함으로서 차별의 무화(無化)라는 환상을 더욱 촉진시킬 수 있게 된다. 소설의 마지막 부분에서 야마모또의 전사 소식을 듣고 그를 위해 묵도하는 영순에게 나타난 '야마모또 병사의 환영'은 그대로 일본혼, 일본정신을 상징한다. 이는 구체적으로 "야마모또 병사의 신이시여, 영혼이시여 편안히 잠드소서"라는 영순의 기도문에서 야마모또 병사가 신으로 호명되고 있다는 사실에서 뿐만 아니라, 정신의 형태로 구현되고 있다는 점에서도 알 수 있

---

28) 이는 야마모또가 편지에서 전쟁이 조국을 지키기 위한 신성한 의무일 뿐만 아니라 동양평화를 유지하기 위한 노력의 일환이라고 말하는 것에서도 잘 나타난다.

다. 이러한 정신의 형태가 물질적인 형태보다 더 설득력 있는 기제가 될 수 있음은 물론이다. 황민화의 근본은 정신이며, 정신은 스스로 외부에 드러나는 경신숭조(敬神崇祖)의 관념이다. 이런 의미에서 황민화 정책이라고 하는 것은, 어떻게 해서든 일본문화에 동질화시키는 것이었으며 일본에 의한 '정신의 정복' 나아가 '정신의 총동원체제'였다고 볼 수 있다.29) 「환영의 병사」에서 '야마모또'의 '혼'이 일본의 혼 내지는 정신을 상징하는 것으로 해석될 수 있는 것도 바로 이러한 맥락에서이다. 이때 야마모또가 영순의 앞에 '혼'의 상태로 나타나게 된다는 것은 중요하다. 혼의 상태로 존재한다는 것은 현실적으로는 영순이라는 타민족 여성과의 결합가능성을 불가능하게 만드는 조건이라는 점에서, 이는 최정희가 역설하는 일본의 내선일체의 논리가 구체적이고 실질적인 '동화'라기보다는 허구적인 기만에 가까웠다는 것을 스스로 폭로하는 것이다. 물론 이러한 기만의 논리 이면에는 민족을 성별화하는 성차별의 이데올로기가 자리잡고 있었다.

6. 여성성과 친일의 논리

지금까지 여성작가의 친일소설에서 일본 제국의 대동아공영권 논리가 어떤 방식으로 형상화되고 있는가를 살펴보았다. 그 결과 일본의 대동아 논리는 여성을 국민으로 호명함으로써 표면적으로 여성 해방 담론의 형태를 취하지만, 실제적으로는 가부장제 내에서 승인되는 여성의 고정된 역할만을 강요하는 여성 억압의 담론이라는 사실을 확인할 수

---

29) 홍일표, 앞의 글, 57면.

있었다. 국민으로 호명된 조선 여성이 담당한 역할이란 고작 아들을 전장으로 몰아넣는 군국의 어머니나 창부 내지는 군 위안부였다는 사실[30]에서도, 신체제하에서 이루어졌던 여성의 국민화 논의가 지닌 허구성은 분명하게 드러난다. 그 근원에는 물론 조선 여성을 국민으로 호명한 국가가 조선을 식민지화한 식민 종주국이라는 사실이 가로놓여 있다. 식민지 조선의 중산층 여성 지식인들은 일본과 조선 사이의 현실적인 지배 / 피지배의 관계를 무시한 채 일본을 상상적이고 허구적인 국가 공동체로만 받아들임으로써 일본 신체제하에서의 여성 해방의 논리가 기껏해야 전쟁 동원의 도구에 불과하다는 사실에 눈감은 것이다. 게다가 이러한 조선 여성과 일본 국가의 비대칭적 관계는 심층적인 차원에서 성별의 위계화를 통해 민족의 위계화를 강화하는 수단으로까지 활용되었다. 그 결과 친일소설에서 그려지고 있는 여성의 역할은 여전히 가부장제 내에서 부여받은 어머니와 아내의 역할에서 크게 벗어나지 못하게 된다. 여성작가의 친일소설에서 발견되는 대표적인 체제 순응의 논리가 바로 모성적 윤리라는 사실은, 민족이나 계급 문제와 결합되지 않은 여성성의 원리가 그 자체만으로는 지배 담론에 의해 쉽게 전유될 수 있는 허약하고 유동적인 것일 수 있음을 암시한다. 모성의 작가이자 여성성을 소설의 구성 원리로까지 밀고 나갔던 최정희가 여성작가 중에서 가장 많은 친일소설을 남겼다는 것은, 그런 점에서 의미심장하다.

---

30) 가와 가오루, 앞의 글 참조

일제 말기 연애소설의 성정치

제 **3** 장

1. 내선결혼이라는 형식

일선통혼(日鮮通婚) 혹은 내선결혼(內鮮結婚) 문제는 일제 말기 총동원 체제하에서 내선일체를 정당화하려는 목적으로 적극적으로 권장되었다. 내선일체는 '전시동원체제'하에서 일본의 전쟁을 정당화하고 서구와의 전면전에서 일본을 도와 함께 전쟁을 수행할 연합세력을 확보하기 위해 동원된 식민지배 이데올로기였다.[1] 이를 위해 일차적으로 요구된 것은 '식민지 조선인'을 '황국신민', 즉 새로운 일본인으로 만드는 것이었다. 이러한 조선의 일본화 전략은 다양한 동화정책들을 동원했는데, 내선결혼 또한 이러한 동화정책의 일환으로 적극 권장되었다. "동화정책의 제

---

[1] 홍일표, 「일본의 식민지 '동화정책'에 관한 연구—'창씨개명' 정책을 중심으로」, 서울대 석사논문, 16~17면 참조.

1방책으로서 가장 효과 있는 것은 바로 내선인의 결혼"2)이었던 것이다. 그리고 1939년 11월 10일자의 제령 19호「조선민사령 중 개정의 건」11조의 2³)에 의해 내선결혼을 가로막던 종래의 법적 제약이 폐지됨으로써 내선결혼은 법적·제도적 지원까지 받게 된다.

이렇듯 내선결혼이 창씨개명이나 징병제 등과 함께 중요한 동화정책의 하나로 부각될 수 있었던 것은, 그것이 서로 다른 두 민족의 "이해관계를 떠난 개인과 개인, 가정과 가정의 친밀한 접촉"을 가능하게 해주기 때문이다. 연애에서 결혼으로 이어지는 남녀 관계의 문제는 심층적인 인간 관계를 표현하기에 적합할 뿐만 아니라, 공적이고 제도적인 관계를 떠받치는 궁극적인 인간 관계라는 의미를 갖는다. 그런 점에서 내선결혼은 언어와 풍속, 습관 혹은 더 나아가 종교와 신앙체계와 의례, 정의로움과 공정함의 기준, 인간다움의 평가기제, 현실과 미래에 대한 세계관, 미적 생활의 기준 등이 다른 두 민족을 동화시킬 수 있는 가장 일차적이고도 중요한 방법이 될 수 있다. 사랑이 이러한 일차적 인간 관계를 성립시키는 결정적인 매개가 되는 것은, 그러므로 당연하다.

1930년대 후반부터 내선결혼을 다루는 소설이 등장한 것은 이런 맥락에서다. 그 당시 조선인과 일본인 사이의 연애와 결혼의 문제를 주제화한 소설로는 이광수의『진정 마음이 만나서야말로』,『그들의 사랑』,「소녀의 고백」, 한설야의「피」,「그림자」, 채만식의「냉동어」, 이효석의「아자미의 장」, 정인택의「껍질」, 최재서의「민족의 결혼」, 최정희의「환영의 병사」등이 있다. 이 중에서 이광수·정인택·최재서의 소설에서 내선결혼은 내선일체의 이데올로기를 적극적으로 선전·선동하기 위한 소재 정도로만 다루어지는 반면, 한설야·채만식·이효석의 소설에서 내선결혼의 문제는 그보다는 지극히 심리적이고 내면적인 연애소설의 형

---

2)「일선인 결혼법」,『동아일보』, 1920.4.29(이경훈,『이광수의 친일문학 연구』, 태학사, 1998, 291면에서 재인용).

3) 이 법조문에 대해서는 이경훈, 위의 책, 292면 참조.

식 속에서 남녀간의 미묘한 신경전과 애정의 갈등이 부각된다.

그러나 흔히 그러하듯 이들 소설을 구분할 수 있는 기준이 내선결혼이 전경화되느냐 그렇지 않느냐에만 있는 것은 아니다. 가령 이광수 소설에서는 내선결혼과 연애의 문제가 친일의 논리를 일상생활의 차원에서 다양한 삶의 내용들을 담아내며 전개된다고 할 수 있다면, 반대로 최재서의 「민족의 결혼」의 경우에는 내선결합의 의미를 역사를 통해 알레고리적으로 전달하고 있다고도 볼 수 있다. 그렇지 않으면 식민지 남성과 제국 여성, 식민지 여성과 제국 남성의 결합 관계로 이들 소설을 구분할 수도 있을 것이다. 이러한 다양한 분류가 가능한 것은 일제 말기 소설에서 내선결혼의 문제가 다양한 계기들과 절합하면서 다양한 층위들을 형성하고 있기 때문이다. 따라서 소설에서 내선결혼은 국책 선전을 위한 도구적 소재에서부터 식민지인의 모순적이고 균열된 자의식을 표출하는 방법적 소재에 이르기까지 다양한 스펙트럼을 연출하며 나타난다. 나아가 이러한 스펙트럼은 식민 / 탈식민, 근대 / 전근대, 남성 / 여성, 주체 / 타자, 집단 / 개인 등의 대립항들의 충돌과 결합에 의해 더욱 복잡한 의미망을 형성한다. 내선결혼의 문제가 단순히 소설의 소재로만 한정될 수 없는 것은 이 때문이다. 오히려 내선결혼은 식민 주체의 식민 / 탈식민의 상상력이 남녀의 애정 문제를 둘러싼 인종·민족·문화·관습·성과 같은 다양한 계기들과 결합되어 나타나기 때문에, 식민지적 모순을 중층적으로 보여주는 중요한 허구적 형식의 하나라고 할 수 있다.

이 글에서는 1930년대 후반부터 발표된 위 소설들을 대상으로 이러한 중층적이고 복합적인 내선결혼의 층위들을 살펴보고자 한다. 그런 점에서 내선결혼 소설을 본격적으로 다룬 이상경의 논의[4]는 이 글의 중요한 출발점이 된다. 이상경의 연구는 내선결혼을 다룬 거의 모든 소설을 망라하면서 내선결혼을 둘러싸고 서 있는 작가들의 서로 다른 정치

---

4) 이상경, 「일제말기 소설에 나타난 '내선결혼'의 층위」, 『친일문학의 내적 논리』, 역락, 2003.

적 입장과 식민지적 상황에 대한 대응 방식을 밝히고 있다. 그에 따르면 그것은 이광수와 한설야로 대변되는 '협력'과 '저항'의 길이다. 그러나 이 논의의 문제점은 단순히 '피'의 다름에 대한 자각의 유무 여부에 따라 내선결혼의 소설을 내선일체 긍정론과 부정론으로 나누고 각각을 식민주의에 대한 협력과 저항의 입장을 대변하는 것으로 보는 단순한 이분법적 논리를 따르고 있다는 점이다. 뿐만 아니라 이 논의는 내선결혼이라는 소설적 형식을 현실적인 친일 담론과 직접적으로 연결시킴으로써 단선적이고 제한적인 한계를 안고 있다. 문학이 아무리 친일 이데올로기의 선전 도구라고 하더라도, 그러한 선전 내용을 담아내는 방식과 그 속에 작동하는 작가의 무의식에 따라 소설의 결과 질은 사뭇 달라질 수 있다. 내선일체의 이데올로기를 담아내기 위해 내선결혼과 같은 멜로드라마의 구조를 선택한 작가의 의식 / 무의식은 친일 담론의 직접적 발화 여부와는 상관없이 해석될 여지가 있는 것이다. 아울러 그것은 식민 / 탈식민의 계기만으로는 포착되는 어려운 젠더 · 문화 · 개인 등의 계기들이 뒤얽혀서 구조화되는 훨씬 더 중층적이고 복합적인 문제인 것이다.

이광수 · 채만식 · 이효석의 친일소설에서 여성성이 활용되는 방식을 살피고 있는 김양선의 연구5)는 민족과 젠더의 역학 관계 속에서 식민지 남성의 제국에 대한 열망과 그 좌절의 심리를 드러낸다는 점에서, 또한 제국 / 식민의 위계질서가 어떻게 성별 위계질서와 맞물리면서 복잡한 지형도를 그리고 있는가를 살펴본다는 점에서, 젠더 정치적 관점에서 친일문학에 접근하는 본고의 방향에 시사하는 바가 크다. 그러나 자기 동일성 상실의 위기에 처한 식민지 남성주체가 자신의 주체성 확립을 위해 여성성을 전유한다는 이 논의의 주장은 모든 친일소설에 적용하기 어렵다. 그리고 이런 논리로는 이효석이나 채만식 · 한설야 소설에서 징

---

5) 김양선, 앞의 글.

후적으로 발견되는 여성화된 남성의 포즈가 갖는 의미의 다층성을 포착할 수 없다. 이러한 한계는 한편으로는 일부 텍스트만을 분석하는 데서오는 것이기도 하지만, 다른 한편으로는 젠더 논의의 경직성에서 비롯되는 것이기도 하다. 젠더를 최종심급으로 놓는 방식은 다른 서사적 계기들의 의미를 축소하거나 무시할 수 있다는 점에서 신중하게 선택되어야 한다. 젠더가 다른 심급들 중에서 더 심층적이고 근본적인 것이라고하기는 어렵다. 예컨대 제국 여성과의 관계 속에서 왜소화와 내면화의길을 걷게 되는 식민지 남성의 운명은 한편으로는 위계적인 젠더 구조의 배치 / 재배치의 문제와 관련되지만, 식민지적 현실에 대응하는 그 나름의 주관적 방식과도 관련될 수 있다. 어쩌면 그것은 고질적인 젠더의위계질서조차도 동요하게 만드는, 나아가 여성조차 전유할 수 없게 하는 압도적인 현실이라는 문제와 관련된 것일지도 모른다.

이 글에서는 기존 논의의 이러한 성과와 한계를 딛고, 식민지시대 내선결혼을 다룬 소설 중에서 식민지 남성과 제국 여성의 사랑을 다룬 몇몇 소설을 중심으로 식민 / 탈식민의 역학과 그것이 연애소설의 성정치와 관계를 맺으면서 형성하는 복합적인 의미를 면밀한 텍스트 분석을통해 살펴보도록 하겠다. 이들 소설에서 식민지 남성과 제국 여성의 관계는 민족과 젠더의 질서가 복잡하게 뒤얽히는 다양한 방식을 보여줌으로써, 민족과 젠더의 위계 구조가 그렇게 단순하고 도식적으로 결정되지않는다는 사실을 확인할 수 있게 해준다. 중요한 것은 '식민=여성=성애화된 대상', '제국=남성=비성애적 대상' 등과 같이 식민 / 제국을 가르는 기존의 기준들을 반복하는 것이 아니라, 그러한 기준들이 어떤 맥락에서 의미화되고 작동되는지를 텍스트의 결을 따라서 살펴보는 것이 필요하다. 어떤 기준도 그 자체로 고정적이거나 절대적이지 않다. 오히려그것들은 다른 여러 식민 / 탈식민의 계기들과 접합함으로써 유동적인의미망을 구축하게 된다. 그런 점에서 소설은 정치나 논설과는 다르다.내선일체의 이데올로기를 선전하는 문학이라고 하더라도, 그 소설에는 정치적 논리나 환상을 배반하는 텍스트의 무의식이 있게 마련이다. 따라서 본고는 이런 맥락을 고려하여 일제 말기 남성작가의 소설에 나타난 내선결혼의 문제를 단순히 친일 담론과의 연관성 여부를 확인하는 차원에서 더 나아가, 그런 복합적인 층위와 양상을 고려하는 방식으로 논의를 진행하고자 한다.

2. 사랑과 우정, 성별화된 마음의 위계 구조

이광수는 『진정 마음이 만나서야말로』[6]를 연재하면서 덧붙인 「작가의 말」에서 "야마또와 고구려", 즉 일본과 조선이 하나가 되기 위해서는 "마음과 마음이 서로 만나 서로 사랑"[7]해야만 한다고 주장한다. 이때 마음과 사랑은 '내선' 양 민족이 서로의 차이를 구분할 수 없을 정도로 진정 하나 됨을 위한 절대적인 조건으로 간주된다. 이광수의 소설에서 그러한 마음과 사랑은 친절·우애·자매애·인정·성(誠) 등의 개념과 친족체계를 이루면서 일종의 감정의 네트워크를 구성한다. 그의 친일소설에서 감정 과잉의 인물들이 자주 등장하는 것 또한 이와 무관하지 않다. 특히 『진정』의 주인공 영준-석란 남매와 타케오-후미에 남매는 정신적 교감을 나눌 때마다 자주 "눈시울이 뜨거워지는 것을 느"(19면)끼는데, 이렇게 그들은 "눈물을 흘리지 않고는 배겨낼 수 없"(73면)는 것이다. 이처럼 마음과 사랑을 내선일체의 실현을 위한 궁극적 지향점으로 설정하

---

6) 이광수, 이경훈 편역, 『진정 마음이 만나서야말로』, 평민사, 1995. 이후 줄여서 『진정』으로 표기하고 인용문에도 면수만 밝힐 것이다. 『그들의 사랑』 또한 이 책에 실린 텍스트를 대상으로 하였으므로, 인용 시 면수만 밝히겠다.

7) 『진정』, 9면.

는 것은 비단 이광수의 논리만은 아니었다.

오인은 내선결혼을 주장하는 것이니 이는 인간적으로 서로 친해지고 가족적
으로 한덩이가 된다면 여기 내선일체의 실현은 극히 용이하게 될 것이다. 그러
나 결혼이란 보통 다른 것과 달리 정책적으로 되는 것이 안이오 애정이라는 것
이 절대 필요한 것이니 그럴라면 이런 애정의 정을 북도들 여기 내선남녀의 회
합할 기관을 구성할 필요가 있다. 그런데 지금까지 내선인의 결혼한 예로 보아
불행한 것도 없는 것은 안이나 대체로 행복된 것을 보면 애정이란 국경이나 민
족이나 계급을 초월하는만치 여기 내선결혼의 조고마한 掛念이 필요치 안는
것이다. 결혼은 두 사람의 생활을 단일화하고 두 사람의 생활의 세계를 잘 융
화시키는이만치 여기 감정적으로 융화되는 부부가 나아가서는 혈족적으로 완
전히 융화가 될 것이므로해서 이 내선일체 운동의 적극적인 好結果를 내일 것
이라 믿어진다.[8]

이 글의 논리를 따라가 보면, 내선일체의 실현은 서로 다른 두 민족
을 "인간적으로 친해지고 가족적으로 한덩이가" 되게 하는 내선결혼에
의해 가능한데, 이때 애정은 이러한 결혼 관계를 이루는 결정적인 요소
다. 그런데 "애정이란 국경이나 민족이나 계급을 초월하는" 것이므로,
이러한 애정을 바탕으로 한 내선결혼에 의해서만 두 민족은 "혈족적으
로 완전히 융화가 될" 수 있다. 그 결과 이제 내선일체의 이데올로기는
사적이고 친밀한 애정 관계를 통해서 가장 효과적으로 전달될 수 있게
된다. 인종적·문화적으로 다른 두 민족을 결합시키는 것을 제도나 정
책이 아니라 애정에서 발견할 수 있다는 이러한 논리는, 이광수의 소설
에서 자주 발견되는 계몽적 서사 구조와 결합함으로써 좀더 복잡한 양
상으로 전개된다.

『진정』에서 충식―석란 남매는 위기에 처한 타케오―후미에 남매를
구해주고 또 정성으로 간호해주면서, 그들은 서로 조선인 / 일본인 사이

---

8) 「내선일체와 신동아건설」, 『조광』, 1940.1, 119면.

의 벽을 허물고 "친 오빠나 무슨 친척과 같은" 사랑과 정을 느끼게 된다. 그런데 이 두 남매 사이의 관계는 점차 우애(형제애, 자매애)와 애정에 따라 각각 '충식-타케오 / 석란-후미에', '충식-후미에 / 석란-타케오'의 관계군을 형성하게 된다. 이 네 가지 관계는 기본적으로 감정에 기반한다는 점에서는 공통적이지만, 전자가 동성간의 관계라면 후자는 이성간의 관계라는 점에서 나뉜다. 그런데 이 중에서 충식-타케오와 석란-타케오는 계몽 대상-계몽 주체라는 관계의 성격을 강하게 드러내는 반면에, 석란-후미에와 충식-후미에의 관계에서 이러한 계몽적 성격은 많이 탈색된다. 특히 충식-후미에의 관계는 후미에와 석란의 대화를 통해 암시적으로만 언급될 뿐 소설의 전개 과정에서 아무런 영향력을 끼치지 못한다.

이러한 관계 구조에서 일차적으로 확인할 수 있는 것은 타케오가 절대적인 계몽 주체라면 충식과 석란은 그러한 계몽의 대상이라는 점이다. 이때 작동하는 것은 일본 / 조선과 제국 / 식민이라는 인종적, 민족적 경계다. 그리고 그러한 작동의 논리는 계몽 대상의 성에 따라 우애와 사랑으로 나뉘어져서 구성된다. 일본인 타케오의 입장에서, 충식에 대한 우애와 석란에 대한 사랑은 조선을 동화하고 계몽하기 위한 도구화된 감정이라는 점에서는 질적으로 차별되지 않는다. 그리하여 소설의 전반부에서 타케시는 충식과의 우정을 통해 충식을 군의관으로 출병하도록 하고, 후반부에서는 석란과의 사랑을 빙자하여 그녀를 시력을 상실한 자신의 '지팡이' 노릇을 하게 한다. 타케오에게 충식과 석란은 가르치고 인도해야 할 교화의 대상이라는 점에서 구별되지 않을 뿐만 아니라, 그런 점에서 그들과의 우애와 사랑 또한 구별될 필요도 없는 것이다. 소설에서 타케오의 친일적 계몽의 논리는 이렇듯 감정의 질적인 차이를 초월한다.

소설에서 계몽 주체로서 타케오의 역할은 거의 모든 인물에게 영향력을 미친다는 점에서 절대적이다. 충식은 출정하는 그에게 편지를 받고 일본을 자신의 조국으로 받아들이게 되며, 석란과 후미에 또한 타케오의 조국애와 용기에 감화되어 '특별 지원 간호부'로 지원한다. 심지어 불령조선인(不逞朝鮮人)인 충식의 아버지 김영준 또한 "조선인도 일본인도 결국 다를 바 없다는"(35면) 타케오의 설득에 어느 정도 공감하게 되어 충식의 출정을 암묵적으로 승인하게 된다. 반면에 조선 남성인 충식은 친구인 타케오뿐만 아니라, 심지어 잠정적 연인인 후미에에게조차 아무런 영향력도 미치지 못한다. 특히 서로 은근한 감정을 갖는 것으로 설정된 충식─후미에는 실제적 관계를 맺지 못한다는 점에서 내선일체에 대한 관념이 만들어낸 상징적 허구에 불과하다고 볼 수 있다. 따라서 『진정』에서 교차되면서 전개되는 네 사람의 관계를 구성하는 최종심급은 위계화된 민족적 차이다. 여기서 확인할 수 있는 것은 식민지 조선과 제국 일본의 관계가 결코 대등할 수 없다는 점과 그러한 민족적 위계질서는 적어도 이 소설에서는 젠더적 위계 관계에 의해 대체되거나 전도될 수 없을 정도로 견고한 것으로 자리잡고 있다는 점이다.

그럼에도 불구하고 젠더적 질서가 완전히 배제된 것은 아니다. 이는 석란─후미에의 자매애적 관계를 통해 확인할 수 있다. 소설에서 식민지 여성인 석란과 제국 여성인 후미에는 그나마 어떠한 계몽적 이해 관계가 없으면서도 나름대로 대등한 자매애적 관계를 맺고 있다. 즉 이들의 민족적 정체성은 이들의 자매애적 관계를 불균등한 것으로 굴절시키지 않는다. 이러한 관계가 가능한 것은 이 둘이 여성이기 때문이다. 그것은 이들의 여성성이 현실적으로 아무런 가치도 없는 부차적이고 주변적인 것에 불과하다는 것을 의미한다. 일본이 조선과의 융화에 아무런 거부감이 없다는 사실을 알리기 위해서 작가는 일본 남성이 아니라 일본 여성에게 '조선옷'을 입혀야만 했던 것이다. 후미에의 '조선옷'은 석란이 타케오를 전송할 때 입고 나온 '조선옷'과 그렇게 변별되지 않는다. 소설에서 석란과 후미에는 그렇게 '조선옷'이라는 열등한 기표를 공유함으로써 '순수한' 사적 관계를 맺을 수 있게 된다.

『진정』에서 젠더적 위계질서는 작가의 주제의식이 닿지 않는 곳에서 음화의 상태로 은밀하게 작동하면서 이렇게 서사화된다. 이러한 젠더적 위계질서는 다소 왜곡된 방식으로 충식의 사랑과 우정을 구성한다. 충식에게 타케오와의 우정은 가능한 데 반해 후미에와의 사랑은 불가능한 것으로 받아들여지는데, 이는 충식―타케오의 관계에서 성적 위계질서와 민족적 위계질서는 함께 가지만 충식―후미에의 관계에서 이 두 질서 사이의 균형은 깨지기 때문이다. 즉 충식은 타케오에게는 기꺼이 계몽 대상이 되어줄 수 있지만 후미에에게는 계몽 대상이 될 수 없었던 것이다. 그런 점에서 타케오와는 달리 충식의 입장에서 일본인과의 우정과 사랑은 현저히 다른 의미와 질을 구성하게 된다.

민족적·젠더적 역학 관계 속에서 복합적으로 이루어지는 이러한 네 가지 관계 구조는 이광수의 『그들의 사랑』에서도 비슷하게 발견된다. 이 소설의 주인공 이원구는 아버지가 죽은 뒤 학비 부족으로 곤경에 처하게 되지만, 동급생인 다다시의 도움으로 그의 동생들(미찌꼬와 다까시)을 가르치는 가정교사 자리를 얻게 된다. 소설은 이렇게 맺어진 이원구와 다다시의 관계를 중심으로 전개되는데, 여기에 이원구―미찌꼬의 애정 관계가 결합된다. 다다시는 단순히 이원구에게 물질적 원조를 해주는 조력자에만 머무르지 않고, 원구가 "그릇된 민족주의 감정"(144면)을 청산하고 "천황의 적자요 일본 나라의 신민이라는 자각"(145면)을 얻게 하는 교화자 역할을 한다. 그러한 자각은 우정으로 구체화되는 "진정(眞情)"에 의해 가능해진다. 따라서 다다시―이원구는 표면적으로는 대등한 친구인 것처럼 보이지만, 실제로는 제국 / 식민의 위계질서에 따라 계몽주체―계몽대상의 관계로 규정된다.

그런데 특기할 만한 것은 다다시와의 관계에서 계몽의 대상에 불과했던 이원구는 조선 농민을 바라볼 때는 계몽주체의 자리에 서게 된다는 점이다. 이는 조선 농촌을 바라보는 원구의 시선에서 확인할 수 있다. 원구는 방학을 맞이하여 고향에 내려가는데, 이때 그의 눈에 비친 조선은 가난하고 더러울 뿐만 아니라 성적으로 문란하기까지 하다. 소설에서 조선에 대한 그러한 부정적 가치평가는 원구가 일본정신과 예의범절을 일상적인 청결의 습관을 통해 실천한 뒤에야 가능해진다. 유사계몽주체의 지위를 획득한 원구의 시선 속에서 일본과 조선의 문화적 차이는 인종적·민족적으로 위계화된 차별로 확대되는 것이다. 이러한 인종적 차이의 확인은 거꾸로 생활습관과 문화적 차이를 극복하기만 한다면 인종적·민족적 차이를 극복할 수 있다는 착각을 불러일으킨다. 그것이 착각인 이유는, 그렇게 해서 획득된 유사 일본적 정체성에도 불구하고 원구─미찌꼬의 사랑은 이루어지지 않기 때문이다. 소설에서 그 이유는 "미찌꼬는 내지인 중에도 상류계급 사람"이고 원구는 "조선인 중에도 빈한 조선인"(131면)이기 때문으로 나타난다. '일본=부유한 상류계급 / 조선=가난한 하층계급'이라는 인종적·계급적 위계 관계로 인해 이들의 관계는 불가능한 것으로 규정된다. 반면에 소설에서 같은 '상류계급 내지인'인 다다시와 조선인 원구는 '진정'으로 맺어지는 것으로 그려진다. 왜 조선과 일본의 관계에서 우정은 허락되고 사랑은 허락되지 않는가?

『진정』의 충식─타케오 / 충식─후미에 관계에 비춰 생각해보면, 그 이유는 다다시─원구의 관계가 계몽주체─계몽대상의 관계로 환원될 수 있지만 미찌꼬─원구는 이러한 관계 구조로 환원될 수 없기 때문이다. 즉 원구에게 미찌꼬는 여성이기 전에 일본인인 것이다. 아무리 다다시를 통해 계몽주체의 시선을 획득했다고 하더라도, 원구는 미찌꼬를 계몽할 수 없는 것이다. 그녀는 계몽이 필요 없는 일본인이기 때문이다. 소설의 결말 부분에서 원구가 조선학생들에게 '반역자, 스파이'라는 비난을 받으면서도 "자신의 조국이 일본이며 조선청년들은 순순히 일본국민의 길을 걸어나가야 한다"(152면)는 주장을 할 수 있었던 이유는 적어도 그 순간에 그가 계몽주체의 지위에 있었기 때문이다. 이광수 소설의 주조를 이루었던 '사랑'은 이렇게 압도적인 계몽의 요구에 의해 텅 빈

기표로 전락하게 된다.

이광수 소설을 비롯해서 여러 친일소설에서 발견되는 '내선'간의 사랑과 결혼의 문제는 모든 차이를 뛰어넘는 낭만적 사랑을 통해 대중의 탈현실적 욕망을 충족시켜 주면서도 내선일체라는 친일 이데올로기를 정서적인 차원에서 거부감 없이 받아들일 수 있게 하는 것으로 간주되었다.[9] 그것은 일종의 "감정훈련을 통한 내선일체"[10]였다. 인종적으로 서로 다른 남녀의 애정서사를 통해 이루어지는 이러한 '감정훈련'은 민족감정의 훈련으로까지 확대되어 식민 조선과 제국 일본의 결합을 용이하게 해주는 토대가 된다. "감정이 일시동인의 국가적 관념과 적나라한 인간적인 기분 속에서 완전히 아름답게 용해"[11]되어야만, 즉 민족감정조차 훈련시켜야만 진정한 내선일체의 문학이 될 수 있는 것이다. 친일담론을 전면에 내세운 많은 소설들이 멜로드라마의 구도를 채택할 수밖에 없었던 것은 이처럼 감정 교육의 차원에서 친일의 논리를 구축하는 것이 훨씬 더 대중들에게 친숙한 방법일 뿐만 아니라 "민족심리의 가장 깊은 곳과 접촉하"고 서로 다른 "인간과 인간을 결부하는 특별한 성능이 있[12]었기 때문이다.

그러나 이광수의 소설에서 역설적으로 드러나듯이, 제국 주체인 일본과 식민 대상인 조선 사이의 위계화된 차이가 남녀 사이의 순수한 애정을 통해 극복할 수 있다는 환상은 애초부터 실현 불가능한 것이다. 왜냐하면 앞에서 보았던 것처럼 이광수의 소설은 내선결혼을 주장하면서도 그것이 실현 불가능한 환상에 불과하다는 것을 스스로 폭로하고 있기 때문이다. 우리가 여기서 확인할 수 있는 것은 정치적 논리를 배반

---

9) 한민주, 「일제 말기 소설 연구─파시즘의 소설적 형상화를 중심으로」, 서강대 박사논문, 83~107면 참조.
10) 인정식, 「내선일체의 문화적 이념」, 『인문평론』, 1940.1, 4면.
11) 김용제, 이경훈 편역, 「민족적 감정의 내적 청산으로─내선일체의 인간적 결합을 위하여」, 『친일문학작품선집』 2, 실천문학사, 1986, 161면.
12) 유진오, 「신질서와 문학」, 『인문평론』, 1940.6, 3면.

하는 소설 자체의 논리다. 그것은 앞에서 살펴본 것처럼 사랑과 우정이라는 젠더화된 '마음'의 위계 구조를 통해 확인할 수 있다. 이들 소설에서 동성간의 우정은 초반의 오해를 극복한 뒤에는 대개 아무런 문제없이 지속되지만, 식민지 남성과 제국 여성 간의 사랑은 좌절되거나, 결합 가능성을 암시하더라도 성적 지표가 거세된, 관념에 가까운 것으로 그려진다. 『진정』에서 충식―후미에가 서로에 대한 호감을 남매애에 가까운 것으로 느끼는 한편, 『그들의 사랑』에서 원구―미쯔꼬와의 사랑은 사랑이라는 이름에 값할 만한 어떠한 시도도 없이 소설 중단과 함께 종결된다. 여기서 주목할 점은 이광수 소설에서 우정은 적극적으로 친일 이데올로기를 실어나르는 보조관념이 될 수 있지만, 사랑은 그렇게 되지 못한다는 것이다. 왜 그런가? 이에 대해서 자세히 살펴보기 위해서는 한설야 · 이효석 · 채만식의 소설을 경유할 필요가 있다.

3. 유예된 현재, (탈)성화된 일본

한설야의 「피」, 「그림자」, 채만식의 「냉동어」, 이효석의 「아자미의 장」은 앞 장에서 다룬 이광수의 친일소설처럼 내선일체의 논리를 노골적으로 선전하는 소설은 아니다. 오히려 이들 소설은 식민지 남성과 제국 여성 간의 사랑과 이별의 문제를 개인의 심리 차원에서 주관적으로 다루고 있는 "단순한 연애의 추억"[13]에 관한 소설이다. 그래서 이들 소설에서 사랑은 민족협화를 가능하게 하는 공적 감정이 아니라 열망과 좌절, 안타까움과 비애를 동반한 사적 감정으로 다루어진다. 유진오와 최

---

13) 최재서, 「국민문학의 작가들―국민문학은 어떻게 생각되었는가」, 『轉換期の朝鮮文學』, 人文社, 1943(이상경, 앞의 글, 144면에서 재인용).

재서의 다음과 같은 불평은 이러한 사정에서 비롯된 것이다.

> 「아자미의 장」의 경우에도 「혈」의 경우에도, 이 '내선'이라는 것이 별로 이렇
> 다 할 의미를 얻지 못한 것은 무슨 까닭일까? 모처럼 이런 제재를 취급할 바에
> 는 더욱 깊숙이 풍속, 습관, 풍토와 정치적, 사회적 지위 등의 차이에서 오는
> 여러 가지 마찰이나 갈등, 그리고 그것을 극복해 나가는 과정도 취급했어야 좋
> 았을 텐데 어찌된 영문인가?14)

유진오는 「아자미의 장」과 「혈(피)」에 드러난 '내선'의 문제가 뚜렷한
의미를 얻지 못하는 이유를 두 남녀의 연애가 "여러 가지 마찰이나 갈
등"에도 불구하고 극복될 수 있는 방식으로 그려져야 하는데 그렇지 못
했기 때문이라고 지적하고 있다. 이러한 유진오의 지적은, 한설야의 「피」
를 "현재 당연히 기대될 듯한 원만한 내선결혼에까지는"15) 이르지 못했
다고 평가하는 최재서의 주장과도 맞닿아 있다. 아울러 이들은 공통적
으로 그 이유를 비극적 결말 구조에서 찾고 있다. 그러나 우리는 여기
서 앞서 살펴본 이광수의 소설에조차도 식민지 남성과 제국 여성 사이
의 결혼은 어려운 것으로 그려지거나, 설령 이루어진다고 하더라도 『진
정』에서처럼 '假'의 형태로만 가능한 것으로 제시된다는 점을 다시 상
기할 필요가 있다. 사실 내선결혼을 다룬 소설에서 식민지 남성과 제국
여성 사이의 결합이 해피엔딩으로 끝나는 경우는 거의 없다. 그럼에도
불구하고 유독 한설야와 이효석의 소설만이 문제가 되는 이유는 유진오
와 최재서의 지적처럼 둘 간의 사랑을 불가능한 것으로 바라보는 비극
적 결말 때문이라기보다는 이들 소설이 민족간의 결합을 상징하는 것으
로 그려야 할 내선결혼의 문제를 지극히 사적인 연애담 정도로만 축소
시켰기 때문이다.

---

14) 유진오, 「국민문학이라는 것은」, 『국민문학』, 1942.11(『친일문학작품선집』 2, 실천문
   학사, 1986, 55면).
15) 최재서, 앞의 글, 143면.

그렇다면 정말 이들의 소설은 사소한 연애담에 불과한 것일까? 물론 표면적으로 이들 소설은 단순히 실패한 연애에 관한 이야기처럼 보인다. 그러나 실패한 과거의 연애를 현재로 소환해서 재구성하는 식민지 남성주체의 태도는 그렇게 간단하지 않다. 더욱이 이들 소설에서 재현되는 남녀 관계는 그들의 의식과 신체에 각인된 인종적·민족적 비대칭성의 흔적에서 자유로울 수 없을 뿐만 아니라 단순히 과거에만 머무르지 않고 끊임없이 현재로 소환되어 '실제생활'에 영향을 미친다는 점에서 단순히 주관적인 감정 차원의 문제로만 축소될 수는 없다. 그렇긴 하지만, 그들의 식민적 현실에 대한 태도를 "식민주의에 협력을 거부한"16) 저항적인 것이라고 단정하는 것도 텍스트에 산포된 다양한 의미의 결들을 형해화하는 단순한 이해다. 특히 이들 소설에서 제국여성을 바라보는 식민지 남성의 복잡한 내면의 드라마는 사랑이라는 구체적이고 사적인 문제를 통해 다각적으로 드러날 뿐만 아니라 식민/탈식민의 내적 계기들과 복잡하게 뒤얽히면서 현실적 지점들과 만나고 있기 때문에, 좀더 다층적인 접근방법이 필요하다. 한설야의 「피」와 「그림자」17)는 여러모로 이러한 내적 곤경에 빠진 식민지 남성의 복잡한 심리를 잘 보여주는 소설이다.

「피」와 「그림자」는 모두 과거의 연애를 현재의 관점에서 회고하는 형식으로 짜여져 있다. 「피」에서 '나'는 "십수년 전" 동경의 스이후 선생의 문하생으로 그림공부를 할 때 만난 친절하고 아름다운 마사코와 미묘한 애정의 기류를 형성하지만, '나'가 유부남이라는 사실을 고백한 후 헤어진다. 「그림자」 또한 '나'가 B읍의 사립학교 교원으로 있을 때 근처에 살던 치에코라는 여성과 "심리적으로 정신적으로 교감을"(188면) 느끼는 관계를 이루지만 그녀가 어머니의 병 때문에 동경으로 돌아간

---

16) 이상경, 앞의 글, 152면.
17) 한설야, 김재용·김미란·노혜경 편역, 「피」, 「그림자」, 『식민주의와 비협력의 저항— 일제말 전시기 일본어 소설선』 2, 역락, 2003. 이후 작품 인용 시에는 면수만 표기한다.

뒤 소식이 끊긴 일을 "십년 가까운 세월이" 흐른 뒤에 회상하는 이야기다. 이들 소설에서 과거, 특히 과거의 연애는 대개 '추억'이라는 이름으로 아름답게 기억된다. 「피」에서 '나'가 '쇼토쿠태자전 입선'에서 당선한 그림의 제목이 '추억'이라는 사실은, 그런 점에서 의미심장하다. 소설에서 '나'가 과거에 사랑했던 여성이 모두 완벽한 이상적 여성상에 가까운 존재로 그려지는 것도, 그들이 현재가 아닌 과거의 존재들이기 때문이다. 그래서 그녀들은 실체가 아닌, "아련한 애수의 감미로움"(「피」, 172면)의 세계로 빠져들게 하는 '그림자'로만 존재한다. 물론 실패한 사랑은 "힘든 추억"이자 "서글픈 기억"이기도 하지만, 그럼에도 불구하고 '나'는 그러한 과거의 세계를 "동화처럼 아름답게 느"(「그림자」, 187면)긴다. 그리하여 「그림자」의 '나'는 다음과 같은 고백을 하기에 이른다.

> 손가락을 꼽아 확실한 햇수를 셀 것까지는 없겠지만 저는 현재에 가까울수록 저 자신의 생활세계가 괴로운 기억으로 남고 현재와 멀어질수록 아름다운 꿈속의 세계처럼 그립게 기억이 됩니다. 나이 탓인지 아니면 회고 취미인지 …… 그건 그렇고, 생각해보면 당신이라는 존재가 그 시절의 제 생활세계의 마음자리에도 표현에도 뿌리를 깊이 내리고 꽃을 피웠으니 그렇게 생각되는 것도 사실일 겁니다. 그러니 설사 그것이 지금부터 1년 전의 일이었다고 해도 일단 당신을 생각하게 되면 꿈의 비단을 걸치지 않고는 그때가 떠오르지 않는 것입니다. 이미 제게는 하나의 꿈이니까요. 그래서 같이 있을 수 없게 된 건지도 모르지요. (「그림자」, 187면)

돌아오지 않는 치에꼬에게 쓰는 편지의 형식을 취하고 있는 소설 「그림자」에서, 삶은 '현재'를 기준으로 해서 현재에 가까운 생활세계와 현재와 먼 아름다운 꿈속의 세계로 양분되어, 현재는 '괴로운 기억'으로 과거는 '아름다운 기억'으로 가치화된다. 그리하여 '나'에게 과거는 현재보다 더 의미 있는 시간이 된다. '나'의 현재가 과거라는 시간의 그림자에 계속 사로잡혀 있을 수밖에 없는 것은 이 때문이다. 이때 현재와 과거는 단순히 선조적인 시간성의 문제만은 아니다. 그것은 10년 전에 이미 "당신이라는 존재가 그 시절의 제 생활세계의 마음자리에도 표현에도 뿌리를 깊이 내리고 꽃을 피웠"(187면)다는 '나'의 진술에 의해 분명해진다. 즉 '당신'은 10년 전 현재에도 '나'에게는 현재가 아닌 과거였다는 것이다. 이제 과거는 단순히 10년 전만을 의미하지 않는다. '나'에게 과거는 '당신'과 동일시되면서 절대적인 가치와 의미를 갖게 되는 것이다. 이렇듯 한설야 소설에서 과거의 사랑은 자신에게 "허용된 일생일대 단 한 번의 신에 가까운 모습"(206면)이 되어 현재를 압도한다. 즉 과거의 사랑(여성)은 현재의 '나'에게 '그림자'를 드리움으로써 지금 여기의 삶을 지배하게 된다.

이 소설에서 현재가 부재하는 것은 그 때문이다. 그러니 현재 생활의 갈등이나 문제 또한 부재할 수밖에 없다. 「피」의 '나'는 마사코와 헤어진 뒤 아내와 헤어지고 "새로운 곳을 순례하는"(182면) 방랑생활을 하면서 세상을 등지고 살며, 「그림자」의 '나' 또한 비록 결혼해서 세 아이의 아버지가 되지만, "더 이상의 (현실적) 행복은 원하지 않"(207면)는다. 나아가 '나'는 지금 현재 "지상에서 꿈틀거리는 사람들의 형상"을 "거칠고 공허"한 것으로 보고, 그러한 삶에서 "영혼의 빈곤함"(208면)을 느낀다. 이렇게 한설야의 소설에서 현실은 압도적인 과거로 인해 사라지거나 거부된다. 이런 맥락에서 한설야 소설의 회고적 형식은 현재를 은폐하거나 현재로부터 도피하기 위한 일종의 완충장치로 해석할 수도 있다. 현재는 부재함으로써 '부정적으로' 존재하게 되는 것이다. 한설야 소설에서 이렇게 '현재 / 나 / 생활'은 '과거 / 여성 / 사랑'에 압도된다.

그렇게 현재의 '나'에게 절대적인 영향력을 행사하는 과거의 한가운데에는 바로 불가능한 사랑의 대상인 '여성'이 존재한다. 한설야 소설에서 여성이 불가능한 사랑의 대상이 되는 것은 실패한 사랑의 효과 때문이다. 즉 여성이 원래부터 불가능한 사랑의 대상('일본' 여성)이었기 때문에 사랑이 실패하는 것이 아니라, 사랑이 실패했기 때문에 여성은 불가능한 대상이 되는 것이다. 적어도 표층적으로는 그렇다. 소설은 실패의 원인을 식민／제국의 비대칭적 민족적 위계 관계에서 찾지 않고, 다른 장애물 — 예컨대 '나'가 유부남이라거나, 연락이 끊겼다거나 하는 — 로 돌림으로써 다소 모호하게 처리한다. 그렇다고 소설에서 식민지 조선과 제국 일본 사이의 민족적·인종적 차이가 완전히 지워져 있는 것은 아니다. 소설에서 그러한 차이는 일본 남자들과의 관계를 통해서 드러난다. 그것은 예컨대 「피」에서 일본인 문하생들이 '나'를 "조선 촌구석"에서 온 "원주민"(175면)으로 비하하거나, 「그림자」에서 군의관 출신인 치에코 아버지가 "험상궂고 무서운 분"(191면), "무서운 당신의 아버님"(195면)처럼 두려움의 대상으로 그려지는 식으로 간접적인 방식으로만 나타난다. 이처럼 한설야 소설에서 '식민지 조선－제국 일본'이라는 현실정치적 관계는 일본 남성과의 관계를 통해서만 우회적으로 의미화되고 있다. 그러나 소설에서 '나'가 처한 이러한 현실적 조건은 일본 여성과의 사랑을 불가능하게 하는 직접적인 원인으로 제시되지는 않는다. 오히려 소설에서 '나'는 실패한 사랑을 통해 '과거／일본 여성'을 이상화함으로써 이러한 '현재／일본 남성'으로부터 비껴간다. 그래서 한설야 소설은 사랑의 실패의 (진정한) 원인을 추적하는 대신, 다만 그 실패의 사후적 효과가 현재의 '나'의 생활과 의식을 어떻게 지배하는가에 관해서만 이야기한다.18)

18) 이런 맥락에서, 「피」의 다음 구절에서 '피'를 인종적, 민족적 차이의 지표로만 보는 것은 일면적인 해석이다. 「피」에서 '나'는 마사코와 헤어지고 십수년이 지난 뒤 우연히 온천에서 마사코 부부를 만나는데, 그림값으로 마사코가 돈을 남기고 떠난 뒤에, 내면독백의 형식으로 그에 대한 자신의 생각을 다음과 같이 드러낸다. "그녀는 결국 내게 걷어낼 수 없는 무거운 마음의 부담을 지우고 자신은 가벼운 마음으로 떠났을 터이다. 내 마음은 언제까지나 납처럼 무겁게 가라앉고 있었다. 마사코는 자신의 이러한 호의가 내게는 고통이라는 것을 몰랐겠지만 결국 이번에도 그녀는 내게 고통 이외에는 아무것도 남기지 않았다. 괜찮다. 평생 고통과 싸우지 않으면 안 될 운명을 타고 났으니 어쩔 수 없겠지. 그러나 나의 고통이라는 것은 외부에서 오는 것이 아니라 내 피 속에 있는 것이 아닐까? 나는 파란 하늘을 떠가는 하얀 구름을 한없이 바라보고 있었다."(186면) 이 부분에 대해 이상경은 마사코와 '나'의 "관계의 결렬을 '피'의 문제로

그리고 이렇게 일본 여성은 불가능한 사랑의 대상이 됨으로써 이상화·숭고화된다. 한설야의 「피」와 「그림자」에서 여성과의 사랑과 이별이 남성에게 육체가 아닌 영혼의 문제를 제기하는 것은, 그런 점에서 당연하다. 한설야 소설에서 남녀 사이의 성적·육체적 관계가 부재하는 것도 이 때문이다. 「피」의 '나'는 '쇼토쿠태자전 입선' 후에 마사코를 문하생으로 받아 몇 달 동안 자신의 하숙집에서 함께 그림을 그리지만, "그림에 대한 수도자와 같은 경건한 마음"(「피」, 180면) 때문에 그녀와 성적인 관계에까지 이르지는 못한다. 심지어 「그림자」의 치에코는 "향기를 느끼면서도 (당신의) 체취를 맡을 수"(「그림자」, 205면) 없는, 탈육체적 존재로 그려진다. 그녀는 냄새조차 사라진 '투명한 존재'일 뿐이다. 그러한 육체의 소거는 일종의 상징적 죽음을 동반한다. 그래서 치에코는 "신에 가까운 모습"(206면)이나 "실물이 아닌 물에 비친 그림자"(204면)로만 존재한다. 「피」에서 이러한 죽음은 모든 여성에게로 확대된다. 어머니는 죽고, 아내는 도망갔으며, 사랑했던 마사꼬와는 헤어진다. 나아가 '나'는 자신을 둘러쌌던 여성들의 소멸과 동시에 일상적 삶을 포기하게 된다. 그러나 생활의 포기는 역설적으로 그녀들을 영원히 소유할 수 있는 '영혼'을 보장해준다. 「피」에서 '나'는 어머니의 죽음 이후에 고향을 "육체의 고향이 아니라 영혼으로 얻을 수 있는 몽환경"(171면)으로 받아들인다. "아마도 영원히 그녀를 잊을 수는 없을 것이다. 결혼해서 그녀를 잃는 것보다

설명"함으로써 이 소설이 "일본의 식민지 정책에 대한 저항을 담고 있"(이상경, 앞의 글, 142~143면)다고 해석한다. 그러나 여기서 '피'의 문제는 소설 초반부에 어머니에 관한 에피소드와 관련해서 본다면 그렇게 "뜬금없어 보이는"(같은 글) 것은 아니다. 그것은 어머니와 마찬가지로 자신 또한 "평생 고통과 싸우지 않으면 안 될 운명을 타고 났"다는 일종의 체념으로, 어머니와 같은 운명, 즉 고통과 싸워야 할 운명임을 수긍하는 것으로 해석할 수 있다. 물론 작가가 '고통'을 주관적인 개인의 문제가 아니라 유전적이고 선천적인 것으로 규정하는 방식을 통해 식민지적 상황에서 지식인이 느끼는 심리적 갈등과 저항을 우회적으로 표현한 것이라고 볼 수도 있다. 그러나 '피'의 문제를 단순히 마사코와 '나'의 민족적 차이에서 비롯된 것으로만 해석하는 것은 소설 전체의 내용과도 잘 부합하지 않는다.

는 삼계까지 그녀를 좇아갈 수 있는 영혼을 가지고 싶었다"(185면)와 같은 진술에서 확인할 수 있는 '영혼'의 문제 또한 이와 무관하지 않다. 식민지 남성주체에게 일본 여성은 육체가 없는 영혼만의 존재이기 때문에 '성 관계가 불가능한' 대상이 되는 것이다.

채만식의 「냉동어」 또한 일본 여성과의 육체적·성적 관계를 불가능한 것으로 그린다. 한때 사회주의라는 '아편'에 중독되어 생활감각을 잃은 채 열정 없는 나날을 보내던 대영은 비슷한 중독 경험으로 생활의 안정을 찾지 못하는 스미꼬를 만나 "보통 이상의 강한 친화력"[19]을 느끼면서 강렬한 사랑에 빠진다. 그러나 대영은 이미 "마음에 안긴 여자"(449면) 스미꼬의 아파트에서 여러 밤을 함께 보내면서도 그녀와 육체관계를 맺지 못한다. 대영은 다만 아편에 지친 스미꼬상을 위로해주는 '선량한' 보호자일 뿐이다. 이때 선량함은 자신의 동물적 욕구를 억누를 수 있는 절제의 미덕이지만 다른 한편으로는 탈성화된 욕망의 다른 이름에 불과하다. 그래서 대영은 스미꼬에 대한 자신의 선량한 태도를 "선량이 아니라 소심이요 비겁이요 그리고 허영"(454~456면)이라고 부르는 것이다. 이것은 그대로 스미꼬에 대한 대영 자신의 복잡하고 모순적인 심리를 드러내는 말이기도 하다. 즉 선량함은 사랑하는 여성에 대한 욕망의 억압된 표현(소심, 비겁)인 동시에, 상대적으로 열등한 자신의 민족적·계급적 지위를 '신사다움'으로 만회해보려는 제스처(허영)에 불과한 것이다. 이때 스미꼬는 '선량한' 대영과는 대조적인 '나쁜' 스미꼬가 된다. 그리하여 '선량한−나쁜'이라는 이항대립에서, 대영으로 상징되는 '선량함'은 열등 / 소극 / 열정 없음으로, 스미꼬로 상징되는 '나쁜'은 우월 / 적극 / 열정 있음으로 의미화된다. 그러나 대영의 '선량'은 스미꼬의 '나쁜'과 비교해서 상대적으로 규정된 것이어서 절대적이기보다는 상대적인 의미를 갖는다. 이는 '나쁜 스미꼬'−'착한 대영'의 관계가 '나쁜

---

19) 채만식, 「냉동어」, 『채만식 전집』 5, 창작사, 1987, 383면. 이후 인용문은 면수만 표기한다.

대영'-'착한 아내'의 관계로 전도되어 반복되는 것에서도 알 수 있다. 식민지 남성은 성 관계가 가능한 식민지 여성에게는 '나쁜' 남자가 될 수 있지만, 성 관계가 불가능한 제국 여성에게는 '착한' 남자가 될 수밖에 없는 것이다.

식민지 남성주체는 이처럼 비대칭적인 성 관계를 통해 일본-조선과의 관계를 비유적으로 정립한다. 이러한 성적 태도는 이효석의 「아자미의 장」에서도 발견된다. 소설의 주인공 현은 카페 여급 아자미와 충동적으로 동거를 하지만 아자미의 자기 중심적인 강한 성격과 "피가 현격하게 다른 혼인"[20]에 대한 부모의 반대로 헤어진다. 이 소설에서 일본 여성 아자미는 앞에서 다룬 한설야와 채만식 소설의 여성들과는 달리 강한 성적 매력의 소유자로 그려지고 있다. '아자미'(엉겅퀴)는 그 이름에서 연상되는 "빨간 서양 엉겅퀴의 그 노여움을 품은 듯한 강렬한 생김새"(216면) 때문에 저돌적이고 광적인 열정과 "요기(妖氣)어린"(217면) 매력을 지닌 팜므 파탈의 이미지로 그려진다. 카페여급이라는 그녀의 직업은 이러한 성적 유혹자의 이미지를 극대화한다. 이러한 과잉된 성적 이미지 때문에 아자미는 언뜻 한설야나 채만식 소설에 등장하는 일본 여성의 탈육체적·비성애적인 모습과 상반된 것처럼 보인다. 왜냐하면 일반적으로 대부분의 식민 담론들에서 식민제국의 여성은 성적 위협으로부터 보호받아야 하는 '비성애적인' 존재로, 식민화된 여성은 성적인 접근이 언제라도 가능한 과잉된 성적 존재로 그려지기 때문이다.[21] 그러나 김양선의 지적처럼, 그럼에도 불구하고 아자미는 현과의 관계를 "지속시키고 종결하는 주도적 역할을"[22] 할 뿐만 아니라 성적 위협을 받지도 않는다.

---

20) 이효석, 「아자미의 장」, 『친일문학선집』(김병걸, 김규동 편), 실천문학사, 1986, 221면. 이후 인용문은 면수만 표기한다.
21) 김현미, 「식민권력과 섹슈얼리티－19세기 서구여성의 여행기에 나타난 담론들을 중심으로」, 『비교문화연구』 9집, 서울대 비교문화연구소, 2003, 176면 참조.
22) 김양선, 앞의 글, 281면.

소설에서 그녀가 유일하게 성적인 희롱의 대상이 된 경우는 '한복'을 입었을 때다. 아자미는 현과 외출할 때면 한복을 즐겨 입는데, 그럴 때 "현은 문든 묘한 착각이 일어나고, 아자미도 아자미대로 '기모노'를 입었을 때와는 전혀 다르게 옆으로 지나치는 같은 차림의 여자들과 같은 핏줄의 한 사람임을 절감"(224면)한다. 그럴 때 현은 평소의 "기가 죽는 기분"(217면)에서 벗어나 "내심 자랑스러움을 새삼 맛보며 한 점 얼룩조차 없는 사랑의 만족감에 흠뻑 젖"(225면)는다. 즉 현은 일본 여성 아자미에게 '한복'을 입히고 나서야 완벽한 사랑을 느낄 수 있는 것이다. 그러나 바로 그 순간, 아자미는 성희롱의 대상으로 전락한다. 아자미는 한복 입은 그녀의 모습을 본 카페 손님에게 희롱을 당하다가 급기야 "온 몸을 부르르 떨면서 금방 울음이라도 터뜨릴 듯이 당황"(227면)한다. 이 것을 거꾸로 뒤집어 보면, 그곳에서 드러나는 것은 현의 무의식 속에서 '한복' 입은 아자미와는 달리 '기모노' 입은 아자미는 성적으로 접근 불 가능한 대상으로 받아들여지고 있다는 사실이다. '기모노' 입은 일본 여 성으로서 아자미의 성은 언제든지 희롱의 대상으로 전락할 수 있는 식 민 여성의 섹슈얼리티와는 다른 것이다.

이렇게 볼 때, 한설야와 채만식 소설의 일본 여성들이 비록 비성애화 된 존재들이기는 해도 식민지 남성주체를 주눅 들게 하고 현실로부터 (스스로) 소외시킨다는 점에서 그 본질상 아자미의 섹슈얼리티와 그리 먼 것이 아니다. 즉 일본 여성의 섹슈얼리티는 그것이 탈성화되었건 성 적으로 과잉되었건 간에, 식민지 남성주체의 욕망을 불가능한 대상에 대한 욕망으로 만든다는 점에서는 마찬가지다. 이들의 소설에서, 식민지 남성들에게 제국 여성과의 사랑과 결혼의 문제가 언제나 현재가 아닌 과거 혹은 미래의 문제가 될 수밖에 없는 것은 이 때문이다.

4. 식민적 현실, 탈식민적 상상

식민지시대에 제국과 식민의 경계 지우기를 주장했던 내선일체의 논리는 기본적으로 일본과 조선이라는 두 민족의 비대칭적 결합을 암묵적으로 전제하는 것이다. 이러한 논리가 일본이 중심이 되어 조선을 흡수, 통합하는 방식으로 진행되는 것은 당연하다. 그런데 이러한 동화의 논리가 내선결혼 문제에 적용될 경우 젠더와 민족을 둘러싼 일종의 역학적 위계 관계가 형성되는데, '사랑'은 그러한 관계를 살펴볼 수 있는 중요한 메커니즘으로 부각된다. 특히 식민지 남성과 제국 여성의 관계 속에서 이러한 두 개의 질서는 훨씬 더 복잡한 양상으로 뒤얽히면서 성·사랑·여성·계급·민족 등의 계기들과 중층적으로 결합한다. 그리고 이 속에서 '남성=제국=계몽주체, 여성=식민지=계몽대상'이라는 이분화된 식민주의적 표상체계들은 인종적·민족적 위계와 성적 위계가 때로는 전도되기도 하는 등 다소 복잡한 방식으로 교차되면서 전개되는 과정에서 굴절을 겪을 수밖에 없다.

이광수의 친일소설에서 일본과 조선이 진정 하나가 되기 위한 절대적 조건으로서 '마음'이 우정과 사랑으로 양분될 수밖에 없는 것도 이와 무관하지 않다. 『진정』과 『그들의 사랑』에서 성적 위계질서가 작동하지 않는 우정은 손쉽게 친일의 이데올로기를 전달하는 매개가 되지만, 식민 남성과 제국 여성 사이의 사랑은 이광수가 주장했던 '마음'의 역할을 충실히 수행하지 못한다. 그리하여 이전부터 이광수 소설의 중심 주제를 이루었던 사랑은 그의 친일소설에서는 오히려 우정과 같은 탈성화된 감정으로 대체되거나 혹은 불가능한 것이 된다. 왜냐하면 그의 소설에서 사랑은 더 이상 남성을 계몽주체로 만들어주지 못하기 때문이다. 그의 소설에서 인종적·민족적으로 서로 다른 두 남녀를 매개해주는 것은 사랑이지만, 앞서 이미 보았듯이 사랑은 사실상 불가능한 것으로 나타난다. 사랑을 통한 내선일체의 동화를 주장하는 이광수의 소설은 바로 그것을 통해 역설적이게도 자기 자신의 주장을 은연중 배반하고 있는 셈이다. 이것은 물론 의식적인 차원이라기보다는 차라리 무의식의 차원이라고 할 수 있을 층위에서 진행되는 사건이다. 다시 말해 사랑을 통한 동화(同化)라는 환상은 바로 그곳에 은폐되어 있는 식민지 남성주체의 남성성 상실에 대한 무의식적 두려움(계몽 대상으로 전락하는 것에 대한 두려움)에 의해 훼손되어 버리는 것이다. 그런 점에서, 『진정』과 『그들의 사랑』이 완결되지 못한 것은 어쩌면 이광수 소설의 기본적인 작동원리였던 '계몽주체=남성, 계몽대상=여성'이라는 논리가 더 이상 식민지 남성과 제국 여성의 관계에 적용될 수 없는 식민적 현실 때문일지도 모른다.

이광수가 많은 논설과 소설에서 펼치는 친일의 논리는 일상생활의 차원에서, 그리고 지극히 사적인 남녀 관계의 차원에서 이루어지는 다양한 삶의 내용들을 통해 전달된다. 이광수는 특히 사랑이 양 민족간의 공적 거시적 역사적 차이를 탈역사적 미시적 사적인 남녀 관계로 전환하여 전자의 차이를 무화할 수 있다고 보았다. 이광수 소설에서 내선결혼이 친일의 논리를 더 강화할 수 있는 모티프가 될 수 있다는 추측이 가능한 것은 그 때문이다. 그러나 이광수의 소설에서 작가의 의도와는 달리 사랑은 역설적이게도 민족적 '차이'를 드러내주는 유일한 계기로 나타난다. 그것은 그의 소설의 주인공인 식민지 남성에게 제국 여성은 자신의 열등한 민족적 표지를 유표화하는 예외적 존재가 되고 있다는 데서 결정적으로 확인된다. 적어도 소설의 논리로 보면 사랑이 모든 것을 초월한다는 환상은 적어도 식민지 남성-제국 여성의 관계에서는 적용될 수 없었던 것이다. 그리하여 모든 것을 초월하는 사랑을 통해 내선일체라는 보편을 완성하고자 했던 이광수에게, 사랑은 아이러니하게도 내선일체의 불가능성을 확인시켜 주는 유일한 '예외'가 되고 만다.

한설야·채만식·이효석의 소설에서도 식민지 남성과 내지 여성과의 사랑은 불가능한 것으로 그려진다. 그러나 이광수 소설에서 사랑은 의도와는 다르게 지극히 부차적이고 사소한 것으로 축소되는 반면, 이 소설들에서 사랑은 전경화됨으로써 그 자체로 핵심적인 소설적 테마를 이룬다. 분명 두 남녀 사이에는 민족적 차이의 문제가 개입되어 있겠지만, 그러한 문제는 소설의 표면 위로 잘 떠오르지 않는다. 특히 한설야의 소설에서 일본 여성에 대한 욕망은 탈성화·탈육체화되어 예술적으로 승화된다. 「피」의 '나'는 마사코에 대한 욕망을 "예술에 대한 정열"로 승화시켜 그림대회에서 입선하게 되며, 「그림자」의 '나' 또한 치에코와 만나면서 바이런·하이네·괴테와 같은 낭만주의시대 문학에 심취하게 된다. 이러한 예술적 열정은 일본 여성과 만나면서 더욱 촉발되다가 그들과 헤어진 이후에는 현저하게 약화되거나 사라지는 경향이 있다. 이때 예술적 열정은 자신의 비루한 현실을 초월하게 하면서도 불가능한 사랑의 욕망을 승화하는 일종의 낭만적 파토스라고 할 수 있는 것은 그 때문이다.

여기에서 확인할 수 있는 것은 물론 일본 여성과의 사랑이 애초 불가능한 것으로 가정된다는 사실이며, 여기에서 작동하는 것은 라캉적 의미에서 '욕망'의 논리다. 욕망이란 그 본질상 충족되지 않는 욕망(여자에 대한 사랑)에 대한 욕망이다. 기본적으로 이러한 욕망의 메커니즘은 한설야 소설을 구조화하는 핵심으로, 그곳에서 일본 여성에 대한 욕망은 그 욕망 실현의 불가능성 때문에 유지된다. 그것은 일종의 노스탤지어를 불러일으키는데, 한설야 소설에서 여성이 과거, 정신, 신과 동일시되는 것은 이 때문이다. 그리하여 평범한 일본 여성은 이러한 욕망의 메커니즘 속에서 숭고한 존재로 고양된다. 즉 이때 일본 여성이 숭고한 대상이 되는 것은, 그들이 불가능한 사랑의 대상이기 때문이 아니라 그들을 불가능한 사랑의 대상으로 욕망하는 주체의 욕망의 논리 때문인 것이다. 이때 중요한 것은 '나'의 욕망이다. 따라서 한설야 소설에서 주목해야 할 것은 식민지 남성이 일본 여성을 불가능한 사랑의 대상으로 만듦으로써 유지하고자 하는 자신의 욕망의 내용이 무엇인가 하는 것이다. 앞에서 살펴본 것처럼, 그것은 바로 현재로부터의 도피 욕구다. 끊임없이 과거 / 여성 / 사랑을 소환함으로써 현재 / 남성 / 생활은 유예된다. 따라서 한설야 소설에서 식민지 주체가 '진정으로' 욕망하는 것은 계속 유예시킬 수밖에 없는 '현재 / 남성 / 생활'이다. 다만 그 욕망은 충족될 수 없기 때문에, 그것은 '과거 / 여성 / 사랑'을 욕망하는 것으로 대체될 수밖에 없다. 문제는 그러한 대체 욕망의 대상을 일본 여성으로 설정한 작가의 무의식(혹은 의식)이다. 한설야 소설의 탈식민적 상상력은 바로 이 지점에서 작동한다.

기존의 견고한 성별위계질서조차 무화시키는 식민지적 현실은 분명 식민지 남성성의 위기를 초래했을 것이다. 특히 이광수와 한설야 소설에서 공통적으로 등장하는바 성적 지표가 거세된 남녀 관계는 성적 환상이 개입될 여지가 없을 정도로 위축된 식민지 남성주체의 심리적 정황을 우회적으로 드러낸다. 그러나 그러한 식민적 현실에 이광수는 사랑을 포기함으로써, 한설야는 사랑을 욕망함으로써 대응한다. 이광수는 사랑을 포기한 바로 그곳에서 제국 남성과 우정어린 관계를 맺고, 자발적으로 스스로를 계몽대상으로 전락시킨다. 반면에 한설야는 과거로 표상되는 제국여성을 욕망함으로써 제국 남성이라는 현실과 거리를 둘 수 있게 된다. 즉 한설야는 이광수가 유사 일본 남성의 가면을 쓰더라도 현실의 남성의 자리를 끝까지 포기하지 않은 것과는 대조적으로, 스스로 왜소화, 내면화의 길을 선택함으로서 상상적인 방식으로나마 탈현실의 계기를 마련한다. 그러나 한설야에게 그러한 방식은 결국 현실을 괄호 안에 묶어둠으로써만 가능한 것이었다. 이렇게 특히 한설야처럼 식민지적 구조에서 비롯된 문제를 개인의 차원으로 돌리는 방식은 한편으로는 더 이상의 탈식민의 계기들을 가져올 수 없게 하는 원인이 되기도 하지만, 다른 한편으로는 적극적인 친일의 논리로 가지 않을 수 있게 하는 일종의 방어기제로 기능하기도 한다. 그것은 이광수가 끝까지 공적·역사적 현실에 강박되어 결국에는 친일의 길을 걷게 된 것과는 반대의 길이다.

제 4 장

채만식 소설의 음화로서의 여성

『인형의 집을 나와서』와 『여인전기』를 중심으로

1. 채만식과 여성

식민지시대 대부분의 소설들에서 그런 것처럼, 채만식의 소설에서도 사회·역사적 주체는 남성이다. 그 과정에서 채만식 소설의 여성 인물은 주체 성립의 문제와는 무관한, 남성주체의 그늘진 타자로만 존재한다. 실제로 채만식 소설의 여성 인물은 '봉건도덕의 노예'나 '상품경제시대의 노예'[1]로만 그려질 뿐, 민족 현실을 타개하려는 역사의식이나 민족의식을 가진 주체로 나타나지는 않는다. 오히려 그의 여성 인물은 일제 식민자본이 지배하는 세계에서 소외되는 존재들이거나 혹은 남성 지배, 남성의 폭력에 의해 유지되는 가부장적인 세계의 모습을 부정적

---

1) 채만식, 『인형의 집을 나와서』, 『채만식 전집』 1, 창작과비평사, 1987, 149면.

으로 재현하는 존재들에 불과하다.[2] 『탁류』의 '초봉'은 이러한 수동적이고 피학적인 여성 인물의 대표적인 예이다. 따라서 기존의 채만식 연구에서 능동적이고 주체적인 여성에 관해서는 거의 다루어지지 않거나, 설령 다루어지더라도 부정적인 민족 현실을 반영하는 전락한 존재들로 언급되는 경우가 대부분인 것은 어쩌면 너무 당연할지도 모른다.

그러나 채만식 소설의 여성 인물들이 모두 그런 것은 아니다. 그의 소설에는 『탁류』의 초봉처럼 수난을 겪다가 파멸하는 그런 유형의 인물 이외에도 다른 유형의 여성 인물 또한 나타나고 있다. 『인형의 집을 나와서』와 『여인전기』[3]가 바로 그러하다. 이들 소설의 여성 인물 또한 고통받는 가련한 여인이기는 하지만, 이들은 이러한 고난을 극복하고 어떤 방식으로든 각성이나 성공에 이르게 된다. 특히 『인형의 집을 나와서』는 여성 해방과 계급 해방에 대한 각성에 이르는 여성 인물을 묘사하고 있어, 여성을 한낱 민족 수난의 상징으로 다루고 있는 『탁류』와는 사뭇 다른 양상을 보이고 있다.

기존의 논자들이 구성의 허술함과 작위적인 내용전개에 문제를 제기하면서도, 이 소설에 나타난 채만식의 여성의식을 높이 평가하고 있는 것은 그것을 근거로 한 것이다.[4] 그러나 그들은 그 과정에서 이 소설이 여성 해방의 문제를 다룬 데다가 결론에서 노라가 사상적 각성에 이르렀으므로 높이 평가해야 한다는 강박관념 때문인지, 구체적인 텍스트 분석을 소홀히 하고 있다. 문제는 바로 거기에서 발생한다. 왜냐하면 채

---

2) 방민호, 『채만식과 조선적 근대문학의 구상』, 소명출판, 2002, 74면 참조.
3) 『여인전기』는 그 동안 친일문학이나 제국주의 모성론, 내선일체론이라는 당대 식민 담론의 문학적 반영물로서만 다루어져왔다. 그런 점에서 이 소설은 사회역사적 민족의식에 투철했던 채만식 문학에서 지극히 예외적인 것으로 인식되었다. 그러나 『여인전기』 또한 남성과 여성의 관계에 초점을 맞추어 보면 친일문학이라는 표면적인 외양의 이면에 채만식 문학의 전체적인 구도가 관철되고 있다는 것을 알 수 있다.
4) 한지현, 「채만식의 『인형의 집을 나와서』에 나타난 여성문제 인식」, 『민족문학사연구』, 제9호, 1996; 박금주, 「여성의 주체적 자립 모색─채만식의 『인형의 집을 나와서』를 중심으로」, 『한국어문학』 23, 1998.

만식의 여성인식의 실체는 겉으로 덧붙여진 관념적인 주제의식보다는 소설 내부에서 여성 인물을 다루는 방식에서 더욱 잘 드러나기 때문이다. 따라서 이 연구들은 소설에 표면적으로 부각되어 있는 주장에만 매몰되어 겉보기에 진보적인 듯한 채만식의 여성인식의 심연을 제대로 보지 못하고 있는 셈이다.[5]

본고의 전제는 오히려 표면적으로 드러난 관념적인 주제의식을 걷어내고 보면 이 두 소설의 여성 인물과 『탁류』의 초봉과의 거리는 겉으로 보이는 것처럼 그리 먼 것이 아니라는 데 있다. 채만식의 소설에 나타나는 여성 인물의 성격이나 여성의식을 남성주체와의 관계 속에서 조명한다면 그 점은 좀더 분명하게 드러난다. 그런 측면에서 본고의 관점에 좀더 근접해 있는 것은 『인형의 집을 나와서』를 '여성 콤플렉스'와 관련지어 설명하고 있는 한기의 논의이다.[6] 한기는 채만식의 전기적 사항에서 발견할 수 있는 작가의 '여성 콤플렉스'를 채만식 문학을 촉발시킨 심리적 동기로 보고, 작가가 여성의 운명에 대한 지속적인 관심과 반성을 자신의 문학적 원동력으로 삼고 있음을 지적하고 있다. 물론 한기의 논의는 『인형의 집을 나와서』의 창작 계기와 '여성 콤플렉스'라는 실존적 의미와의 상관 관계를 해석하는 과정에서 단지 '여성 콤플렉스'가 '합리화' 혹은 '보상'의 개념으로 조명될 수 있을 것이라는 단편적인 지적에서 더 나아가지 않고 무엇에 대한 합리화와 보상인지도 분명하게 드러나지 않고 있어 한계를 안고 있다.

중요한 것은 채만식 문학에서 여성이 단지 속악한 현실을 대변하는

---

5) 다음과 같은 구절은 이러한 사정을 잘 보여주고 있다. "결론적으로 말해서, 『인형의 집을 나와서』는 여러 가지 불만스러운 점이 있으나 60년도 더 전에 씌어진 작품이고 저자의 첫 장편이라는 점 등을 감안하면 전체적으로 채만식의 작가적 기량뿐 아니라 여성문제에 관한 그의 선진적 의식이 돋보이는 작품으로 평가해야 마땅하지 않을까 한다." 한지현, 위의 글, 117면.

6) 한기, 「작가의 실존적 의식과 여성적 운명의 형상화─채만식의 『인형의 집을 나와서』론」, 정호웅 외, 『장편소설로 보는 새로운 민족문학사』, 열음사, 1993.

세태의 일부로서만 존재하는 것이 아니라 채만식 문학을 작동시키는 근원적 동력의 하나가 되고 있다는 점이다. 채만식 소설의 특징은 그런 서사를 추동하는 동력으로서의 여성이 남성 인물과의 관계에서 수동적인 타자로만 규정됨으로써 오히려 지배서사의 주변부에 위치하게 된다는 데 있다. 이는 『탁류』처럼 여성 인물이 세속비극의 주인공으로 등장하는 소설의 경우에 분명하게 드러난다. 그처럼 성적·경제적으로 착취를 당하는 여성을 주인공으로 한 소설에서, 여성은 늘 세계에 압도되는 존재로서 '현실'의 고난을 짊어지는 수동적 타자로 나타난다. 반면에 남성 인물은 이러한 고난을 초래하는 원인이거나 혹은 여성이 처한 현실의 문제들을 해결하는 능동적 주체인 경우가 대부분이다. 물론 이러한 능동적 주체는 바로 작가의 전망이 반영된 인물이다. 그러나 앞서 지적한 것처럼 표면적으로 여성 인물이 고난을 극복하는 소설의 경우에도 여성과 남성 간의 비대칭적인 상관 관계는 여전히 반복된다. 비록 채만식의 모든 소설에서 남성주체와 여성 타자 간의 억압적 서열 관계가 공공연하게 나타나지는 않는다 하더라도, 불안정한 남성주체의 정립 과정에서 여성 타자에 대한 억압과 배제는 은밀하게 전제되는 것이 사실이다.

본고는 그런 관점에서 여성 인물이 고난 극복의 주인공으로 등장하는 장편소설인 『인형의 집을 나와서』(1933)와 『여인전기』(1944~1945)를 살펴보고자 한다. 이 두 소설은 각각 신여성과 구여성이라는 상반되는 여성상을 전면에 내세우고 있다는 점에서, 그리고 전자가 채만식 최초의 장편소설인 반면 후자가 1945년 해방 직전까지 연재되었던 소설이라는 점에서, 식민지시대 전반에 걸친 채만식 소설의 여성인식의 스펙트럼을 살펴볼 수 있는 거울이 될 수 있다. 본고에서는 이렇듯 표면적으로 매우 이질적인 두 편의 장편소설에 나타난 여성 인물을 남성주체와의 관계를 통해 해석함으로써, 채만식 문학의 표면적인 변화의 이면에 변하지 않고 끈질기게 잠복해온 여성인식의 실체를 확인하고자 한다. 이러한 논의를 통해 채만식 소설에서 여성이 어떤 위상을 점유하고 있는지를 바르게 파악하고 나아가 채만식 소설을 바라보는 새로운 시각을 마련할 수 있지 않을까 한다.

2. 은폐된 남성주체와 징후로서의 여성―『인형의 집을 나와서』

『인형의 집을 나와서』는 『조선일보』에 1933년 5월 27일부터 같은 해 11월 14일까지 연재된 장편소설이다. 제목에서 알 수 있는 것처럼, 이 소설은 입센의 『인형의 집』의 후일담에 해당한다. 그리고 가출한 뒤 노라가 겪는 일련의 경험담은, 집을 나온 노라의 운명에 대한 예측을 통해 부인 해방의 전제 조건이 참정권이 아니라 경제권임을 강조한 루쉰(魯迅)의 산문[7]과 밀접한 관련이 있다. 루쉰은 그 글에서 집을 나온 노라가 택할 수 있는 것은 타락하거나 집으로 돌아오는 길, 이 두 가지 길뿐이라고 강조한다.[8] 채만식이 이 글을 읽었는지 어쩐지는 알 수 없으나, 적어도 이 소설은 루쉰의 산문이 표명하는 여성 해방이라는 주제의식을 공유한다. 그것은 작가 스스로도 이 소설을 창작한 의도가 경제적 자립을 통한 진정한 여성 해방을 표명하는 데 있었다고 얘기하고 있다는 점에서도 확인된다.

기존 논의에서도 이러한 소설의 창작 배경과 의도를 고려하여 '노라'를 "여성해방의 상징적 의미"[9]를 갖는 존재로 해석하는 경우가 대부분이었다. 그러나 노라가 가출 이후 수난을 겪고 이를 극복하는 과정을

---

7) 루쉰, 이욱연 편역, 「노라는 집을 나간 뒤 어떻게 되었는가」, 『아침꽃을 저녁에 줍다』, 창, 1991.

8) 위의 글, 72면. 채만식의 『인형을 집을 나와서』와 루쉰과의 상호텍스트적 관계에 대해서는 한지현, 앞의 글, 99~100면 참조.

9) 박금주, 앞의 글, 197면.

살펴보면 과연 노라의 가출과 마르크스주의자로의 변모가 그러한 의미를 갖는지는 의문이다. 오히려 가출 이후 '노라'의 전락은 『탁류』의 여주인공 '초봉'의 성적·도덕적 전락의 과정과 크게 다르지 않으며, 여러 정황으로 미루어보아 마르크스주의자로의 변모 또한 주체적이고 자립적인 의식의 각성으로 해석되기 어렵다. 다시 말해서 비록 '노라'가 집 나온 신여성이라는 상징적 의미를 획득할 수 있을지는 몰라도, 그러한 사실만으로 노라를 주체적인 인물로 해석해서는 안 된다는 것이다. 오히려 노라는 지극히 수동적이고 비주체적인 인물이며, 그러한 노라의 성격은 가출 이후의 전락 과정을 보면 분명하게 드러난다.

우선 소설에서 노라의 가출은 명확한 여성 해방의 의지와 자의식에서 비롯된 것이 아니라 일시적인 감정의 동요를 참지 못하고 충동적으로 이루어진 것이다. 실제로 성급하게 가출한 뒤 노라가 맨 처음 느끼는 것은 "답답한 꿈을 꾸고 있는 것같이 아득한 게 쩔쩔맬 것 같"[10]은 답답함과 후회의 감정이다. 이는 앞으로 전개될 노라의 삶이 결코 평탄하지 않을 것임을 암시한다. 특히 노라는 남편의 구박을 견디지 못하고 결국 자살한 구여성 옥순의 일을 계기로, "남편의 압제와 가정의 질곡에서 벗어져나와 독립생활을 하는 것이 여자의 자유요, 그것으로 부인은 해방이 되는 것"이라는 자신의 신조에 대해 회의하기 시작한다.

이처럼 노라는 '부인 해방'에 대한 확고한 신조도 없을뿐더러 가출에 대한 후회와 동요의 감정을 수시로 드러낸다. 따라서 노라가 겪게 되는 혹독한 시련은 남성 위주의 사회에서 한 여성이 독립된 자아로서 주체적 자립을 모색하는 과정에서 필연적으로 설정되는 것이라기보다는 당대 사회에서 여성이 어쩔 수 없이 겪게 되는 "세속비극의 양상"[11]을 띠게 된다. 특히 노라 주변의 여성 인물들이 겪는 수난의 이야기[12]가 보

---

10) 『채만식 전집』 1, 창작사, 1987, 13면. 본문 인용은 이 책에서 하되 이후로는 면수만 표기할 것이다.
11) 한기, 앞의 글, 107면.

태지면서 이러한 세태적 양상은 더욱 강화된다. 따라서 비록 노라의 가출 자체에서 종속적 존재로서의 삶을 부정하는 여성해방의식이 단편적이나마 보인다 하더라도, 이후 그녀가 보여주는 비주체적이고 수동적인 삶의 양상을 감안하면 노라는 오히려 타락한 세태를 보여주는 상징적 존재에 가깝다.

문제는 노라의 이러한 수동적이고 비주체적인 모습이 의식 각성 이후에도 나타난다는 점이다. 언뜻 노라는 마르크스주의자로 변모함으로써 표면적으로는 '가정부인 → 가정교사 → 화장품장수 → 까페 여급'으로 전락하면서 왜곡된 현실 사회를 수동적으로 반영하는 희생양에서 벗어난 듯한 인상을 준다. 그러나 "아래를 향하여 거꾸로 떨어"졌던 노라가 마르크스주의 노동자로 변모하는 것 또한 노라의 주체적 자각의 결과라고 보기 힘들다. 오히려 노라의 재생은 텍스트 내적 필연성의 결과라기보다는 작가의 의도에 의해 작위적으로 덧붙여진 사족에 가깝다. 일견 노라의 사상적 각성이 의식적인 것처럼 보임에도 불구하고, 노라가 여전히 수동적이고 비주체적인 인물로 남는 것 또한 그 때문이다.

여기서 주목할 점은 역설적이게도 노라가 마르크스주의자로 변신하는 사상적 각성을 통해 주체적인 여성으로 서게 되는 과정이 텍스트의 심층 논리 차원에서는 오히려 그와는 반대되는 그녀의 진정한 본질을 드러내는 순간이 되고 있다는 사실이다. 그 점을 밝히기 위해서는 우선 남성 인물 병택, 그리고 그와 노라의 관계를 차근히 따져볼 필요가 있다.

---

12) 노라 주변의 여성 인물들은 대개 봉건 구습이나 자본의 위력에 희생되는 인물들로 그려진다. 우선 노라의 어릴 적 친구인 옥순은 이혼을 요구하는 남편의 핍박을 받다가 결국 자살하고, 집주인 성희는 돈 때문에 원치 않는 남성의 첩살이를 하게 되며, 한때 같은 방을 썼던 정원이 또한 돈의 유혹에 굴복하여 일탈된 생활을 영위하게 된다. 이처럼 소설 속 여성 인물들은 대개 정당한 직업도 없이 남성에게 의존적인 생활을 하다가 정신적으로 파탄이 나거나 자살까지 하게 되는 수동적이고 비주체적인 존재로 제시된다.

병택은 노라나 노라 주변의 여성 인물들에 비해 소설에서 차지하는 비중은 매우 적지만, 소설 초반과 결말 부분에서 노라(와 독자)에게 강한 인상을 남겨줄 뿐만 아니라 계급 해방이라는 소설의 주제를 대변하는 인물로 제시된다. 소설 초반에 병택은 일본 유학까지 갔다 온 인텔리이자 삼 년 간의 수감 생활까지 했던 운동가라는 이력에도 불구하고 노라와 마을 사람들에게는 "절반 삶은 고구마"나 "반편이"처럼 다소 덜 떨어진 인물로 인식된다. 그러나 사회주의 노동운동가라는 병택의 정체는 계속 은폐되다가 후반부에 이르러 폭로된다. 석간신문의 '사회면'에 "××××의 지령을 받아 조선××× 재건을 획책"(240면)했다는 죄목으로 검거된 병택에 관한 기사와 '오의 경력'이라는 작은 제목으로 실린 다음과 같은 기사 내용은 그동안 병택이 "바보도 같아 보이고 반편스럽게 우물우물하던 것, 그리고 간다온다 말이 없이 종적을 감추어버"릴 수밖에 없었던 이유를 분명하게 드러내주고 있다.

> 별항 보도─오병택은 지금으로부터 십여 년 전 중국·만주·모스크바 등지로 돌아다니면서 ××××의 이론과 실제를 연구하고 조선에 돌아와 당시 제×차 조선×××당 사건에 연좌되어 경성 서대문형무소에서 사년간 복역을 하였다.
> 만기 출옥 후 그는 그의 고향에 돌아가 술먹기와 놀기로 세월을 보내고, 또 바보가 된 듯이 세상일을 돌아보잖고 지내었다. 그러나 그것은 경찰의 감시의 눈을 피하기 위함이요, 그때부터 벌써 각 지방의 동지와 비밀한 연락을 취하여 가며 준비운동을 하다가 금년 봄 ××××의 지령이 나온 것을 기회로 경성으로 올라와 그와 같이 본격적 운동에 착수한 것이다. (240~241면)

위의 신문기사에 소개된 그의 활동 경력과 이를 은폐하기 위한 그의 노력에서 확인할 수 있는 것처럼, 마을 사람들의 눈에 비춰진 그의 어리숙한 모습은 사실상 거짓으로 위장된 것이었다. 물론 그 이유는 "경찰의 감시의 눈"을 피해 은밀하게 노동운동을 하기 위해서인 것으로 판명된다. 이처럼 병택은 소설 후반부에 노라에게 결정적인 영향력을 끼치는 중요한 인물임에도 불구하고, 소설 전체에 걸쳐 노라의 가출과 전락이라는 표층적인 서사 이면에 은폐된 채 존재한다. 즉 가출한 노라가 "혹 병택이를 만날 수가 있겠다는 희망"(140면) 속에서 성적·경제적 전략을 거듭하는 동안 병택은 사회주의 노동 해방이라는 대의의 수행이라는 명목으로 서사의 심층으로 잠적한 것이다. 그러나 비록 병택은 텍스트 이면에 숨겨진 존재임에도 불구하고, 소설의 결말부에서 노라를 사상적으로 각성시키는 교사적 인물이라는 점에서 매우 중요하게 부각된다. 특히 자살 미수 이후에 이루어진 노라의 급격한 사상적 각성의 계기가 바로 병택이 준 베벨의 『부인론』이었다는 사실은 그의 이러한 교사적 성격을 잘 드러내준다.

그러나 아이러니하게도 서사 내에서 노라의 사상적 각성은 은폐된 병택의 정체가 폭로되어 수감된 이후에야 비로소 마련된다. 이때 병택의 정체가 밝혀지자마자 수감된다는 사실은 병택과 같은 사회주의자의 논리가 현실적으로 소통가능한 회로를 완전히 차단당했다는 것을 의미하는데, 이는 식민지 주체(일본)에 대한 피식민지 (남성) 지식인의 대항 논리가 실재적인 효력을 상실하기 시작했던 당시의 정황을 반영한 것으로 읽을 수 있다. 이 소설이 연재되던 시기(1933~34년)가 이미 카프의 활동이 사실상 마비된 시기였다는 사실은 "묶이어 오는 사람"(266면)으로 상징되는 지식인 남성주체의 좌절을 현실적으로 설명해주는 근거가 된다. 이처럼 현실적으로 무력해진 병택의 사회주의 노동 해방의 이상은 다소 추상적이고 관념적인 방식이기는 하나 노라에게 그대로 계승됨으로써 새로운 국면을 맞이하게 된다.

중요한 것은 텍스트에서 남성주체인 병택이 자신의 사회주의 노동 해방이라는 이상을 실현하는 동안에는 텍스트의 표면에 등장하지 않는 반면, 마르크스주의자로서 그의 정체가 발각되어 텍스트 표면에 등장했을 때는 이미 자신의 사회적 이상을 실현하기 어려운 상태로 제시된다는 점이다. 따라서 텍스트상에서 남성주체는 보이지 않게 은폐될 때에만 사회역사적 주체로서 제대로 기능하는 것으로 나타나는 셈이다. 이런 텍스트의 논리를 그대로 따라가면, 어떤 방식으로든 사회역사적 주체로서의 병택의 욕망은 현실적으로 실현 불가능한 것으로 나타난다고 볼 수 있다.

노라의 존재가 그 진정한 의미를 드러내는 것도 바로 이 지점이다. 노라는 곧 실현 여부가 불투명해진 병택의 좌절된 욕망을 투사하고 그것을 허구적인 방식으로나마 대리 실현하는 존재가 되는 것이다. 한번 죽었던 노라를 작가가 소설 구성의 파탄과 작위성을 감수하면서까지 되살려내는 것이 갖는 의미도 그런 측면에서 이해해야 할 것이다. 까페 여급으로까지 전락한 끝에 자살을 기도하는 노라가 남성주체의 도움으로 각성된 여성 노동자로 다시 태어나는 광경이 있어야만 남성주체성은 하나의 효과로서나마 보존될 수 있기 때문이다. 그처럼 현실에서 좌절된 남성주체의 욕망을 소설 속에서 이미 죽었던 노라를 작위적으로 되살려서 대리 실현하고 있다는 것은, 달리 말하면 노라가 남성주체의 사회적 욕망이 현실적으로 실현 불가능하다는 것을 간접적으로 보여주는 징후로 기능하고 있다는 것을 의미한다. 그렇게 보면 이 소설에서 노라는 단지 수동적이고 비주체적인 존재에만 그치는 것은 아니다. 오히려 이 소설에서 여성 인물 노라는 상실된 남성주체성을 일시적·허구적으로 봉합하기 위해 동원되는 상상적 장치에 불과하다. 바로 이것이 『인형의 집을 나와서』에서 얼핏 진보적으로 보이는 관념적 여성의식의 뒷면이다.

3. 소멸된 남성주체와 변명으로서의 여성—『여인전기』

『여인전기』는 매일신보에 1944년 10월 5일부터 1945년 5월 17일까지 연재된 장편소설이다. 이 소설은 1943년 『조광』지에 『어머니』라는 제목으로 연재되던 소설13)의 내용을 여주인공 진주(옥동댁)의 회상을 통해 그대로 반복하면서도 진주가 시집에서 쫓겨난 이후의 인생역정을 다루고 있다는 점에서 소설 『어머니』의 속편에 해당한다. 『어머니』가 18세의 나이로 12세의 어린 신랑과 결혼하여 모진 시집살이를 하는 구여성 진주를 통해 조혼의 비극을 다루고 있다면, 『여인전기』는 이러한 구여성 진주가 온갖 시련을 극복한 뒤 내선일체론에 입각한 훌륭한 어머니로 거듭나는 과정을 그리고 있다. 그 때문에 이 소설은 "천황을 위한 혈전을 합리화하고 일본 군국주의를 강화하는데 기여"하는 반민족적 친일문학14)으로, 혹은 제국주의 모성론을 표방함으로써 제국주의 식민 담론을 반복적으로 재생산하는 문학15)으로 해석되었다.

---

13) 이 소설은 1947년 3월 서울타임스사에서 『조선대표작가전집』 제8권에 몇몇 단편과 함께 단행본으로 간행될 때는 『여자의 일생』으로 제목이 바뀌면서 내용이 덧붙여지고 여주인공의 이름이 '숙희'에서 '진주'로 바뀌는 등의 변화를 보인다(『여자의 일생』 해제, 전집 4권, 창작사, 1987, 144면 참조). 채만식은 1940년대 들어 '어머니'를 중요한 소설적 소재로 삼고 있는데, 『여자의 일생』 한 해 전에 발표된 『아름다운 새벽』 또한 '어머니'와 구여성 아내가 등장한다는 점에서 『여자의 일생』이나 『여인전기』와 비슷한 면이 있다. 특히 엄모(嚴母)에 대한 거부감과 두려움이 나타난다는 점에서 같은 계열의 소설로 볼 수 있다. 다만 『아름다운 새벽』이 조혼한 남성의 관점에서 서술되고 있는 반면, 다른 두 소설은 어린 신랑과 결혼한 구여성의 인생역정에 초점을 맞춰서 이야기를 전개하고 있다는 점에서 다르다. 따라서 『아름다운 새벽』이 채만식의 처녀작 「과도기」에서처럼 조혼한 아내와 신여성 사이에서 갈등하는 남성 지식인의 방황을 다루는 반면, 다른 두 소설은 구여성이 어떻게 가정 내적 시련과 사회적 수난을 견디면서 훌륭한 어머니가 되는가를 다룬다. 다시 말해서 『아름다운 새벽』에서는 다소 무기력하고 우유부단하기는 하나 남성주체가 전경화된다면, 『여자의 일생』과 『여인전기』에서 남성주체는 배경으로 물러나거나 소멸되고 대신 어머니라는 이름의 여성이 그 공백을 메우고 있다.

14) 이정옥, 「모성신화, 여성의 또 다른 억압 기제」, 『여성문학연구』 제3호, 2000, 134면.

소설에서 진주의 아버지 임경식 중위는 일로전쟁과 일청전쟁에 참여한 일본군 장교로서 대동아공영이라는 일제의 대의명분을 위해 전사하는 인물로 그려지고 있으며, 일본 여성과의 사이에서 유복자로 태어난 그의 아들 무일은 소설 결말에서 내지인과 조선인 간의 혈연적 친밀 관계를 강조하기 위해 등장한다. 이러한 설정을 통해 부각되는 것은 여주인공 진주 집안의 친일적 성격이다. 따라서 이미 아버지 준호가 요절한 상황에서 진주의 아들 철의 친일적 계보는 자연스럽게 어머니 진주를 중심으로 형성된다. 이처럼 채만식의 친일문학에서 친일은 아버지가 부재하는 현실 속에서 오히려 어머니 가계에 의해 '저질러지고' 있다. 이러한 친일과 여성 간의 관련양상을 좀더 구체적으로 살펴보기 위해서는 우선 소설에 등장하는 남성 인물(진주의 남편 준호와 아들 철)과의 관계를 중심으로 여성 인물(어머니 박씨부인과 아내 진주)의 성격과 그 의미를 파악해야 할 것이다.

『여인전기』에는 두 명의 '어머니'가 등장한다. 준호의 어머니 박씨 부인과 철의 어머니 진주가 바로 그들이다. 이들은 외모나 성격 등에서 여러 모로 대조적인 인물로 그려지는데, 특히 아들에 대한 태도와 그들에게 미치는 영향력이라는 측면에서 더욱 그러하다. 우선 박씨 부인은 "언변 좋고 감대 괄괄하고 진서공부가 웬만한 선비 뺨쳐먹을 만큼 도저하고, 체집 크고 기운 센" 여장부 유형의 인물이다. 그녀는 비록 서른한 살 때 과부가 되었지만, 스스로의 노력으로 많은 재산을 모아 마을에서도 강력한 발언권을 행사하는 인물로 그려지고 있다. 그러나 박씨 부인은 비록 물질적으로는 성공했지만 정신적으로는 히스테리 증세가 심각한, '병이 그렇듯 골수에 깊은 병인'[16]으로 나타난다. 그리고 그러한 병증은 특히 아들 준호를 주체적으로 성장하지 못하게 하는 원인이 된다.

---

15) 김양선, 「식민주의 담론과 여성주체의 구성」, 『여성문학연구』 제3호, 2000.
16) 『채만식 전집』 4, 창작사, 1987, 334면. 본문 인용은 이 책으로 하되 앞으로는 면수만 표기할 것이다.

게다가 시대에 부응하기 위해 아들을 읍내의 보통학교에 보내면서도 동시에 서당에서의 글읽기를 강요하고 상투를 자르지 못하게 한다는 점에서, 시대적 생존논리에 철저히 부응하면서도 낡은 윤리와 관습에 얽매여 있는 모순적인 봉건적 인물이기도 하다. 어머니의 봉건적 잔재인 이러한 '글읽기와 상투'에 대한 강요는 아들 준호를 옥죄고 학대하고 고문하는 '형틀'이 된다.

> 정신상으로 무거운 압박이 있는데다 겸하여 휴식과 수면을 충분히 하지 못하기 때문에 소년 준호는 한창 자라고 있을 낫세이면서도 발육이 정지된 것처럼 밤낮 고만하고 살도 오를 줄을 몰랐다. 가냘픈 몸집, 실내끼같이 가느다란 목, 그 위에 가 올라앉은 커다란 머리통, 어웅한 눈…… 보기에조차 위태위태한 모양이다. (352면)

준호의 육체에 대한 위의 묘사는 중년 과부의 히스테리와 엄한 훈육이 아들을 어떻게 '발육이 정지된 것처럼' 비정상적으로 성장하게 하는가를 잘 보여준다. 이러한 준호의 비정상적인 신체는 그의 우유부단하고 나약한 성격을 대변할 뿐만 아니라, 이후 전개되는 그의 비극적 운명을 짐작하게 한다. 결국 준호는 6년 만에 서울에서 다시 만난 진주와 재결합했다는 이유로 생활비와 학비 송금을 중단한 박씨 부인으로 인해 폐병으로 죽게 된다. 어머니 박씨 부인의 아들에 대한 병적인 집착과 공포심을 불러일으킬 정도의 엄격한 훈육 태도는 결국 아들을 파괴시키고야 만 것이다.

박씨 부인의 이러한 모성적 태도는 기존의 희생적이고 상냥한 관습적 모성과는 달리 히스테릭하고 도착적이라는 점에서 '남근적 모성(phallic motherhood)'[17]의 성격을 갖는다고 할 수 있다. 아들에 대한 과도한 지배와

---

17) 이 개념은 원래 카렌 호니(Karen Horney)가 모성적 나르시시즘을 연구하는 과정에서 만든 것으로, 정신분석학적인 관점에서 볼 때 과잉 집착과 과잉 보호를 통해 아들을 지배하려는 어머니의 강박적인 노이로제를 가리킨다. E. Ann Kaplan, *Motherhood and*

병적인 집착은 경제적 몰락과 남편의 죽음으로 부재하는 부권을 회복하기 위한 노력의 과정에서 파생된 것임에 분명하다. 그러나 그녀의 대체된 부권은 소설 속에서 오히려 가계 계승자인 준호를 죽음으로 몰아넣는 병적인 것으로 그려진다. 아들에 대한 병적인 가학과 이로 인해 파생된 어머니 공포증, 무력감, 소심증 등으로 인해 아들 준호에게 어머니는 자애로운 모성이 아니라 가부장적인 부성으로 전도되어 투영되고 있는 것이다.[18] 따라서 아들이 느끼는 어머니에 대한 두려움은 곧 오이디푸스 과정에서 아들이 아버지에게 느끼는 거세공포에 다름 아니다.[19]

이와 달리 또 다른 어머니 진주는 "갸름한 얼굴과 그 윤곽에서부터 시작하여 고운 눈매, 가지런한 콧날, 애련스런 입"(313면)과 같은 외양 묘사에서도 알 수 있는 것처럼, 전통적인 여성의 아름다움을 간직한 인물이다. 게다가 그녀는 자애롭고 부드러운 성품과 부덕(婦德)의 소유자라는 점에서 전통적인 모성을 연상시킨다. 어린 신랑 준호에 대한 진주의 모성적 배려는 이러한 세 가지 자질들이 어우러져 발현된 것으로, 공포스러운 어머니에 의해 위축된 남성을 위무해주는 역할을 한다. 그런 점에서 진주는 준호에게 상상 속에서나 존재하는 이상화된 어머니라고 할 수 있다. 시집에서 쫓겨나는 진주의 심정을 "안할말로 어린 자식을 떼어놓고 가지 못하여 하는 어머니와도 진배없는 애달픔"(350면)으로 묘사하는 것에서도 이러한 진주의 모성적 성격을 확인할 수 있다. 따라서

Representation, London & New York : Routledge, 1992, pp.107~123 참조.

18) 최원식, 「채만식의 역사소설에 대하여」, 『민족문학의 논리』, 창작과비평사, 1982, 182면 참조.

19) 어머니 박씨부인의 심리적 메카니즘을 권위적 부권을 잠재적으로 소유한 도착적인 모성으로 해석할 수 있는 가능성은 이미 소설 속에 이미 마련되어 있다. 다음의 구절은 작가 채만식이 분명 '프로이트'의 정신분석학에 대한 사전지식(비록 단편적인 것이라 할 지라도)을 바탕으로 박씨부인의 심리를 이해하려고 했음을 알 수 있게 한다. "데렸던 제 새끼 병아리를 이윽고 쪼아샀고 독살을 부리고 하는 암탉이라면 모르되, 이른바 만물의 영장된 체면이 무색한 노릇이었다. 그러나 인류가 나이는 비록 몇백만 살 닭보다 더 먹어 어른 뻘일 값에 좀처럼 프로이트라나의 해괴한 저술을 용감히 서재로부터 끌어내어 불사르지 못하는 약점이 무릇 거기에 있는 것인지도 모른다."(339면)

소설에서 어린 신랑 준호는 진주의 남편이라기보다는 보살핌과 위로를 필요로 하는 진주의 '어린 아들'인 듯한 인상을 준다.

이처럼 여성성·모성·전통이 이상적으로 결합되어 형상화된 진주라는 여성 인물은 전형적으로 가부장제가 요구하는 모성성을 그대로 반복하고 있다. 그것은 진주가 시집에서 쫓겨난 뒤 서울에서 신학문을 공부하여 ××여자관의 중등과를 졸업할 정도의 실력과 세상 안목을 갖추고 현실적 능력을 갖춘 두 명의 남자에게 결혼 제안을 받았지만, 우연히 만난 준호를 아무런 갈등이나 거리낌 없이 다시 남편으로 맞이하여 온갖 시련을 겪게 되는 데서도 확인된다. 다음의 구절은 그러한 진주의 모성적이면서 전통적인 여성성을 잘 보여주고 있는 대목이다.

> 아까 처음 준호를 섬뻑 만나 그로부터 지금까지 죽 가져온 동작과 태도와 그리고 마침내 준호의 아낙으로 복귀하고 마는 사실 …… 이 일련의 행동이 진주는 저절로 다 그래진 노릇이었다. 조그마한 억지와 마지못해함이 있었거나 잠시의 주저와 상량이 있었던 바도 아니었다. 그것은 마치 물이 흐름과 같이 자연스런 행동이었었다.
>
> 이미 준호를 마음에서 지우기로 하였고, 영상은 희미하여졌고, 불원하여 새로운 결혼을 할 조건이 익었고 그렇던 진주가 졸지에 무슨 연유로?
>
> 여자의 소위 첫정이란 곡진도 하려니와 또한 이론을 초월한 마술적인 힘을 가지는 자이었다. (…중략…) 곧 여자의 첫정의 잠세력적(潛勢力的)인 힘의 조화였었다. 그것이 있고 그리 할 수가 있음으로써 여자는 한결 그 아름다움이 빛나는 것일지도 모른다. (…중략…)
>
> 이리하여 진주는 의(義)를 살리었다. 물론 큰 희생이었다. 장차로 헤아리기 어려운 고난이 있을 것이었다. 그러나 그것은 큰 의의 가벼운 대상에 불과할 것이었다. (424~243면)

서술자는 진주가 이제는 마음에서조차 희미해진 옛 남편을 만나자마자 "완전히 여섯 해 전의 상냥코 다정스럽던 준호의 새댁이요, 얌전한 며느리요, 애련한 시골 소부"(424면)로 돌아갈 수 있었던 이유를 바로 '여자의 첫정'에서 찾고 있으며, 이를 여성의 가장 큰 아름다움으로 치켜세운다. 그리고 이처럼 첫 남자를 끝까지 섬겨야 하는 전통적인 여성의 미덕은 어떤 희생과 시련을 통해서도 지켜져야 하는 '의(義)'로 확장되고 있다. 그런 표현에서도 드러나듯이 진주가 보여주는 여성성은, 조선인임에도 불구하고 일로전쟁에서 결사대의 지휘를 단념하지 않고 목숨을 바쳐 이영삼(203) 고지를 지켜낸 임중위의 '충의(忠義)'(338면)의 연장선상에 있는 것으로 해석할 수 있다. 전통적인 여성적 덕목은 자연스럽게 제국주의 식민 담론이 요구하는 '충의'라는 덕목과 연결됨으로써 아들을 자랑스러운 황국신민으로 길러내야 하는 제국주의적 모성과 동일시되는 것이다. 따라서 황군(皇軍)인 아들 철의 친일적 자질은 아버지 준호가 아니라 외할아버지–어머니로 이어지는 여성적 가계에서 계승된 것으로 볼 수 있다. 그런 점에서 아들 철은 "우리 어머니의 아들 철"(316면)이지, 결코 아버지의 철은 아닌 것이다.

이때 소설 속에서 작가가 시선을 돌리는 곳은 바로 과거의 세계이다. 이때의 과거는 어머니 진주에 의해 회상되는 과거이며, 아들 철의 친일적 원천을 밝히는 과거이다. 그런데 과거란 현재적 관점에 의해 다르게 기억될 수 있다는 점에서 고정되지 않고 늘 변화하는 유동적인 대상이다. 이는 『여자의 일생』에서 진주 외할머니의 과거 회상을 통해서 혁명가의 후예로 제시되었던 진주의 집안이 『여인전기』에서는 친일적인 집안으로 변모하고 있다는 점에서도 알 수 있다. 주목할 점은 바로 이러한 과거 사실의 왜곡과 변용이 바로 여성의 가계를 중심으로 이루어지고 있으며, 그 과정에서 여성의 역할과 의미도 달라지고 있다는 것이다. 즉 『여자의 일생』에서 진주는 단지 무서운 시어머니에게 핍박받는 불쌍한 구여성에 불과했다면, 『여인전기』에서 진주는 아들을 위대한 황군으로 출전(出戰)시킨 자랑스러운 어머니가 되는 것이다. 이처럼 소설 속에서 왜곡되는 과거는 바로 여성의 가계이며 그 과정에서 여성에 대한 재현 또한 달라질 수밖에 없다. 다시 말해, 여성은 과거와 동일시되면서 현재의 상황 논리에 따라 얼마든지 왜곡되고 변형될 수 있는 존재로 그려지는 것이다.

지금까지 살펴본 것처럼, 『여인전기』에서 남성주체는 왜소하고 나약하다 못해 소멸하는 존재로 그려지는 반면, 여성은 박씨 부인처럼 다소 부정적인 방식이기는 하나 현실을 지탱해 나가거나 진주처럼 현실적 모순을 초월하는 존재로 그려진다. 즉 역사 담당 주체를 발견할 수 없었던 한계는 이 소설에서 민족적 남성주체가 소멸되거나 부정되는 방식으로 나타나고 있는 것이다. 그리고 이러한 남성적 주체의 소멸이나 부정 (혹은 악화로서의 갱생)의 직·간접적 원인으로 제시되는 것은 바로 여성이다. 지나치게 억압적인 훈육방침으로 아들을 죽음으로 내몬 이도 어머니고, 내선일체라는 친일적 논리에 부응하여 아들을 친일적 가계도 속에 위치짓는 이도 바로 어머니이다. 이처럼 소설에서 여성은 어쩔 수 없이 친일적 상황에 연루될 수밖에 없었던 식민지시대 남성작가가 마련한 친일에 대한 일종의 변명의 장치가 되고 있는 것이다. 혹은 달리 말하면 친일 소설이라는 형식을 통해서 남성주체성의 소멸과 좌절을 이야기하고 있다고 볼 수도 있을 것이다.

이때 남성주체 소멸의 직접적인 심리적 동인이 '남근적 어머니'로 나타난다면, 남성주체가 소멸된 지점에서 새롭게 허구적으로 구성되는 것은 제국주의적 논리를 실천하는 여성주체(제국주의 모성)이다. 주목해야 할 점은 분명 채만식의 다른 소설에서는 나타나지 않았던 강하고 지혜로운 어머니가 이 소설에 등장하지만, 바로 이러한 어머니 때문에 이 소설은 친일문학이 되기도 한다는 것이다. 따라서 『여인전기』의 어머니 '들'은 소멸된 남성주체 대신 친일에 대한 책임을 지게 되는데, 그것은 달리 말하면 남성주체가 친일에 대한 책임으로부터 면제되는 것을 의미한다. 더불어 어머니―여성(들)은 내선일체론이라는 당대의 담론에 호명됨으로써 주체로 구성되지만, 이때의 주체는 곧 사라질, 혹은 사라져야만 하는 부정적인 것으로 인식될 수밖에 없다.

4. 가학―피학의 식민지적 동력학과 여성의 이중적 위치짓기

지금까지 살펴본 것처럼, 『인형의 집을 나와서』와 『여인전기』에서 여성은 좌절된 남성의 욕망을 대리 실현하거나 아니면 민족적 남성주체가 완전히 부재하는 상황에서 가짜 욕망을 생산하는 존재로 그려지고 있다. 『인형의 집을 나와서』에서 마르크스주의자로서의 노라의 변신이 이미 남성주체의 사회적 욕망이 실현 불가능해졌음을 드러내는 징후로 나타난다면, 『여인전기』에서 어머니―여성은 여성적 계보 속에 친일적인 남성주체를 위치지음으로써 일제 말기 비상구가 없는 상황에서 친일의 길을 갈 수밖에 없었던 자기 합리화의 장치로 나타나고 있다. 이때 남성주체는 텍스트 이면에 은폐되거나 아예 소멸하는 것으로 나타난다. 따라서 이들 소설에서 언뜻 주체적이고 능동적인 것처럼 보이는 여성 인물은 기실 실현 불가능한 남성주체의 욕망을 부정적으로 재현하고 있다고 볼 수 있다.

이처럼 채만식 소설에서 여성에 대한 부정적 재현 그 자체는 남성의 긍정적인 존재 획득의 한 방식으로 제시된다. 이때의 부정이란 단순히 '거부'를 의미하는 것은 아니다. 채만식 소설에서 이러한 부정은 여성에 대한 비판을 통해 이루어지기도 하지만, 수동적이고 희생적인 여성에 대한 연민이나 위대한 모성에 대한 찬양을 통해서도 나타난다. 이러한 여성에 대한 부정의식은 곧 식민지 현실에 대한 부정의식으로 이어지며, 이는 다시 텍스트 내에서 여성 인물에 대한 부정적인 혹은 긍정적인 형상화를 통해 재현되기도 하는 것이다. 그런 점에서 채만식 소설의 여성 인물은 궁극적으로 남성의 타자라고 할 수 있다. 이러한 방식은 주체가 어떤 문제를 스스로 해결하거나 극복하려고 하기보다는 문제의 책임을 외부로 전가하는 '잘못된 투사'의 과정으로 볼 수 있는데, 이때 현실적인 여성의 모습은 남성의 욕망에 따라 허구화되고 투사의 대상으로 타자화되는 운명을 겪게 된다.

　폭압적인 식민지 현실 속에서 피식민지의 지식인 남성은 식민지 주체(일본)로부터 억압받는 피학적 대상이기 때문에, 남성 또한 식민지적 현실 속에서는 타자화되는 운명을 겪을 수밖에 없다. 이러한 위기의식 속에서 채만식 소설의 남성은 여성의 타자화를 통해 타자화된 자신의 위치를 '주체'로 전도시킴으로써, 오히려 식민화된 현실에 대한 비판적 거리화를 가능하게 하기도 한다. 이처럼 피식민지 지식인 남성은 식민 주체의 시선을 피식민지 여성에게 되돌려주기 때문에, 식민화된 국가의 여성들은 식민 주체에 의해, 그리고 같은 피식민지 남성에 의해 이중적으로 위치지어진다고 볼 수 있다. 그 결과 일제 식민지시대에 마조히즘적 주체로 전락한 남성은 여성을 자신의 마조히즘의 대상으로 허구적으로 재현함으로써 오히려 자신을 사디즘적 주체로 일그러뜨리게 된다.

　채만식 소설 중에서 이러한 가학-피학의 심리적 메커니즘이 가장 잘 드러나는 소설은 『탁류』이지만, 『인형의 집을 나와서』와 『여인전기』 또한 다소 변형된 방식으로 이러한 심리 구조를 반복하고 있다. 언뜻 보기에 이들 소설에서 '남성=가학적, 여성=피학적'이라는 도식은 성립하지 않는 듯하다. 그러나 『인형의 집을 나와서』에서 여성은 남성 욕망의 실현 불가능성을 징후적으로 드러내는 수동적 타자로, 그리고 『여인전기』에서는 남성을 소멸시키고 친일적 계보를 구성하는 부정적 타자로 해석될 수 있다는 점에서 이 또한 여성에 대한 타자화이자 부정이라고 할 수 있다.

참고문헌

1. 일차 자료

『탁류』, 『채만식 전집』 2, 창작과비평사, 1987.

『성모』, 『이태준 전집』 7, 깊은샘, 1988.

『수난의 기록』, 유진오 창작집 『봄』, 한성도서, 1940.

『화분』, 『이효석 전집』 3, 대호출판사, 1981.

이효석, 「건강한 생명력의 추구」, 『조선일보』, 1938.3.6.

이태준, 「신문소설계의 경이적 거편 신연재장편소설 성모—작가의 말」, 『조선중
　　앙일보』, 1935.5.22.

「연애, 결혼, 이혼 문제 좌담회」, 『신동아』, 1935년 5월호.

「연애와 결혼 문제 좌담회」, 『여성』, 1938년 8월호.

「결혼과 임신 좌담회」, 『조광』, 1939년 11월호.

윤성상, 「신정조가치와 신도덕」, 『삼천리』, 1930년 5월호.

현루영, 「여학생과 동성애 연애 문제—동성애에서 이성애로 진전할 때의 위험」,
　　『신여성』, 1932년 12월호.

윤치왕 외, 「결혼과 임신 좌담회」, 『조광』, 1930년 11월호.

이석훈, 「동성애 만담 I」, 『동아일보』, 1932.3.17.

임인생, 「모던이씀」, 『별건곤』, 1930년 1월호.

정혁아, 「신문활자의 광태」, 『사해공론』, 1935년 7월호.

함대훈, 「조선신여성론」, 『여성』, 1937년 2월호.

김영보, 「연애결혼폐해론」, 『여성』, 1938년 8월호.

윤규섭, 「성애론」, 『비판』, 1938년 4월호.

이석훈, 「신연애론」, 『신동아』, 1932년 12월호.

2. 국내 논문

강삼희, 「유진오 문학 연구」, 서울대 석사논문, 1994.

공임순, 「'탁류', 그 성적 타락의 기표와 식민지적 불구성」, 『문학사상』, 1999년
　　3월호.

권명아, 「여성 수난사 이야기와 파시즘의 젠더 정치학」, 『문학 속의 파시즘』, 삼

인, 2001.

김경수, 「한국세태소설연구―개화기에서 해방전까지」, 서강대 박사논문, 1992.

김경일, 「한국 근대사회의 형성에서 전통과 근대―가족과 여성 관념을 중심으로」, 『사회와 역사』 54집, 한국사회사학회, 1998.

김남천, 「세태풍속묘사·기타」, 『비판』, 1938년 5월호.

_____, 「이효석 저, 『화분』의 성 모랄」, 『동아일보』, 1939.11.30.

김동리, 「산문과 반산문」, 『민성』, 1948년 8월호.

김동식, 「낭만적 사랑의 의미론」, 『문학과사회』, 2000년 겨울호.

김병구, 「1930년대 리얼리즘 장편소설의 식민성 연구」, 서강대 박사논문, 2000.

김선아, 「근대의 시간, 국가의 시간」, 주유신 외, 『한국영화와 근대성』, 소도, 2001.

김양선, 「식민주의 담론과 여성주체의 구성」, 『여성문학연구』 제3호, 한국여성문학학회, 2000.

김영민, 「한국 근대소설과 성(gender)」, 『소설과사상』, 2000년 가을호.

김윤식, 「채만식의 문학 세계」, 『채만식』, 문학과지성사, 1984.

김형자, 「한국문학과 성」, 『한국문학논총』 19집, 1996.

박태호, 「근대적 주체와 합리성―베버에서 푸코로?」, 『경제와사회』, 1994년 겨울호.

박헌호, 「나도향과 욕망의 문제」, 『1920년대 동인지 문학과 근대성 연구』(상허학회 편), 깊은샘, 2000.

_____, 「삶에 부딪쳐 파열한 근대적 욕망―나도향, 그리고 그의 「어머니」」, 『민족문학사연구』 12호, 1998.

박현수, 「1920년대 초기 소설의 근대성 연구」, 성균관대 박사논문, 1999.

백 철, 「작가 이효석론―최근 경향과 성의 문학」, 『동아일보』, 1938.2.25~27.

_____, 「채만식의 『탁류』를 읽고」, 『매일신보』, 1939.12.28.

우찬제, 「현대장편소설의 욕망시학적 연구」, 서강대 박사논문, 1992.

우한용, 「시대의 희생제의를 읽어 내는 방법」, 『채만식 탁류』, 서울대 출판부, 1997.

유선영, 「육체의 근대화―할리우드 모더니티의 각인」, 『문화과학』 24호, 2000년 겨울호.

윤기영, 「유진오 소설연구」, 서울대 석사논문, 1987.

이경훈, 「이중의 탁류―채만식의 『탁류』에 대해」, 『연세어문학』 22집, 1990.

이명희, 「이태준 장편소설 『성모』 연구」, 『현대소설연구』(한국현대소설연구회), 1994.

이상섭, 「애욕문학으로서의 특질―이효석의 작품세계」, 『문학사상』, 1974년 2월호

이선희, 「사치의 미 – 효석의 장편 『화분』을 읽고」, 『동아일보』, 1939.10.23.

이영자, 「자본주의와 성」, 『여성연구』 제9권 2호, 한국여성개발원, 1991년 여름호.

이정옥, 「모성신화, 여성의 또 다른 억압 기제 – 일제 강점기 문학에 나타난 모성 담론의 한계」, 『여성문학연구』 제3호(한국여성문학학회), 태학사, 2000.

이태숙, 「여성성의 근대적 경험양상 – 1920~1930년대 문학을 중심으로」, 고려대 박사논문, 2000.

_____, 「근대성과 여성적 정체성의 정립」, 『여성문학연구』 제3호(한국여성문학학회), 태학사, 2000.

이혜령, 「1920년대 동인지 문학의 성격과 여성인식의 관련성」, 『1920년대 동인지 문학과 근대성 연구』(상허학회 편), 깊은샘, 2000.

_____, 「성적 욕망의 서사와 그 명암」, 『반교어문연구』 10집, 1999.

_____, 「이효석의 『화분』론 – 두 개의 성적 위계질서」, 『두명 윤병로 교수 정년 기념 국어국문학논총』, 논총간행위원회, 2001.

임 화, 「세태소설론」, 『문학의 논리』, 학예사, 1940.

전미정, 「한국 현대시의 에로티시즘 연구」, 서강대 박사논문, 1998.

전영태, 「문학·연애·성욕 – 문학에서 성이란 무엇인가」, 『동서문학』, 1992년 3월호.

전은정, 「일제하 '신여성' 담론에 관한 분석」, 서강대 박사논문, 1999.

정명환, 「위장된 순응주의」, 『창작과비평』, 1968년 겨울호~1969년 봄호.

조연현, 「이효석」, 『한국작가론』, 청운출판사, 1965.

조영미, 「한국 페미니즘 성연구의 현황과 전망」, 『섹슈얼리티 강의』(한국성폭력 연구소 편), 동녘, 1998.

조은·윤택림, 「일제하 '신여성'과 가부장제 – 근대성과 여성성에 대한 식민담론 의 재조명」, 『광복50주년 기념논문집』(8. 여성), 광복50주년기념사업위원 회·한국학술진흥재단, 1996.

조현순, 「주디스 버틀러의 환상적 젠더 정체성과 안젤라 카터의 「서커스의 밤」 연구」, 경희대 박사논문, 2001.

주종연, 「문학에 있어서 성의 문제 – 이효석과 D. H. Lawrence의 비교」, 『국어국문 학』 제48호, 1970.5.

주종연, 「에로티시즘의 의미 – 이효석론」, 『현대한국작가연구』, 민음사, 1976.

채호석, 「이태준 장편소설의 소설사적 의미」, 『이태준 문학 연구』, 깊은샘, 1993.

최시한, 「가련한 여인 이야기 연구 시론」, 『한국소설연구 – 현대소설 인물의 시 학』 3집, 한국소설학회, 2000.

최원식, 「여성주의와 아버지 부재의 문학적 의미」, 『여성해방의 문학』(『또하나의문화』 제3호), 1987.

최익현, 「이효석의 미적 자의식에 관한 연구」, 중앙대 박사논문, 1998.

최혜실, 「통속성과 사실성의 사이－채만식 『탁류』」, 『문학사상』, 1993년 1월호.

태혜숙, 「성적 주체와 제3세계 여성문제」, 『여/성이론』 제1호, 여이연, 1998.

허근영, 「유진오 문학 연구」, 경북대 석사논문, 1997.

홍이섭, 「채만식의 『탁류』－근대사의 한 과제로서의 식민지의 궁핍화」, 『창작과비평』, 1973년 봄호.

황국명, 「『탁류』의 이데올로기적 한계－희생양과 격정극적 장치의 정치적 해석」, 『외국문학』, 1990년 가을호.

3. 국내 논저

강내희, 『문화론의 문제설정』, 문화과학사, 1996.

김윤식·정호웅, 『한국소설사』(개정증보판), 문학동네, 2000.

김종주, 『라캉 정신분석과 문학평론』, 하나의학사, 1996.

김진송, 『서울에 딴스홀을 許하라－현대성의 형성』, 현실문화연구, 1999.

서동진, 『누가 성정치학을 두려워하랴』, 문예마당, 1996.

이재선, 『한국소설사－근·현대편』 I, 민음사, 2000.

장영우, 『이태준 소설 연구』, 태학사, 1996.

정종진, 『한국 현대문학의 성 표현 방법』, 태학사, 1997.

정한모, 『현대작가연구』, 범조사, 1959.

최혜실, 『신여성들은 무엇을 꿈꾸었는가』, 생각의나무, 2000.

4. 외국 논문 및 논저(번역서)

지그문트 프로이트, 김정일 역, 「성욕에 관한 세 편의 에세이」, 『성욕에 관한 세 편의 에세이』, 열린책들, 1996

_____, 정장진 역, 「두려운 낯설음」, 『창조적인 작가와 몽상』, 열린책들, 1996.

_____, 김석희 역, 「환상의 미래」, 『문명 속의 불만』, 열린책들, 1997.

_____, 김정일 역, 「절편음란증」, 『성욕에 관한 세 편의 에세이』, 열린책들, 1996.

타니 발로우, 김은실·박혜경 역, 「중국의 여성에 관한 지역연구에서 부채의 영역과 페미니즘의 유령」, 『흔적』 1호, 문화과학사, 2001.

로라 멀비, 서인숙 역, 유지나·변재란 편, 「시각적 쾌락과 내러티브 영화」, 『페미니즘 / 영화 / 여성』, 여성사, 1993.

이안 와트, 전철민 역, 『소설의 발생』, 열린책들, 1988.

리타 펠스키, 김영찬·심진경 역, 『근대성과 페미니즘』, 거름, 1998.

지그문트 프로이트, 김석회 역, 『문명 속의 불만』, 열린책들, 1997.

앤소니 기든스, 배은경·황정미 역, 『현대사회의 성·사랑·에로티시즘』, 새물결, 1995.

조셉 브리스토우, 이연정·공선희 역, 『섹슈얼리티』, 한나래, 2000.

마단 사럽, 김해수 역, 『알기 쉬운 자끄 라캉』, 백의, 1994.

제프리 웍스, 서동진·채규형 역, 『섹슈얼리티—성의 정치』, 현실문화연구, 1994.

미셸 푸코, 이규현 역, 『성의 역사—앎의 의지』, 나남, 1990.

_____, 오생근 역, 『감시와 처벌』, 나남, 1994.

사라 밀즈, 김부용 역, 『담론』, 인간사랑, 2001.

피터 브룩스, 이봉지·한애경 역, 『육체와 예술』, 문학과지성사, 2000.

케티 콘보이·나디아 메디나·사라 스탠베리 편, 고경하 외 편역, 『여성의 몸, 어떻게 읽을 것인가』, 한울, 2001.

존 버거, 편집부 편, 『이미지』, 동문선, 1990.

리몬 케넌, 최상규 역, 『소설의 시학』, 문학과지성사, 1996.

르네 웰렉·오스틴 워렌, 김승철 역, 『문학의 이론』, 을유문화사, 1982.

보리스 우스펜스키, 김경수 역, 『소설구성의 시학』, 현대미학사, 1997.

마르쿠제, 김인환 역, 『에로스와 문명』, 나남, 1996.

우에노 치즈코, 이선이 역, 『내셔널리즘과 젠더』, 박영률출판사, 1999.

수잔 헤이워드, 이영기 역, 『영화 사전』, 한나래, 1997.

엘리자베스 라이트 편, 박찬부·정정호 외역, 『페미니즘과 정신분석학 사전』, 한신문화사, 1997.

막스 밀네르, 이규현 역, 『프로이트와 문학의 이해』, 문학과지성사, 1997.

레나 린트호프, 이란표 역, 『페미니즘 문학이론』, 인간사랑, 1998.

슬라보예 지젝, 주은우 역, 『당신의 징후를 즐겨라』, 한나래, 1997.

호르크하이머·아도르노, 김유동·주경식·이상훈 역, 『계몽의 변증법』, 문예출판사, 1995.

프란세트 팍토, 이미나 역, 『미인』, 까치, 2001.

제럴드 프린스, 이기우 역, 『서사론 사전』, 민지사, 1992.

5. 외국 논문 및 논저

Jean Laplanche & Jean-Bertrand Pontalis, "The origins of sexual fantasy", Victor Burgin & James Donald & Cora Kaplan eds., *Formations of Fantasy*, Methuen, 1986.

Gayle Rubin, "Thinking sex : Notes for a Radical Theory of the Politics of Sexuality", Carole S. Vance ed., *Pleasure and Danger : Exploring Female Sexuality*, Routledge & Kegan Paul, 1984.

Plummer K., "Sexual Diversity : A Sociological Perspective", Howells K. ed., *Sexual Diversity*, Blackwell : Oxford, 1984.

Linda Singer, "True Confession", Jeffner Allen & Iris Marion Young eds., *The Thinking Muse*, Indiana University Press, 1989.

Tonglin Lu, "Red Sorghum : Limits of Transgression", Liu Kang & Xiaobing Tang eds., *Politics, Ideology, and Literary Discourse in Modern China*, Duke University Press, 1993.

Meng Yue, "Female Images and National Myth", edited by E. Barlow, *Gender Politics in Modern China : Writing and Feminism*, Duke University Press, 1993.

Cheri Register, "American Feminist Literary Criticism : A Bibliographical Introduction", Josephine Donovan ed., *Feminist Literary Criticism : Explorations in Theory*, The University Press of Kentucky, 1989.

Nancy Armstrong, *Desire and Domestic Novel : a political history of the novel*, New York : Oxford University Press, 1987.

Kaja Silverman, *The Subject of Semiotics*, Oxford : Oxford University Press, 1983.

Joseph Allen Boone, *Libidinal Currents : Sexuality and the Shaping of Modernism*, The University of Chicago Press(Chicago and London), 1998.

E. Barlow ed., *Gender Politics in Modern China : Writing and Feminism*, Duke University Press, 1993.

Elaine H. Kim & Chungmoo choi ed., *Dangerous Women-Gender and Korean Nationalism*, Routledge : New York and London, 1998.

Horst S. Daemmrich & Ingrid G. Daemmrich, *Spirals and Circles : A Key to Thematic Patterns in Classicism and Realism*, Peter Lang, 1994.

Thomas Docherty, *Reading(Absent) Character*, Clarendon Press, Oxford, 1983.

Peter Messent, *New Readings of the American Novel*, Macmillan, 1990.

Andrew Parker & Mary Russo & Poris Sommer & Patricia Yeager ed., *Nationalism and*

Sexualities, Routledge, 1992.

D. A. Miller, *The Novel and the Police*, University of California Press, 1987.

E. Ann Kaplan, *Motherhood and Representation*, London & New York : Routledge, 1992.

Bram Dijkstra, *Idols of Perversity : Fantasies of Feminine Evil in Fin-de-Siecle Culture*, New York : Oxford University Press, 1986.

Ellen Mores, *The Dandy : Brummell to Beerbohm*, Viking, 1960.

Jean Laplanche & Jean-Bertrand Pontalis, *The Language of Pshchoanalysis*, London, 1973.